Tu n'es plus seule

Sauvée des ténèbres

W0239515

ADDISON FOX

Tu n'es plus seule

Traduction française de
VÉRONIQUE MINDER

BLACK ROSE

HARLEQUIN

Collection : BLACK ROSE

Titre original :
COLTON'S SURPRISE HEIR

© 2016, Harlequin Books S.A.
© 2023, HarperCollins France pour la traduction française.

Ce livre est publié avec l'autorisation de HARLEQUIN BOOKS S.A.

Tous droits réservés, y compris le droit de reproduction de tout ou partie de l'ouvrage, sous quelque forme que ce soit.
Toute représentation ou reproduction, par quelque procédé que ce soit, constituerait une contrefaçon sanctionnée par les articles 425 et suivants du Code pénal.

Si vous achetez ce livre privé de tout ou partie de sa couverture, nous vous signalons qu'il est en vente irrégulière. Il est considéré comme « invendu » et l'éditeur comme l'auteur n'ont reçu aucun paiement pour ce livre « détérioré ».

Cette œuvre est une œuvre de fiction. Les noms propres, les personnages, les lieux, les intrigues sont soit le fruit de l'imagination de l'auteur, soit utilisés dans le cadre d'une œuvre de fiction. Toute ressemblance avec des personnes réelles, vivantes ou décédées, des entreprises, des événements ou des lieux serait une pure coïncidence.

Le visuel de couverture est reproduit avec l'autorisation de :

HARLEQUIN BOOKS S.A.

Tous droits réservés.

HARPERCOLLINS FRANCE
83-85, boulevard Vincent-Auriol, 75646 PARIS CEDEX 13
Service Lectrices — Tél. : 01 45 82 47 47 - www.harlequin.fr
ISBN 978-2-2804-8382-7 — ISSN 1950-2753

Composé et édité par HarperCollins France.
Imprimé en mars 2023 par CPI Black Print (Barcelone)
en utilisant 100% d'électricité renouvelable.
Dépôt légal : avril 2023.

FSC www.fsc.org
MIXTE
Papier issu de sources responsables
FSC® C159065

Pour limiter l'empreinte environnementale de ses livres, HarperCollins France s'engage à n'utiliser que du papier fabriqué à partir de bois provenant de forêts gérées durablement et de manière responsable.

1

Les étoiles scintillaient dans le ciel nocturne, des volutes de brume se faisaient et se défaisaient au gré des bourrasques. La terre était recouverte d'une fine couche de givre qui craquait délicatement sous le pied… l'hiver s'attardait.

Ethan Colton marchait, tête baissée et si préoccupé par l'état d'une jument primipare qu'il restait complètement indifférent à la beauté de la nature.

Il entra dans l'écurie, accéléra jusqu'à la dernière stalle où Bill Peabody, son contremaître, l'attendait.

— Et Doc Peters ? Il arrive ? demanda Ethan dans un souffle.

— Il est en route.

Ethan regarda dans la direction de Dream, sa jument.

La mise bas était prévue dans six semaines, mais Bill redoutait un poulinage prématuré, c'est pourquoi il venait de donner l'alerte.

Ethan s'accroupit devant l'animal et lui caressa l'encolure.

— Tout doux, ma belle. Ça va aller.

— Le vétérinaire m'a dit de la calmer, de faire en sorte qu'elle reste immobile, expliqua Bill. Nous en saurons davantage une fois qu'il l'aura examinée. Doc Peters est une pointure, espérons le meilleur, pas le pire.

La formule de Bill frappa Ethan et lui en rappela une autre sur le même modèle qu'il avait entendue deux décennies plus tôt et qui avait scellé son destin : « C'est à désespérer du monde, le pire du pire est arrivé. »

Ces derniers temps, les souvenirs de ce passé lui envahissaient plus souvent l'esprit d'une noirceur malsaine ; une récente altercation avec l'un de ses frères au sujet de Matthew Colton – leur père auquel il refusait toutefois de donner ce nom –, en ayant été le déclencheur.

Il fit un effort pour refouler son malaise – une question d'habitude plutôt, un réflexe après avoir accompli cette gymnastique mentale pendant presque vingt ans – pour revenir vite à la réalité et se concentrer sur Dream.

Cette jument était sa fierté et sa joie, comme d'ailleurs son élevage équin qu'il avait créé après des années de travail acharné.

La voix enjouée du vétérinaire rompit soudain le silence.

— Rien n'est plus naturel qu'une grossesse ou une gestation, mais rien n'est plus antinaturel que la souffrance qui prélude à la naissance !

Le bon sourire de Doc Peters contrastait avec son regard encore bouffi par le sommeil et ses cheveux gris ébouriffés.

Il s'accroupit devant Dream et la caressa.

— Je vais m'occuper de toi, jeune beauté. Ça va aller.

Ethan garda la main sur l'encolure de Dream tandis que le vétérinaire examinait la jument avec soin et dans le plus grand silence pour établir son diagnostic.

— Bon. La nuit va être longue, conclut-il d'une voix brève. Torsion utérine. Le poulain se présente mal. Correction par rotation.

Ethan acquiesça.

— D'accord. Comment ça va se passer ?

La nuit glaciale avait cédé la place à un petit matin vivifiant. Ethan respira profondément cet air revigorant en se dirigeant vers le ranch. Il avait craint pour la santé de Dream et de son fœtus, mais Doc Peters avait, comme d'habitude, été à la hauteur de la situation et de sa réputation. Il avait réussi à corriger la torsion utérine, Dream terminerait sa gestation. La jument et son poulain étaient hors de danger.

Ethan, rassuré mais épuisé n'avait d'autre envie que d'une bonne douche chaude, d'un litre de café, sinon plus, et d'un petit déjeuner copieux – tartines grillées, bacon et œufs – préparé par Joyce, la femme de Bill, sa gouvernante.

En ouvrant la porte de derrière, il découvrit avec surprise qu'elle n'était pas verrouillée. Il se souvenait pourtant de l'avoir fermée à clé en sortant durant la nuit.

Il entra, les effluves généreux du café l'enveloppèrent et lui firent oublier ce mystère. Il sourit malgré lui. *Merci Joyce !* Il retira ses chaussures de chantier dans le vestibule et, trop pressé pour ôter sa veste en coton ciré, se dirigea vers la cuisine. L'odeur caractéristique du bacon lui parvint et, peu après, le fredonnement d'une chanson country.

Il se figea à la vue de la jeune femme devant la cuisinière.

— Mais… ? Qu'est-ce que tu fais là ? s'exclama-t-il.

Elizabeth Marie Conner, Lizzie pour les intimes, savait qu'elle avait joué d'audace en s'introduisant chez Ethan sans s'annoncer et à une heure aussi indue. Alors, tant qu'à faire, pourquoi ne pas lui préparer un bon petit déjeuner ? D'autant plus que, selon Joyce qui l'avait accueillie, Ethan inquiet de l'état d'une jument venait de passer la nuit dans l'écurie. De plus, elle avait une faim de loup et besoin de s'occuper les mains et l'esprit avant ces retrouvailles auxquelles Ethan ne s'attendait certes pas.

Bien sûr, Lizzie savait que le petit déjeuner le plus succulent du monde n'adoucirait pas le choc de la nouvelle qu'elle allait lui annoncer. Mais tant pis.

— Eh bien, quel accueil ! lui lança-t-elle sans se retourner.

Ethan lui parut contrit, mais ce fut bref car il lui adressa un de ces regards froids dont il avait la spécialité. Le cœur battant, elle passa la main sous son pull-over trop grand et soupira.

Froid, Ethan Colton ?

Elle avait quant à elle six mois de souvenirs particulièrement *chaleureux* qui laissaient à penser que la froideur d'Ethan n'était qu'une façade.

— Tu étais la dernière personne que je m'attendais à voir dans ma cuisine ce matin, reprit Ethan.

Lizzie persistait à lui tourner le dos.

— C'est Joyce qui m'a ouvert, dit-elle avec calme, bien que son cœur batte toujours à grands coups. Elle m'a expliqué qu'une jument avait des problèmes et que tu avais passé la nuit à l'écurie. Comment va-t-elle ?

— Bien.

Ethan lui parut se détendre. Il s'arracha à son immobilité pour se diriger vers la cafetière.

— Je t'en sers une tasse ? lui demanda-t-il.

— Non, merci. Le café et moi, ça fait deux. Personne au bureau ne le comprend, mais…

Lizzie s'interrompit. Elle avait démissionné hier et préférait ne pas y penser.

— Mais quoi ? insista Ethan avec intérêt.

— Non. Rien.

Ethan se versa du café et, après y avoir ajouté un sucre et un peu de crème qu'il sortit du réfrigérateur, il s'adossa à l'îlot de cuisine.

— Lizzie… Écoute, je suis sincèrement désolé de mon accueil pour le moins grossier, mais je ne m'attendais vraiment pas à te voir. De plus, je suis éreinté…

Il s'interrompit.

— Bref, j'ai été en dessous de tout. Désolé. Comment vas-tu ? s'enquit-il aimablement.

Lizzie sentit les battements de son cœur redoubler. Elle s'était bien préparée pour maîtriser ses émotions et garder les idées claires, mais elle avait oublié la puissante fascination que le regard d'Ethan exerçait sur elle. Il y avait quelque chose dans son expression qui la touchait au plus profond de son être.

Elle soupira. Selon la formule convenue, elle aimait bien Ethan, l'un des cinq frères de Josie – sa meilleure amie depuis la plus tendre enfance. Longtemps elle avait aimé fantasmer sur les sentiments qu'Ethan aurait pu avoir à son égard.

Enfant placée, Lizzie avait été une petite fille méfiante et farouche, jusqu'à ce qu'elle rencontre Josie Colton qui était dans la même famille d'accueil qu'elle.

Josie était devenue sa sœur de cœur. Quant à Ethan… Lizzie attendait secrètement et avec la plus grande impatience ses visites, autorisées trois fois par an. Elles étaient destinées à entretenir les liens familiaux, la loi reconnaissant que les enfants placés pouvaient trouver stabilité et réconfort auprès de leurs frères et sœurs. Mais à l'adolescence, Josie avait disparu. Lizzie avait alors perdu Ethan Colton de vue, jusqu'à leurs retrouvailles inattendues six mois plus tôt lors d'un rodéo.

Elle avait saisi sa chance pour renouer avec lui. *Renouer* ? Hum, c'était un euphémisme.

La voix intriguée d'Ethan la fit revenir à la réalité.

— Lizzie ? Ça va ?

Elle se figea, le regard fixé sur le bacon qui grésillait dans sa poêle, en s'exhortant au courage. Après avoir pris une grande inspiration, elle éteignit le gaz, retira la poêle du brûleur et se retourna.

Elle dévisagea Ethan, non, le contempla. Ses cheveux châtain clair qu'elle savait si doux. Ses larges épaules. Son torse. Ses pectoraux qu'elles savaient fermes. Et sa force, rassurante.

Ethan avait été un adolescent délié et très séduisant. C'était désormais un bel homme doté d'un charisme troublant.

Allons, ressaisis-toi, Elizabeth Marie ! Cesse de le dévorer des yeux et révèle-lui enfin la raison de ta présence !

Malgré les injonctions de sa petite voix qui toute sa vie l'avait accompagnée, l'avait aidée à tenir bon au cours de ses études, à s'imposer pour devenir la plus jeune responsable du département Risques Crédit de sa banque, Lizzie ne pouvait s'arracher à sa contemplation muette. *On ne reluque pas les gens, c'est impoli !* lui avait appris Rhonda Carlton, son assistante maternelle. Eh bien, tant pis ! C'était plus fort qu'elle. Et autant profiter de l'instant, car une fois qu'elle aurait parlé, Ethan ne serait plus jamais le même. Rien ne serait plus jamais pareil.

Ethan aussi la contemplait avec un sourire en coin qui vacilla au moment où son regard tomba sur son ventre. Alors, elle sut qu'il avait compris.

— Lizzie ? interrogea-t-il avec un mélange de surprise et de sollicitude. Mais qu'est-ce que… ?

Un grésillement l'interrompit. Lizzie se retourna.

— Oh ! non !

Le bacon commençait à brûler.

— Laisse-moi faire, intervint Ethan en s'approchant.

Il l'écarta doucement tandis qu'il attrapait le manche de la poêle en fonte épaisse. Il en versa le contenu sur une assiette recouverte de papier absorbant. Tandis qu'elle le suivait des yeux, Lizzie sentit un spasme la soulever. La main sur sa bouche, elle sortit en courant pour gagner le jardin derrière la maison.

Un moment plus tôt, Ethan fixait Lizzie. Il était sous le charme de ses prunelles vertes comme une prairie au printemps et souriait à des pensées réjouissantes, voire moins émoustillantes. Et le moment suivant, il remarquait son ventre, sentait le bacon qui brûlait et voyait Lizzie sortir en trombe de la cuisine, comme si un incendie s'y était déclaré.

Confondu, il reposa la poêle sur la gazinière pour la rejoindre à la hâte. Qu'est-ce qui se passait, bon sang ? Par l'entrebâillement de la porte qui donnait sur le jardin, il l'entendit vomir.

— Lizzie ? appela-t-il du couloir, à la fois inquiet et perplexe.

Ethan resta immobile, hésitant, en proie à la plus grande confusion et assailli par mille pensées. Bientôt, le bon sens domina, il s'approcha d'elle et passa son bras autour de ses épaules.

Quand elle se redressa, il l'attira à lui.

— Ça va ? lui demanda-t-il.

— Non… pas trop, prononça-t-elle avec difficulté en se redressant. Oh ! Ethan. Je suis confuse. Désolée.

Sur ces mots, elle se dégagea de son étreinte et s'écarta. Ce mouvement arracha un frisson à Ethan. Il en fut étonné.

— Lizzie ? Qu'est-ce qui se passe, au juste ?

Rien n'est plus naturel qu'une grossesse ou une gestation...

Les paroles du vétérinaire faisaient écho dans son esprit, mais c'était les non-dits qui, dès à présent, pesaient entre Lizzie et lui.

La voyant trembler, il retira sa veste et la lui posa sur les épaules. Son cœur manqua un battement quand, à l'un des mouvements qu'elle effectua, il vit mieux son ventre proéminent se dessiner sous son pull.

Ce n'était certes pas un jeu de la lumière matinale ni un effet de la fatigue après une nuit sans sommeil.

Le ventre plat dont il appréciait la douceur satinée et qu'il avait maintes fois caressé au cours d'une longue nuit sensuelle était gonflé par la vie. Il avait exploré le corps de Lizzie Conner avec passion et volupté. Il avait savouré la douceur de sa peau. Elle l'avait ravi, il l'avait possédée. Ils avaient uni leur solitude et l'avaient rompue dans l'union, la fusion et le plaisir charnel. Cela avait été si intense que, au cours des six mois suivants, il avait eu l'esprit souvent complaisamment envahi par des souvenirs et visions érotiques.

Et par des rêves impossibles.

Parce qu'il avait fait un vœu plusieurs années plus tôt.

L'odeur du bacon flottait encore dans la cuisine, il lança un regard inquiet Lizzie.

— Tu veux que je le jette ?

— Non ! Ça va. J'aimerais me rafraîchir, maintenant... tu m'excuses ? Je reviens.

Ethan acquiesça.

— Je t'attends dans le salon.

Et il se prépara à entendre cette nouvelle : il allait bientôt devenir père.

Lizzie évita de croiser le reflet de son visage, sans doute très pâle, dans la glace. Nausées matinales ? Ses nausées s'étaient considérablement calmées, depuis le premier trimestre, mais certaines odeurs continuaient à la déranger.

— Ou est-ce l'émotion à l'idée d'affronter le père de ton enfant ? soliloqua-t-elle en cherchant un bain de bouche dans l'armoire à pharmacie.

Elle ne trouva que du dentifrice dont elle se badigeonna les gencives et les dents. Une fois qu'elle se fut rincé la bouche, elle se sentit mieux et se redressa.

Puis elle enleva, à contrecœur, la veste d'Ethan qui avait son odeur – air frais et quelque chose de brut, de masculin – et enfin, le cœur battant, elle alla le rejoindre dans le salon.

Ethan l'attendait devant la grande cheminée en pierre, décor idéal pour sa personnalité endurcie et le drame familial qu'il avait vécu dans son enfance.

Il en avait plus souffert que ses frères et sœurs. C'est en effet lui qui, à sept ans, avait découvert le corps de sa mère derrière la maison familiale. Elle avait été assassinée et avait sur le front la signature du tueur : une cible dessinée au marqueur rouge. Le meurtrier, c'était le père d'Ethan, Matthew Colton, l'un des tueurs en série les plus connus du pays.

— Lizzie, tu es sûre que ça va ? demanda-t-il.

— Oui, oui.

Elle repoussa les images de la tragédie qui avait frappé la fratrie Colton pour revenir au présent, et à la nouvelle dont elle devait l'informer, avec les conséquences que cela impliquait.

— J'ai quelque chose à t'annoncer.

Il hocha la tête, l'air résigné.

— Je crois que j'ai déjà compris.

— Je suis enceinte.

Il hocha de nouveau la tête. Parce qu'il ne savait pas quoi dire ? Possible. Après tout, elle avait eu six mois pour s'habituer à cette idée. Lui avait à peine eu quelques minutes.

— Pourquoi as-tu attendu aussi longtemps, avant de me l'annoncer ?

— Je…

Elle hésita, et pourtant elle s'était préparée à cette question, logique.

— Je sais que tu ne veux pas devenir père…, commença-t-elle. Tu as été très clair sur ce point… ce… cette nuit-là. Et déjà quand nous étions petits, tu le répétais sans cesse, car tu avais peur…

Consciente de rougir, elle s'interrompit. Elle regrettait d'avoir amorcé le dialogue par une allusion au drame de son enfance. Cela dit, éviter le sujet dans les circonstances actuelles était impossible.

Ethan redoutait de transmettre son patrimoine génétique, plus spécifiquement les gènes d'un père tueur en série. C'est pour cette raison qu'il avait décidé de ne pas avoir d'enfant. Un jour, elle ne se souvenait plus quand, Lizzie avait essayé de lui démontrer qu'il n'existait pas de gène de la criminalité, car un gène à lui seul ne pouvait déterminer des comportements aussi complexes. En vain. La décision d'Ethan était ferme.

Comme lui, Lizzie avait grandi dans une famille d'accueil. De ses parents, elle ignorait tout, jusqu'au nom.

Placée, jamais adoptée. Prise en charge par les Carlton, un couple aimant, elle redoutait toujours d'être trop ceci, pas assez cela. De ne pas être assez aimée en tout cas. Et de ne pas pouvoir aimer assez à l'âge adulte. Mais elle avait surmonté ces peurs, elle avait été résiliente.

— Tu as raison, Lizzie. J'ai formé un vœu autrefois. Mais les faits sont là : tu es la mère d'un enfant dont je suis, manifestement, le père.

Les derniers mots d'Ethan lui firent l'effet d'une gifle.

— « Manifestement » ? Non ! Indiscutablement ! s'exclama-t-elle.

Jamais elle n'attribuerait la paternité de l'enfant qu'elle portait à un autre homme ! De toute façon, la question de la paternité d'Ethan ne se posait pas ! Avant et après leur nuit, elle n'avait pas eu d'hommes dans sa vie.

— Désolé, Lizzie…

Il hocha la tête.

— C'était déplacé de ma part. Je te connais depuis longtemps. J'ai confiance. Je ne pensais pas que… enfin, je veux dire, nous avons utilisé un préservatif ?

— J'ai interrogé ma gynécologue : bien utilisé, le préservatif est efficace dans 98 % des cas.

— Nous faisons donc partie des heureux 2 %, lâcha Ethan avec un rire sans joie. Toute ma vie j'ai essayé de rester dans les clous. Pas assez. Clairement, j'aurais dû redoubler d'efforts. Serais-je maudit ?

Ses paroles la glacèrent. Elle aurait voulu riposter, lui reprocher son ironie et son amertume. Mais, comme lui, elle connaissait cette impression d'insuffisance, ce sentiment d'être toujours en deçà de sa tâche, de sa mission ou des attentes d'autrui. Elle comprenait donc sa réaction défensive, ses efforts de compensation et sa quête de perfection.

Elle avait travaillé sur ses propres sentiments d'infériorité et d'insuffisance avec un thérapeute, un « luxe nécessaire » qu'elle avait pu s'offrir après avoir obtenu son emploi à la banque locale. Sa mère, cette inconnue dont elle ne savait rien l'avait abandonnée pour des raisons obscures – bonnes ou mauvaises, là n'était pas le problème. Quels que soient ses motifs, Lizzie en avait subi les conséquences. Grâce à sa thérapie, elle avait appris à croire en elle, à démonter certains mécanismes et à en acquérir d'autres. Et les jours où l'angoisse due aux questions et doutes sur ses parents biologiques et leurs motivations remontait avec le terrible sentiment d'avoir démérité, « puisque, après tout, elle avait été abandonnée », elle pratiquait les techniques du Dr Johansen.

— Il est inutile de refaire l'histoire, Ethan. Comme tu l'as dit, les faits sont là : je vais avoir un enfant, et c'est le tien.

— C'est un garçon ou une fille ?

— Je…

Elle s'interrompit, surprise par cette question, pourtant logique.

— Je l'ignore… Je n'ai pas voulu savoir.

Les yeux noisette d'Ethan devinrent plus sombres qu'un ciel d'orage.

— Tu aurais dû me dire que tu étais enceinte dès que tu l'as découvert, insista-t-il.

Il avait raison. Elle avait longtemps tergiversé. Notamment, à cause du refus d'Ethan d'avoir des enfants, mais elle ne l'en avait pas moins privé d'une information qui le concernait au premier chef.

— Je… je ne voulais pas t'accabler, prononça-t-elle consciente de sa maladresse et de son malaise. Je… connais ton avis sur la question…

— En conséquence de quoi tu as décidé que je ne ferai pas face à mes responsabilités, *donc* qu'il valait mieux me laisser dans l'ignorance ?

Il avait parlé avec le plus grand calme, mais ses mots contenaient une puissance formidable qui persista même dans le silence qui les suivit.

— J'assume parfaitement mes responsabilités, reprit Lizzie après un moment. Je gère ma grossesse et mon enfant.

— Notre enfant.

Elle acquiesça, consciente du sentiment de culpabilité si familier qui l'envahissait.

— Oui, bien sûr. Notre enfant, répéta-t-elle à la hâte.

— Et je peux savoir pourquoi tu as tout à coup décidé de me l'annoncer ?

— À cause de… de… enfin de problèmes…

— C'est-à-dire ?

La peur omniprésente de ces derniers mois la saisit et la fit trembler.

— Des messages anonymes. Des fleurs livrées sous un faux nom. Récemment, on s'est même introduit chez moi.

— « On » ?

— Justement, je ne sais pas.

Ethan l'enveloppa d'un regard froncé, et soudain, s'arracha à son immobilité pour s'approcher et l'enlacer. Surprise par sa spontanéité et son étreinte, Lizzie resta les bras ballants et se raidit. *Surtout ne pas succomber au soutien inattendu que lui offrait Ethan. Trop délicieux, trop dangereux…*

— Tu n'en as vraiment pas la moindre idée ? insista-t-il.

— Non. Tout ce que je peux dire, c'est que les incidents ont commencé après que j'ai annoncé ma grossesse au bureau.

— Raconte.

Il lui caressa le dos, sans hâte, sans insistance. Lizzie ferma les yeux. C'était bon de se laisser réconforter. Elle faiblissait, si bien que les larmes montèrent et l'étranglèrent. Elle les ravala. Pas question que la digue de ses émotions se rompe maintenant.

— J'ai reçu des… des… menaces bizarres, toujours sur le même thème. La paternité. Le dernier message était le pire. Enroulé autour d'un hochet, posé dans le berceau que j'ai installé dans la nursery.

Elle se raidit à ce souvenir. Ethan la serra plus fort dans ses bras.

— Continue. Que disait-il ?

— Il…

Lizzie fit une petite grimace. Sa gorge était serrée, douloureuse, elle était consciente que sa voix s'en trouvait déformée.

— Il disait : « Je serai un papa génial. Tu verras. »

2

Ethan serra les dents.

Avec son passé, cinq frères et une sœur travaillant dans les agences fédérales de police, Ethan avait un sens aigu de la justice et une bonne connaissance de la criminologie.

Messages anonymes, répétitifs, inventifs, créatifs… le comportement de l'inconnu dont se plaignait Lizzie s'inscrivait dans un contexte de harcèlement. Auquel s'ajoutait, dernièrement, une intrusion : il cherchait à rentrer en contact avec Lizzie qui, pour une raison ou une autre, le fascinait de façon obsessionnelle. Il la surveillait, la poursuivait.

Il conduisit Lizzie vers le canapé.

— Raconte-moi tout, depuis le début et dans l'ordre.

— Mais avant, je dois te confier autre chose d'important.

Elle riva ses yeux verts aux siens. Ethan sentit quelque chose frémir au plus profond de son être.

Au visage de la jeune femme au zénith de sa beauté se superposa celui de sa toute première rencontre avec la petite fille alors âgée de six ans – il en avait huit. Il revit les visites trisannuelles de la fratrie Colton, placée, mais dispersée, à Josie, la benjamine. Il se souvint les moments qu'il avait passés avec Josie et Lizzie, la meilleure amie de sa petite sœur. Cette dernière n'allait nulle part sans cette fillette timide qui semblait toujours s'excuser d'exister. Josie lui avait d'emblée expliqué que Lizzie n'avait « jamais eu de papa et de maman » et qu'il devait être très gentil avec elle.

Ethan revint à la réalité. La fillette gauche, l'adolescente espiègle était devenue une jeune femme élégante. Sa chevelure bouclée encadrait un fin visage où luisaient ses yeux verts dont l'éclat le troublait.

— Je t'écoute.

— Je n'ai pas…, commença Lizzie.

Elle regarda son ventre.

— Cette grossesse n'était pas voulue.

— D'accord.

— C'est tout ?

— Tu me dis la vérité ?

— Mais oui, bien sûr !

— Alors je te crois Lizzie.

Ethan sourit face à la surprise muette de Lizzie. Cela lui arrivait rarement, mais il était amusé par sa réaction.

Et, soudain, de façon inattendue, la vision de son enfant dans ses bras supplanta le vœu qu'il avait formé de ne pas devenir père.

Cela le souleva d'émotions indescriptibles et indéfinissables jusqu'à ce qu'il croise le regard de Lizzie. Alors l'ambiance changea subtilement et fut comme chargée d'électricité.

Cette alchimie avait toujours existé entre eux, mais maintenant, il savait la nommer. Josie lui avait autrefois ordonné d'être « très, très gentil » avec Lizzie Conner. À la vérité, il avait toujours eu un faible pour elle. Les visites à Josie étaient marquées par des balades, des parties de ballon auxquelles Lizzie participait toujours. Ethan n'avait pas souvent connu des moments d'insouciance dans sa prime jeunesse, c'est pourquoi il chérissait le souvenir des instants heureux.

— Tu vas avoir un bébé, dit-il. *Mon* enfant.

Prononcer des mots produisit sur lui un effet au moins aussi puissant que la vision qu'il avait eue de lui berçant un nourrisson.

Il allait être père.

Mais contrairement à Matthieu Colton, il serait un vrai père. Un bon père. Un père digne de ce nom.

— C'est mon enfant, conclut-il avec une simplicité qui le surprit, je donnerai ma vie pour le protéger. Ou la protéger.

Lizzie acquiesça et posa ses mains sur son ventre – un geste gracieux, tendre et émouvant. Ethan se détendit et décida d'aborder l'aspect pratique de sa grossesse. C'était plus facile à gérer que le tumulte de ses émotions.

— Tu ne sais donc pas si c'est un garçon ou une fille ?

— Je veux avoir la surprise.

— Tu as déjà choisi la déco de sa chambre ?

— Rien que des bricoles. Pour le reste, j'aviserai plus tard.

Lizzie croisa les mains sur ses genoux. Ethan perçut sa nervosité. Bien sûr, il lui avait fallu du courage pour venir lui annoncer la nouvelle.

— Ethan… excuse-moi d'insister, mais tu m'as clairement fait comprendre que tu ne voulais pas d'enfants, autrefois et puis… enfin… ce soir-là, lâcha-t-elle. Qu'est-ce qui te fait accepter si vite ta paternité ?

La réalité et cela suffit.

Ce fut tout ce qui lui vint à l'esprit. Il se souvenait pourtant de leur conversation, cette nuit-là, lors de leurs retrouvailles. De sa dureté implacable quand elle avait osé suggérer qu'il ferait un père merveilleux.

Ethan ne parlait jamais de Matthew Colton. Il y avait dérogé « ce soir-là », lorsqu'il avait par hasard rencontré Lizzie, venue comme lui assister à ce rodéo. Il s'y était rendu mû par une impulsion inexplicable, peut-être motivé par le désir sourd d'échapper à cette noirceur qui lui avait obscurci l'esprit, à ces émotions qui, certains soirs, lui donnaient la migraine ainsi qu'à une solitude qui les entretenait. Il avait décidé de se divertir. Quoi de mieux qu'un rodéo ?

Il y avait croisé Lizzy qu'il n'avait pas revue depuis une dizaine d'années.

Ils avaient engagé une conversation, d'abord hésitante et polie, puis ils avaient partagé un cornet de pop-corn. Après le rodéo, l'association locale des éleveurs de bétail avait organisé une soirée dansante sous une tente. Ils y avaient participé, mais ils avaient surtout parlé, sans s'arrêter.

Quelque chose s'était passé, cette nuit-là.

Ethan avait souvent eu la sensation de vivre en apnée depuis les crimes de Matthew Colton – une sensation qu'en son for intérieur, il comparait à la chappe de plomb du soleil en plein juillet –, mais lors de cette soirée avec Lizzie, il s'était détendu et avait même eu la sensation de trouver un second souffle. Ils avaient parlé, à perdre haleine de leur histoire commune, ce qui avait créé une intimité à laquelle Ethan, plutôt renfermé et distant, s'autorisait rarement.

Il avait réitéré son opinion sur le mariage et la paternité. Dans l'absolu, il n'était pas opposé au mariage, mais il savait que sa future épouse voudrait devenir mère, ce qui l'enfermerait dans un dilemme angoissant.

Le désir de la femme de sa vie face à son refus de transmettre le sang de Matthew Colton et ainsi d'avoir une descendance.

Matthew Colton était l'un des tueurs en série les plus célèbres du Texas. Il purgeait actuellement plusieurs peines de prison à vie pour des meurtres dont le dernier était celui de sa propre épouse.

Le matin du rodéo, Ethan avait appris que Matthew souffrait d'un cancer incurable. C'est pourquoi, sans doute, il était dans un tel état de désarroi et avait éprouvé le besoin de se changer les idées. C'est pour cette raison également qu'il avait réitéré son vœu de ne pas devenir père. Ce dont Lizzie avait déjà connaissance, mais qu'elle avait pu assimiler à une parole d'enfant puis d'ado traumatisé par une terrible tragédie familiale. Sa haine pour Matthew avait suinté, ce soir-là, il en avait conçu un sentiment de dégoût, de colère et de désespoir. Cette noirceur faisait pendant à la chappe de plomb brûlante et lui causait un malaise incommensurable.

Lizzie connaissait son histoire et sa fratrie. Il pouvait lui parler à cœur ouvert. Par le fait, il s'était plus confié à elle qu'il ne s'était jamais confié à personne. Depuis le soir du rodéo, il avait souvent pensé à l'appeler. Ils n'avaient pas échangé leurs numéros de téléphone, mais il avait passé la nuit chez elle donc il connaissait son adresse et, de toute façon, il aurait pu la retrouver rapidement par le biais d'Internet.

Il s'en était empêché malgré les souvenirs ardents de cette nuit qui le troublaient encore, car il était persuadé qu'elle méritait mieux que lui.

Six mois plus tard, il était face à un retournement de situation.

Ce qu'il avait fui le rattrapait. La paternité.

Il soutint le regard de Lizzie et lui glissa une boucle de cheveux derrière l'oreille.

— J'accepte la paternité parce que c'est désormais une réalité, dit-il avec conviction. Je serai là pour notre enfant.

Notre enfant.

Ethan Colton avait prononcé ces mots comme s'il était réjoui et impatient, se dit Lizzie avec un petit frisson de joie.

Ne t'emballe pas, Lizzie !

Elle obéit à cette injonction muette et se ressaisit. Puis elle se leva et s'éloigna.

— Il faut que je te parle de ces messages, continua-t-elle. De ma situation actuelle. J'ai besoin de toi.

Ethan se leva à son tour, le visage dur, le regard sombre.

Lizzie prit une profonde inspiration et sentit des larmes lui piquer les yeux.

Ethan la prit par la main et l'attira à lui.

— Viens t'asseoir.

La chaleur de sa main autour de la sienne… C'était si bon. Elle n'était plus seule. C'était sécurisant d'avoir un peu de soutien, même s'il n'était que passager.

— J'étais responsable des prêts dans une banque, commença Lizzie. Elle traite les dossiers d'une trentaine de comtés du Texas, avec une filiale à Austin qui gère la partie sud de l'État. Nous étions environ quatre-vingts employés. J'étais respectée, on me confiait de plus en plus de responsabilités et j'avais expliqué à ma cheffe que ma carrière comptait pour moi.

— J'en déduis que l'annonce de ta grossesse a été mal accueillie ?

— Non ! Au contraire ! Ma cheffe m'a félicitée. Elle a même voulu organiser une petite fête en mon honneur.

Lizzie vit la confusion sur le visage d'Ethan. Certes, elle redoutait d'apprendre sa grossesse à sa supérieure, même si la banque où elle travaillait prônait l'équilibre entre vie professionnelle et vie privée, mais la réaction de sa cheffe n'avait fait que le confirmer.

— Où veux-tu en venir ? Je ne comprends pas ? Tu affirmais que ces messages étaient liés à ton lieu de travail ?

— La nouvelle de ma grossesse – j'étais enceinte de trois mois –, s'est vite répandue dans nos bureaux. Ma cheffe ne cessait plus de parler de vêtements de bébé et de jouets en peluche. C'est alors que j'ai reçu les premiers messages.

— Un de tes collègues aurait été jaloux ?

— J'y ai réfléchi, mais je ne crois pas. Nous sommes une équipe relativement jeune, plusieurs ont déjà un enfant ou une famille nombreuse. D'ailleurs, les jeunes pères n'hésitent pas à prendre un congé de paternité.

— As-tu gardé les messages ?

— Pas les premiers. Je les ai jetés. Je sais, c'est stupide, mais je ne voulais pas leur donner du crédit ni perdre mon temps avec cela. Les suivants, je les ai apportés à la police.

— Il y a eu une enquête.

— Plus ou moins. J'imagine qu'ils ont donné la priorité à des affaires plus importantes…

— Dis-moi plutôt ce qu'ils ont fait ?

— Un inspecteur m'a interrogée.

Elle soupira.

— Il n'a rien trouvé.

— Même à la suite de la livraison de fleurs ?

— Il a interrogé le fleuriste. Le paiement a été effectué en liquide, le nom de l'expéditeur était un faux. J'ai recontacté cet inspecteur pour signaler l'intrusion de la personne qui a posé le dernier message autour du hochet.

— Quelle a été sa réaction ?

— Il a pris ma déposition.

— Et les indices. Les empreintes ?

— Il n'y en avait pas sur les précédents messages. L'inconnu qui me harcèle est prudent. Pour finir…

— Oui ?

Un violent frisson saisit Lizzie malgré la chaleur.

— Le hochet autour duquel le dernier message avait été enroulé a disparu.

— Quand ?

— Il y a deux jours. Je l'avais posé sur la table de la cuisine, je ne savais pas quoi en faire… Quand je suis rentrée, le soir, il n'y était plus.

— Tu es sûre ?

— Certaine.

— Tu as un système de sécurité chez toi ?

Les questions simples et directes de Ethan qui tentaient de donner un sens à cette éprouvante réalité calmaient Lizzie.

— Je n'en ai jamais vu l'utilité. Je vis simplement, pas dans le luxe.

— Mais tu es une femme et tu vis seule. Et tu es très clairement harcelée. Que s'est-il passé après la disparition du hochet ?

— J'ai démissionné…

— Comme ça, du jour au lendemain ?

— Oui. Je ne peux pas me permettre de quitter mon travail, mais je ne pouvais pas rester : tout me terrorise, Ethan ! C'est pourquoi je suis venue aujourd'hui. Parce que tu es le seul à qui je peux faire confiance. J'ai besoin de toi.

Quelqu'un cherchait à faire du mal à son bébé. Donc à lui faire du mal. *Pourquoi* ?

Erica Morgan fouilla dans son sac, à la recherche de ses clés, et sortit dans le petit matin. Le parking du Granite Gulch Saloon était sinistre en dépit du ciel très bleu.

Une rafale se leva, elle refréna un violent frisson en insérant la clé dans la serrure de portière de son vieux pick-up. Il faisait décidément très froid. Le mois de février avait été glacial, les bulletins météorologiques annonçaient que les températures allaient encore chuter la semaine prochaine. Elle avait hâte de rentrer chez elle, de se pelotonner sous sa couette et de se plonger dans le roman policier qu'elle était en train de lire et qui était palpitant.

Elle serait déjà à la maison si elle ne s'était pas portée volontaire pour faire l'inventaire du bar. Mais le gérant payait bien les heures supplémentaires et mis à part la lecture de son roman, Erica n'avait guère d'obligations.

Elle s'était endormie dans le bureau de Hal, sur les registres d'inventaire. C'est le crissement du gravier sous la fenêtre qui l'avait tirée de son sommeil. Elle avait eu très peur, d'autant qu'elle avait eu besoin de plusieurs minutes pour se souvenir de l'endroit où elle se trouvait.

Elle monta dans le pick-up, démarra et mit le chauffage à fond. Mais le véhicule était trop vieux pour qu'elle espère se réchauffer pendant le trajet jusqu'à son domicile.

Elle laissa le moteur tourner et réfléchit à ces bruits insistants, voire menaçants, qui l'avaient réveillée. Qui était devant la fenêtre du bureau de Hal à 8 heures du matin ? Elle avait laissé un petit mot à Hal pour lui recommander de vérifier les chiffres de ses dernières commandes de bière, puis elle était partie. C'est bête, elle aurait dû parler de cette présence étrange.

Elle avança lentement. Le soleil matinal accrocha soudain quelque chose au loin, un éclair jaillit. Elle freina et se pencha sur le volant pour essayer de distinguer ce que c'était.

Un rayon de soleil sur un miroir ?

Au même instant, elle revit cet éclair. Elle eut la vague impression qu'il provenait d'une paire de jumelles, mais elle n'aurait su l'affirmer avec certitude car il disparut soudain.

Elle haussa les épaules et sortit du parking. Elle avait envie de rentrer chez elle au plus vite. Combien elle avait hâte de s'envelopper dans la couette de Granma ! Peut-être réfléchirait-elle à cet éclair de lumière dans le petit matin ? Et à ce rôdeur sous les fenêtres du Granite Gulch Saloon ? Pourquoi pas, elle était friande de romans policiers et d'énigmes criminelles.

3

Lizzie était harcelée.

La police n'avait pas agi.

Il allait devenir père…

— Sacré début de matinée, Colton, soliloqua Ethan en nouant ses lacets de chaussures.

Il se releva. Debout devant lui, Lizzie l'observait.

— Ça m'arrive rarement de soliloquer, lâcha-t-il, un peu embarrassé.

— Moi, ça m'arrive souvent, déclara Lizzie malicieuse. J'aime bien ce que j'appelle mes tête-à-tête avec moi-même. Cette petite voix qui me parle.

Ethan sourit. Il était irrésistiblement séduit par la grâce qui émanait de Lizzie. Elle était trop grande pour être qualifiée de « délicate », elle n'en était pas moins élancée. Aérienne comme la barbe à papa dont sa peau avait la saveur sucrée. Il refoula cette pensée fantaisiste.

— Je dois aller voir Dream, annonça-t-il à la hâte.

— La jument auprès de laquelle tu as passé la nuit ? Je peux venir ?

Ethan avait quatre frères et deux sœurs. Aucun n'aimait les animaux autant que lui. Lors des réunions de la fratrie, ses frères et sa sœur – Josie ayant disparu –, le taquinaient en disant qu'il préférait la compagnie des chevaux à celles des hommes et lui reprochaient d'être misanthrope.

— D'accord. Mais couvre-toi bien. Il fait frais.

— Super !

Soudain, Lizzie fut toute rose d'excitation. Son enthousiasme, contagieux, l'amusa. Elle enfila à la hâte sa parka. Ethan fasciné constata que sa doudoune se tendait sur son ventre déjà proéminent. Lizzie remarqua son attention et en sourit. Mais c'était plus fort que lui. Il restait stupéfait et subjugué et, en même temps, il éprouvait une étrange fierté.

Lizzie portait son enfant.

Son enfant était au chaud et en sécurité dans le ventre de Lizzie.

Cette pensée le conduisit à la nuit où ils l'avaient conçu, mais il ne s'y attarda pas et lui fit signe de le suivre. Il lui prit le bras, car le chemin de terre qui conduisait à l'écurie était inégal et pouvait être traître.

Ils marchèrent en silence. Ethan ouvrit la porte, Lizzie le précéda à l'intérieur. Il la suivit dans l'allée centrale qui séparait les stalles de part et d'autre.

C'était pour le moins étonnant, mais de dos, sa grossesse ne se voyait pas. Une pensée lui vint à l'esprit. Il avait entendu sa sœur Annabel dire que la forme du ventre permettait de déterminer le sexe d'un enfant. Ventre rond, c'était une fille, ventre long, c'était un garçon. Mais le plus important, c'était d'avoir un bébé en bonne santé, non ?

Et si c'était un garçon ? Un garçon qui deviendrait un homme ? Ethan fronça les sourcils et, repris par ses démons, songea à Matthew Colton et à ses crimes. Cette pensée le plomba littéralement et il se figea. Il n'avait pas voulu devenir père, de peur de transmettre le sang de Matthew. La joie étrange, la fierté si agréable qui venaient de le saisir s'épuisèrent, son passé tragique le happait avec toute sa noirceur.

— Ethan ? Qu'est-ce qu'il y a ? demanda Lizzie qui s'était retournée, comme alertée.

— Rien.

— On dirait que tu as vu le cavalier sans tête.

Le ton était malicieux, il n'en perçut pas moins son inquiétude.

— Je vais bien.

Il se ressaisit, repoussa de toutes ses forces la dangereuse spirale de ses angoisses.

Une fois devant la stalle de Dream, il fut soulagé de constater que sa jument allait bien.

— Bonjour, ma belle, dit-il à mi-voix en la caressant.

Dream nicha ses naseaux contre sa paume avec confiance.

— Je te présente Dream, dit Ethan à Lizzie.

— Elle est magnifique…

Lizzie s'approchait, la main tendue, Ethan l'interrompit.

— Attends.

Il sortit de la poche de sa veste un cube de sucre – il en avait toujours sur lui –, et le lui donna.

— Une friandise scellera ces présentations, précisa-t-il.

Lizzie prit le sucre, leurs doigts se frôlèrent et une décharge d'électricité parcourut Ethan. Lizzie écarquilla les yeux comme si, de son côté, elle ressentait la même chose.

— Merci…, murmura-t-elle.

Leurs mains immobiles s'effleuraient. Ethan se sentit dépourvu lorsqu'elle retira la sienne.

Lizzie tendit le sucre à Dream.

— Bonjour, jeune beauté. Comment vas-tu ?

Dream mangea le morceau de sucre, pressa ses naseaux contre la paume de Lizzie et se laissa caresser.

Ethan les observait, en proie aux pensées les plus déroutantes. Lizzie et Dream. Toutes deux portaient la vie, et il voyait un lien, une espèce de connivence mystérieuse entre elles.

Lizzie se détourna sans cesser de caresser la crinière de la jument.

— Quel était le problème ? Elle semble aller bien ?

— Son poulain était mal positionné.

— Elle va avoir un poulain ?

— Oui. Elle devrait mettre bas le mois prochain.

Lizzie n'aurait su exprimer son émotion à la pensée qu'Ethan avait passé la nuit auprès d'une jument en gestation.

C'était comme un signe.

La joie et un soulagement inexplicables l'envahirent à cette pensée pour le moins absurde.

Lizzie se flattait d'avoir les pieds sur terre et une logique à toute épreuve, mais elle avait toujours été attentive aux signes et aux coïncidences de la vie. Par exemple, des roses fleurissaient dans le jardin des Carlton lorsqu'elle avait reçu sa lettre d'admission à l'université. Et le jour où elle avait été embauchée dans la banque dont elle venait de démissionner, un parterre de roses devant la banque avait semblé saluer sa réussite.

Ces petites choses, et tant d'autres, à ses yeux significantes, lui confirmaient que les étoiles étaient alignées et qu'elle effectuait le bon choix. Découvrir que la jument d'Ethan Colton était en gestation le jour où, de son côté, elle lui annonçait sa grossesse faisait partie de ces heureux hasards.

Les voix d'ouvriers s'élevèrent à l'autre extrémité de l'écurie. Lizzie se figea en les entendant.

— Il paraît que c'est Matthew Colton qui dirige de sa prison les actes du tueur du comté de Blackthorn.

— Impossible, Gus, Colton est à l'isolement. Il n'a aucun contact avec l'extérieur. Le tueur le copie, c'est tout, c'est un copycat.

Les deux hommes arrivaient devant la stalle. Ils s'interrompirent en voyant Ethan et Lizzie et les saluèrent.

Ethan semblait pétrifié. Lizzie se rendit compte qu'elle avait retenu son souffle au moment où elle le relâcha.

— Gus. Trey, dit Ethan s'arrachant à son silence et à son immobilité, Bill arrivera un peu tard. On a passé une nuit agitée, à cause de Dream. Mais elle va bien.

Ethan énuméra les tâches de la journée aux deux hommes, qui l'écoutèrent avec concentration, après quoi ils s'éloignèrent.

— Je vais te laisser vaquer à tes occupations et ne pas te déranger plus longtemps, déclara Lizzie à la hâte.

Ethan soupira.

— Désolé que tu aies entendu les propos de mes ouvriers.

— Pas la peine. Je sais ce qui se passe dans le comté de Blackthorn. Je lis les journaux. Je regarde les infos.

Quatre meurtres avaient eu lieu dans ce comté. Les victimes portaient sur le front une cible au marqueur rouge, autrement dit, la signature de Matthew Colton.

Les médias nationaux s'intéressaient de plus en plus à cet individu qu'ils avaient surnommé « le Tueur de l'alphabet », car il choisissait ses victimes, toutes des femmes, par ordre alphabétique – actuellement, il arrivait à la lettre E. À la banque de Lizzie, ses collègues n'avaient que ce tragique fait divers à la bouche.

— Matthew est en prison, dans une cellule d'isolement, déclara Ethan d'une voix contenue. Le Tueur de l'alphabet ne peut pas être sa main armée.

Lizzie acquiesça. Josie, la benjamine de la fratrie Colton, avait été sa meilleure amie, sa confidente, et elle se souvenait encore de sa frustration lorsqu'elle évoquait son père.

« Les gens ne te voient pas, ils ne voient que ton histoire. Ils ont de la pitié pour toi. C'est comme si, en évitant de parler de mon père ou de parler de ses crimes, ils évitaient de penser que c'était un psychopathe, un malade. C'est pourtant la réalité. Les types comme mon père, ça dérange. Ou au contraire, ça fascine jusqu'à l'obsession. »

— Certains individus recherchent la notoriété en s'inspirant de criminels notoires.

— Matthew Colton est surtout un monstre, coupa Ethan.

Si Lizzie n'ignorait rien des crimes qui avaient récemment défrayé la chronique dans le comté de Blackthorn, elle ne s'y était pas non plus intéressée de près, ses problèmes personnels pour le moins angoissants passant en priorité. Maintenant, elle se rendait compte que l'affaire du Tueur de l'alphabet affectait profondément Ethan.

— Ton frère Sam est dans la police de Granite Gulch, qu'est-ce qu'il en pense ?

Ethan jeta un coup d'œil par-dessus son épaule, en direction de ses ouvriers, avant de lui prendre le bras.

— Pas ici. Allons à la maison.

Quelques minutes plus tard, Lizzie avait pris place sur le canapé, devant un bon feu de cheminée. Ethan s'était assis à côté d'elle. Il était glacé et figé face à la flambée qu'il regardait sans la voir.

— Tu sais quelque chose sur cette affaire du Tueur de l'alphabet ? interrogea Lizzie. Sam a des infos que les médias ignorent ?

Ethan pressa ses mains entre les siennes d'un geste fébrile.

— Sam pense…

Il s'interrompit.

— Lizzie, tu ne comprends pas ? Cela vit en moi ! s'exclama-t-il soudain hors de lui. Cela vit dans notre enfant. J'ai transmis ce sang maudit à un innocent !

— Je te le répète, ce n'est pas génétique ! déclara Lizzie d'une voix nette. Tu n'es pas ton père. Notre enfant ne le sera pas non plus.

— Qu'est-ce que tu en sais ?

Ethan lâcha ses mains et se leva d'un bond. Agité, il arpenta la pièce de long en large, à grandes enjambées.

— Matthew a commis des meurtres en série, il y a vingt ans, pour se venger de dissensions avec son frère. Seul un esprit déviant peut s'attaquer à quelqu'un avec qui il a un lien biologique.

— Ils ont le même sang et ils se détestent, ça n'a rien d'insolite ou d'exceptionnel.

— Ce qui l'est, c'est de passer aux actes ! De tuer !

Lizzie vit passer dans les yeux d'Ethan une douleur insoutenable, un chagrin qu'il n'avait jamais pleinement exprimé.

Elle connaissait l'histoire de son père, comme tout le monde au Texas. Matthew Colton haïssait Big J, son frère aîné, un homme riche et influent, et il avait assassiné des individus qui lui ressemblaient en laissant sur leur front des cercles concentriques au marqueur rouge.

Le gène du crime n'existait pas et un gène à lui seul ne pouvait déterminer un comportement aussi complexe, se répéta Lizzie. Elle connaissait la fratrie Colton depuis son plus jeune âge. Elle savait que les sept enfants de Matthew Colton avaient surmonté, chacun à leur façon, le passé. Leur résilience forçait l'admiration. La plupart travaillaient dans les forces de l'ordre ou dans les agences fédérales de police. Ethan était le seul qui faisait de l'élevage, son amour pour les animaux l'y ayant prédestiné. Lizzie ignorait ce qu'était devenue Josie qui avait été une amie exceptionnelle. Aucun des enfants de Matthew Colton n'avait jamais manifesté de prédisposition à la violence au crime et à la déviance.

— Tu as choisi ta vie, insista Lizzie. Moi aussi. Nous nous sommes battus pour devenir ce que nous sommes. Nous sommes résilients.

— Je n'en suis pas moins le fils d'un criminel. Toi, tu es la fille d'un homme et d'une femme incapables d'élever leur enfant. Rien de comparable.

Lizzie tressaillit. C'était une parole malheureuse, c'était aussi une réalité qui restait douloureuse en dépit du travail d'analyse qu'elle avait fait pour la surmonter.

— Lizzie... Pardonne-moi. Je suis sincèrement désolé, dit aussitôt Ethan contrit. J'ai été maladroit, je t'ai blessée.

Lizzie acquiesça, se leva, s'approcha de lui et lui saisit le bras. Le toucher, c'était établir un contact et peut-être déjà briser sa résistance.

— Malgré notre passé, nous avons réussi, Ethan, poursuivit-elle d'une voix posée. Nous avons construit notre vie. Nous sommes honnêtes, nous avons une morale, des principes. Une conscience. Nous sommes confiants dans la perspective d'un avenir meilleur. C'est vrai, nos gènes vont déterminer le nombre de caractéristiques physiques

suivit des yeux. Était-ce bien raisonnable ? Ne devrait-il pas poser la question au vétérinaire, même si ce dernier lui avait expliqué que Dream pouvait se déplacer ? De toute façon, elle-même savait ce qui était le mieux pour elle, donc Ethan se contenta de la regarder évoluer dans le paddock.

Le calme de ce début d'après-midi l'enveloppait. Les ouvriers vaquaient à leurs tâches. Il aurait voulu se joindre à eux, mais il préférait ne pas trop s'éloigner de la maison, de Lizzie.

Il s'appesantit sur ses émotions, sur la peur, omniprésente et si familière depuis son enfance, qu'il avait appris à dominer, mais qui restait toujours en veille, prête à étendre ses noirs tentacules dans son esprit.

La voix de Lizzie le fit tressaillir.

— Eh bien ! Que de sombres pensées…

Ethan fit volte-face. Lizzie avait enfilé sa plus vieille veste, celle qu'il laissait toujours suspendue dans le vestibule. Il aima l'idée qu'elle l'ait préférée à sa doudoune, puis comme il craignait que son regard ne soit trop insistant et expressif, il reporta son attention vers le paddock.

— Dream avait besoin d'air, dit-il seulement tandis que Lizzie s'accoudait à côté de lui.

— Elle est en forme en tout cas.

— Oui. Doc Peters est un excellent vétérinaire.

— Et toi, un éleveur exceptionnel.

Lizzie lui sourit, le regard pétillant de malice. Il la revit en un éclair quand elle n'était encore qu'une petite fille.

— Tu as toujours voulu élever des chevaux, Ethan, poursuivit-elle. Du bétail. Tu parlais déjà de ton futur ranch, autrefois. Je le voyais, tant tu le décrivais bien.

Lizzie s'éloigna de la rampe du paddock et fit un tour

complet sur elle-même pour englober les terres d'un geste ample.

— Tu as réalisé ton rêve… tu dois être comblé ?

Sans le vide qu'il ressentait et contrebalançait le trop-plein d'émotions, il l'aurait été.

Cette pensée le prit au dépourvu. La peur, il l'identifiait, la circonscrivait et la conjurait depuis longtemps, en revanche cette sensation de vide était plus récente.

En fait, l'insatisfaction s'était installée en lui, six mois plus tôt, précisément, après le week-end de ses retrouvailles avec Lizzie. Il s'en souvenait encore. Il avait parcouru ses terres sans y ressentir l'euphorie que, jusque-là, il ressentait quand il faisait ce qu'il appelait en son for intérieur le tour du propriétaire.

Ce ranch lui appartenait bel et bien. Ce coin du Texas était à lui. Il y avait mis tout son cœur, investi toutes ses économies. Il y avait d'abord travaillé comme ouvrier, puis contremaître et enfin, il l'avait acheté, lorsque le propriétaire avait décidé de vendre.

Le ranch, son bétail et ses chevaux, c'était toute sa vie. La réalisation de son rêve. Alors pourquoi cette insatisfaction ? Et ce vide ? Avait-il d'autres rêves ? Dans ce cas, c'était à son insu, car il ne s'était jamais appesanti que sur son désir de devenir rancher.

— Ethan ?

Il soupira.

— Désolé…

Lizzie ne fit aucun commentaire et regarda vers le paddock.

— Dream a plus d'énergie que moi.

— Tu es fatiguée ?

Spontanément, il posa une main sur son dos, et lui prit l'autre sans réfléchir.

— Tu veux aller t'allonger ?

Il la sentit se raidir l'espace d'un instant, puis elle se rapprocha de lui.

— Ça va. Mais je me fatigue plus facilement, même si je paresse beaucoup.

— De plus, tu as eu pas mal de problèmes, ces derniers temps. Mais tu as un souci en moins : moi.

Elle tourna les yeux vers lui et haussa les sourcils.

— Que veux-tu dire ?

— Tu m'as annoncé ta grossesse : je t'aiderai et je serai à tes côtés. C'est un souci en moins, non ?

— C'est vrai.

— Tu peux compter sur moi, Lizzie. Je serai le meilleur des pères.

Lizzie sourit. Son cœur tambourinait douloureusement.

Il sera le meilleur des pères, c'est bien, mais ce sera tout. On ne sera que des parents.

Elle avait couvé un petit espoir en venant. Une déclaration d'amour la part d'Ethan ? Le présage d'un bonheur sans nuage…

Tu es trop sentimentale, Lizzie.

— Je suis contente que tu m'assures de ton soutien, dit-elle en s'efforçant de parler sans que sa voix tremble.

— Nous allons affronter et régler tes problèmes actuels ensemble.

Elle sentit la légère pression de ses doigts sur son épaule.

— Lizzie, tu n'es pas seule.

— Je le suis toujours.

Les mots lui avaient échappé.

Lizzie se plaignait rarement. Certes, elle se savait sentimentale et fleur bleue, mais elle détestait les larmes et les accès de désespoir – des preuves de faiblesse selon elle. Elle se flattait d'être optimiste, et préférait mettre en avant son excellente scolarité, ses bons résultats qui lui avaient permis d'obtenir une bourse universitaire et enfin, sa résilience.

Elle était jeune, belle et talentueuse. L'avenir lui appartenait !

Alors pourquoi, soudain, perdait-elle tout courage ?

Ethan fit glisser sa main sur son bras, jusqu'à son poignet. Bien qu'elle porte sa veste, Lizzie sentit la chaleur qui se dégageait de son geste. C'était sans doute normal, elle était à fleur de peau.

Elle avait beaucoup lu sur la grossesse et savait que son corps produisait une grande quantité d'hormones susceptibles d'influencer son humeur, ses émotions et sa sensualité.

— Plus maintenant. Moi présent, tu es en sécurité. Personne ne te fera de mal.

Sauf toi, Ethan...

Cependant, rassurée par sa profession de foi, elle posa sa main sur la sienne et leva les yeux vers lui.

Ethan Colton était beau, mais d'une beauté surprenante due à un visage aux traits énergiques et presque durs, à un regard souvent indéchiffrable qui, de noisette, devenait vert, parfois gris, à des lèvres bien ourlées qui ne souriaient presque jamais. Depuis l'enfance, il faisait face au monde avec un stoïcisme émouvant. La tragédie qu'il avait vécue – retrouver le corps de sa mère et donner l'alerte – avait façonné son caractère ombrageux et ce visage à la beauté austère, parfois tourmentée.

Pourtant, il était devenu quelqu'un.

Un homme digne de ce nom qui retenait l'attention. À cause de ses prunelles dont les nuances changeaient sans cesse au cours de la journée, comme un ciel nuageux soufflé par le vent ? De sa droiture ? De sa quête d'absolu ? Le savait-il ? Lizzie aurait voulu chasser les ombres qui passaient dans ses yeux, n'y voir que cette lumière qui rendait ses prunelles noisette véritablement dorées.

Maintenant, il serrait son poignet, le regard rivé au sien. Lizzie avait conscience de l'accord et du rythme de leur respiration. C'était envoûtant, mais elle ne pouvait s'égarer et fantasmer sur Ethan Colton. Elle était enceinte de six mois, son enfant était au centre de son attention.

Pourtant, elle ne réussissait pas à détourner la tête et à rompre le contact. Elle n'y parvint pas non plus quand Ethan s'inclina vers elle et effleura sa bouche. Au contraire. Elle retint son souffle. C'est à peine si elle osait respirer. Et ce fut elle qui jeta les bras autour de son cou et pressa ses lèvres sur les siennes.

La réponse d'Ethan fut instantanée. Il posa ses mains sur ses hanches et la serra contre lui. Leur enfant – rappel vivant et tangible qu'ils avaient créé la vie –, était entre eux.

Alors tout ce qui s'était passé depuis ces six derniers mois disparut.

Elle était dans les bras d'Ethan Colton. Sous ses lèvres.

Un soupir venu du fond de son cœur remonta le long de la gorge de Lizzie comme pour traduire ce qu'elle éprouvait très exactement : *Enfin.*

Aussitôt après, la langue d'Ethan s'insinua entre ses lèvres, elle les entrouvrit, afin qu'il prenne possession de sa bouche. Il agrippa mieux ses hanches, afin de la serrer plus fort dans ses bras, quoiqu'avec délicatesse. Lizzie sentait son désir, aussi puissant que le sien, et qui montait en flèche.

Elle perdit la notion du temps et de l'espace. Elle ne sentait qu'Ethan. Elle ne pensait qu'à Ethan.

Elle ne voulait qu'Ethan.

L'homme obstiné et volontaire qui avait réalisé son rêve – se consacrer à la terre et à l'élevage, et qui s'était créé une vie.

Elle se serra contre lui pour que dure leur baiser, alors qu'une pensée, un désir, émergeait.

Partager sa vie.

C'est précisément cette prise de conscience qui l'obligea à reculer et à s'arracher à sa force pourtant magnétique.

— Lizzie…

Ses lèvres étaient humides, ses yeux noisette dont les pupilles étaient dilatées, presque noires.

— Je…

Elle le dévisagea, tentée de revenir dans son étreinte.

Le bébé choisit ce moment pour donner un coup de pied et Lizzie porta les mains sur son ventre avec une petite grimace.

— Lizzie ? Que se passe-t-il ?

— Quelle heure est-il ? 14 heures ?

— Possible. Je ne sais pas. Pourquoi ?

— Tous les jours à la même heure le bébé s'agite. Comme s'il se réveillait !

— « Il » ?

Elle lui adressa un sourire en coin.

— Hier, j'ai dit « elle » toute la journée. Cela change chaque jour.

Il regarda son ventre, elle vit une émotion passer sur son visage. Puis il recula, mais après une hésitation, il se rapprocha.

— Lizzie, ça te dérange si je… ?

Sur ces mots, il tendit la main. Elle la lui saisit avant

qu'il ne se ravise, écarta les pans de la veste et la posa sur son ventre. Le bébé réagit. Ethan se figea sous l'effet de la surprise, tandis qu'un demi-sourire surgissait sur ses traits.

— Je pense que nous en ferons un footballeur…

— Ou une danseuse de french cancan, lâcha Lizzie.

Lizzie sourit. Football pour les garçons et danse pour les filles ? Et pourquoi pas l'inverse ?

— Peut-être que nous aurons une fille footballeuse.

Il sourit.

— Ou un cow-boy danseur qui fera sensation sur la scène de New York !

Sa fille, son fils, serait libre de ses choix, Lizzie fut contente de constater qu'Ethan adhérait à sa vision.

Il caressa son ventre sans cesser de la contempler. Elle resta immobile, émue par ce tout premier contact d'Ethan avec son bébé.

Il retira sa main, comme à regret. Il recula à peine et reporta son attention vers le paddock. La détermination ardente qui avait empreint ses traits s'estompa tandis qu'il suivait Dream des yeux.

Le calme et le silence persistaient. Ethan tendre et émotif avait cédé la place à Ethan inaccessible et stoïque qui semblait retiré en lui-même. C'est ainsi que son entourage le connaissait.

Lizzie aurait aimé le rendre heureux, mais comment ? De l'amour, il n'y en avait pas entre eux. Ethan Colton et elle s'étaient aimés par une nuit de folle passion. *De passion, pas d'amour.*

— Tu es bien sombre soudain, Lizzie ?

Cette observation l'arracha à ses méditations. Elle haussa les épaules.

— Pensive, seulement.

La femme au loin fixait Ethan Colton et Lizzie Conner. Même sans jumelles, elle devinait sans peine la force du lien qui les unissait.

Que ressentait-on face à une si vibrante réciprocité des sentiments ?

Elle les enviait.

Et bientôt, il y aurait un bébé. Premier petit-fils, ou première petite-fille de Matthew Colton.

Matthew serait hors de lui quand il le saurait ! Malgré son incapacité à contrôler ses pulsions, sa famille comptait plus que tout au monde. La notion de famille l'avait façonné comme un potier façonne l'argile sur un tour et avait été le moteur de toutes ses actions.

Même criminelles.

La jalousie qu'il avait éprouvée envers Big J Colton l'avait conduit sur les voies les plus sombres qu'un être humain puisse emprunter. Son besoin de tuer, ou peut-être le prétexte qu'il s'était choisi pour cela, étaient liés au frère qui ne l'avait jamais aimé et ne s'était jamais intéressé à lui.

Cet héritage, c'était leur obsession à tous.

5

Lizzie lissa son sac à main sur ses genoux dans un geste qui trahissait sa nervosité. Elle avait voulu rentrer chez elle, et Ethan l'avait raccompagnée pour s'assurer qu'elle était en sécurité dans sa maison.

— Ce n'était pas la peine, Ethan…

Ils finissaient de traverser le comté de Blackthorn, ils n'étaient plus qu'à quelques kilomètres de chez elle.

— C'est la quatrième fois que tu le répètes.

— Mais non.

— Mais si. D'abord, tu m'as demandé si je n'avais rien de mieux à faire. Ensuite, tu m'as proposé de faire demi-tour et de m'assurer que Dream allait bien. Après, tu m'as avoué que ton intérieur était sens dessus dessous, et que tu étais gênée à l'idée que j'en voie le désordre.

D'accord, elle avait peut-être exagéré, se dit Lizzie, qui pourtant garda le silence.

— Je ne comprends pas pourquoi tu refuses que je voie ta maison ? reprit Ethan.

— Tu l'as déjà vue.

Après le rodéo, Ethan l'avait en effet suivie dans son pick-up pour la raccompagner. Pendant tout le trajet, elle s'était répété qu'il prendrait congé une fois qu'il se serait assuré qu'elle était bien rentrée. Mais dès qu'ils étaient sortis de leurs véhicules respectifs, ils s'étaient jetés dans les bras l'un de l'autre.

— Alors pourquoi tu ne veux pas que je vienne chez toi cette fois-ci ? insista-t-il.

— Ce n'est pas que je ne veux pas. Tu es toujours le bienvenu…

Bienvenu dans sa vie…

Pour toujours.

Elle se tut, troublée par cette pensée intempestive, se ressaisit au prix d'un gros effort et réussit même à lui sourire.

— Je suis désolée de t'entraîner dans mes problèmes actuels…, acheva-t-elle.

Ethan garda les yeux fixés sur la route, le visage crispé.

— Un individu te harcèle à un moment où tu es particulièrement vulnérable. Tu m'as sollicité à raison. Je vais t'aider, c'est normal.

— Je sais, Ethan, et je te suis vraiment reconnaissante.

Il acquiesça. Tendu. Pourquoi ? L'expression de sa gratitude l'irritait ? Le frustrait ?

Était-ce parce qu'elle lui avait caché sa grossesse ? se demanda-t-elle, consciente que ses pensées s'emballaient. À la vérité, elle n'avait jamais eu l'intention de la garder secrète – même en sachant qu'Ethan ne voulait pas devenir père. Après avoir découvert qu'elle était enceinte et après avoir surmonté le choc, elle s'était promis de le contacter après la naissance, du moins, une fois qu'elle serait devenue mère à part entière.

Le harcèlement dont elle était victime l'avait contrainte à modifier ses plans et à rechercher la seule personne susceptible de la soutenir. Elle avait besoin d'Ethan. Mais pas au point qu'il la couve comme il le faisait maintenant.

Elle soupira, lui indiqua la route jusqu'à son lotissement.

Ethan l'interrompit en murmurant un « je me souviens » rauque, accompagné d'un bref hochement de tête. Il était venu chez elle par nuit d'août, aujourd'hui, l'hiver régnait en maître et avait modifié le paysage, mais pas une fois il n'hésita.

Lizzie émue par la résurgence de souvenirs et par la perspective qu'il revienne chez elle six mois après leur nuit, mémorable, regarda par sa vitre.

Calme-toi.

Elle caressa son ventre. Au cours de ces six derniers mois, chaque fois qu'elle éprouvait de l'anxiété, elle se concentrait sur ce petit être qu'elle portait. S'apaiser pour le bien de son bébé était essentiel, elle voulait s'épargner tout stress. Malheureusement, le stress était devenu trop présent dans son existence.

Ethan tourna dans son allée et coupa le moteur. Il parcourut du regard la façade de briques avant de se tourner vers elle avec un sourire.

— À la lumière du jour, c'est encore plus coquet.

— J'ai eu le coup de foudre lorsque j'ai visité ce lotissement et vu ma maison, lui avoua-t-elle.

Le bébé donna un coup comme pour renchérir et Lizzie posa spontanément la main sur son ventre.

— Ça va ? demanda aussitôt Ethan.

— Ça va. L'entraînement de notre future championne recommence !

Elle allait ouvrir sa portière, Ethan la retint et lui saisit la main.

— Laisse. Je vais t'ouvrir.

Son visage se détendit lorsqu'il baissa les yeux vers son ventre.

— Si je comprends bien, le bébé est une fille aujourd'hui ?

— Et demain, ce sera un garçon… et ainsi de suite.

Il posa sa main sur son ventre.

— Toujours aussi active ?

Sa voix était rauque d'émotion.

— Chaque jour hyperactive !

Ethan recula, la connexion prit fin, le crépitement d'électricité qui semblait circuler entre eux disparut quand l'air frais s'engouffra par sa portière ouverte. Lizzie l'attendit, la main sur la poignée de la sienne.

C'était si agréable de parler de leur bébé avec lui. Ses collègues s'étaient réjouis de sa grossesse, mais aucun ne pouvait partager certains moments d'émotions comme elle le faisait avec le père de son enfant.

— Tu me donnes les clés ? demanda Ethan en lui ouvrant la portière. Je te précède à l'intérieur.

— C'est inutile.

Il leva un sourcil.

— Je préfère.

Lizzie déboucla sa ceinture de sécurité.

— Tu as toujours ce regard-là pour obtenir ce que tu veux, Colton ?

— Ça a marché ?

— Malheureusement, oui.

Ethan lui adressa un de ses rares sourires.

— Alors considère que c'est une tactique efficace.

Il l'aida à descendre de son pick-up, elle lui remit ses clés et le suivit.

Lizzy était vraiment fière de la maison qu'elle avait achetée avec ses économies et un prêt. Quand elle avait signé le compromis de vente et emménagé, dix mois plus tôt, elle s'était félicitée d'avoir atteint ses objectifs.

Mais maintenant, un individu menaçait ses acquis.

Une maison, un équilibre émotionnel. Pire, il menaçait la vie fragile qu'elle portait en elle.

— Entre, dit Ethan en lui faisant signe. Tout semble en ordre. Rangé et à sa place.

— « Tout à sa place », c'est la malédiction de l'enfant placé.

— Pardon ?

— Chaque chose doit toujours être sa place pour ne pas donner à ta famille d'accueil l'occasion de se débarrasser de toi au prétexte que tu es désordonnée.

— Tu le dis sans amertume ?

— Je n'en ressens pas.

Ethan ne fit aucun commentaire, il continua de la regarder fixement.

— Des gens formidables m'ont accueillie, Ethan, poursuivit-elle. Ils ont fait de leur mieux, ils m'ont aimée.

— Mais ?

— Mais j'étais une enfant renfermée, puis j'ai été une adolescente à fleur de peau. Les Carlton n'étaient pas mes vrais parents, je le leur rappelais sans cesse.

— Pourtant tu es triste quand tu parles d'eux.

— Plus que tu ne peux l'imaginer… Roy et Rhonda ont été ma dernière famille d'accueil, ils m'ont entourée d'affection. Ils m'ont acceptée dans leur foyer, comme ils ont accepté Josie, mais j'ai été ingrate.

— Mon frère Chris m'a appris leur décès, qui remonte à quelques années. Ils auraient pu savoir…

Il se tut brusquement.

— Savoir quoi ? le relança-t-elle.

— Non, rien.

Elle fronça le sourcil sans le quitter des yeux. Ethan soupira et s'avança dans son salon, sa grande taille contrastant avec le mobilier délicat.

— Chris est détective privé, il les a recherchés après la disparition de Josie, reprit-il. Ils auraient en effet pu savoir quelque chose à ce sujet…

Il haussa les épaules.

— Il a découvert qu'ils avaient eu un accident de la circulation qui leur a coûté la vie.

— Je suis au courant. Le chauffard n'a jamais été retrouvé. Délit de fuite. C'est une terrible tragédie, mais j'ai toujours trouvé réconfortant qu'ils soient morts ensemble.

— Avaient-ils d'autres enfants placés chez eux, à l'époque ?

— Deux garçons. Mais après la fugue de Josie, ils semblaient avoir perdu le feu sacré.

— Et toi ?

— Quoi, moi ?

— Josie ne t'a pas manqué ?

Elle soupira. Josie avait été sa meilleure amie, comme une sœur.

— Bien sûr que si. Les Carlton nous ont élevées comme leurs propres filles, nous avions le même âge. Nos relations sont devenues plus distantes et pour finir, Josie est sortie de ma vie.

— De la nôtre aussi.

Ethan faisait les cent pas et dégageait une énergie qui annonçait une tempête.

— Au préalable, elle s'est éloignée de nous, martela-t-il. Elle a refusé nos visites que le tribunal avait pourtant autorisées.

— Personne ne sait où elle est ?

— Non. Personne.

Il saisit une petite girafe en cristal sur sa table basse

et l'observa, mais son esprit était visiblement ailleurs, songea Lizzie.

— Les recherches de mes frères et de ma sœur, pourtant dans les forces de l'ordre, ont été vaines.

— Ethan ? reprit-elle avec hésitation. Tu ne crois quand même pas les bêtises que certains journalistes ont commencé à faire circuler à son sujet ? Comme quoi elle aurait succédé à ton père et serait le Tueur de l'alphabet ?

Ethan se raidit. Son visage devint dur.

— Il n'y a pas que les journalistes qui émettent cette hypothèse.

— Qui d'autre ?

Ethan baissa les yeux sur l'objet qu'il tenait dans ses mains avant de le reposer doucement sur la table basse.

— Ne me dis pas que toi tu y crois ? insista Lizzie, alarmée. Sans doute Josie a-t-elle sa part d'ombre, comme nous tous, mais je la connais assez pour savoir qu'elle n'est pas une psychopathe !

— Je…

Ethan fut interrompu par un fracas à l'étage. Il leva aussitôt les yeux.

— Ça vient de la chambre du bébé, déclara Lizzie en suivant son regard.

De nouveau, il y eut du bruit.

— Appelle le 911 ! s'écria Ethan en s'élançant.

Ethan avait été partagé entre la nécessité de rester auprès de Lizzie et celle de poursuivre l'intrus, son instinct l'avait poussé à choisir la deuxième option.

Il entra dans la nursery et vit que la fenêtre était ouverte. Les rideaux flottaient dans la brise. Il se précipita vers la fenêtre et aperçut un individu en fuite. Il allait le prendre en chasse lorsqu'il se ravisa.

La voix de Lizzie lui parvint.

— Tu l'as vu ?

— Il est parti.

— « Il » ?

— Je pense que c'est un homme, mais je n'en suis pas sûr. L'individu que j'ai vu portait un sweat-shirt épais bleu marine avec la capuche relevée. Exactement comme ce que je porte aujourd'hui et comme ce que porte la moitié de la population le week-end.

— C'est mieux que rien.

Lizzie restait sur le seuil de la nursery, son beau visage inquiet encadré par sa chevelure en bataille. Dans le silence qui retombait, Ethan la contempla. Depuis leurs retrouvailles de ce matin, ses émotions ressemblaient à des montagnes russes. Et voilà que Lizzie, sur le pas de la porte de la chambre de leur enfant à venir, ressemblait à une déesse guerrière prête à se battre pour protéger son foyer. Il ne voyait pas la peur sur ses traits, seulement la colère qu'elle s'efforçait de contenir.

— Lizzie, tu devrais t'asseoir.

— Je suis trop énervée !

— Fais-moi plaisir, assieds-toi et calme-toi.

Il allait refermer la fenêtre mais elle l'arrêta d'un geste.

— Laisse. Il y a peut-être des empreintes.

Ethan était certain que l'intrus avait pris ses précautions, mais il ne dit mot et obtempéra. Lizzie s'installa dans le rocking-chair, et il l'imagina en train de bercer leur enfant.

Il fit un effort pour ne rien laisser paraître de son émoi. C'était inexplicable. Comment pouvait-il ressentir ce bonheur, un tel sentiment d'accomplissement face à ce qu'il n'avait jamais souhaité ? Ce revirement était sidérant.

Il ne cessait de se poser la question, il n'avait toujours pas trouvé la réponse.

Lizzie portait *son* enfant. Il était submergé par un puissant et bouleversant instinct de protection dont il avait ignoré l'existence. Mais ça n'était pas tout. Il y avait autre chose de plus profond, de plus intense et d'indicible.

Il avait passé sa vie à éviter les complications et tout engagement sentimental, l'intensité du lien qui existait désormais entre lui et Lizzie aurait donc dû l'inquiéter. Au lieu de cela, il ressentait une étrange et indéfinissable exaltation qui s'associait à ce désir de protection tout neuf.

Le hurlement des sirènes l'arracha sa confusion, il se raccrocha aux faits tangibles, à cette intrusion et au danger que courait Lizzie.

La colère qui avait embrasé le visage de Lizzie avait disparu. Elle était maintenant d'une pâleur de cire. Son regard vert exprimait l'inquiétude, la lassitude et la fatigue. Il était désolé qu'elle soit contrainte d'affronter cette épreuve.

— Je m'occupe de la police, dit-il.

Toute sa vie Ethan avait côtoyé les forces de l'ordre et la justice. S'il avait le plus grand respect pour eux, il n'en gardait pas moins une certaine prudence, voire de la méfiance à leur égard.

Habitués à disséquer ce qu'ils voyaient ou entendaient, certains policiers s'éloignaient de la réalité du terrain, ce qui les conduisait à des conclusions erronées. Et les deux hommes qui se trouvaient maintenant dans la cuisine de Lizzie appartenaient manifestement à cette catégorie.

Après avoir examiné la nursery en posant une salve de questions inoffensives, le détective McNulty passa à l'offensive.

— Mademoiselle Conner, depuis combien de temps ces incidents durent-ils ?

— Cela a commencé il y a plus de trois mois. J'ai reçu des messages anonymes sur mon lieu de travail. Je l'ai déjà expliqué au détective Bell quand j'ai porté plainte, il y a environ deux mois.

Le détective McNulty continua à sourire, mais il reprit d'un ton implacable.

— Le détective Warren et moi-même aimerions cependant nous faire une idée de la situation par nous-mêmes et en entendre le récit de votre bouche.

Lizzie le lui relata jusqu'à l'incident du hochet, où l'émotion l'envahit, si bien qu'elle eut de la peine à terminer.

Ethan lui serra la main, conscient de l'attention du détective McNulty sur son geste. Il lui adressa un regard froid éloquent, le détective détourna aussitôt la tête. Ethan respectait la loi, mais il refusait de se laisser intimider par ses représentants.

McNulty passa ensuite la parole à son coéquipier, le détective Warren qui jouait le rôle du policier paterne et bienveillant. Ce dernier en effet adopta une approche plus douce, en amorçant le dialogue sur le bébé et la date d'accouchement afin de détendre Lizzie. Ethan qui avait gardé sa main sur la sienne était conscient, à la crispation de ses doigts, de son stress croissant.

— Ces incidents durent donc depuis environ trois mois ?

— Oui.

— C'est à ce moment que le Tueur de l'alphabet a commencé à sévir, déclara le détective Warren.

— Il agit à Granite Gulch, à l'autre bout du comté de Blackthorn, objecta Ethan à la hâte.

— En effet, monsieur Colton.

Le sourire du détective Warren n'atteignit pas ses yeux.

— Granite Gulch : un endroit que votre famille connaît bien, insinua-t-il.

— C'est là où se trouve la maison de mes parents.

— De votre père.

Ethan contint son agacement.

— La « maison » de Matthew Colton, c'est actuellement une cellule d'isolement sécurisée dans un établissement pénitentiaire, riposta-t-il froidement. Où voulez-vous en venir au juste ?

— Je suis sûr que vous le savez.

— Vos certitudes vous égarent.

— Vous n'ignorez pas la nature des rumeurs qui courent sur votre sœur, monsieur Colton ? intervint le détective McNulty

— La benjamine de la famille Colton aurait repris le flambeau de Matthew Colton et tuerait ses victimes selon le même mode opératoire ? répliqua Ethan. Vous parlez de cette rumeur-là, détective ?

— Précisément.

— Josie est innocente ! s'exclama spontanément Lizzie.

— Vous savez quelque chose à ce sujet, mademoiselle Conner ? Quelque chose qui pourrait aider la police à mettre la main sur le tueur ?

— Non, mais je *sais* que ce n'est pas Josie ! déclara Lizzie avec conviction. Elle est incapable de faire une chose pareille !

— Les gens sont capables de faire des choses que nous ne soupçonnons pas, mademoiselle Conner, répliqua le détective McNulty avant de se lever.

— Vous partez déjà ? s'enquit Lizzie étonnée.

— Oui. Merci pour le café. Le détective Warren et moi vous recontacterons. L'équipe technique va arriver pour faire des relevés d'empreintes.

Ethan serra la main de Lizzie, l'exhortant ainsi à ne pas bouger. Puis il se leva à son tour pour raccompagner les détectives et prendre congé.

— Merci d'être venus.

Le détective McNulty jeta un dernier regard dans le salon avant de reporter son attention sur lui. Ethan resta de marbre. Il avait l'habitude.

— Gardez un œil sur votre amie, monsieur Colton.

Cette marque de compassion, improbable alors qu'il s'attendait à une remarque sarcastique, surprit Ethan.

— Comptez là-dessus, répondit-il d'une voix que l'émotion rendit rauque.

Comme le lui avait annoncé le détective McNulty, une unité judiciaire vint relever les empreintes sur le rebord de la fenêtre de la nursery. Les techniciens ne retrouvèrent que celles de Lizzie. Cette dernière refusa qu'ils en cherchent dans la pièce, de peur que la poudre dactyloscopique ne recouvre et salisse toutes les surfaces.

Après le départ des techniciens du service technique, Ethan récapitula pour lui-même l'entretien qui venait de se dérouler, et était passé d'une intrusion à des soupçons de meurtre visant sa sœur.

Josie qui avait disparu depuis si longtemps…

Ses frères, sa sœur et lui l'avaient cherchée. Longtemps ils avaient refusé d'abandonner l'espoir de la retrouver, mais au fil des déceptions et des impasses, ils avaient finalement choisi de se préserver et de renoncer. La disparition de Josie à dix-sept ans les avait si durement éprouvés qu'elle avait fissuré la carapace protectrice émotionnelle que chacun s'était créée, après le meurtre de leur mère, la condamnation de leur père et leur placement en foyer ou en famille d'accueil.

C'est Annabel qui avait suggéré d'abandonner les recherches. Tous aimaient Josie, mais son éloignement puis sa disparition du jour au lendemain, incompréhensibles, et les recherches vaines rouvraient sans cesse la blessure du passé.

Quoi qu'il en soit, Ethan savait que Trevor gardait sous le coude le dossier que le FBI avait sur Josie ; quand il en avait le temps, il le rouvrait, reprenait des pistes. Sam, policier à Granite Gulch, avait quant à lui accès aux archives, qu'il parcourait de temps en temps. Les autres s'étaient efforcés de surmonter cette nouvelle épreuve et de passer, bon an mal an, à autre chose.

Comment Josie se retrouvait-elle maintenant associée au Tueur de l'alphabet ?

— Intéressant, cet interrogatoire, déclara Lizzie, qui s'approchait avec la cafetière.

— Je suis désolé s'il t'a bouleversée.

— C'est bizarre de se sentir suspecte et non victime sous son propre toit.

— Le détective chargé de ton dossier a-t-il eu cette attitude ?

— Non.

Elle reposa la cafetière après avoir servi Ethan.

— Le détective Bell a été compréhensif. Je pense qu'il a fait de son mieux malgré le peu d'informations dont je disposais.

— La situation ne semble pas avoir évolué et à mon avis, il n'a rien fait du tout.

— Tu ne l'as pas rencontré, Ethan, insista Lizzie. C'est vraiment quelqu'un de bien. Et d'ailleurs, j'ai envie de rappeler le détective Bell. Je n'ai pas apprécié les insinuations de ces deux policiers.

— C'est l'effet du nom de Colton... Navré que tu aies subi cela. Tu as assisté à un interrogatoire du fils de Matthew Colton et aux soupçons de meurtre qui planent sur la benjamine du clan maudit, lâcha-t-il avec amertume.

— Josie n'est pas une tueuse !

— Crie-le devant le tribunal de l'opinion publique ! ironisa Ethan.

— Tu ne penses pas sérieusement que ta sœur est une tueuse ?

Conscient qu'il tremblait, Ethan reposa sa tasse sur la table.

— Mais non, bien sûr !

— Dans ce cas, pourquoi es-tu dans cet état ?

— Parce qu'on te harcèle, Lizzie ! Quelqu'un cherche à s'en prendre à toi et au bébé. Bon sang, ce quelqu'un était dans la nursery à notre arrivée ! La police intervient et c'est mon passé qui, de nouveau, me saute à la figure ! Colton, *donc* tueur en série, *donc* Tueur de l'alphabet.

— Je suis moi aussi bouleversée, Ethan, mais il n'y a aucun rapport entre ce harceleur qui fait de ma vie un enfer et le Tueur de l'alphabet. Ces policiers ont eu tort d'emprunter cette piste, un point c'est tout.

— Tu ne comprends donc pas ? s'exclama Ethan.

Il ne voulait pas l'effrayer, mais Lizzie ne voyait-elle pas l'évidence ?

— Comprendre quoi ? Que la police, les gens sont obsédés par un tueur en série dont les médias parlent vingt-quatre heures sur vingt-quatre ? Quel rapport avec le malade qui me menace ?

Ethan serra sa main.

— Ton prénom commence par un E, Lizzie : Elizabeth.

6

Saisie par cette révélation, consciente que ses jambes se dérobaient sous elle, Lizzie s'assit. Ethan serra plus fort sa main. Au bout d'un moment, il la lâcha et elle frissonna.

Elle s'était appesantie sur sa conviction selon laquelle Josie Colton ne pouvait être une tueuse qui, de plus, choisissait ses victimes par ordre alphabétique à Granite Gulch. Mais elle avait occulté ce détail étrange : les premiers meurtres du Tueur de l'alphabet coïncidaient avec le début de ses problèmes.

Mais elle se ressaisit.

— C'est une pure coïncidence. Je vis à une heure de Granite Gulch et je reçois des messages ciblés. L'inconnu se focalise sur mon bébé. Précisément, sur cette obsession à vouloir former une famille avec moi et l'enfant.

Elle ne pouvait être dans la mire d'un tueur en série.

— Les précédentes victimes ont-elles reçu des messages ? reprit-elle. On leur a volé des objets de leur quotidien ?

— Non.

Ethan hésita.

— Mais le mode opératoire peut changer pour de multiples raisons ?

— Que pensent tes frères du Tueur de l'alphabet ?

— C'est Trevor qui est le plus concerné car le FBI est impliqué maintenant.

— A-t-il partagé avec toi des détails que la presse ignore ?

— Rien de substantiel.

Lizzie savait qu'elle cherchait quelque chose à quoi se raccrocher, n'importe quoi qui lui confirme qu'elle n'était pas ciblée par un tueur en série.

Un harceleur, oui. Mais un psychopathe qui ferait d'elle sa prochaine victime ? Non !

— Le tueur en série n'a pas manipulé ses quatre précédentes victimes, reprit Ethan. Il ne les a pas non plus terrorisées avant de passer à l'acte. Et en effet, les objets et les messages ne font pas partie de son mode opératoire.

— « Il ». Donc un homme. Dans ce cas, pourquoi les détectives pensent-ils à ta sœur ?

— Les informations confidentielles recueillies sur les scènes de crime indiquent qu'une femme pourrait être impliquée.

— Et moi, c'est un homme qui me cible, Ethan ! C'est ma seule certitude.

Lizzie passa en revue ce qu'elle avait vu ou lu sur le Tueur de l'alphabet dans les médias. Les journalistes avaient confirmé qu'il s'agissait d'un tueur en série, en revanche, ils avaient précisé que c'était un homme.

Jusqu'à de récentes spéculations sur l'implication de Josie Colton.

L'idée que le nom de son amie d'enfance, sa sœur de cœur, soit associé au crime l'horrifiait.

— Sur quoi le FBI base-t-il ces thèses ? Il n'y a aucune identification d'ADN, si j'en crois les médias ?

— Cela relève de la balistique. C'est une question d'angles de tir. De détermination de la taille du tireur par l'analyse de la trajectoire de la balle à partir de l'impact. Si on retrouve des traces de poudre sur un mur, et si on ajoute trente centimètres à la hauteur des traces par rapport au sol, on a une assez bonne estimation de la taille du tireur. D'après Trevor, c'est seulement une théorie pour l'instant. Il pourrait aussi bien s'agir d'un homme de petite taille.

La tête de Lizzie lui tournait quand elle songeait aux implications de telles révélations. Bien qu'elle ait été trop jeune pour s'en souvenir, vingt ans plus tôt, la folie meurtrière de Matthew Colton dans le comté de Blackthorn avait défrayé la chronique. Et même en sachant que le père d'Ethan était condamné à vie, Lizzie n'arrivait pas à comprendre comment, pourquoi l'histoire semblait se répéter.

— Que se passe-t-il ? demanda Ethan.

Sa voix était douce, patiente.

— Rien.

— Rien ?

— Et si…

Elle s'interrompit.

— Lizzie ? demanda Ethan dans le silence.

— Ton père est un manipulateur. Et, si le Tueur de l'alphabet était son bras armé, comme tes ouvriers le disaient, ce matin ?

Erica Morgan était pelotonnée sur son canapé, sous la couette de sa grand-mère. Elle s'était assoupie sur son roman policier.

Un raclement désagréable devant sa baie vitrée coulissante la tira soudain de sa torpeur. Elle se redressa.

Un frisson parcourut son échine, elle se sentit soudain glacée malgré la couette douillette. La sensation bizarre qu'elle avait eue, ce matin, en quittant le bar revint la saisir. Sa peur était sûrement stupide, disproportionnée, mais c'était plus fort qu'elle.

Elle rejeta la couette et s'exhorta au calme.

Bien sûr, la lecture de son roman à suspense alimentait son imagination et sa nervosité, mais à peine se fut-elle fait cette réflexion que l'inquiétant raclement s'éleva de nouveau.

Elle se dirigea vers la baie vitrée, prudemment, dos au mur. Elle respira profondément, posa les yeux sur son smartphone posé sur la table basse, à l'autre bout de la pièce. Allait-elle mener sa propre enquête et faire fuir le ou les intrus ? Ou contacter la police ? Le bon sens prit le dessus, elle traversa le salon et s'empara de son smartphone.

Les doigts tremblants, elle composa le 911, sans toutefois appuyer sur la touche pour passer l'appel.

Toujours se déplaçant le long du mur, elle tira sur l'épais rideau qui couvrait la porte coulissante de la baie vitrée et l'écarta. Personne devant chez elle. Personne non plus dans le parking derrière sa petite maison.

Elle fit coulisser la porte vitrée et sortit dans le patio. L'air frais l'enveloppa, frais et propre, si léger comparé à la peur implacable qui ne la lâchait pas.

De nouveau elle scruta les alentours, mais elle ne vit rien ni personne de suspect. Consciente qu'elle tenait toujours son téléphone portable, elle s'apprêta à effacer le numéro. Au même moment, elle aperçut une forme ramassée sur le patio. Un oiseau tué, dépecé avec une précision chirurgicale, à l'évidence, par une main humaine. Le cri qui lui monta à la gorge s'étrangla.

Lizzie nettoya avec insistance le rebord de la fenêtre de la chambre du bébé. La poudre noire que la police avait utilisée pour relever les empreintes digitales résistait à ses tentatives.

La jolie nursery qu'elle avait si soigneusement décorée était en désordre et souillée.

Elle regrettait d'avoir émis l'hypothèse selon laquelle Matthew Colton pouvait diriger les crimes du Tueur de l'alphabet depuis sa prison.

Ethan n'avait pas rejeté cette thèse, il n'y avait pas non plus adhéré. Il avait ramené la conversation sur sa frustration à la suite de la visite des deux policiers et avait décidé de demander à son frère Chris de se renseigner sur les compétences de la police locale. Lizzie l'en avait remercié, mais elle était à peu près certaine que cela ne donnerait rien.

Elle continua de nettoyer le rebord de la fenêtre. La voix d'Ethan en train de s'entretenir avec Chris lui parvenait par bribes. Elle l'avait ainsi entendu mentionner Josie, l'intrus et surtout, souligner avec force l'incompétence de la police.

Ethan avait tort, elle avait eu confiance dans le détective Bell qui était venu à son bureau et à son domicile. Il avait étudié les messages qu'elle avait conservés et l'avait écoutée attentivement lorsqu'elle lui avait expliqué la découverte de celui autour du hochet, puis la disparition de ce jouet. Il lui avait semblé efficace, mais avait-il pris les mesures nécessaires ? Pas sûr, puisque l'auteur et l'expéditeur des messages anonymes avaient de nouveau trouvé le moyen de s'introduire chez elle.

Ethan était présent, mais elle aurait pu être seule. L'intrus savait-il où elle avait passé la journée, avec qui et pourquoi ? Et si ses actions s'amplifiaient ? Et si c'était le Tueur de l'alphabet ?

Les larmes lui piquèrent les yeux, elle reposa son éponge dans la cuvette. Puis, les mains sur le ventre, elle prit place dans le rocking-chair.

Reconnaître.

Évaluer.

Gérer.

Ainsi avait-elle appris à affronter ses problèmes.

Reconnaître et évaluer, c'était fait.

Gérer. Agir. S'enfuir ? S'éloigner ? Recommencer une nouvelle vie, ailleurs ? Sous une autre identité ? Pourquoi pas si c'était le seul moyen d'assurer sa sécurité ?

Perdue dans ses pensées, elle n'avait pas entendu Ethan monter l'escalier. C'est seulement lorsqu'il s'accroupit à ses pieds en l'appelant qu'elle revint à la réalité.

Son projet de s'exiler en Californie ou dans le Maine éclata comme une bulle de savon. La voix d'Ethan la ramenait à la réalité, dans la chambre de son bébé, au Texas.

— Lizzie ? Parle. S'il te plaît.

— Je…

Elle déglutit.

— Je n'arrive pas à croire que cet individu était chez moi. Dans la nursery. Je nettoyais la poudre, je pensais aux policiers… Si tu n'avais pas été là…

Un sanglot jaillit sur ses lèvres.

— Imagine Ethan…

— Chut.

Il garda une main dans la sienne, posa l'autre sur sa joue. Elle pressa son visage contre sa paume tiède, tandis qu'il rivait son regard au sien.

— Ce ne sont que des « si », Lizzie. Ça n'est pas arrivé. Tu es en sécurité. Le bébé aussi.

Sa voix profonde, calme l'apaisa.

Ils restèrent immobiles jusqu'à ce qu'Ethan se redresse. Son mouvement fut maladroit, Lizzie ne put s'empêcher de rire, consciente de libérer seulement sa nervosité.

— Lizzie ! s'exclama Ethan d'un ton outré.

Face à sa dignité offensée, elle continua de rire, d'autant qu'elle se souvenait de sa réaction lorsque Josie et elle l'avaient poussé dans la piscine des Carlton.

— Je connais bien ce regard, tu sais, lui dit-elle quand elle se fut calmée.

— Quel regard ?

— Celui-là. Typique d'Ethan Colton.

— Encore un « regard typique » ?

— Tu en as toute une gamme, Ethan ! Ils sont ta marque de fabrique.

Elle se leva à son tour.

— Approche-toi du miroir, je vais te montrer.

Elle lui indiqua la coiffeuse.

— Tu vois ce front plissé, la ride du lion entre les yeux. C'est ton regard altier. Caractéristique.

De la pointe de l'index, il lissa la ride entre les sourcils.

— Je ne savais pas que tu étais aussi physionomiste.

— Je te connais depuis des années. Je t'ai tellement observé.

Manifestement surpris, Ethan ne dit mot. Elle contint un sourire, il se flattait d'être impassible ? Elle lisait en lui comme dans un livre ouvert !

Et son visage, qu'elle aimait tant contempler, exprima

un mélange de nostalgie et de tendresse. Son regard devint brillant, elle vit son pouls battre plus vite à la jugulaire.

— C'est vrai, tu m'as beaucoup observé, Lizzie ? demanda-t-il d'une voix étrange.

Dans le silence qui les enveloppait, Lizzie fut subjuguée par la lueur dans ses yeux noisette. Mais ce n'était pas le moment de se laisser distraire. Elle restait la proie d'un harceleur et de plus, si Ethan se montrait actuellement aussi attentionné, tendre et protecteur, il n'était pas pour autant amoureux d'elle. La preuve, il n'avait pas cherché à la revoir après la nuit qu'ils avaient passée ensemble, six mois plus tôt.

Non, elle ne devait pas se monter la tête à cause de quelques regards nostalgiques et des souvenirs complaisants.

— Bien sûr, répondit-elle avec franchise, le fixant toujours. Je t'ai toujours regardé.

— Non.

— Mais si !

Ethan restait immobile et la dévisageait avec attention.

— Tu m'as toujours *vu*. Tu me *vois*, Lizzie.

Lizzie se souvint d'un commentaire de Chris, lors d'une visite de la fratrie Colton à Josie. Rhonda, l'assistante maternelle, avait souligné que les Colton étaient pleins d'entrain et exubérants. Sauf Ethan, souvent silencieux et renfermé. Et Chris, déjà éloquent à l'époque, avait confirmé qu'Ethan était le plus secret des sept et qu'il préférait la compagnie des animaux parce que ceux-ci ne mentaient jamais.

— Tes frères et sœurs aussi te voient, dit-elle donc.

— Au travers d'un filtre.

— Sans mauvais jeu de mots, d'un filtre de l'amour fraternel, rectifia-t-elle avec un sourire.

— Non, le filtre de la tristesse et de l'inquiétude. Une

solidarité bienveillante, mais parfois pesante. Maintenant encore, ils redoutent que je ne craque et sombre.

— Vraiment ?

— Cela t'étonne ? Un cow-boy n'a pas le droit d'être vulnérable ? Il doit être conforme au cliché de l'homme cuirassé et aventureux ? ironisa-t-il.

— Tu es loin d'être un cliché, Ethan Colton. Tu es devenu un homme digne de ce nom.

— Pourtant, jusqu'à il y a six mois, on ne s'était pas vus depuis des années, insinua-t-il, amusé par sa véhémence.

— Mais je t'ai observé pendant presque toute ma vie ! Je t'ai vu soigner des animaux. Tu as un don avec eux. Tu communiques avec eux. Ils te font confiance.

Et moi aussi.

Lizzie s'était interrompue à temps avant de prononcer ces derniers mots.

Il tendit la main, effleura sa joue.

— Toi tu me *vois*, répéta Ethan d'une voix plus basse.

Depuis toujours. Parce qu'elle avait toujours voulu le connaître et le comprendre. Au fil des années, Lizzie avait réussi à mettre les mots « attraction » et « désir » sur ce qu'elle éprouvait à son égard. Et c'est précisément quand elle avait découvert quelle était la nature de ses sentiments que la fratrie Colton avait cessé ses visites trisannuelles chez les Carlton. Puis Josie avait disparu. À ce moment-là, tous étaient de jeunes adultes et construisaient leur vie, et Lizzie rentrait à l'université. Les chemins s'étaient séparés. Sa rencontre fortuite avec Ethan, six mois plus tôt, avait été un heureux hasard.

Et ce soir-là, Ethan, toujours discret, souvent inaccessible, s'était libéré. Il lui avait confié son horreur face à la noirceur d'âme de Matthew Colton, sa colère contre cet homme, qu'il n'appelait que par ses nom et prénom, et dont il venait d'apprendre qu'il était condamné par la maladie.

Ils n'avaient pas prévu de passer la nuit ensemble et encore moins de concevoir un enfant, mais ces retrouvailles avaient été marquées par la confiance, la compréhension mutuelle, la tendresse et enfin, la passion.

Lizzie soupira.

— Ethan ? Si je ne t'ai pas annoncé dès le début que j'étais enceinte, c'était parce que j'avais besoin de m'habituer à l'idée de devenir mère, poursuivit-elle. Avec le harcèlement, j'ai ressenti la nécessité de te mettre au courant, j'ai compris que j'avais besoin de toi, le père de mon bébé. Tout cela pour te dire que jamais je ne t'aurais laissé ignorer que tu serais père. C'était important que tu le saches.

Une lueur s'alluma dans des yeux d'Ethan et l'enveloppa comme d'un halo protecteur. C'était quelque chose de chaleureux et de douloureux qui s'exprimait dans son regard noisette. C'était si intense que, frappée, très émue, détourna le regard, mais elle savait qu'il continuait de la fixer avec cette intensité qui lui faisait battre le cœur plus vite.

Mue par une impulsion, elle jeta soudain les bras autour de son cou. Elle ne s'était jamais considérée comme audacieuse. Ambitieuse et déterminée, oui. Réfléchie, oui aussi. Mais audacieuse, certainement pas. Son élan lui fit poser, presser ses lèvres dans le cou d'Ethan, sur la jugulaire où elle avait vu le frémissement régulier de son pouls qu'elle sentait maintenant sur ses lèvres. De la pointe de la langue, elle goûta sa peau et, se serrant contre lui, se réchauffa à son corps tiède et musclé.

Ethan rejeta la tête en arrière, à l'évidence pour lui

donner plus d'aisance et lui permettre de continuer son exploration. Lizzie s'enhardit et posa les mains sur ses épaules, qu'elle caressa en savourant leur force.

Avec lui, elle était en sécurité.

Dans le calme ambiant, son esprit se déployait, son cœur palpitait, comme il n'avait plus palpité depuis leur nuit ensemble, six mois plus tôt.

7

Lorsque Lizzie pressa ses lèvres sur les siennes, Ethan s'avoua vaincu. Elle n'avait jamais été très loin de ses pensées au cours de ces six derniers mois d'autant qu'il avait toujours eu un faible marqué, secret pour elle. Adolescent, il pensait souvent à elle entre les visites de la fratrie à Josie et, après la disparition de sa sœur, il avait eu le désir de la contacter et de la revoir sans toutefois le concrétiser.

La force du destin les avait réunis et avait ravivé ce magnétisme étrangement puissant.

Ce matin, l'émotion qui l'avait saisi à la vue de Lizzie Conner dans sa cuisine était explicable ; c'était l'expression du désir d'un homme pour une femme très belle dont il connaissait les qualités de cœur et avec qui il avait passé une nuit de passion pour le moins mémorable.

L'attirance des corps et la puissance du souvenir… était-ce tout ? Ne ressentait-il que de l'attirance charnelle ?

Il était prêt à prononcer des mots que jamais il n'avait adressés à une femme. Parler ? À quoi bon… Lizzie semblait déjà avoir compris ce qu'il ressentait sans qu'il ait au préalable eu besoin de le lui traduire.

Il se laissa dominer, bien qu'il soit impatient de renverser la situation. Et, bientôt, il leva les mains vers la chevelure de Lizzie qui retombait avec des ondulations sur son épaule. Il y plongea le visage, s'enivra de sa douceur et de son odeur florale discrète.

Lizzie se serra contre lui. Il sentait son ventre proéminent et s'étonna de se sentir à la fois si raisonnablement protecteur et, en même temps, si follement attiré. Lizzie portait *son* enfant qu'ils avaient conçu au cours d'une nuit brûlante à tous les égards et cette seule pensée était aussi électrisante qu'érotique.

Ethan n'avait jamais oublié ces instants dont les suites, inattendues, le rattrapaient six mois plus tard dans ses moindres détails.

Dans le silence, la sonnerie de son smartphone s'éleva. Il l'aurait volontiers ignorée sans la conversation qu'il venait d'avoir avec Chris et la promesse de celui-ci de le rappeler sans délai. Il s'éloigna de Lizzie à contrecœur.

— Il faut que je décroche, murmura-t-il.

Il caressa une dernière fois ses cheveux avant de sortir son smartphone et de le porter à l'oreille.

— Colton, j'écoute.

Chris lui annonça qu'il avait contacté la police locale et s'était renseigné sur McNulty et Warren. C'étaient de bons policiers. Pareil pour le détective Bell.

— Mais ce ne sont pas non plus des magiciens, ajouta Chris. Les bons flics ne sont pas parfaits, ils ne peuvent pas faire de miracles.

— Merci, Chris. Je te rappelle demain.

— Ethan, attends ! N'oublie pas notre réunion de famille, ce soir. Trev aimerait te reparler de ton tour de visite à notre père.

Ethan resta silencieux.

— Ethan… ? insista Chris.

— Oui, j'ai entendu. J'ai compris, répliqua-t-il, conscient

de la dureté de son ton, révélatrice de sa résistance à revoir à Matthew.

Il raccrocha.

— Ton frère a été rapide, déclara Lizzie en pliant une couverture brodée sur le berceau. Quelles découvertes a-t-il faites sur les deux détectives qui sont venus, tout à l'heure ?

— Ce sont de bons policiers.

— Et le détective Bell ?

Elle passa le doigt sur la broderie de la couverture, le regard fixé dessus.

— Pareil.

Elle leva les yeux vers lui.

— Dans ce cas, pourquoi as-tu l'air si contrarié ?

— C'est l'effet que mon frère produit sur moi.

Ethan reprit avant qu'elle ne réplique.

— J'aimerais que tu fasses ton sac. Tu vas séjourner au ranch à partir de maintenant.

— Pardon ?

— Tu y resteras jusqu'à ce que le problème avec ton harceleur soit résolu.

Lizzie parcourut la nursery des yeux.

— Mais… je ne peux pas partir comme ça. Je dois finir les préparatifs avant la naissance du bébé…

— Ils me semblent déjà terminés, non ? coupa Ethan avec impatience.

— Je dois aussi chercher un emploi, insista Lizzie.

— Vraiment ? Alors que tu entames le dernier trimestre de ta grossesse ?

— Non… Enfin, je veux dire, je…

Elle s'interrompit.

— J'ai ma vie, ici, conclut-elle. Inutile de m'inviter chez toi.

— Tu n'es pas n'importe quelle invitée, Lizzie, tu es la mère de mon enfant.

Cela ressemblait à une déclaration d'amour.

Enfant placée, Lizzie s'était sentie toute sa vie « invitée » dans ses familles d'accueil. Une étrangère. Une intruse, et même chez les Carlton chez qui elle avait vécu le plus longtemps, jusqu'à ses études universitaires, et qui l'aimaient tendrement.

— Tu sais que j'ai raison, Lizzie, insista Ethan.

— Mais j'ai ma vie, insista-t-elle à son tour. De plus, je ne peux pas me terrer chez toi indéfiniment.

— Ta sécurité et celle du bébé sont les plus importantes.

Lizzie froissa entre ses doigts la couverture brodée.

— Pourquoi fais-tu pression ?

— Pourquoi es-tu si têtue ?

— Mais je ne…

Il se tut. Elle leva les yeux vers lui et vit un de ses rares sourires éclairer son visage.

— C'est quoi cet air ? s'enquit-elle.

— Je suis curieux de savoir quel regard typique j'ai à cet instant ?

— Ce n'est pas drôle, riposta Lizzie. On parle de ma vie.

— Et de la vie de notre enfant.

— Ce n'est pas juste.

— Si, dans la mesure où c'est pour assurer votre sécurité à tous les deux. Je te laisse faire ton sac, d'accord ?

Lizzie vaincue acquiesça.

Elle avait l'impression d'avoir été manipulée, mais sa contrariété était contrebalancée par la gratitude et le bon sens.

Parce qu'elle avait vraiment peur. La sécurité de son bébé était sa priorité. La perspective de passer quelque temps sous le même toit qu'Ethan la séduisait et, en même temps la troublait. Elle avait encore sur les lèvres la sensation de leur baiser et, sur ses hanches, la pression de ses mains. Au fond de l'esprit, dans son cœur, son attirance pour lui.

La conversation qu'Ethan avait eue avec son frère ajoutait à son inquiétude. Elle avait clairement entendu « tour de visite » à Matthew Colton. Qu'est-ce que cela signifiait ?

Elle mit sur son épaule la sacoche contenant son ordinateur, et allait soulever son sac de voyage quand Ethan s'intercepta.

— Pas question !

— Pourquoi ? Je suis enceinte, pas malade.

— C'est lourd.

— Moi aussi, je suis lourde, dit-elle plaisantant à moitié.

— Décidément, tu veux toujours avoir le dernier mot.

Ethan lui prit son sac de voyage des mains.

Lizzie soupira et s'assit sur le lit.

— Je sais, tu aimerais rester chez toi, mais je te jure que je suis agréable à vivre, déclara Ethan.

Elle n'en doutait pas. Et c'était précisément le problème.

— Je te remercie de ta sollicitude, Ethan. Je l'apprécie, mais je vis seule et je n'ai pas l'habitude…

— Je comprends.

— J'avais ma vie en main et tout à coup, elle m'échappe.

— Je comprends.

— Sans compter cette peur qui rôde, ce sentiment de terrible impuissance…

— Je comprends parfaitement ce que tu éprouves, Lizzie.

Frappée par l'imperceptible douleur dans la voix d'Ethan. Lizzie s'arracha à sa litanie.

— Tu connais cela mieux que personne, n'est-ce pas ?

Il acquiesça, s'assit à côté d'elle et prit ses mains entre les siennes.

— Oui. Cela ne s'oublie pas.

— Tu avais sept ans ?

— Sept ans. Vingt-sept ans. Quelle importance ? La peur, le sentiment d'impuissance te marquent et te façonnent. Tu oublies, mais cela existe toujours dans un recoin et parfois, cela resurgit et t'envahit. Comme des nuages noirs roulent dans un ciel bleu avant l'orage.

Il serra ses mains plus fort. De ses paumes émanait cette tiédeur qui témoignait d'une force tranquille et apaisée, et contredisait ce sentiment d'intranquillité permanent, mais maîtrisé qu'il venait de lui exprimer.

Pendant de longues minutes, ils restèrent assis, immobiles, mains étreintes et communiant au rythme de leur respiration. Lizzie brûlait de le questionner sur son père et sur ce « tour de visite », elle n'osa pas.

Devait-il le revoir ? Était-il triste ? La perspective de ces éventuelles retrouvailles impactait-elle sa prochaine paternité ? Ou inversement ? Sa relation avec son propre père était inexistante, comment allait-il devenir père à son tour ?

Autant de questions lourdes de conséquences… Malgré sa curiosité, Lizzie n'avait pas non plus envie de briser un silence qui confinait à la perfection.

— Lizzie ? Réveille-toi, on est arrivés.

En dépit de cette voix profonde et rauque qui la faisait frissonner délicieusement, Lizzie se refusa à ouvrir les yeux. Elle baignait dans un si bon sommeil… Mais elle finit par se redresser et se cogna la tête à la vitre de portière du pick-up.

— Ouille.

— Désolé… mais on est arrivés.

Face à son silence, Ethan ajouta.

— Chez moi.

— Quand est-ce que je me suis endormie ?

— Dès que nous sommes partis de chez toi.

Les événements de cette fin d'après-midi, le tumulte de ses émotions lui revinrent en mémoire et obligèrent Lizzie à revenir à la réalité.

Matinée de révélations. Intrusion à son domicile. Enquête de police succincte.

Emménagement chez Ethan Colton.

Même si son aide était la bienvenue, l'idée qu'ils vivent sous un même toit, même temporairement, de nouveau la tourmenta. *C'est un tourment bien doux pourtant*, lui chuchota la petite voix familière, malicieuse.

Lizzie soupira, prit la main tendue d'Ethan pour descendre de son pick-up. Bizarre, le ranch avait l'air différent et pourtant, elle ne l'avait quitté que depuis quelques heures…

Lorsque Ethan lui remit une clé, elle comprit la raison de ce décalage. Ce matin, elle n'était qu'une visiteuse.

— Une seule clé pour toutes les serrures, précisa-t-il.

— Merci.

Le soleil de la fin d'après-midi faisait danser des reflets dorés dans ses yeux noisette.

— Bien sûr, tu es libre de tes mouvements, ajouta-t-il, mais préviens-moi si tu envisages de t'absenter longtemps.

— Tu n'es pas mon garde du corps !

— Moi je t'avertirai de mes absences, enchaîna-t-il

sans l'écouter. C'est indispensable pour ta sécurité, et si on veut vivre en bonne intelligence.

Elle referma les doigts sur la clé, consciente que toute argumentation était impossible.

— D'accord, conclut-elle du bout des lèvres.

— Je vois tes réticences. Je ne veux pas t'effrayer, Lizzie, mais je vais aussi informer mes ouvriers de la situation, à toutes fins utiles. Pour leur sécurité. Pour la nôtre. J'ai une totale confiance en eux.

Lizzie se raidit. Elle n'avait pas pensé que sa présence pouvait constituer un danger pour d'autres.

— Lizzie ? Ça va ?

— Je m'en veux de mettre ton ranch en péril.

— Mon équipe est capable d'assurer sa sécurité.

— Contre un harceleur ? Un malade ? Recommande-lui la plus grande prudence.

— Bien sûr. Surtout, ne t'affole pas si tu as la sensation qu'un de mes ouvriers est attaché à tes pas. Une fois qu'ils connaîtront ta situation, ils feront front pour te protéger.

Lizzie regarda dans la direction de l'écurie, vers les deux hommes de grande taille qui sortaient Dream et un autre cheval. Ces deux hommes inspiraient confiance, elle se détendit.

— Écoute, je sais que cette journée a été longue, mais tu accepterais de m'accompagner à la réunion de famille avec mes frères et ma sœur, ce soir ? reprit-il. J'aimerais vraiment que tu viennes avec moi.

Lizzie hésita. Cela faisait plusieurs années qu'elle n'avait pas vu la fratrie Colton. Elle avait toujours apprécié les quatre frères d'Ethan et sa sœur Annabel. Elle se souvenait de cette impatience joyeuse précédant leur visite que Josie et elle se racontaient ensuite pendant des semaines.

— Je ne veux pas m'imposer, murmura-t-elle.

— Cela signifierait beaucoup pour moi, si tu venais, insinua-t-il.

— Je comprends, mais tes frères et Annabel ignorent que je suis enceinte de toi. Je ne suis pas sûre qu'imposer ma présence soit le meilleur moyen de leur annoncer ma grossesse et ta future paternité ?

L'air contrarié d'Ethan l'amusa, elle se retint pour ne pas rire.

— Chris est déjà au courant, avoua-t-il. Je lui ai tout raconté après lui avoir demandé d'enquêter sur ces policiers. Je connais mon frère : la nouvelle s'est déjà propagée comme une traînée de poudre.

— J'en doute, les hommes ne font pas d'indiscrétions.

— Ils en font plus souvent que tu ne le penses.

Il ajouta, avec un sourire en coin.

— Seulement, nous sommes… plus discrets.

— Écoute, Ethan, je ne sais pas.

— S'il te plaît, Lizzie. J'aimerais vraiment que tu les revoies. Le bébé pourrait détourner l'attention des récentes discussions sur Matthew et le Tueur de l'alphabet.

— Ce n'est pas l'argument le plus réconfortant.

Il prit sa main dans la sienne. De nouveau, sa chaleur l'apaisa, même si, paradoxalement, ce simple contact l'émoustilla.

— Je pense que nous avons besoin d'une nouvelle joyeuse, insista Ethan. Ces derniers mois, nous n'avons parlé que de Matthew.

— Ah ?

Il lâcha sa main et donna coup de pied dans une pierre.

— Oui. Dissection et extrapolations à n'en plus finir, dit-il.

Matthew Colton était un sujet sensible dont elle ne

connaissait pas les récents développements. Lizzie n'avait jamais aimé s'immiscer dans la vie privée d'autrui, mais Ethan l'invitait à entrer dans la vie de sa fratrie, donc cela légitimait sa curiosité.

Elle s'enhardit.

— Qu'est-ce qui se passe en ce moment avec ton père ?

La fin d'après-midi s'étiolait sous un ciel lumineux, mais au fur et à mesure que le soleil baissait sur la ligne d'horizon, le froid devenait mordant. Ethan aurait voulu que Lizzie rentre dans la maison et se mette au chaud, mais l'obstination qu'il lisait dans ses yeux lui révélait qu'elle ne bougerait pas tant qu'il n'aurait pas répondu.

— Il ne se passe rien du tout.

— Tu éludes, comme tout à l'heure quand je t'ai demandé s'il pouvait diriger les meurtres du Tueur de l'alphabet depuis la prison, reprit Lizzie.

— Matthew est à l'isolement dans un pénitentiaire, répliqua Ethan.

— Ce n'est pas une réponse.

Lizzie lui tourna le dos et se dirigea vers la porte d'entrée, puis il inséra sa clé dans la serrure.

— Lizzie, attends !

— Attendre quoi ? Que tu me fasses confiance pour me parler ? Je croyais qu'on avait dépassé ce stade ?

Elle avait raison. Il lutta contre le sentiment de panique qui se logeait dans sa gorge et contre toute attente, il explosa.

— Je ne veux plus parler de Matthew ! Ni avec toi ni avec personne.

Lizzie n'insista pas et rentra dans la maison. Il ne la rappela pas.

Il se dirigea vers le pick-up pour prendre le sac de voyage de Lizzie, mais à la vue de Dream et Cappie, que Ben, un ouvrier venait de sortir, il changea d'avis.

Ethan siffla. Cappie tourna la tête, Ben s'approcha avec le hongre alezan.

— Vous allez bien, patron ? lui demanda Ben.

— Bien, merci.

Ben lui parut sceptique, mais il ne fit aucun commentaire.

— Cappie est déjà sorti, aujourd'hui ? reprit Ethan.

— Non.

— Je m'en occupe. Tu surveilles la maison ? Lizzie est allée se reposer.

— Entendu, patron.

Ethan scella Cappie et partit au petit trot. Il traversa le pâturage derrière le ranch et à partir de là, il éperonna sa monture.

Il laissa ses pensées vagabonder au rythme du galop. Une juste colère tempêtait dans son esprit.

Comment Lizzie osait-elle ?

Il tira sur les rênes quand son regard s'arrêta sur un éclair qui venait de jaillir d'un bosquet en bordure de sa propriété.

Avait-il vraiment vu quelque chose ou avait-il été le jouet de son imagination ? Le bétail ne s'aventurait jamais par ici en raison des arbres, nombreux. Peut-être l'un de ses bœufs se serait-il égaré ?

Ethan balaya la zone du regard et conduisit Cappie vers le bosquet. L'air frais passait dans les branches, un sifflement perçant, sinistre, en résultait.

Ethan arrêta son cheval et de nouveau observa les arbres, de la cime jusqu'aux broussailles. Ce qu'il avait vu, ou cru voir, avait disparu.

Calmé, il revint au ranch.

Il parlerait à Lizzie.

De Matthew Colton, des derniers développements.

Bientôt.

Il était si concentré en s'éloignant qu'il ne vit pas la femme qui sortait de derrière les arbres.

8

Lizzie buvait son eau pétillante à petites gorgées en écoutant la conversation qui allait bon train autour de la table de la salle à manger de Trevor, l'aîné des Colton. À trente-quatre ans comme autrefois à quatorze ans, Trevor avait toujours la même éloquence et la même autorité naturelle et bienveillante.

Elle le revoyait assumer à la perfection son rôle d'aîné lorsque ses frères et sa sœur venaient rendre visite à Josie chez les Carlton.

Après Ethan, c'est Trevor qui avait été le plus affecté par les crimes de Matthew Colton et leur impact sur la fratrie. Ce soir, il était comme à son habitude détendu et souriant.

Tout le monde gère le chagrin à sa façon… Peut-être a-t-il appris à le cacher si bien qu'un regard non averti n'en voit aucune trace ?

Ethan se cachait derrière une impassibilité stoïque et parfois austère. Il avait témoigné lors du procès et ensuite n'avait plus parlé de la tragédie.

Il lui avait demandé de lui faire confiance, il avait insisté pour qu'elle emménage chez lui, afin qu'il la protège de son harceleur et du Tueur de l'alphabet – peut-être une seule et même personne –, dans ce cas, se montrait-il méfiant ?

Ce soir, elle apprendrait peut-être quelque chose de la part de ses frères et de sa sœur sur ce qui se passait actuellement avec leur père. Ce père dont ils ne parlaient jamais auparavant et qui, manifestement, était devenu un sujet de conversation permanent depuis ces derniers mois.

À cet instant, Annabel posa sa main sur le bras de Lizzie et murmura d'un ton compatissant.

— Déjà fatiguée par nous ?

— Pas du tout !

— Ta politesse t'honore Lizzie !

Le regard d'Annabel était malicieux, espiègle. C'était le même que celui de Josie, se dit Lizzie chavirée.

— Quand Trevor et Sam se mettent à citer des articles de loi, ça devient vite ennuyeux, ajouta Annabel.

— Tu es aussi dans les forces de l'ordre, donc ça devrait te plaire ?

Annabel sourit.

— J'aime mon métier, mais en faire un sujet de conversation en famille, non merci. Et parler de mon père pour la dix millionième fois comme nous le faisons depuis deux ou trois mois ne rend pas nos soirées particulièrement agréables.

— Ethan m'a dit quelque chose de similaire tout à l'heure.

Annabel dirigea son attention vers Ethan avant de la reporter sur elle.

— Ethan comme toujours inaccessible, muet et en retrait, comme tu peux le constater. Les conversations sur mon père n'allègent pas son fardeau, elles l'accablent davantage. Il en a toujours été ainsi.

— Et toi ? Est-ce que travailler dans la police et étudier

le profiling et la criminologie t'ont aidée à surmonter cette tragédie ?

— Mon expérience, c'est-à-dire mon travail à l'académie de police et les quelques cas sur lesquels je me suis penchée, reste purement théorique. De toute façon, je compartimente mon passé, ma vie personnelle et ma vie professionnelle.

Annabel travaillait à la police de Granite Gulch, information révélée à son arrivée par Chris, son frère jumeau.

— J'imagine que Granite Gulch est une ville tranquille, insinua Lizzie. Ou l'était, jusqu'à cette nouvelle série de meurtres ?

— Oui. Nous avons de la chance, car le plus souvent, la police de Granite Gulch ne règle que des petits litiges et d'autres incivilités, déclara Annabel. Mais sa mission ne se limite pas à retrouver les chats des vieilles dames ou à rechercher des gamins qui ont volé des tartes aux pommes mises à refroidir sur un rebord de fenêtre.

— Sérieusement, les gens vous appellent pour signaler des vols de gâteau ?

— Parfois, oui.

Annabel sembla hésiter, se raidit avant d'acquiescer avec réticence.

— Mais en ce moment, nous avons des difficultés à gérer la situation.

— Tu veux parler du Tueur de l'alphabet ?

À cet instant, Trevor demanda le silence. Pendant le dîner, Lizzie avait écouté attentivement la conversation, qui portait sur les conditions de détention de Matthew Colton. Mais son attention avait été distraite par le dessert, et par son échange avec Annabel.

— Chacun a besoin d'obtenir son indice, déclara

alors Trevor. Et, le cas échéant, des infos. C'est le seul moyen de savoir !

Savoir quoi au juste ?

— Et si l'un de nous refuse ? demanda Ethan d'une voix rauque qui contrastait avec celle de Trevor, si nette.

— On en a déjà parlé cent fois et plus, Ethan. La question ne se pose pas. C'est le seul moyen, intervint Ridge, qui était lui aussi resté silencieux pendant la plus grande partie de la soirée. Le vieux est têtu. Il ne nous donnera rien si on ne joue pas son jeu.

— Ce n'est pas un jeu ! s'exclama Ethan, tendu, et dont la colère montait.

Lizzie posa une main sur sa cuisse, sentit nettement le tressaillement régulier et nerveux qui s'était transmis à sa jambe à plusieurs reprises, au cours du dîner. Ethan se calma et lui serra la main sous la table. Rien que pour cela, Lizzie se réjouit d'avoir accepté d'assister à cette soirée.

Cette intimité lui était précieuse.

Elle avait été amoureuse d'Ethan comme une fillette pouvait l'être et, lors de leurs retrouvailles, six mois plus tôt, elle avait concrétisé, au-delà de ses espérances, son rêve le plus secret – attirer son attention et le séduire. Au lendemain de cette nuit ardente, elle s'était dit que, son rêve réalisé, elle pourrait aller de l'avant et passer à autre chose, plus précisément, s'intéresser à un autre homme. Mais non. La découverte de sa grossesse avait été liée à la découverte subtile que ses sentiments pour Ethan n'étaient pas une fantaisie. Et le revoir, ce matin, lui en avait révélé la bouleversante intensité.

Mais elle devait raison garder et ne pas se laisser emporter par ses sentiments pour le père de son bébé qui, lui, ne l'aimait que comme une amie d'enfance.

Lizzie s'arracha à ses pensées pour revenir à la réalité.

— C'est quoi, cette histoire d'indices ? D'informations ? demanda-t-elle à Ethan.

Il serra sa main plus fort.

— Rien.

Il se ravisa.

— Matthew cherche à nous manipuler, lâcha-t-il avec impatience. Il veut nous voir un par un. Et même si ça en a l'air, ça n'est pas pour expier ses crimes, conclut-il avec amertume.

Ethan hésita, puis s'adressa cette fois à Trevor.

— Et si tu éclairais Lizzie sur la toute dernière requête de Matthew ?

L'amabilité et le sourire de Trevor disparurent. Il redevint l'agent du FBI qui s'était construit une solide réputation en résolvant certaines des affaires les plus difficiles du Texas.

— Notre père a décidé qu'il voulait passer un moment avec chacun de ses enfants : c'est la dernière volonté d'un homme condamné par la maladie.

— C'est un peu tard pour se montrer sentimental ? lâcha Lizzie, consciente de sa brusquerie.

Si elle n'avait pas connu la fratrie depuis l'enfance, jamais elle n'aurait osé intervenir de la sorte.

— Notre père a ses raisons, déclara Trevor. Il a été assez vague à ce sujet. On sait seulement qu'il veut voir chacun de ses sept enfants avant de mourir.

— Et vous allez tous accepter ? s'enquit Lizzie. Au nom de quoi ?

Elle regarda les visages sombres et comprit que, sauf Ethan peut-être, tous se rendraient à la demande de cet homme, qui n'avait jamais été que leur père biologique et avait manqué à ses autres devoirs et responsabilités.

— Oui, car nous voulons obtenir des informations sur le lieu où repose notre mère, voire sur le Tueur de l'alphabet, répondit enfin Ethan d'une voix si basse qu'elle en était imperceptible.

Entre le moment où Ethan avait découvert sa mère et l'arrivée de la police, Matthew Colton avait déplacé le corps. Les propriétés des Colton étaient immenses. Malgré des recherches continues, le corps de Saralee Colton n'avait jamais été retrouvé et Matthew n'en avait jamais révélé l'emplacement.

— L'un d'entre vous s'est déjà rendu à la prison depuis qu'il a émis le désir de vous revoir ? interrogea Lizzie.

Sam acquiesça, et passa le bras autour des épaules de Zoe, sa fiancée.

— Lorsque Trevor nous a parlé du marché que notre père proposait – une visite contre des informations –, j'ai d'abord résisté. Mais après le meurtre de la sœur de Zoe…

Il marqua une pause.

— Après le meurtre de Celia, reprit-il, j'ai compris que je devais le revoir. Trev commençait à se plonger dans le courrier des admirateurs de Matthew, à mon tour j'ai voulu contribuer, obtenir autant d'informations que possible sur notre mère et sur le Tueur de l'alphabet.

Celia Robison avait été sa troisième victime. C'est à ce moment-là que la police avait révélé qu'il s'agissait d'un tueur en série. Le meurtre de Celia avait fait la une des médias locales et nationales. Zoe restait accablée par le chagrin, son regard bleu exprimait la plus profonde tristesse, mais Lizzie y vit aussi de l'amour.

Un amour puissant unissait Zoe et Sam, et Lizzie sentit la jalousie lui serrer la poitrine. Le plus troublant était que Zoe avait trouvé le bonheur au milieu d'un terrible drame…

— Résultat de la visite de Sam : zéro, marmonna Ethan.

Sam allait argumenter, Trevor le devança.

— Non, il a reçu un indice sur notre mère.

— Oui, le Texas ! s'exclama Ethan ironique. Quelle surprise inouïe : Matthew a enterré notre mère dans le plus grand des quarante-huit États. Où l'aurait-il donc conduite, entre le moment où je l'ai découverte et l'arrivée de la police ? En gros une heure, peut-être moins. En Alaska ? Dans le Maine ? Non, bien sûr.

Une autre pensée frappa Lizzie.

— Matthew veut voir chacun de ses enfants, mais Josie l'ignore et personne ne sait où elle est ?

— On avisera le moment venu, déclara Trevor en soulevant la cafetière. C'est la plus jeune, donc on dira à notre père qu'elle sera la dernière à venir. On espère que les six premiers indices suffiront.

C'était risqué, mais cette fois, Lizzie se garda de faire un commentaire. Elle ne voulait pas non plus monopoliser l'attention et était troublée par cette nouvelle épreuve que la fratrie Colton devait subir. Elle comprenait mieux pourquoi Matthew dominait les conversations à chaque réunion de famille, depuis ces derniers mois. Elle décelait aussi le faible espoir de ses enfants de faire enfin le deuil de leur mère.

Mais, lorsqu'elle regarda Ethan, concentré sur sa tasse de café, elle se ravisa.

Les six enfants de Matthew Colton présents autour de cette table étaient prêts à revoir leur père pour découvrir où leur mère avait été enterrée et peut-être obtenir des indices sur le Tueur de l'alphabet. Sauf Ethan.

Ethan jeta des déchets recyclables dans la poubelle destinée à cet effet dans le garage, et l'autre sac dans le container. Il s'était porté volontaire pour faire cette corvée et ainsi s'éloigner de cette atmosphère étouffante dans laquelle l'enfermait la conversation de ce soir.

Depuis ces trois derniers mois, à chaque nouvelle réunion de famille, Trevor se faisait plus pressant au prétexte qu'ils avaient urgemment besoin d'indices, surtout sur le Tueur de l'alphabet. À ses yeux, Ethan était le « gros lot » : Matthew avait en effet insisté sur la nécessité de leurs retrouvailles.

Qu'il soit maudit !

Ethan fit claquer le couvercle de la poubelle, tandis que la terreur et le choc qu'il avait éprouvés, vingt ans plus tôt, revenaient le saisir. Il s'exhorta au calme, refoula ce sentiment d'impuissance et de désespoir qui l'avait envahi à l'âge de sept ans, ne l'avait jamais quitté, mais que la plupart du temps il réussissait à discipliner et à conjurer.

Il n'avait pas envie de revenir sur cet épisode tragique ni de se laisser manipuler par Matthew.

La porte du garage s'ouvrit. Ridge s'approcha avec un autre sac-poubelle.

— Ça va Ethan ?

— Ça va bien.

— C'est parce que tu vas bien que tu te caches dans le garage ? insista Ridge.

— Fiche-moi la paix, Ridge.

— Pourquoi ? Pour que tu nous laisses de nouveau tomber ? Pour rentrer dans ton ranch, t'y confiner, comme à ton habitude et ignorer nos appels téléphoniques et textos ?

— J'ai des chevaux, un élevage de bétail. Je n'ai pas des horaires de fonctionnaire.

— Nous non plus. Mais on trouve toujours le moyen d'envoyer un message ou de téléphoner. Surtout en ce moment où on doit se serrer les coudes.

Ethan donna un coup de pied dans une boîte de conserve qui lui avait échappé. Elle roula sur le béton avant de heurter la poubelle et revint dans sa direction, tel un boomerang.

Tout comme son passé.

— C'était sympa de revoir Lizzie, déclara Ridge.

Il hésita et sourit.

— Elle a changé.

— Normal, dit Ethan, la dernière fois que tu l'as vue, elle sortait de l'adolescence.

— Tu sais très bien ce que je veux dire.

Ridge se rapprocha.

— Pourquoi ne nous as-tu pas annoncé que tu allais être père ?

— Parce que je l'ai appris ce matin, quand j'ai surpris Lizzie dans ma cuisine.

— Je ne savais pas que vous étiez ensemble ? D'accord, nous savions tous qu'il y avait quelque chose entre toi et la petite Conner, mais rien de plus. Et maintenant, vous allez être parents.

— On s'est croisés au rodéo, l'année dernière. Ça s'est passé comme ça, répondit Ethan d'un ton bref, car il détestait parler de son intimité.

Ridge hésita de nouveau, Ethan attendit qu'il reprenne la parole. Son frère était presque aussi discret que lui et n'était pas du genre à s'immiscer dans les affaires des autres.

— Tu vas l'épouser ?

Épouser Lizzie Conner ?

Ethan toussota, secoua la tête.

— Je ne lui ferais pas une chose pareille.

— Pardon ?

Ethan savait que le sujet était sensible. Ridge avait perdu son amour d'enfance, ses parents n'approuvant pas que leur fille fréquente le rejeton d'un tueur en série.

— Je ne l'épouserai pas, conclut Ethan avec force. Pas question qu'elle porte mon nom. Ni que mon enfant le porte.

Ethan vit le visage de son frère se contracter, mais quand Ridge reprit la parole, il ne laissa rien transparaître.

— Le nom, c'est un détail. La question, c'est de savoir si tu veux ou non l'épouser.

— Lizzie et moi ne nous étions pas vus depuis six mois, biaisa Ethan. Et avant ça, pendant des années.

Ridge lui donna une tape dans le dos.

— Peut-être as-tu besoin de temps pour réfléchir à la raison pour laquelle tu évites de me répondre ?

Ethan aurait volontiers argumenté, il préféra garder le silence. Il suivit des yeux Ridge qui rentrait dans la maison. Les bruits de la conversation lui parvinrent quand il ouvrit la porte. Il entendit les voix féminines par-dessus les barytons de ses autres frères.

Annabel. Zoe. Lizzie.

La porte se referma, l'isolant efficacement et le laissant seul avec ses pensées. Comment en était-il arrivé là ? Il s'était construit une vie agréable. Il avait des chevaux, il élevait du bétail. Son ranch, c'était son coin de paradis. Ses affaires marchaient bien, il avait réussi à se faire une place à Granite Gulch en dépit du nom qu'il portait et de l'infamie qui y était attachée.

Il avait des états d'âme… ? Il n'avait pas le droit. Le Tueur de l'alphabet avait fait quatre victimes. Quatre familles étaient brisées à cause d'un individu qui imitait le mode opératoire de Matthew. Il n'y avait aucune piste, seulement une rumeur stupide qui disait que Josie Colton était le copycat.

Ethan ramassa la boîte de conserve, l'angoisse et le chagrin montant en lui à l'idée de douter de sa sœur.

Josie n'est pas Matthew.

La porte du garage s'ouvrit de nouveau. Certain que Ridge revenait, Ethan avait déjà une réplique sur le bout des lèvres. C'était seulement Lizzie, chargée de canettes et de bouteilles en plastique vides.

— Ça n'est pas à toi de t'occuper de cela ! s'exclama Ethan d'un ton outré.

Il se précipita mais elle l'arrêta d'un regard noir.

— Décidément, tu es pire que tes frères ! Qu'Annabel et Zoe ! Je suis enceinte, pas malade ! Je peux aller jeter quelques bouteilles et canettes vides dans la poubelle.

— C'est le genre de tâches que tu confies à tes invités ? dit-il, les lui prenant des mains.

— Non.

— Alors pourquoi devrions-nous te charger de cette corvée ?

— J'ai toujours l'impression que les gens considèrent une femme enceinte comme un être sans défense.

— Mes frères et ma sœur te connaissent trop bien pour te considérer comme une créature sans défense !

Elle sourit.

— Heureuse de te l'entendre dire.

En réalité, les frères et la sœur d'Ethan étaient plus préoccupés par le déroulement de sa grossesse.

— Ton père est bel et bien le sujet de la soirée…

— Depuis deux ou trois mois seulement. Sinon, nous évitons de le mentionner, répliqua Ethan.

— Ça doit être difficile ?

— Au contraire, c'est plus facile que tu ne peux l'imaginer, riposta-t-il du tac au tac.

Elle pinça ses lèvres, et fronça les sourcils.

— L'ignorer ne le fait pas disparaître, cela le rend encore plus présent, insinua-t-elle.

De nouveau la réponse d'Ethan fusa.

— Le système fonctionne, inutile de le remettre en question.

— Si j'en crois les débats de ce soir, cela ne fonctionne plus du tout : l'obligation d'en reparler après tant d'années de silence rend l'ambiance explosive.

— Merci, je suis au courant.

— Ne t'emporte pas, je cherche seulement à t'aider, Ethan. À communiquer.

— Après six mois de silence de ta part ? Sur ce qui est convenu d'appeler un heureux événement et qui me concernait au premier chef ?

Lizzie recula.

— Je me suis déjà expliquée, on en a parlé. J'avais besoin de temps !

Ethan aurait voulu s'approcher, prendre sa main, faire la paix et lui demander pardon, mais il resta immobile et enfonça le clou.

— Tu ne m'en as pas moins ignoré, évité, à ton tour, Lizzie.

Le regard de Lizzie étincela.

— Défoule-toi sur moi si ça te fait plaisir, ça ne m'atteindra pas ! Tu dois revoir ton père au sujet de ta mère et au moment où, à ton tour, tu vas devenir père. C'est ton passé qui te saute au visage pour entrer en collision avec ton avenir ! La possibilité de fermer un chapitre et d'en ouvrir un nouveau. Accepte-le au lieu de résister !

9

Lizzie rejeta ses couvertures et se leva. Elle s'était rendue directement dans sa chambre dès leur retour au ranch. Malgré sa colère qui l'avait tenue éveillée, elle avait une meilleure perspective de la scène qui les avait opposés.

C'est à cause d'elle qu'Ethan était sorti de ses gonds.

Elle s'enveloppa dans la robe de chambre posée au pied de son lit, en noua la ceinture et caressa son ventre.

Le bébé était plus calme après s'être agité au rythme de son stress émotionnel. Cette concordance entre elle et son enfant la remplissait d'un sentiment d'émerveillement qui, de nouveau, mettait en évidence un détail qu'elle avait, commodément ou délibérément, négligé : elle avait eu six mois pour s'habituer à l'idée de devenir mère, Ethan n'avait eu qu'une journée.

Les craintes d'Ethan, c'est-à-dire son refus d'assumer sa paternité – ce qui aurait créé un fossé infranchissable entre eux – ne s'étaient pas réalisées. Au contraire. Mais en lui révélant qu'il allait devenir père, elle l'avait renvoyé à son propre père, à un moment crucial : les « dernières volontés » de Matthew Colton, à savoir, revoir ses enfants pour leur révéler où était ensevelie leur mère.

Elle l'avait compris au cours de la soirée chez Trevor.

Elle descendit à la cuisine pour aller chercher un verre d'eau. La maison était complètement silencieuse, elle s'orienta dans la cuisine grâce à la veilleuse au-dessus de l'évier. Elle ouvrit trois placards avant de trouver un verre qu'elle remplit au robinet. Après, elle s'assit pour être plus à son aise et réfléchit à la façon dont elle se comporterait avec Ethan, demain matin.

Soudain, un frisson lui hérissa la nuque, courut sur ses épaules et ses bras et elle se redressa. On l'épiait ? Qui ? L'individu qui la harcelait ? Ou le Tueur de l'alphabet ? Et les paroles qu'Ethan avait prononcées, plus tôt dans la journée, lui revinrent à l'esprit.

« Ton prénom commence par un E, Lizzie. Elizabeth. »

Le cœur battant violemment, elle but une gorgée de son eau et fut surprise de voir sa main trembler, lorsqu'elle porta le verre à sa bouche.

Pourquoi trembler ? Elle n'avait rien à craindre ? Ethan dormait à l'étage, il avait verrouillé la maison.

Calme-toi.

Lizzie se leva. Peut-être s'alarmait-elle pour un rien ? Elle était dans une maison inconnue, un bruit l'avait peut-être prise au dépourvu ? À moins qu'Ethan ne soit descendu sans qu'elle l'entende ? Mais non, elle était seule dans la cuisine.

Elle reposa le verre dans l'évier et se rendit dans le garde-manger. Elle alluma le plafonnier, fut réconfortée par la lumière qui inondait la pièce. Elle regarda attentivement autour d'elle. Rien. Personne.

Le bébé donna un coup de pied. Lizzie aussitôt caressa son ventre. Son effroi alertait son bébé, elle devait se calmer. La journée avait été longue, avec plus de bouleversements qu'elle ne voulait l'admettre. Entre le harcèlement dont elle était victime et les conversations dont elle avait été témoin ce soir, c'était normal d'être aussi sensitive. Elle éteignit la lumière du garde-manger et retourna dans la cuisine. Elle reprit son verre, le remplit pour le rapporter dans sa chambre en regardant machinalement son reflet dans la fenêtre au-dessus de l'évier qui donnait sur l'écurie.

Elle s'en éloigna, mais fit volte-face, saisie à nouveau par cette étrange impression d'être épiée. Il y avait de la lumière entre l'écurie et la maison. L'éclairage extérieur venait d'être activé par le détecteur de mouvement. Quelqu'un venait de passer par là. Qui ? Elle ne vit personne.

Ethan dormait d'un sommeil agité, mais il se redressa tout à coup. Il jeta un regard à son réveil et constata qu'il était un peu plus de 3 heures. Il entendit un craquement dans l'escalier. Lizzie allait-elle bien ?

Devait-il se lever et aller s'en assurer ? Ce serait une façon de renouer le dialogue, car il s'était vraiment comporté comme un imbécile en fin de soirée.

Pire, il avait refusé d'engager la conversation sur le chemin du retour. Il avait décidé de s'excuser le lendemain matin, mais si elle était levée, autant le faire maintenant.

Il se leva sans allumer et enfila à la hâte un jean et un vieux T-shirt. *Pas le moment de faire le beau, Colton.*

Il sourit à cette pensée ironique alors qu'il prenait le couloir pour se diriger vers la chambre de Lizzie. Elle était dans le couloir. La vue de son visage décomposé, pâle dans la faible luminosité du couloir, lui fit hâter le pas.

— Lizzie ? Que se passe-t-il ?

Il lui saisit le bras et la conduisit dans la chambre d'amis.

— Tu as l'air d'avoir vu un fantôme.

— Non. Je…

Sa voix était tremblante, elle s'interrompit et il lui prit son verre des mains.

— Assieds-toi.

Il alluma la lumière et posa le verre sur la commode.

— Vas-tu enfin me dire ce qui se passe ?

— Ce n'est rien. J'ai trop d'imagination…

Elle hésita avant d'ajouter d'une voix plus ferme.

— Mais ça n'était pas mon imagination.

— Tu as fait un cauchemar, c'est ça ?

Un rire rauque lui échappa.

— Pour cela, il aurait fallu que je réussisse à m'endormir.

Elle aussi avait donc été tourmentée.

— Je suis descendue pour boire. J'ai l'habitude de poser un verre d'eau sur ma table de nuit… Cette fois, avec tout ce qui s'est passé, j'ai oublié.

Il s'assit à côté d'elle et l'étreignit.

— C'est ma faute… Je suis désolé. J'ai été injuste avec toi.

Elle releva la tête, ses yeux verts étaient déterminés.

— Nous avons tous les deux notre part de responsabilité. Je n'aurais pas dû dire ce que j'ai dit… Mais ce n'est pas ce qui vient de me contrarier. Il s'est passé quelque chose.

— C'est le bébé ?

— Non, non, le bébé va bien. C'était dehors. Je repensais à notre échange quand j'ai soudain eu la sensation d'être observée.

Il la serra plus fort tandis qu'un sinistre pressentiment l'envahissait. Il l'avait conduite ici pour sa sécurité, l'y avait-on suivie ?

— Tu étais dans la cuisine ?

— Oui. Devant l'évier.

— Tu as vu quelque chose ?

— J'ai ressenti quelque chose. Comme une intuition. Rien de concret.

— Les sensations, les intuitions échappent à la raison, mais sont souvent un bon signal d'alerte. Continue.

— J'ai d'abord cru que c'était toi qui étais descendu, et que, perdue dans mes pensées, je ne t'avais pas entendu. Mais en ne te voyant pas, j'ai vérifié dans le garde-manger. Après, je suis revenue devant l'évier. La fenêtre était sombre, je pouvais voir mon reflet dans la vitre tandis que je remplissais de nouveau mon verre au robinet. Je m'en éloignais quand je me suis retournée. Alors j'ai constaté que les lumières entre l'écurie et la maison étaient allumées.

— Elles sont en effet activées par un détecteur de mouvement.

— Donc quelqu'un est passé. Qui ? Aucune idée…

Elle se tut.

Ethan passa en revue pour lui-même ce qui aurait pu déclencher les lumières – un coyote ? Un ouvrier ?

— Je vais aller vérifier, conclut-il. Un de mes hommes s'est peut-être levé pour aller dans l'écurie…

Le soulagement évident de Lizzie l'émut.

— C'est beaucoup plus logique que les effets de mon imagination, dit-elle en souriant.

Il acquiesça, conscient que jamais ses ouvriers ne l'auraient effrayée sciemment. Si l'un d'eux l'avait vue dans la cuisine, il se serait manifesté d'une façon ou d'une autre.

— Je reviens, dit-il seulement.

Il allait se lever mais elle le retint. Il lut à la fois le soulagement et la peur au fond de ses yeux.

La colère le saisit. Il lui avait proposé de séjourner

chez lui pour sa sécurité, mais ici aussi, elle semblait en danger.

Il ferait tout ce qui était en son pouvoir pour la protéger, mais il ne pouvait pas non plus parer à toute éventualité – son harceleur était évidemment un individu imprévisible, dangereux et prêt à tout pour atteindre ses buts.

Comme Matthew Colton.

Une sensation de malaise le saisit. Il avait l'habitude, il la conjura, revint à la réalité et, de nouveau, croisa le beau regard vert de Lizzie. Il lui parut plus brillant. De larmes ? Pourtant, ses lèvres esquissaient un sourire.

Il les fixa comme souvent lorsqu'elle parlait, souriait ou faisait ces petites moues gracieuses. Son cœur battait de plus en plus fort au fur et à mesure que ses sensations favorisées par le silence se déployaient.

Il inclina à peine la tête et cela suffit car déjà Lizzie s'approchait. Leurs lèvres se rencontrèrent. Un élan de sensualité le souleva, si intense qu'il n'eut pas la force, et encore moins l'envie, d'y résister.

À quoi bon ?

De timide, leur baiser devint fougueux, presque désespéré.

Lizzie le troublait et le fascinait tout à la fois ; elle lui donnait envie de conquérir le monde afin de le poser à ses pieds.

Était-ce le signe qu'il était prêt à s'engager et à fonder une famille avec elle ? Il n'en avait pas la moindre idée. Quant à étudier cette importante question à l'instant, c'était impossible, il était tout entier soumis à sa sensualité.

Sa main descendit vers la ceinture de son peignoir, la dénoua, et puis il frôla son ventre. Ce contact provoqua une juxtaposition de puissantes émotions.

Il allait devenir père. Il se montrerait digne de cette responsabilité. De nouveau, il se sentait pousser des ailes.

Il n'avait jamais rien ressenti de pareil.

— Je suis vraiment désolé pour ce que je t'ai dit, ce soir, dit-il d'une voix rauque.

Lizzie pressa ses lèvres contre son oreille.

— Moi aussi, murmura-t-elle. Jamais je ne t'aurais caché l'existence de ce bébé. Je te le jure, mais j'avais besoin de temps…

— Je sais, Lizzie.

La réalité reprit soudain ses droits, il recula pour vérifier qu'aucun intrus n'errait dans le périmètre de la propriété.

Il sortit à contrecœur.

Dans la matinée, Ethan chercha de nouveau des indices d'une intrusion sur ses terres, et plus précisément entre la maison et l'écurie.

Il était 4 heures du matin quand il était rentré après sa première ronde. Il avait trouvé Lizzie assoupie sur le canapé. Il avait posé une couverture sur elle, à la suite de quoi il s'était installé dans le fauteuil en face pour la regarder dormir jusqu'à ce que l'aurore embrase le ciel.

Il avait repensé à la nuit qu'il avait passée avec Lizzie, six mois plus tôt. La plus belle, la plus étonnante de sa vie. Cette nuit-là, il avait oublié qu'il était le fils de Matthew Colton et le premier et seul témoin de son pire crime. Il n'avait été qu'un homme passionné entièrement attaché au moment présent.

Il avait eu des liaisons avant Lizzie, mais seulement des aventures sans lendemain, et de plus, il n'avait jamais connu l'abandon et l'oubli ; soit les femmes connaissaient son passé et étaient à la recherche de sensations fortes en manifestant une curiosité morbide, soit elles le découvraient à l'énoncé de son seul nom de famille, en concevaient de la méfiance ou de la répulsion et le fuyaient.

Mais Lizzie l'avait toujours connu, et accepté.

Il passa devant la stalle de Dream. La jument hennit doucement à sa vue et lui donna un coup de tête.

— Salut, ma belle. Comment vas-tu ? lui demanda Ethan en caressant son encolure.

Et dire que l'intervention du vétérinaire ne remontait qu'à hier…, songea-t-il. Sa vie avait tellement changé, en si peu de temps.

— Dream va bien, patron.

La voix de Bill l'arracha à ses pensées, Ethan se retourna. Son contremaître s'approchait.

— Le vétérinaire est venu hier soir, et il l'a examinée. Il a confirmé qu'elle était en bonne santé.

— Ah bon, Doc Peters est passé ?

— En coup de vent. Il allait rendre visite à sa fille et à son gendre pour quelques jours et il voulait partir l'esprit tranquille.

Bill s'appuya contre la stalle.

— J'ai lu la note que vous avez laissée sur mon bureau. Il y avait quelqu'un dans l'écurie cette nuit ?

— Lizzie a aperçu quelqu'un depuis la cuisine.

Alerté, Bill se redressa

— Un de nos gars ?

— Je ne crois pas.

— Elle a été effrayée ?

— Elle a eu l'impression d'être épiée. Elle est allée jeter un coup d'œil dans le garde-manger, et quand elle en est revenue, elle s'est rendu compte que les lumières entre l'écurie et la maison avaient été activées par le détecteur de mouvement.

Soudain, Ethan se souvint que, hier, au cours de sa chevauchée, il avait lui aussi eu l'impression d'être épié. Il avait attribué cette sensation désagréable à une illusion d'optique, ou peut-être au vent dans les arbres. Il en avait conclu qu'il s'était mépris, mais ses conclusions avaient peut-être été trop hâtives.

— Pourquoi l'aurait-on épiée ? reprit Bill. Qui ?

Ethan avait une confiance aveugle en Bill, il lui expliqua en détail la situation de Lizzie.

— La police n'a aucune piste, acheva-t-il, et pour sa sécurité, Lizzie va séjourner au ranch.

— À votre avis, le type qui la harcèle l'aurait suivie ici ?

Ethan s'était posé la même question, surtout pendant les longues heures où il avait observé Lizzie endormie, mais il avait écarté cette idée.

L'individu aurait probablement eu du mal à retrouver aussi vite sa trace. Lizzie et lui venaient de renouer après six mois de silence. Sans doute son harceleur ignorait-il qu'il était le père du bébé. Et il avait été prudent sur la route, la veille, et s'était sans cesse assuré qu'ils n'étaient pas suivis.

Lizzie était-elle harcelée par le Tueur de l'alphabet ? Toutes ses victimes sans exception habitaient à Granite Gulch, dans le comté de Blackthorn. Jusqu'à hier, le logement de Lizzie se trouvait à une bonne heure de route de là, ce qui n'était pas loin, géographiquement parlant, mais loin de la zone où le Tueur de l'alphabet semait la terreur.

Qui que ce soit, on s'était introduit sur les terres d'Ethan, à son insu, et à l'insu de ses ouvriers.

— Je n'en sais rien, répondit-il, soucieux.

— Je vais mener l'enquête. Un de nos gars s'est peut-être levé ou est rentré tard cette nuit ?

— Tu penses qu'il n'aurait pas remarqué Lizzie à la fenêtre de la cuisine, même faiblement éclairée par la veilleuse ?

— Possible, mais autant vérifier.

Bill s'éloigna. Ethan repensa à sa balade à cheval et à la sensation d'une présence dans les arbres. Mû par une impulsion, il sella Cappie et partit.

10

Trevor Colton était un médiateur hors pair ; il savait gérer les conflits comme personne. Si la plupart des gens évitaient disputes, contestations et autres désaccords avec la même répugnance qu'une invasion de sauterelles, lui les accueillait presque sereinement. Être l'aîné des sept enfants de Matthew Colton l'avait formé à son rôle de conciliateur et de pacificateur. C'étaient des compétences fondamentalement utiles au FBI mais inutiles quand il s'agissait d'Ethan obstiné, inaccessible et souvent muré dans le silence.

Trevor se dirigea vers la kitchenette au bout du couloir de son bureau, se versa une tasse de café et réfléchit au « cas Ethan ».

Même s'il ne lui en avait pas soufflé mot, son refus catégorique de se plier aux dernières volontés de leur père le lui rappelait en tout point. Cet entêtement, l'un des traits de caractère qu'Ethan avait hérité de leur père, était aussi exaspérant chez son jeune frère, qui n'aurait pas fait de mal à une mouche, que chez leur père, criminel multirécidiviste.

Trevor revint dans son bureau et ouvrit le dossier « Matthew Colton ». Les informations qui s'y trouvaient remontaient à deux décennies et précédaient l'intégration de Trevor au FBI. Au fil du temps, il y avait ajouté plusieurs documents. Des photocopies du registre des visiteurs, du courrier qu'il recevait et des expertises psychologiques.

Quelles que soient les informations recueillies, accumulées, son père n'avait jamais révélé à qui que ce soit, où il avait enterré leur mère après qu'Ethan avait découvert son corps.

Matthew Colton croupissait en prison depuis déjà plusieurs décennies. En dépit de la gravité des charges qui pesaient sur lui, il avait évité la peine de mort, toujours en vigueur au Texas. Il devait cette étrange mansuétude à son frère, Big J Colton, pourtant son pire ennemi, et aux liens de ce dernier avec quelques hommes politiques malavisés qui avaient plaidé en sa faveur.

Mansuétude ? Pas vraiment. En réalité, Matthew n'était rien aux yeux de son frère, mais sa condamnation à mort aurait nui à la réputation de Big J. C'est pourquoi il avait fait en sorte que Matthew ne reçoive pas l'injection létale et reste en prison, en cellule d'isolement, jusqu'à la fin de ses jours.

Six mois plus tôt, le diagnostic de cancer de Matthew, et son mauvais pronostic avaient modifié la situation. Trois mois plus tôt, le Tueur de l'alphabet venait de faire sa première victime quand Matthew avait proposé un marché à ses sept enfants. Il rencontrerait chacun d'eux séparément avant de mourir pour leur donner un indice sur l'endroit où il avait enterré leur mère.

Matthew n'avait pas dicté dans quel ordre il voulait recevoir la visite de ses enfants, mais Trevor savait qu'il était particulièrement impatient de voir Ethan. Trevor aurait préféré épargner à ce dernier de telles retrouvailles, mais il avait besoin des informations que son jeune frère serait le seul à pouvoir soutirer à leur père.

En découvrant le corps de leur mère avant que Matthew n'ait le temps de le cacher, Ethan avait changé le destin de leur père. Jusque-là, Matthew avait toujours échappé à la police ; le meurtre de sa femme l'avait confondu. Les preuves étaient accablantes et c'est le témoignage émouvant, terrible, d'un enfant de sept ans qui l'avait condamné.

Ethan était le seul point faible de Matthew. Le dossier de Trevor comportait un document qui notifiait les regrets de Matthew à l'idée que le « petit ait trouvé sa mère comme ça ». C'était la seule trace de remords jamais exprimée par Matthew. Trevor espérait donc exploiter ce lien spécifique à Ethan pour que son jeune frère extorque des informations sur le lieu où leur mère avait été ensevelie et sur le Tueur de l'alphabet. En effet, vu l'abondante correspondance que Matthew recevait, il y avait des chances pour qu'il ait des indices sur son identité.

S'il avait des révélations à faire, il ne les ferait qu'à Ethan.

Trevor enfila sa veste en terminant son café et prit le vieux dossier « Matthew Colton » et deux autres chemises en carton. Il allait se rendre chez Ethan et trouver un moyen d'avoir raison de son obstination.

Lizzie plaça deux moules de son légendaire marbré au chocolat dans le four et régla la minuterie sur quarante-cinq minutes. Elle avait passé la matinée à cuisiner, ce qui lui avait occupé les mains et l'esprit. Elle avait également rangé sa chambre, lancé une lessive et s'était plongée dans les mots croisés du journal que Joyce avait apporté.

Lizzie était reconnaissante à Joyce de lui avoir tenu compagnie pendant une petite heure. Elles avaient parlé de son gâteau fétiche et, dans la foulée, Lizzie avait décidé d'en préparer plusieurs pour Joyce, Bill, et les ouvriers du ranch.

Profite de ce repos forcé, il n'en sera pas toujours ainsi. Bientôt, tu devras t'occuper d'un nouveau-né, tu n'auras plus une minute à toi.

Quoi qu'il en soit, Lizzie n'aimait pas rester oisive. Elle posa les yeux sur le comptoir et sur la mallette contenant son ordinateur portable. Elle décida de consulter Internet, de glaner des idées pour la chambre du bébé et se renseigner sur le centre de grossesse en ligne pour faire son propre suivi.

Elle sortit son ordinateur, l'alluma et jeta un regard vers le four pour vérifier la cuisson de ses gâteaux, déjà bien dorés, puis elle se remémora ce que Joyce lui avait confié sur le fonctionnement du ranch, le nombre d'ouvriers qui y travaillaient et le cheptel.

C'était impressionnant de voir ce qu'Ethan avait réalisé. Il n'avait que vingt-sept ans, il était déjà propriétaire d'un ranch.

À ce propos, quel nom avait-il donné à son ranch ? Cette procédure était indispensable, puisqu'il vendait son bétail et présentait ses chevaux dans des concours nationaux. Elle se promit de le lui demander, à la suite de quoi elle tapa ses identifiants et se connecta à sa messagerie.

Un courriel intitulé « date du terme » attira son attention. Elle l'ouvrit en souriant à la perspective du mois de mai, de la naissance de son bébé et but une gorgée d'eau.

Mais elle se figea en lisant le mail.

Tu crois pouvoir me fuir. Mais il n'y a nulle part où te cacher. Le bébé et toi vous serez à moi.

Lizzie lâcha son verre qui se brisa à grand fracas.

Ethan conduisit Cappie à l'écurie. Il était revigoré par sa balade matinale, mais déçu de n'avoir rien trouvé sur l'intrusion de cette nuit. Sa promenade, qui l'avait conduit jusqu'au bosquet aux confins de sa propriété, s'était avérée infructueuse. Il avait laissé Cappie paître pour parcourir ce périmètre. En vain. Était-ce le passage d'un coyote qui avait déclenché les lumières, la nuit dernière ?

Quant à ce qu'il avait cru voir la veille, peut-être avait-il été bel et bien le jouet d'une illusion… ? C'était le plus vraisemblable, car il n'avait pas non plus repéré de traces de passage entre les arbres. Il brossa Cappie, lui donna de l'avoine et rentra déjeuner.

Joyce l'attendait sous le porche.

Il constata qu'elle était inquiète. Lizzie était-elle souffrante ?

Des milliers de scénarios tourbillonnèrent dans son esprit alors qu'il se précipitait.

— Joyce ? Que se passe-t-il ?

— Lizzie est bouleversée. Elle a…

Joyce s'interrompit.

— Venez voir par vous-même.

Ethan se précipita dans la cuisine où Lizzie, prostrée, était en larmes.

— Lizzie !

Elle ne répondit pas.

— Lizzie ? C'est le bébé ?

Ethan fou d'inquiétude s'agenouilla et posa la main sur son épaule.

— Je t'en prie, parle-moi…

— Là, chuchota-t-elle. Regarde l'écran.

Ethan, à moitié soulagé car le bébé allait bien, obéit et prit connaissance du mail.

L'individu qui harcelait Lizzie savait donc qu'elle

n'était plus chez elle et avait réussi à obtenir son adresse électronique.

Il détourna l'écran pour ne plus voir les mots haineux qui s'y affichaient, prit les mains de Lizzie en se demandant comment il allait réussir à la consoler.

Un sanglot jaillit sur ses lèvres.

— Qu'est-ce qu'il nous veut, à moi et à mon bébé ?

— Calme-toi, Lizzie. Nous le démasquerons.

Toujours accroupi devant Lizzie, il lui serra les mains, puis l'attira à lui en continuant de lui répéter des paroles rassurantes.

— Tu es en sécurité ici. Je te le promets.

Il recula et vit Joyce lui adresser un petit signe de tête avant de s'éloigner.

— C'était lui qui m'observait la nuit dernière, dit Lizzie d'une voix sourde.

— Tu n'en sais rien.

— Moi je te dis que c'était lui !

Elle leva la tête. Son regard étincelait de larmes et de colère.

— Tu as senti une présence, mais ça ne signifie pas que c'était lui, insista Ethan. Comment aurait-il pu te trouver ?

— Il a bien trouvé mon adresse mail ! riposta Lizzie.

— C'est juste. Mais cela ne signifie pas qu'il sait où tu es. Il sait seulement que tu n'es plus chez toi, ce qui n'a pas été difficile à découvrir puisqu'il t'épie.

Ethan lui lâcha ses mains et rapprocha l'ordinateur. Il fit une capture d'écran et déconnecta Internet.

— Je la transmettrai à Sam ou Annabel, conclut-il.

À cet instant, la sonnette retentit. Joyce annonça qu'elle allait ouvrir.

Aussitôt après, une voix familière leur parvint.

— Ethan ? C'est moi, Trevor.

Lizzie se leva en essuyant ses dernières larmes tandis que le frère d'Ethan, suivi par Joyce entrait dans la cuisine.

— Une arrivée qui ne pouvait pas mieux tomber, insinua Joyce.

Elle sourit.

— Je vais balayer le verre brisé.

— Merci pour votre aide, Joyce, balbutia Lizzie. Je suis vraiment désolée…

Devant l'air perplexe de Trevor, Ethan l'informa des derniers événements

— Pourquoi tu ne m'as pas contacté ? s'enquit ensuite Trevor.

— Cela vient juste d'arriver, expliqua Ethan.

— Je vois. Tu me montres le mail ?

Ethan tourna l'écran vers son frère.

— J'en ai fait une capture d'écran, précisa-t-il.

Trevor acquiesça et prit place devant l'ordinateur. Ethan s'assit à ses côtés, reconnaissant pour son soutien immédiat.

Ethan était fier de sa fratrie. Surtout de Trevor et de sa carrière fulgurante au FBI. Le fils aîné de Matthew Colton avait dû faire face à de nombreux défis, mais il s'était imposé par ses qualités exceptionnelles.

Trevor laissa échapper un subtil « hum » et tapa sur le clavier.

— Je ne crois pas qu'il a récupéré l'adresse IP, murmura-t-il. Le message a été envoyé hier. Son expéditeur n'est pas connecté en ce moment.

— Il a un moyen de me localiser ? interrogea Lizzie qui semblait d'être ressaisie.

Trevor ferma l'ordinateur portable.

— Je vais demander à un collègue spécialisé dans la

cybercriminalité d'analyser l'en-tête du mail afin d'extraire la date, l'heure, l'adresse IP et le nom de domaine du serveur d'expédition, dit-il.

Lizzie frissonna et poussa l'ordinateur portable vers lui avec répugnance.

— Tu peux l'emporter.

Ethan se leva pour sortir deux tasses, puis prit la cafetière et servit le café.

— Tu es arrivé au bon moment.

— Ravi d'avoir pu être utile.

Trevor prit la tasse qu'Ethan lui tendait.

— Mais bien entendu, ce n'est pas la raison de ma venue. Je voulais te parler de la visite à notre père.

— On en a déjà parlé hier soir, répliqua froidement Ethan.

— Non, tu as évité le sujet. Comme d'habitude. Et nous devons vraiment en parler, insista Trevor.

Ethan remarqua le regard que Trevor glissait à Lizzie.

— Lizzie peut rester, dit-il. Je n'ai rien à lui cacher.

— D'accord. Maintenant, tu vas m'écouter, Ethan.

Lizzie observait les deux frères avec intérêt. Elle aurait voulu avoir une famille, des frères et des sœurs, et sans doute avait-elle idéalisé les relations, complexes, au sein d'une fratrie. Mais la fratrie Colton était exceptionnelle à bien des égards.

Ethan et Trevor se vouaient une immense affection, ils avaient tous les deux une forte personnalité. Ils avaient un même passé, une même histoire, mais si Trevor était dans une quête ardente de vérité et de transparence, Ethan, intransigeant, altier et austère, était incapable du moindre compromis quand il s'agissait de leur père.

— Sam a vu notre père le mois dernier : il a obtenu un indice.

— Texas ! Bon sang, Trevor ! Maman est enterrée au *Texas*. On l'a toujours su, ça tombe sous le sens.

— Sam et moi avons parcouru les photocopies de lettres que notre père reçoit en prison pour trouver des infos sur le Tueur de l'alphabet, insista Trevor, stoïque. Certaines sont intéressantes, mais on n'a encore rien de concret. Du moins, rien qui nous permette d'expliquer les raisons pour lesquelles un copycat a tué quatre femmes en l'espace de quelques mois.

— J'ai déjà posé la question à Ethan, mais je serais curieuse d'avoir ton avis, intervint Lizzie. Le Tueur de l'alphabet pourrait être aux ordres de Matthew en prison ?

— J'en doute, car notre père est à l'isolement, et surveillé. Pour autant, il est indiscutablement la source d'inspiration du Tueur de l'alphabet, répondit Trevor. Le copycat lui envoie peut-être des lettres en prison, en ne lui exprimant que son admiration ou je ne sais quoi, comme le font d'ailleurs la plupart de ceux qui lui écrivent.

— Quelle idée de reproduire le mode opératoire d'un tueur en série…, lâcha Lizzie.

Trevor soupira.

— Ah, si tu savais… Notre père a une certaine notoriété. Certains le considèrent comme un héros.

— Mais… comment est-ce possible ? s'exclama Lizzie horrifiée.

— Il y a des esprits tordus partout. Des individus avides de sensationnel. Pour certains, les actes de mon père relèvent même de l'héroïsme.

— « Des actes » ? Moi j'appelle cela les dérives d'un esprit malade ! intervint Ethan.

Trevor ne fit aucun commentaire, il n'acquiesça pas

non plus. Lizzie se demanda ce que Trevor voyait chaque jour au FBI, et surtout, quelles avaient été ses motivations pour intégrer le Bureau.

— Je ne sais pas comment tu peux faire ce métier, dit-elle donc. Ça doit être terrible de côtoyer sans cesse le monde du crime ?

Trevor lui adressa un sourire qui n'atteignit pas ses yeux.

— Disons que mon enfance m'a préparé au plus noir de l'âme humaine.

— Reprenons, Trev, coupa Ethan avec impatience. Tu veux que je sois aux ordres de Matthew ? Que j'accepte de le voir sans broncher ? Tu aurais pu t'épargner le déplacement, tu connais déjà ma réponse.

Il se leva et fit les cent pas.

— Il ne mérite pas que j'accède à sa demande, ajouta-t-il.

— Tu as raison, répondit Trevor avec calme.

Ethan le fixa. Ses yeux noisette étaient noirs comme un ciel nocturne.

— Alors pourquoi insistes-tu ?

— Pour notre mère, pour qu'elle repose en paix. Pour que tu puisses regarder Matthew dans les yeux et lui dire ce que tu penses de lui. Lui montrer quel homme tu es devenu : un homme qui a réussi sa vie. Pour les habitants du comté de Blackthorn. Pour, peut-être, lui soutirer des informations sur le Tueur de l'alphabet.

— N'empêche que je me plie à sa volonté.

— Non, Ethan, tu vas l'utiliser à nos propres fins. Le manipuler pour obtenir ce que nous voulons tous.

Il hésita.

— Tu crois donc que c'est la première fois qu'il demande à te revoir ?

Ethan fit un pas en arrière comme si son frère l'avait giflé. Bouleversée, Lizzie résista au désir de se lever et de s'approcher pour lui offrir son soutien et son réconfort. Mais elle n'en fit rien, les deux frères nouaient un dialogue important qu'elle ne devait pas interrompre.

Mais, à cet instant, Ethan semblait être redevenu le petit garçon vulnérable qu'elle avait connu. Avec ce regard grave et sérieux qui lui mangeait le visage et où passaient des pensées douloureuses.

— Tu ne me l'as jamais dit ! lâcha Ethan, glacial.

— Ce n'était pas le moment. De toute façon, je n'ai pas donné suite à sa requête.

— J'avais le droit de savoir !

— Nous avons fait ce que nous pensions être le mieux pour toi.

La réaction d'Ethan fut immédiate.

— « Nous » ? Qui ?

Trevor secoua la tête.

— Chris et moi. On en a beaucoup parlé. On a décidé que t'en informer ne donnerait rien de bon. On a assumé nos responsabilités.

— Je n'aurais jamais accepté de le revoir mais j'avais le droit de savoir ! répéta Ethan avec obstination.

— Et nous, celui de te protéger, riposta Trevor.

— C'était quand ?

Trevor garda le silence.

— Quand ! s'écria Ethan.

— Environ un an après que Josie a refusé qu'on vienne la voir.

Lizzie effectua un calcul mental rapide. À l'époque, Trevor avait vingt-trois ou vingt-quatre ans. Ethan en avait seize.

— Je méritais de savoir, répéta obstinément Ethan.

— Tu n'étais qu'un gamin. Un ado. Mineur. Il n'y avait aucune raison de te le dire, continua Trevor avec patience. C'était pour ton bien. Et pour éviter la réaction que tu as maintenant.

— J'avais quand même le droit d'être informé de ce que Matthew tramait et vous n'aviez pas le droit de me le cacher ! s'exclama Ethan avec entêtement.

Sur ces mots, il frappa sur sa chaise qui se renversa.

11

Ethan luttait contre la colère, la frustration, le chagrin, et une terrible désillusion.

Comment Trevor avait-il osé lui cacher la demande de Matthew ? Au prétexte que c'était *pour son bien* ?

Voyant Lizzie pâle, les yeux écarquillés, il regretta instantanément son emportement.

— Ethan, essaie de nous comprendre : on voulait te protéger, tu commençais à te reconstruire. Te faire part de la requête de Matthew aurait pu te causer un choc et te fragiliser.

Ethan serra si fort le cadre de sa chaise que ses jointures blanchirent, mais cette fois, il se contint. Sa colère était identique à ces feux d'incendie souterrains responsables de reprises incendiaires. Prête à resurgir.

— Je n'aurais jamais accepté de le voir, déclara-t-il d'une voix vibrante. Mais vous auriez dû me le dire. J'étais mineur, certes, mais assez mûr pour l'entendre. J'avais le droit de savoir, répéta-t-il.

Il était blessé. Il avait eu confiance en son frère. Cette confiance l'avait toujours consolé et apaisé.

— Quand tout est arrivé, nous avons fait un pacte de confiance, ajouta-t-il. Se serrer les coudes, rester ensemble, ne jamais se mentir ou cacher quoi que ce soit sur notre histoire familiale commune. Se parler sans détour. J'y ai cru. J'ai cru en toi, Trev. C'est d'ailleurs pour cette raison que j'ai accepté de témoigner au procès de Matthew. De parler de maman devant la cour. De raconter ce que j'avais vu.

Aussitôt, les images de cette journée resurgirent. Une assistante sociale du Child Protective Services l'avait accompagné, mais c'est Trevor qui était resté à ses côtés et l'avait soutenu.

— Raconte seulement ce que tu as vu, avait-il dit. Avec tes mots. Tout ira bien.

La voix de Trevor était ferme ce jour-là, mais Ethan avait remarqué cette infime hésitation qui y perçait chaque fois que son grand frère s'efforçait d'être courageux et brave.

— Mais papa sera là, n'est-ce pas ? Il me regardera ? Il m'entendra ?

Sur ces mots, Ethan avait regardé autour de lui en se demandant où il était. Son père serait sans doute en colère contre lui, surtout quand il décrirait le cercle rouge sur le front de leur mère. Et tout ce sang sur sa poitrine. Il y en avait tellement.

Il avait la grippe, ce jour-là. Il était fiévreux. Il était seul à la maison avec elle.

Il l'avait découverte, inerte, derrière la maison. Il avait entendu parler, aux nouvelles, de la marque rouge sur des victimes. Il avait compris que sa mère était morte, pas d'une crise cardiaque ou à cause de la morsure d'un crotale. On avait tiré sur elle. On l'avait tuée.

C'était son père le coupable, lui avait-on dit.

— Personne ne te fera de mal, Ethan.

Sur ces mots, l'assistante sociale lui avait tapoté l'épaule. C'est cette dame qui était venue le chercher au poste de police après qu'il avait trouvé sa mère et appelé à l'aide. C'est elle qui l'avait déposé chez les Ross, sa première famille d'accueil. Et c'est avec elle qu'il était arrivé au tribunal.

— Elle a raison, Ethan.

Trevor avait hoché la tête, du haut de ses quatorze ans.

— Tu ne peux pas avoir d'ennuis parce que tu dis la vérité.

Trevor avait un air si raisonnable, si sérieux, tandis qu'il s'efforçait d'être l'homme de la famille. Ses autres frères et sœurs n'avaient pas été autorisés à assister au procès et à son témoignage, mais Trevor avait plaidé pour être présent. En tant qu'aîné de la fratrie Colton, il devait soutenir Ethan. Il lui avait répété qu'il pouvait lui faire confiance…

S'extirpant de ses souvenirs, Ethan sentit la main de Lizzie sur la sienne.

— Ton frère est venu pour te demander ton aide, Ethan, dit-elle.

Il baissa les yeux sur sa main, si petite et si fine sur la sienne, et il combattit l'émotion qui gonflait sa poitrine. Le soutien de Lizzie était inestimable.

Trevor lui tendit un épais dossier.

— Voilà le dossier que j'ai constitué sur notre père pendant toutes ces années.

— Le dossier des infamies de Matthew Colton… persifla Ethan.

Un rire dur lui échappa, alors qu'il regardait les bords usés et le papier jauni qui dépassait.

— Tu ne m'en as jamais parlé non plus.

— Quand je l'ai créé, tu étais trop jeune pour le

consulter, expliqua Trevor posément. Puis je suis entré au FBI et je l'ai complété avec des informations classifiées que je ne pouvais pas partager.

— Dans ce cas, pourquoi m'en confies-tu la lecture maintenant ?

— Parce que j'ai vraiment besoin de ton aide, Ethan. Si tu comprends à quoi nous sommes confrontés avec le Tueur de l'alphabet, tu saisiras mieux pourquoi j'ai besoin que tu acceptes de revoir notre père.

Le minuteur du four sonna. Lizzie se leva d'un bond.

— Mes marbrés au chocolat ! Je les ai complètement oubliés.

À la mention des gâteaux, Ethan prit conscience de l'odeur sucrée et réconfortante qui flottait dans la cuisine. Il avait été tellement concentré sur Lizzie lorsqu'il était arrivé qu'il n'y avait pas prêté attention.

En quelques heures, Lizzie avait transformé sa maison en un foyer. Une telle douceur l'emporterait-elle sur l'horreur qui ne semblait jamais finir…

Là-dessus, il prit le dossier de Trevor. Et sous le regard perçant mais bienveillant de son frère, il ouvrit le dossier qui racontait l'histoire tragique de sa famille et de son enfance.

Erica Morgan approvisionnait le bar du Granite Gulch Saloon et vérifiait sa liste d'inventaire, article par article. Les clients avaient été rares pour le déjeuner et, après avoir servi les dernières commandes, elle avait un peu de temps devant elle.

— Décidément, tu n'arrêtes pas une seconde !

Erica jeta un regard à son amie Sandy, également de service ce jour-là.

— Tu vas me faire passer pour une paresseuse, ajouta Sandy avec un clin d'œil.

— Ça m'étonnerait : je te vois courir dans tous les sens.

Sandy tapota la poche de son tablier, lui indiquant les pourboires.

— Depuis que tu m'as parlé de partir en croisière, je me démène et j'économise, ma belle. Quatre jours aux Bahamas, cela compense chaque minute dans cet enfer !

L'image de plages de sable fin sous un ciel bleu et un soleil radieux, loin de cet hiver gris, interminable, surgit dans l'esprit d'Erica.

— N'oublie pas les hommes sexy qu'on va rencontrer et les daiquiris.

Une voix contrariée arracha Erica à ses rêves de vacances.

— Excusez-moi, je peux commander ?

Erica leva les yeux au ciel à l'attention de Sandy avant de faire volte-face et de sourire à la cliente impatiente.

Cette dernière était assise au bar. Malgré un visage banal et des vêtements sans attrait, Erica aurait juré l'avoir déjà vue. Où ? Cette femme était certes contrariée, mais il y avait dans son comportement quelque chose de dérangeant.

— Qu'est-ce que je peux vous servir, madame ?

— Ah quand même ! Un gin tonic.

— Bien sûr.

— Et vite.

Erica n'appréciait pas qu'on lui parle sur ce ton, mais des visions enchanteresses des Bahamas lui trottaient encore dans la tête, aussi cette cliente ne réussit-elle pas à assombrir son humeur. Erica ne lui répondit pas et prépara sa commande en l'observant discrètement.

Elle était grande et mince, avec des cheveux châtains

mi-longs. Elle devait avoir une quarantaine d'années. Rien de remarquable dans sa physionomie, au contraire, alors pourquoi retenait-elle son attention ? Pourquoi Erica avait-elle l'impression de la connaître ? Elle se promit d'interroger Sandy plus tard à ce sujet.

Elle posa le gin tonic devant la cliente.

— Vous désirez autre chose ? lui demanda-t-elle pour être agréable.

— Non.

— Vous êtes sûre ? Une sucrerie, peut-être ? Nous avons une tarte aux pommes maison au menu aujourd'hui.

— Je fais attention à ma ligne sinon j'ai bien peur de rester vieille fille.

La cliente adressa à Erica un sourire qui n'atteignit pas ses yeux.

— De nombreux cow-boys aiment les femmes avec des formes. Tous les goûts sont dans la nature et il ne faut pas obéir aux injonctions de la mode, déclara Erica gentiment. Allons, laissez-vous tenter par une part de tarte aux pommes !

— J'ai dit non, c'est non !

Erica cessa de sourire et recula, frappée par la hargne de la cliente. Puis elle se remit à faire l'inventaire et essaya de ne plus penser à la femme, même si quelque chose à son sujet continuait de la tourmenter. Alors qu'elle lui tournait le dos et sortait des bouteilles de vodka d'un carton, une étrange sensation lui hérissa la nuque.

Comme si la cliente la fixait, la fusillait du regard à son insu.

Erica se retourna lentement. Déjà, sa cliente baissait les yeux sur son gin tonic en marmonnant des propos inaudibles. Erica décida de mettre l'attitude déconcertante de cette femme sur le compte des micro-événements insolites qui constituent le répertoire de tout barman et se remit à scanner les étiquettes conformément aux exigences de la Commission de contrôle des alcools du Texas. Mais, une fois de plus, un frisson courut sur sa nuque et le long de sa colonne vertébrale.

Maudite bonne femme. Si elle demandait un autre verre, elle ne la servirait pas. C'était son droit, en tant que barmaid, tant pis pour le pourboire ! De toute façon, ce genre de personne n'en laissait probablement jamais.

Après avoir coché la dernière case de sa liste, elle s'étira et en profita pour jeter un regard en coin à la cliente revêche. Elle était partie après avoir déposé quelques billets froissés à côté de son verre. Erica en ressentit du soulagement quand elle la remarqua, immobile sur le seuil du bar : elle la fixait d'un air sombre.

Un violent frisson la saisit et, soudain, le souvenir de l'oiseau mort dans son patio lui remonta à la mémoire.

Quel rapport avec cette femme ?

Avant qu'elle ait pu évacuer cette étrange connexion de son esprit, la femme s'éloigna.

Ethan referma le dossier de Trevor et refoula les images qui envahissaient son esprit. Il avait lu les éléments de l'enquête, des plus récents aux plus anciens, il avait vu les photos des victimes de Matthew avec la cible rouge distincte sur leur front.

La signature de Matthew.

Le dossier ne renfermait évidemment aucune photo du corps de sa mère qu'il était le seul à avoir vu avant que Matthew ne le déplace, mais son image s'était gravée à tout jamais dans sa mémoire. Elle gisait derrière leur maison, le sang s'accumulant autour d'elle et le front marqué par ces cercles concentriques rouges.

Il était resté à la maison, cet après-midi-là. Il avait mal au ventre et avait manqué l'école. Alité, il avait appelé sa mère, puis sans réponse de sa part, il était finalement descendu.

Il refoula ce souvenir et rendit le dossier à Trevor.

— Je ne sais pas ce que tu espérais en me communiquant ce dossier. Ça renforce ma volonté de ne pas revoir Matthew.

Son frère glissa une chemise en carton sur la table.

— Ouvre. Regarde. Cela concerne le Tueur de l'alphabet. Ce sont les photos des scènes de crime : quatre femmes, assassinées par ordre alphabétique. Par l'initiale de leur prénom.

Lizzie était toujours devant la cuisinière et Ethan lui jeta un regard avant d'ouvrir la chemise en carton. Il devinait déjà ce que ces photos représentaient. Des victimes tuées de deux balles dans la poitrine et avec une cible rouge sur le front – comme sa mère. Il effleura les clichés des yeux et fit une grimace involontaire à la vue de Celia, la sœur de Zoe. Puis il referma la chemise en carton.

Un silence tomba. Lizzie revint s'asseoir, Ethan comprit qu'elle était restée en retrait par discrétion.

— La police a toujours pensé que la découverte de notre mère par Ethan avait perturbé Matthew et causé une rupture dans son mode opératoire, reprit alors Trevor.

— À moins que ce ne soit parce que c'était votre mère qu'il en avait subitement changé ? interrogea Lizzie.

Sa question était pertinente. Ethan avait effectué de nombreuses recherches sur la psychologie des tueurs en série, leur fonctionnement et leur signature. La nature rituelle du crime était significative et formait un modèle qui permettait souvent aux « profileurs » de rassembler les indices nécessaires et à la police de procéder à l'arrestation.

— L'arrivée d'Ethan sur la scène de crime a, disons, « cassé » le mode opératoire, expliqua Trevor d'une voix posée. Notre père s'est caché quand Ethan s'est approché et a découvert le corps de notre mère. Après, Ethan a couru chercher de l'aide. Matthew a été contraint d'improviser et, dans l'urgence, il a été négligent : il a laissé derrière lui des indices et des preuves pour la première fois. C'est pourquoi il a été arrêté.

Ethan savait que Trevor n'était pas indifférent, mais ce récit glaçant et précis l'exaspéra. Il se leva, et se dirigea vers la cafetière. Il savait que son silence suffisait à traduire son état d'esprit.

La voix douce de Lizzie alors s'éleva.

— Qu'y a-t-il dans la troisième chemise en carton, Trevor ?

— Les photocopies du courrier que mon père reçoit à la prison. Sam l'a parcouru, lui aussi. Je voulais qu'Ethan en fasse autant.

Ethan se retourna à cet instant et vit Lizzie tendre la main vers la chemise cartonnée.

— Non ! s'exclama-t-il.

L'idée qu'elle porte les yeux sur la correspondance d'individus à l'esprit malade et qu'elle s'expose à leur dépravation lui était insupportable. Lizzie se figea.

— Il pourrait y avoir des indices sur le Tueur de l'alphabet là-dedans ? demanda-t-elle.

— Dans ces lettres de dingues qui ont conféré à mon père une espèce de statut héroïque ? persifla Ethan.

— Peut-être peut-on y trouver une piste sur l'individu qui me harcèle ? insista Lizzie.

— Il y aurait un lien ? intervint Trevor avec intérêt.

— Selon Ethan, le Tueur de l'alphabet et mon harceleur pourraient être une seule même personne…

Elle tourna les yeux vers Ethan.

— Ce serait intéressant de parcourir ces lettres adressées à Matthew Colton par ses admirateurs. De les comparer aux lettres anonymes que j'ai reçues ?

Sourcils froncés, Trevor dévisagea Ethan.

— Le harceleur de Lizzie pourrait être le Tueur de l'alphabet ? Celui-ci agit pourtant dans une zone très circonscrite qui est à une heure de route de chez Lizzie ?

— Ce n'est pas non plus très loin.

— Certes, mais sortir de sa zone de prédilection serait une rupture de son mode opératoire.

Ethan acquiesça. Le rapprochement entre le harceleur de Lizzie et le Tueur de l'alphabet était cohérent, mais peut-être relevait-il aussi de la simple coïncidence, ou de son désir bien légitime de trouver une explication à la menace qui visait Lizzie.

Frustré, il ouvrit la dernière chemise en carton, feuilleta quelques lettres dont certaines comportaient une cible rouge en guise d'en tête.

— Du papier rose parfumé ? persifla-t-il. Des déclarations d'amour ?

Dégoûté, il parcourut l'une d'entre elles. Le ton de l'admiratrice de Matthew était éloquent : culte du héros et rêves éperdus d'amour éternel.

— Ida Wanto, murmura Ethan en déchiffrant la signature.

Trevor se pencha.

— Je peux voir ?

Ethan lui tendit la photocopie de la missive, tandis que Lizzie s'emparait de celle de l'enveloppe.

— Le cachet de la poste indique Rosewood.

— C'est proche d'ici.

Trevor jeta un coup d'œil sur le début de la lettre.

— Mais loin de chez Lizzie.

— Ida Wanto est sans doute un faux nom, lâcha Ethan sans cacher son mépris.

— J'imagine que tu as remis les lettres anonymes de l'individu qui te harcèle à la police ? demanda Trevor à Lizzie.

Lizzie acquiesça.

— Très bien, reprit Trevor. Je vais contacter la police et lui demander de confier ces messages aux graphologues de notre laboratoire d'affaires criminelles. Nous avons des techniques de pointe pour effectuer l'expertise de documents.

— Impressionnant. Mais tu vas pouvoir intervenir auprès de la police locale ? s'enquit Lizzie, étonnée.

— De l'avantage d'être un agent FBI... Mais, attention, nos experts ne sont pas non plus des magiciens. La prudence et la vigilance restent tes priorités, Lizzie. Je ne sais pas qui te harcèle Lizzie, un harceleur ou le Tueur de l'alphabet, mais je suis vraiment soulagé que tu séjournes chez Ethan.

Ethan referma la chemise renfermant les lettres et posa la main dessus.

— Pour assurer la sécurité de Lizzie et de mon enfant, je ferai tout ce qui est en mon pouvoir.

Trevor saisit la balle au bond.

— Donc tu vas lire ce courrier ? Et reconsidérer ton refus de voir notre père pour lui soutirer des informations ?

Ethan réprima un sourire face à la ténacité de son frère.

Ethan était dans la cuisine, devant son ordinateur. Il griffonna quelques chiffres sur un bloc et maugréa. Le montant total des factures du vétérinaire était plus élevé qu'il ne l'avait prévu et le coût du fioul domestique avait augmenté. L'hiver, en général assez doux dans le nord du Texas, avait été anormalement froid et le restait.

La chemise cartonnée avec les lettres adressées à Matthew était sur le comptoir. Il y jeta un coup d'œil, tenté de renoncer à sa comptabilité – une corvée, il préférait encore vacciner ses taureaux, voire se plonger dans cette correspondance nauséabonde ! Mais il n'avait pas le choix. Les factures arrivaient avec une régularité d'horloge, il ne pouvait les ignorer.

La télévision faisait un bruit de fond presque imperceptible. Après le dîner, il avait proposé à Lizzie de s'installer confortablement sur le canapé et de se détendre. Elle avait protesté au prétexte qu'elle se sentait en pleine forme, mais il avait remarqué ses yeux cernés, comme Joyce d'ailleurs, qui leur avait préparé un bon repas.

Ethan avait proposé à Joyce et à Bill de dîner avec eux, mais Joyce avait décliné et ne s'était pas attardée. Ce dîner en tête à tête avait été plutôt agréable. Ils avaient évité d'évoquer Matthew, le Tueur de l'alphabet ou le harceleur de Lizzie. Celle-ci avait distrait Ethan en lui racontant des anecdotes sur ses années à l'université et ses collègues à la banque.

Il avait appris qu'elle avait passé un semestre en France et qu'elle parlait un peu le français. Il s'était cependant montré réticent lorsque, au moment de débarrasser, elle avait suggéré d'appeler leur enfant « Étienne » si c'était un garçon. Face à sa mine dépitée, Lizzie avait éclaté de rire et il avait compris qu'elle le taquinait.

Ethan se savait intimidant, ses frères et sœurs le lui

reprochaient souvent. Mais Lizzie, toujours spontanée et naturelle, ne se laissait pas impressionner.

Au souvenir de leur dîner et de leur fou rire final, Ethan sourit malgré lui. Il avait vraiment apprécié cette soirée. En réalité, se dit-il en éteignant son ordinateur, il tenait plus à Lizzie qu'il ne l'aurait cru. Bien sûr, il avait toujours eu un faible pour elle et il revoyait leur enfance avec tendresse. Elle faisait partie de la bande, Josie et elle étaient inséparables. Elle était de tous leurs jeux et des baignades dans la piscine des Carlton.

Au cours de cet été avant que Josie refuse toute visite de la fratrie, il avait vu Lizzie avec d'autres yeux. Elle avait alors quatorze ans, il en avait presque seize. Elle s'était épanouie et encore maintenant, il se souvenait de s'être senti emprunté.

Il avait donc gardé ses distances, mais il l'avait observée, discrètement, et de loin bien sûr, tandis qu'avec Josie et Annabel, elle parlait de coiffure, de maquillage et, évidemment, de garçons.

— Tu as terminé ?

Il leva la tête. Lizzie était sur le seuil de la cuisine, le regard embrumé par le sommeil et un sourire paresseux aux lèvres.

— Je viens d'éteindre mon ordinateur, dit-il.

Il posa son crayon et se frotta les yeux.

— Je déteste faire ma comptabilité.

— Pourquoi n'as-tu pas engagé un comptable ?

— Pendant longtemps, c'était gérable et à ma portée. Maintenant…

Il haussa les épaules.

— C'est l'occasion de garder la mainmise sur mes comptes, ajouta-t-il.

Il marqua une pause.

— Tu te souviens de l'été qui a précédé le refus de Josie de nous voir ? demanda-t-il soudain, mû par une impulsion.

— Oui, bien sûr.

Elle prit place en face de lui.

— J'attendais toujours, et avec impatience, les visites trisannuelles des Colton ! déclara Lizzie en souriant. Maintenant, je me rends compte que ce devait être un cauchemar logistique ! Six enfants dispersés dans plusieurs familles d'accueil réunis pour faire trois visites par an à la benjamine.

— Trevor était majeur et indépendant. Annabel et Chris allaient l'être.

De l'index, il effaça une marque laissée par son verre de thé glacé sur la table.

— Mais oui, en effet, c'était toute une organisation !

Il se tut, incertain, troublé par le soudain besoin de lui faire une confidence. Il se sentait intimidé et c'était inhabituel, mais tel était l'effet que Lizzie produisait sur lui.

— Tu sais, je t'ai… hum, remarquée cet été-là, lâcha-t-il.

Lui aurait-il dit que le président des États-Unis venait d'entrer qu'elle n'aurait pas été plus étonnée.

— Pourquoi tu ne me l'as pas dit ? interrogea-t-elle, le regard brillant.

— Tu étais trop jeune, Lizzie. J'avais seize ans.

Mais s'il le lui avait dit ? S'il avait flirté avec elle ?

Elle s'accouda, posa son menton dans la main et le contempla.

— Confidence pour confidence, je faisais tout pour que tu me remarques. Cet été-là, j'ai même passé des semaines à choisir un maillot de bain au centre commercial.

— Josie savait que tu… heu, faisais ces efforts pour moi ?

— Je ne le lui ai jamais dit, mais elle était assez fine pour l'avoir deviné. En tout cas, elle ne l'a jamais mentionné. C'est comme si elle avait compris que c'était mon secret.

Josie. Entendre le prénom de sa sœur causait une infinie tristesse à Ethan, mais cette fois, il était content de partager de simples souvenirs heureux.

— Josie a toujours été sensible et douée d'intuition.

— Elle te manque.

— Elle me manque. Elle nous manque à tous, Lizzie.

Lizzie posa spontanément sa main sur la sienne.

— Elle me manque à moi aussi, Ethan.

Pour seule réponse, il posa sa main sur la sienne.

— Parler de Josie, c'est douloureux, poursuivit Lizzie. Mais j'ai de si bons souvenirs…

Elle rosit.

— Et je suis heureuse de savoir que mon maillot de bain a eu l'effet désiré…

Ethan ne put s'empêcher de sourire.

— Qu'attendais-tu de moi à cette époque, Lizzie ?

— Que tu flirtes avec moi.

Elle inclina la tête, une lueur jaillit de ses yeux verts.

— Je n'ai pas osé…, dit-il.

Pourquoi ? Flirter, c'était de leur âge, non. En même temps, il avait la réponse à sa question.

— Être le fils de Matthew Colton, c'est stigmatisant, ajouta-t-il.

Lizzie hésita et lui parut rassembler tout son courage. Il fut surpris, car en général, elle parlait sans détour.

— C'est vraiment ce que tu ressens ?

— Oui.

— Désolée d'avoir posé la question. Ça n'est pas très malin…

Il s'approcha, et lui serra la main avec effusion.

— Non, au contraire. J'aime ta franchise.

Il hésita.

— Stigmatisation, c'est le mot. Due à l'absence d'un père tueur en série qui était censé aimer la mère de ses enfants et la respecter, qui était censé aimer ses enfants, les élever et leur inculquer des valeurs…

Lizzie garda le silence face à un Ethan tourmenté comme jamais.

Elle avait suivi une thérapie et appris que traduire en mots des idées et des images ainsi que des souvenirs traumatisants était salvateur. Ce qui était refoulé trouvait toujours le moyen de revenir à la conscience avait-elle aussi appris. Elle n'était certes pas psychologue, mais elle savait qu'elle pouvait offrir à Ethan une oreille attentive et lui promettre de ne pas répandre ses confidences. Elle était heureuse qu'il accepte de s'ouvrir, un peu comme il l'avait fait six mois plus tôt.

— Ma vie tout entière a été façonnée par les crimes de Matthew, reprit Ethan. Je n'avais que sept ans lorsqu'il a tué ma mère et été arrêté. Je ne me souviens pas de grand-chose, avant cette époque.

— Ton père était présent dans votre vie à tous ?

— La plupart du temps, oui. Enfin, il me semble. Il avait une activité professionnelle. Sept gamins à élever. Une vie bien remplie.

La réputation de Matthew Colton était fondée sur ses crimes, sur sa vie parallèle, qui ne remplissait pourtant qu'une petite partie de son existence. Comment avait-il concilié mariage, enfants et famille avec ses crimes ?

— Quels autres souvenirs as-tu ? s'enquit-elle avec intérêt.

— C'est Trevor qui en a le plus. Il avait quatorze ans, à l'époque. Après lui, Chris et Annabel. Ils se souviennent que, parfois, Matthew disparaissait pendant des semaines entières.

— Cela correspondait aux moments où il commettait ses crimes ?

— A priori, oui. Malheureusement, il n'a pas seulement commis des meurtres en série. Trev est convaincu qu'il a d'autres méfaits, des obsessions, je n'en sais rien, à son actif.

Ethan laissa échapper un rire sans joie.

— Logique si l'on en croit le profil psychologique de Matthew.

— Des obsessions ?

— On n'en est pas sûrs, mais selon Trevor, ces derniers temps, il serait obsédé par une montre qu'il a enfouie dans une propriété à l'ouest du Texas. Il veut être enterré avec elle quand le « crabe aura gagné », selon sa propre expression.

— Aurait-elle une signification particulière ?

— Possible. Les agissements, actes, crimes de Matthew ont toujours eu une signification, mais certains restent à ce jour incompréhensibles… Trev aboutit sans cesse à une impasse, quand il cherche à comprendre. Même le lieu qu'il a choisi pour ensevelir – on se demande pourquoi –, cette montre, reste une énigme. Le Texas est un État immense, et Matthew aurait étendu son influence maléfique jusqu'à l'ouest du Texas.

— Et maintenant, il exige de parler à chacun de ses sept enfants, déclara Lizzie pensive. Que va-t-il se passer si Josie ne se présente pas ?

— Aucune idée. Vu que chacun devrait se présenter selon son ordre de naissance, on espère avoir assez d'indices au moment où on arrivera à Josie. Sinon, Ridge est convaincu que la disparition de Josie provoquera une réaction violente de la part de Matthew.

Consciente qu'Ethan s'était confié plus qu'elle ne l'aurait espéré, Lizzie lui pressa la main avec sollicitude avant de se lever pour aller chercher un verre d'eau.

Il la précéda.

— Laisse, je m'en occupe.

Elle allait refuser, il sourit et lui serra le bras.

— Oui, je sais, Lizzie : tu es enceinte, pas malade.

Il avait voulu la taquiner, mais le geste était intime, surtout après les confidences d'Ethan. La sensation de sa main sur son bras lui fit l'effet d'une brûlure. Elle le fixa, vit son regard noisette devenir noir, sa pupille s'élargissant sous les effets du désir.

Cette attraction, ce feu souterrain toujours prêt à jaillir et les embraser.

— Inutile de me dorloter..., jeta-t-elle par plaisanterie, pour lutter contre son trouble grandissant.

Ethan ne dit mot. Il la lâcha et se dirigea vers l'évier. Elle vit son reflet dans la fenêtre au-dessus de l'évier, puis s'approcha de lui et regarda dans la direction de l'écurie.

Il n'était pas très tard, mais les ouvriers s'étaient déjà retirés dans leurs quartiers. L'écurie, la courette devant et les alentours étaient plongés dans l'obscurité. Le calme régnait.

Ethan fit volte-face, le verre d'eau à la main.

— Lizzie ? Tu sembles inquiète ? Que se passe-t-il ?

— Rien.

Elle se ravisa. Elle voulait qu'il soit honnête envers elle, elle devait l'être aussi.

— Je repensais à la nuit dernière. J'essayais de…

Au même instant, les lumières s'allumèrent, mais c'est la vue de la silhouette devant l'écurie qui la figea.

— Ethan… !

Elle avait prononcé son prénom dans un souffle.

La femme devant l'écurie leva un regard égaré vers la fenêtre de la cuisine avant de prendre la fuite.

Toujours dos à la fenêtre, Ethan intrigué l'attira à lui.

— Lizzie ? Ça va ?

— C'est…

Lizzie déglutit, consciente que sa voix était étranglée par l'émotion.

— C'était elle !

— Qui ça, elle ? s'enquit Ethan déconcerté

— Josie ! Devant l'écurie. C'était elle !

12

Ethan sortit en trombe et se précipita vers l'écurie.

— Josie ! hurla-t-il dans la nuit.

Aucune réponse. Lizzie avait-elle vraiment vu la benjamine de la fratrie ?

— Josie !

Rien. Personne.

Les lumières éclairant aussi le paddock, il s'en approcha, chercha à déceler des empreintes, ou un indice quelconque. Rien.

La voix de Lizzie lui parvint.

— Ethan !

— Rentre vite ! Il fait froid.

— C'était Josie ? demanda-t-elle sans l'écouter.

— Je n'en sais rien, lâcha-t-il, frustré. Ou si c'était elle, elle a filé.

— Je suis désolée…

— Qu'est-ce que tu as vu au juste ? Tu es certaine que ce n'était pas un effet de son imagination ?

— Les lumières étaient éteintes, Ethan. Tu l'as constaté, toi aussi. Et tout à coup, elles se sont allumées, justement parce que tu as un système d'éclairage par détection de mouvement.

— Mais tu es sûre que c'était ma sœur ? insista-t-il.

— Je sais ce que j'ai vu : j'ai vu Josie.

— Pourquoi se serait-elle enfuie ?

Nouvelle question qui s'ajoutait à celles que tous se posaient depuis plusieurs années. Pourquoi Josie avait-elle subitement refusé de recevoir la visite de ses frères et sœur ? Pourquoi avait-elle disparu ?

— Aucune idée, Ethan. Mais je sais que c'était Josie, répéta-t-elle. Elle était comme une sœur pour moi, je ne peux pas me tromper.

— À quoi l'as-tu reconnue ?

— Sa petite taille. Sa silhouette menue. Son visage. Je ne sais pas, moi ! Elle portait une vieille veste trop grande pour elle par-dessus une doudoune.

— Pourquoi a-t-elle fui ? répéta Ethan désemparé.

— Elle a eu peur.

— De *moi* ?

— *Pour* elle. Ou pour *toi*, Ethan.

— Tu crois ?

— Je ne sais pas. C'est ce qu'il faut découvrir..., conclut Lizzie.

Erica feuilleta les playlists qu'elle avait créées pour le bar jusqu'à ce qu'elle tombe sur celle qui lui plaisait. Ce soir, il n'y avait pas grand monde.

Bien sûr, Erica aurait préféré que le bar soit bondé, mais tant pis, au moins, il fermerait plus tôt. Ces derniers jours avaient été fatigants, elle avait besoin de repos. Elle allait avoir un congé qu'elle consacrerait à une séance de shopping à Dallas. Elle sacrifierait même une petite partie de ses économies pour s'acheter une nouvelle paire de chaussures.

— Une autre pression, Lou ? demanda-t-elle au client assis au bar.

Celui-ci venait avec une régularité d'horloge, commandait toujours deux bières et partait aussitôt après.

Lou acquiesça, elle lui servit sa seconde Pilsner et parcourut la salle des yeux. Un peu d'anxiété envahit Erica au souvenir de la cliente de cet après-midi. Elle n'avait cessé de revenir là-dessus et de s'appesantir sur l'étrange fureur que cette femme lui avait manifestée. Elle s'efforça de penser à autre chose. À sa nouvelle paire de chaussures, par exemple.

Des talons hauts, enfin, quelque chose d'aguicheur pour les folles soirées de la croisière !

Réjouie, Erica lava quelques verres et se rendit dans la réserve pour aller chercher une bouteille de tequila et de la liqueur de marasquin. Elle en profita pour sortir la poubelle.

Ce faisant, elle se souvint d'une paire de jolies sandales compensées qu'elle avait vues dans un magazine. Les fines lanières dorées mettaient en valeur le galbe de la jambe, un vernis à ongles rouge suffirait à parfaire le look.

Le couvercle du container retomba avec un bruit sourd, mais c'est la vue d'un pistolet pointé sur sa poitrine qui la fit se figer et chassa efficacement les images de sandales sexy et de beaux cavaliers sur la piste de danse de son bateau de croisière.

— Si tu cries, je tire.

Le cœur battant, Erica eut l'impression terrifiante de se dédoubler.

Le pistolet.

L'air froid de la nuit qui transformait son souffle en givre.

La femme qui la fixait, grande, banale et cependant inoubliable.

C'était la cliente de cet après-midi dont l'attitude lui avait donné la chair de poule.

— Qu'est-ce que vous me voulez ? balbutia Erica.

— Des excuses.

La réponse était si insolite qu'elle resta bouche bée.

— Mais… je ne vous connais même pas. Quoi que vous pensiez que je vous ai fait, je suis désolée.

Le regard de la femme s'étrécit. Une lueur terrible jaillit de ses yeux bruns.

— Tu ne te souviens vraiment pas ?

Inconsciemment, Erica se remémora les bruits étranges qu'elle avait entendus sous la fenêtre du bureau du gérant du bar, puis chez elle et de cet éclair qu'elle avait vu en regagnant son véhicule. Elle revit aussi l'oiseau mort dans son patio.

— C'était donc vous. Vous m'avez suivie.

— J'aime connaître mes ennemis.

— Mais je ne vous ai rien fait !

Erica tourna les yeux vers la porte arrière du bar, pour évaluer ses chances de fuite.

— Même pas en rêve, lâcha la femme qui avait surpris son mouvement.

Sa main autour de l'arme ne tremblait pas.

— Dites-moi ce que je vous ai fait, insista Erica. Peu importe ce que c'était, je suis sûre que nous pouvons le réparer. Je ne ferais jamais de mal intentionnellement à qui que ce soit, je suis désolée si…

— Tu m'as jetée comme une malpropre, il y a quelques mois, et maintenant, tu ne te souviens pas de moi ?

Alors Erica se souvint. Elle comprit pourquoi elle avait eu l'impression de connaître cette femme. Quelques mois plus tôt, elle était entrée dans le bar, avait harcelé, insulté d'autres clients.

— Ce jour-là, vous ne sembliez pas être dans votre état normal, commença Erica prudemment. J'ai pensé qu'il était plus sage de refuser de vous servir de l'alcool.

— Erreur. J'étais au mieux de ma forme.

Erica savait qu'il était inutile de discuter. Une juste colère montait en elle. Comment cette inconnue osait-elle la menacer ?

— Comment vous appelez-vous ? demanda Erica en se rapprochant. Dites-moi votre nom.

— Vous n'avez pas besoin de le savoir. Tout ce qui compte, c'est que je connais le vôtre. E comme Erica. E. R. I. C.A.

Alors Erica comprit.

Son prénom commençait par un E.

De désespoir, elle se jeta sur la femme qui tira. Au moment où le deuxième coup de feu partit, Erica comprit qu'elle ne verrait jamais les eaux turquoise des Caraïbes.

Lizzie noua sa serviette en turban, et s'assit sur son lit avec sa crème hydratante. La présence de quelques vergetures ne la gênait pas, elles seraient le signe qu'elle avait porté la vie, le souvenir visuel de ses neuf mois de grossesse, mais elle préférait en réduire le nombre. Et elle aimait ce soin apporté à son corps, la caresse sur son ventre.

Avant d'appliquer sa lotion, Lizzie marqua un temps d'arrêt.

Tout à l'heure, elle avait été convaincue d'avoir vu Josie, maintenant, elle en doutait. Était-ce une illusion due aux souvenirs qui l'assaillaient depuis hier ? Les

Colton avaient joué un rôle dans sa vie. Ses retrouvailles avec la fratrie et la réunion de famille de l'autre soir l'avaient-elles perturbée au point que passé et présent se soient confondus ?

Elle soupira et appliqua la lotion sur son ventre avec le plus grand soin. Alors, dans le silence, et pendant qu'elle effectuait le mouvement régulier de massage, un souvenir lui remonta à la mémoire…

— Michael s'est enfin décidé à me demander de sortir avec lui ! avait dit Josie. Il a flirté avec moi pendant toute l'année en cours de maths, et on a enfin rendez-vous ce soir !

Lizzie connaissait Michael Evans. Mignon. Paisible. Elle était un peu jalouse que Josie ait un petit ami, mais était heureuse de ses confidences, devenues rares.

Josie était en effet plus distante depuis quelque temps. Lizzie avait essayé de comprendre pourquoi, elle avait même demandé à Josie si elle était en colère contre elle. Sa réponse mitigée avait provoqué davantage de confusion. Lizzie avait donc été ravie que son amie lui parle de Michael et semble de nouveau prête à se confier comme avant.

C'est Josie qui avait lancé cette conversation. Elle était tout excitée, comme si elle portait un merveilleux secret qu'elle mourait d'envie de partager.

— Vous irez où ?

— Au cinéma.

— Est-ce que vous…

Lizzie s'était interrompue car elle craignait d'être indiscrète.

— Quoi ?

— Tu crois qu'il va t'embrasser ?

De son côté, Lizzie mourait d'envie d'embrasser Ethan Colton. Il était au centre de ses rêves.

Et inaccessible…

— J'espère bien !

Josie avait gloussé à nouveau, Lizzie luttait contre une vague de tristesse. Elles avaient été de si bonnes amies, comme des sœurs, jusqu'à ce que Josie se renferme, refuse de répondre aux questions ou de lui expliquer les raisons de cette inexplicable froideur, voire son refus de revoir ses frères et sa sœur.

Michael et Josie étaient bien assortis. Malgré sa timidité, il avait eu plus d'audace que la plupart des garçons qu'elle connaissait en invitant Josie au cinéma.

— Qu'est-ce que tu aimes chez lui ?

— Tout. Il est mignon. Intelligent. Et il m'aime pour ce que je suis.

Lizzie avait levé les yeux du sticker représentant une petite marguerite qu'elle était en train de coller sur l'ongle de son gros orteil.

— Nous t'aimons tous pour ce que tu es, Josie.

— Non, vous ne m'aimez pas comme Michael. Et puis il se moque bien que je sois une Colton.

— Moi aussi.

— Oui, mais je n'ai pas envie que tu m'embrasses comme Michael m'embrassera !

Lizzie avait jeté un oreiller sur son amie, en riant malgré elle.

— Moi non plus ! Mais on t'aime bien : moi, Rhonda et Roy. Même Charlie et Wade !

Josie avait éclaté de rire en lui renvoyant l'oreiller. Lizzie avait poussé un soupir de soulagement car les deux autres garçons que Rhonda et Roy avaient accueillis étaient un sujet sensible. Josie aurait aimé que Sam ou

Ethan viennent vivre chez Rhonda et Roy mais ils avaient déjà la garde de Charlie et de Wade.

— Ce que je veux dire, c'est que Michael ne me regarde pas bizarrement parce que je suis une Colton. Il m'aime, moi, Josie pour ce que je suis. Et c'est tout. C'est bien…

Lizzie chassa le souvenir de cette conversation avec Josie, se leva et se dirigea vers la fenêtre de sa chambre. Ethan lui avait confié qu'il était stigmatisé par son nom, par son père.

Josie et Ethan, comme Trevor, Sam, Chris, Ridge et Annabel portaient, à leur façon, le poids des crimes de Matthew. C'était injuste.

Sans doute était-ce pour cette raison que le nom de Josie avait été si vite associé aux crimes du Tueur de l'alphabet. C'était trop facile de la considérer comme une suspecte à cause de sa mystérieuse disparition et de son père.

À cet instant, on frappa à sa porte. Lizzie se redressa, le cœur battant.

— Entrez !

Elle portait un large peignoir de bain, adapté à sa grossesse. À la vue d'Ethan si beau, elle se sentit disgracieuse, mais en même temps elle fut parcourue par les plus délicieux frissons.

— Je voulais savoir comment tu allais, commença Ethan. M'excuser d'avoir douté de ce que tu as vu, tout à l'heure. Même si j'ai du mal à croire que Josie soit venue chez moi et nous ait fuis.

— Même plusieurs années plus tard, on reste confondus par les décisions qu'elle a prises.

— Josie n'est pas le Tueur de l'alphabet. Je le sais sans l'ombre d'un doute ! déclara Ethan.

— Je suis d'accord avec toi.

La police et le FBI pouvaient spéculer, rien ni personne ne ferait croire à Lizzie que Josie, sa sœur de cœur, était devenue une criminelle à l'image de Matthew Colton.

Mais pourquoi Josie Colton avait-elle choisi de s'éloigner aussi radicalement de ses frères et de sa sœur ?

— Bon. Désolé de t'avoir dérangée, reprit Ethan. Je voulais seulement m'assurer que tu allais bien, répéta-t-il.

— Je vais bien. Tu ne m'as pas dérangée. Je faisais mon rituel du soir.

Ethan leva les sourcils mais ne posa aucune question.

Gênée par le silence qui retombait, Lizzie montra la table de nuit.

— Se dorloter, c'est l'une des règles d'or de ma gynécologue-obstétricienne. Chaque soir, je prends une longue douche pour me détendre, après quoi je m'hydrate consciencieusement.

— Je peux peut-être t'aider ?

L'intimité et la sensualité que cette proposition impliquait la firent rougir.

— Je…

Ethan se rapprocha. Son regard noisette était devenu plus intense.

— C'est le moins que je puisse faire, après tout.

Déjà elle acquiesçait, mais ces derniers mots attisèrent sa curiosité.

— « Après tout » ?

Avant de lui répondre, il lui retira sa serviette nouée en turban. La chevelure bouclée de Lizzie, parfumée et à peine humide se répandit sur ses épaules.

— Ne suis-je par pour moitié responsable de la conception de notre bébé ?

Ethan se rapprocha. Il était si près qu'il effleura son ventre.

— Tu en es la raison principale, souffla-t-elle.

— J'ai eu de l'aide, insinua-t-il.

Il se baissa, effleura le lobe de son oreille avec ses lèvres.

— Je pensais…, déclara tout à coup Lizzie.

Il recula. Elle se maudit d'avoir rompu le charme subtil qui les enveloppait.

— Tu sembles vraiment te réjouir de la naissance de ton enfant, poursuivit-elle. Pourtant, tu n'en voulais pas…

— C'était avant, l'interrompit-il.

Il se tut.

— Avant que tu me l'annonces. Avant que je sache. Que je comprenne…

Le cœur de Lizzie battit plus fort, l'espoir, immense, se déploya.

— Sache quoi ? Comprenne quoi ? demanda-t-elle.

— C'est nous, Lizzie.

Il caressa son ventre. Un geste berçant, un mouvement circulaire et toujours répété.

— Une nouvelle vie. Un nouveau départ. Ce bébé, c'est nous.

Cet aveu, simple murmure, arracha un petit frisson à Lizzie. Surprise, elle resta cette fois muette et immobile, de peur de rompre le charme. Ethan se rapprocha, elle ferma les yeux au contact de ses lèvres sur sa joue et, enfin, sur sa bouche.

Elle leva ses mains qu'elle posa sur ses épaules avant de les nouer autour de son cou, puis elle entrouvrit ses lèvres. *Les baisers d'Ethan.* Elle continuait d'en rêver, ils la transportaient.

Lors de la nuit qu'ils avaient passée, six mois plus tôt, Ethan l'avait éveillée à ce dont elle ne soupçonnait pas l'existence. Elle avait connu d'autres hommes et croyait avoir découvert une vraie intimité dans leurs bras, mais rien de comparable avec ce qu'elle avait vécu, découvert dans ceux d'Ethan.

Il l'avait aimée avec un élan et une fougue qui contredisaient cette distance et cette impassibilité qu'il opposait à son entourage, la plupart du temps. Il avait fait jaillir les sensations comme un magicien des feux d'artifice. Il avait redessiné les courbes de son corps avec sa bouche et avec ses mains, jusqu'à ce qu'ils s'unissent, qu'ils atteignent l'éblouissement, indescriptible.

Ils allaient à nouveau s'aimer.

Plus fort. Plus intensément. Était-ce possible ? Oui. Ethan Colton en avait le pouvoir. Et elle avait ce pouvoir sur lui.

Ethan humait Lizzie qu'il serrait contre lui, délicatement mais avec ardeur. Elle sentait bon. Il savait que sa volonté lui échappait, le désir le dominait. Et, tandis qu'il passait une main sous sa chevelure pour caresser sa nuque, il songea au pouvoir irrésistible des sirènes à cause desquelles les marins allaient s'échouer sur les récifs.

De son autre main, il caressait son ventre tiède, vivant.

Il était assailli par un mélange capiteux et étonnant de protection et de sensualité. Il désirait Lizzie plus qu'il n'avait jamais désiré quelque chose, quelqu'un. Elle était sienne. Elle était son égale. Comme jamais. Son cœur battait vite dans sa poitrine, et au même rythme que le sien.

Il donnerait sa vie pour assurer sa sécurité et la sécurité de leur enfant. Sans cesser de caresser son ventre, il dénoua la ceinture de son peignoir.

— Ethan…

Lizzie s'écarta un peu.

— Je suis si…

— Belle, dit-il en ouvrant le peignoir.

— Énorme.

— Magnifique, dit-il, ému par la vue de sa peau satinée. Les courbes qu'il avait aimées six mois plus tôt étaient plus tendres et voluptueuses. Il savait que ses mains y allumaient des frissons, des brasiers.

Il caressa ses seins, qu'il prit en coupe, émerveillé et savourant leur nouvelle opulence. Le souffle court, il saisit délicatement entre le doigt et l'index un mamelon, qu'il taquina et sentit durcir, tandis que Lizzie fermait les yeux et gémissait.

— Ethan…

Il recueillit son prénom sur ses lèvres, leurs langues s'entremêlèrent charnellement. Tout en l'embrassant, il restait sensible à la réactivité voluptueuse de Lizzie, à ses préludes sensuels.

Lizzie ondula des hanches, il y posa ses mains et lui fit faire demi-tour, de façon à ce qu'elle soit de dos, puis il pressa son sexe érigé contre ses reins. Le plaisir le souleva quand Lizzie à son tour se pressa contre son érection. Pour autant, et malgré la tension, il ne se déshabilla pas. *Non, pas encore*. Le plaisir de Lizzie était sa priorité en dépit de ses six derniers mois de solitude, de son désir qui devenait de plus en plus lancinant.

Alors il continua son exploration lascive, caressant

ses seins d'une main, tandis que de l'autre il effleurait sa féminité.

Un gémissement s'échappa des lèvres de Lizzie lorsqu'il se concentra là, sur le minuscule bourgeon rose, le seuil de son plaisir. Et il sourit lorsque Lizzie rechercha la pression de sa main, de ses doigts afin qu'il ne cesse pas, surtout pas.

Il murmura son prénom, les lèvres posées sur son cou, sa langue en savourant le goût. Il se perdait dans la volupté de l'instant, il devenait ivre du plaisir qu'il tirait de sa tendre exploration. Jamais, même six mois plus tôt, il n'avait vécu un moment si érotique.

Soudain Lizzie poussa un long cri et il sentit, à la pointe de ses doigts, son plaisir fuser. Il la tint fermement, lui aussi transporté par sa réaction au plaisir qu'il venait de lui prodiguer.

À ce moment, la sonnerie de son smartphone, dans sa poche, s'éleva. *Tant pis*. Il l'ignora. L'appel bascula sur sa messagerie. Par deux fois, on le rappela. De guerre lasse, il sortit l'appareil pour l'éteindre. Lorsqu'il vit le nom de Trevor s'afficher, il hésita.

— Réponds, dit Lizzie au même instant.

Elle avait raison. Ethan poussa un soupir résigné, et décrocha.

— Que se passe-t-il, Trev ?

— Le Tueur de l'alphabet a fait une nouvelle victime.

13

Ethan et Ridge étaient sur le parking du Granite Gulch Saloon, chacun avec un gobelet de café qu'ils avaient pris dans leurs mains pour se réchauffer. La nuit était froide, ils étaient surtout glacés par la découverte de ce nouveau meurtre.

Le prénom de la victime, une jeune femme, commençait par « E ». Erica.

Ethan était sous le choc, mais soulagé que Lizzie n'ait pas été la cible du Tueur de l'alphabet.

— Comment se fait-il qu'on en revienne toujours *là* ? lâcha Ridge avec amertume. Au crime ? Au mal ? Somme toute, à notre histoire ?

— Je vais te poser une question moins philosophique, enchaîna Ethan. Cette femme a été tuée dans un lieu public. Pourquoi est-ce que personne n'a rien vu ?

Ethan et Ridge se tenaient à l'écart des agents et des techniciens de la police technique et scientifique.

Erica Morgan avait reçu deux balles dans la poitrine, et avait, sur le front, la tristement célèbre cible.

Ridge fourra ses mains dans les poches de sa parka. Ethan savait que son frère, qui faisait partie de l'équipe de recherche et de sauvetage du comté de Blackthorn, était impatient d'intervenir, mais Trevor et ses collègues du FBI avaient la préséance. Ce nouveau meurtre qui, comme les précédents, imitait en tout point le mode opératoire et la signature de Matthew Colton, et qui traumatiserait davantage les habitants du comté de Blackthorn, inquiétait le FBI. L'enquête préliminaire sur la scène de crime devait être faite dans les règles, sans qu'elle soit polluée par des éléments extérieurs et c'est pourquoi les plus grandes précautions avaient été prises.

— Trev est convaincu que Matthew connaît la réponse. Aller le voir, c'est non seulement obtenir un indice sur notre mère, mais aussi sur le copycat, déclara Ridge sans conviction.

Surpris par la perplexité de son frère, Ethan le regarda par-dessus le bord de son gobelet.

— Tu n'es pas d'accord avec Trev ? interrogea-t-il, intrigué. Je pensais être le seul à résister à la demande de Matthew ?

Ridge fronça les sourcils.

— Détrompe-toi. Aucun d'entre nous n'a envie de le revoir.

— Mais encore ?

— Accepter, c'est plier devant lui. Je n'aime pas ça. Je n'aime pas non plus la simultanéité des premiers crimes du Tueur de l'alphabet et de son désir de nous voir.

— Trevor pense que ça n'est qu'une coïncidence.

— Je n'y crois pas. Matthew a un imitateur, donc il est responsable de ce qui se passe depuis le début. Bon sang, Ethan, Matthew a conseillé à Sam de se concentrer sur les lettres que lui écrivaient ses *admiratrices* ! Donc, le Tueur de l'alphabet serait une femme !

C'est précisément cette nouvelle piste qui avait mis Josie en cause, bien que les tueurs en série soient le plus souvent des hommes.

Ethan repensa à la chemise en carton qui renfermait les photocopies des lettres adressées à Matthew. Puis il songea à Lizzie, qu'il avait laissée seule pour se rendre sur la scène de crime.

Ce qui s'était passé ce soir avec elle avait été à la fois prévisible et imprévisible. Beau et étonnant.

L'appel de Trevor avait interrompu ces préludes délicieux, la réalité avait vite repris ses droits. La beauté et la sensualité avaient cédé la place à l'horreur.

Ethan était fataliste. Ainsi était sa vie. Ainsi serait-elle toujours. Marquée par la tache indélébile des crimes de Matthew. Il n'en serait jamais lavé.

Un mouvement sur la scène de crime l'arracha à ses méditations.

Une housse noire déposée sur un brancard.

— C'est la victime ? demanda-t-il à mi-voix.

— Oui.

Ridge montra le véhicule du coroner.

— Il va y avoir une autopsie médico-légale, lâcha-t-il du bout des lèvres. Mais ça ne donnera rien de plus que ce que nous savons déjà. Même MO. Même signature. La cible est d'une précision parfaite. On n'a jamais retrouvé des traces d'ADN, cheveux ou tout autre indice qui permettraient une identification même succincte. Le corps n'a été touché que par les deux balles en plein cœur, il n'y a pas eu fouille ou vol, ou une autre atteinte à l'intégrité physique.

Ethan acquiesça. Il avait été surpris que Trevor lui demande de se rendre sur la scène du crime et, rétrospectivement, il ne le regrettait pas. Parce qu'il avait eu l'occasion d'avoir cette conversation avec Ridge. Mais il savait que la requête de Trev participait de sa stratégie pour le convaincre de rendre visite à Matthew. Les patients efforts de son frère commençaient à porter leurs fruits, sa résistance était ébranlée.

— Trev m'a apporté le courrier que Matthew reçoit en prison. Il m'a demandé d'y jeter un coup d'œil. Surtout avec les problèmes actuels de Lizzie.

— Lizzie a des problèmes ? s'enquit Ridge soudain plus attentif.

— Trev ne t'a rien dit ? interrogea Ethan étonné.

— Pas un mot.

Ethan le lui raconta, et constata que le relater lui permettait d'ordonner les faits et de les rendre plus cohérents.

— À mon avis, c'est quelqu'un qu'elle connaît, conclut Ridge pensif. L'attitude et le message induisent une proximité. Une familiarité.

— Elle n'a pas d'ex-petit ami jaloux. Ni de voisins bizarres.

— Alors un collège de travail ?

— Les premiers messages sont en effet arrivés sur son lieu de travail.

Ethan marqua une pause.

— Lizzie pense avoir vu Josie ce soir, reprit-il brusquement.

— *Josie* ? Quoi !

L'exclamation de Ridge attira l'attention de quelques techniciens en périphérie de la scène de crime.

— Où ? Comment ? demanda-t-il d'une voix plus basse.

Ethan lui en fit le récit. Lorsqu'il eut terminé, il vit une lueur dans le regard sombre de Ridge.

— Je pense…, commença son frère.

Ridge se tut.

— Je crois l'avoir vue, moi aussi, acheva-t-il.

— Et tu n'as rien dit ?

— Je voulais être sûr. Je voulais des faits tangibles.

— Qu'est-ce qui te fait dire que c'était Josie ? Après tout, aucun de nous ne l'a vue depuis des années.

— Je ne sais pas, et c'est bien le problème. Mais j'ai vu une femme deux fois, lors de deux missions de police. Quelque chose en elle était familier.

Ridge serra son gobelet.

— Familière comme… comme ma petite sœur, tu vois ?

Ethan s'exhorta à la prudence et ne commenta pas ses derniers mots. Josie leur manquait à tous, mais c'est Ridge qui avait été le plus marqué par sa disparition. Il avait proposé de l'héberger, à l'époque où elle avait pris ses distances, mais elle avait repoussé son offre. Ridge en restait affecté.

Sam et Annabel s'approchèrent.

— Alors ? Comment ça se passe ? s'enquit Ethan.

Sam soupira.

— Trev insiste pour que le Bureau soit impliqué.

— Ça n'a rien d'une nouvelle, le FBI l'est déjà, rappela Annabel à Sam. Et franchement, c'est un soulagement, parce que nous n'avons pas les ressources du FBI, à la police de Granite Gulch.

— Je sais, mais c'est frustrant, déclara Sam. C'est notre ville. Nos citoyens.

Il soupira

— J'étais dans la même classe qu'Erica. C'était une fille adorable. Elle n'était pas très ambitieuse, mais elle s'investissait dans tout ce qu'elle faisait.

— Pas de témoins ? questionna Ethan.

— Rien. Aucune caméra de sécurité derrière le bar, dit Annabel.

— Des informations de la part des clients ? Ou des autres serveuses ?

Ethan savait que son frère et sa sœur avaient passé ces dernières heures à interroger les clients du bar.

— Une des serveuses est bouleversée. C'était une amie d'Erica. Les deux avaient prévu de partir en croisière ensemble, expliqua Sam.

— Elle a mentionné une cliente étrange, une inconnue, qui est venue, plus tôt dans la journée, et qui a été agressive avec Erica, ajouta Annabel.

— Ce qui accrédite la version selon laquelle le Tueur de l'alphabet serait une femme ? déclara Ethan.

Il chercha le regard de Ridge qui lui adressa un signe de tête imperceptible.

— À ce propos, Lizzie pense avoir vu Josie ce soir, confia Ethan.

Sam et Annabel exprimèrent leur stupéfaction.

— Si Josie était sur mes terres, il est impossible qu'elle soit allée au Granite Gulch Saloon et qu'elle ait tué Erica, ajouta-t-il.

— Je doute que notre sœur soit le Tueur de l'alphabet, mais ton ranch n'est qu'à une quinzaine de kilomètres de la ville, argumenta Annabel. C'est une distance que l'on peut couvrir en un rien de temps.

— Il était quelle heure environ quand Lizzie l'a vue ? interrogea Sam.

— 20 heures.

— L'heure du décès d'Erica Morgan est estimée à 23 heures. Annabel a raison : on peut parcourir quinze kilomètres rapidement.

— Je résume : Josie se serait montrée à nous pour une raison incompréhensible, puis elle aurait parcouru une quinzaine de kilomètres à *pied* dans la nuit noire, par ce froid, pour commettre un crime ? insista Ethan énervé.

— Pas à pied, en voiture, répliqua Sam. Ou avec un complice qui l'attendait à la lisière de ton ranch.

— De mieux en mieux ! C'est ridicule. Je n'ai repéré aucun inconnu ou intrus sur ma propriété. Ni un quelconque véhicule. Mes ouvriers non plus. Sinon, ils m'en auraient informé.

— Calme-toi. C'étaient de simples spéculations d'enquêteur : nous savons que Josie n'est pas une criminelle, conclut Sam. Ethan ? J'aimerais interroger Lizzie sur Josie.

Ces lettres qui exprimaient une admiration disproportionnée, déplacée, semblaient dotées d'une aura malfaisante. Lizzie avait posé la main sur son ventre, comme pour en protéger son bébé tandis qu'elle en prenait connaissance.

Des hommes et des femmes. Des sympathisants. Admirateurs. Adorateurs, même. Des copycats en puissance ?

— Mais quel genre de personnes idolâtre un tueur en série ? murmura-t-elle en se levant pour aller se chercher un verre d'eau.

Dans le salon, Bill installé dans le fauteuil inclinable somnolait devant la télévision. Joyce s'était quant à elle endormie sur le canapé. Les deux avaient accepté de lui tenir compagnie en l'absence d'Ethan et la fatigue avait eu raison d'eux.

Lizzie était remontée dans sa chambre un peu après le départ d'Ethan mais, incapable de faire face à sa solitude, elle était redescendue.

Elle frissonna en imaginant ce qu'Ethan avait enduré au cours de ces deux dernières heures sur la scène de crime.

Lizzie remplit son verre au robinet et regarda par la fenêtre au-dessus de l'évier. À la lumière, elle vit deux ouvriers du ranch près du paddock. Ethan leur avait demandé de faire le guet jusqu'à son retour. À cet instant, elle vit le pick-up d'Ethan suivi d'un autre véhicule et d'une voiture de police. À la vue de Ridge, Sam et Annabel, elle fronça les sourcils.

Peu après, tous étaient rassemblés dans la cuisine.

— Alors ? s'enquit Lizzie à la hâte. Des indices ?

— C'est encore prématuré, biaisa Annabel avec un sourire.

La voix de Joyce s'éleva.

— Je vais vous préparer du café.

Après s'y être employée, Joyce prit congé avec Bill, avec sa discrétion coutumière.

— Tu lisais les lettres que reçoit notre père ? demanda Ridge en les montrant du doigt.

Lizzie acquiesça, prit place à côté de lui et lui expliqua le système de classement qu'elle avait adopté. Toutes les lettres avaient été photocopiées sur du papier A4, mais le format du papier d'origine était différent. Certaines étaient tapées à la machine ou sur ordinateur, beaucoup étaient manuscrites.

Il y avait toutes les sortes d'écriture, petites, rondes, nettes, brouillonnes, couchées. Cette diversité lui rappelait son propre travail à la banque ; les personnes qui faisaient une demande de prêts hypothécaires étaient aussi variées que leur écriture, et Lizzie s'était souvent amusée à faire le portrait de l'auteur du formulaire à partir de ce seul indice.

Mais avec les lettres que Matthew Colton avait reçues, ce n'était plus un jeu.

— On peut diviser les correspondants de Matthew en trois catégories. Ceux qui vénèrent et idolâtrent votre père.

— Tous des malades, maugréa Ethan depuis le comptoir où il servait le café.

— Sans doute, mais ils ont leur logique, et leur enthousiasme n'est pas feint, ajouta Lizzie. C'est comme s'ils avaient enfin trouvé quelqu'un qui comprenait leurs frustrations, quelles qu'elles soient, et qui avait osé passer à l'acte.

Dos toujours tourné, Ethan hocha la tête sans mot dire.

— Ensuite, on a les sympathisants ; ils sont quant à eux convaincus que votre père a été victime d'une terrible erreur judiciaire et condamné à une peine qu'il ne méritait pas. Ils sont outrés. Ils crient vengeance.

— D'accord. Et la troisième catégorie ? interrogea Sam avec intérêt.

Lizzie posa une main sur son ventre, farouche dans son besoin de protéger son enfant.

— Ceux qui voudraient l'imiter et lui demandent des conseils.

Elle marqua une pause.

— Comment peut-on vouloir imiter un meurtrier ? conclut-elle.

Ethan distribua les tasses, puis avec la sienne, s'assit à ses côtés.

— Copycats en puissance, idolâtres ou sympathisants... Tous sont tous des individus déviants, répondit-il. Ils ont besoin de fantasmer pour donner un sens à leur vie.

— Ce n'est pas si simple, déclara Lizzie. Certains parmi les auteurs de ces lettres affirment, je cite, « avoir une correspondance spirituelle » avec ton père. Ils construisent une argumentation étonnamment rationnelle. D'autres soutiennent ses crimes, car ils sont désillusionnés par le monde dans lequel ils vivent et qu'ils exècrent. Ils voient dans ton père une espèce de justicier qui n'a pas eu peur de passer à l'action pour redonner sens à ce monde.

— Le mobile d'un crime n'est pas toujours l'appât du gain, l'opportunisme ou la jalousie, médita Sam.

Il prit l'une des lettres.

— Écoutez ça : « Vous avez grandi dans un foyer brisé, vous savez ce que c'est que d'être rejeté. Quel autre choix aviez-vous, Matthew, sinon celui de rejeter ce monde à votre tour ? C'est un mécanisme de défense humain… »

Lizzie sentit Ethan, concentré sur son café, se raidir. Elle était consciente de l'épreuve qu'il subissait, mais si ses frères, si sa sœur et lui n'allaient pas au fond de ce cloaque, du psychisme de Matthew et de ses « admirateurs », jamais, en tant que représentant des forces de l'ordre et d'agences fédérales de police, ils ne réussiraient à comprendre la situation actuelle, et ils passeraient à côté du copycat qui sévissait dans le comté de Blackthorn.

— Lizzie ? Ethan nous a dit que tu avais vu Josie ce soir. Tu l'as vraiment reconnue ?

La voix d'Annabel l'arracha à ses pensées. Sa question lui serra le cœur. L'image de la femme frêle dans la nuit éclairée lui revint avec netteté à l'esprit.

— Je crois, oui.

— Tu *crois*, ou tu en es sûre ? insista Sam, mais sans brusquerie.

— Je l'ai vue par la fenêtre au-dessus de l'évier. Certes, je ne l'avais pas revue depuis plusieurs années, mais c'était Josie.

Le silence tomba. Sam, Ethan, Annabel et Ridge avaient le visage fermé.

— Mais enfin, vous ne vous êtes jamais demandé

pourquoi Josie avait tout à coup refusé vos visites ? lança-t-elle, virulente, consciente d'insister et d'ajouter à leur malaise.

— On se le demande sans cesse, répondit Ridge.

— Peut-être avait-elle une bonne raison ? hasarda Lizzie.

— La police et le FBI s'intéressent à toutes les raisons pour lesquelles Josie a disparu, déclara Sam avec gravité. Et à toutes les raisons pour lesquelles elle pourrait être le Tueur de l'alphabet.

— Elle ne l'est pas, Sam ! s'exclama Lizzie.

— Nous sommes d'accord.

— Mais pas le FBI, la police et les médias : pourquoi ciblent-ils Josie ? s'entêta Lizzie.

— Lorsque nous enquêtions sur le meurtre de Celia, la sœur de Zoe, expliqua Sam avec calme, les profileurs ont défini un trait commun : les victimes ont toutes une longue chevelure noire.

— Comme beaucoup de femmes ! Je ne vois pas le rapport avec Josie ?

— En général, les tueurs en série n'agissent pas sans mobile : ils obéissent à une pulsion spécifique. Ils choisissent des victimes vulnérables et plus faibles qu'ils pourront facilement maîtriser, afin de ne pas saboter leurs fantasmes de « tueur tout-puissant ». Certains les sélectionnent en fonction d'un souvenir qu'elles leur rappellent, et qu'ils cherchent à éradiquer. Souvent, les victimes correspondent à un certain stéréotype qui a une signification symbolique pour le tueur.

— Ce que Sam essaie de dire, précisa Ethan, c'est que, depuis que le FBI s'intéresse aux imitatrices, à Josie plus spécifiquement, nous avons découvert que son fiancé avait été surpris en train d'embrasser une jeune femme avec une belle chevelure noire, la veille de sa disparition. Le jour de la rupture de leurs fiançailles.

Des souvenirs lui remontèrent à la mémoire. Lizzie n'avait pas pensé à Michael Evans depuis des années, et pourtant, en l'espace de quelques heures, elle y avait pensé deux fois.

— Josie serait le Tueur de l'alphabet parce que son fiancé a embrassé une brune à la chevelure opulente ? ironisa-t-elle.

Lizzie avait bien connu Michael et l'idée qu'il trompe Josie ne lui correspondait pas du tout. Paradoxalement, c'était si incongru que ce n'était pas non plus impossible.

— Les ruptures de fiançailles surviennent tout le temps, et je ne connais personne qui soit devenu un tueur en série à cause de cela ! déclara-t-elle donc.

— Nous ne pensons pas que Josie soit le Tueur de l'alphabet, insista Annabel. Mais le FBI n'en examine pas moins toutes les pistes, même les plus farfelues. La piste de Josie est seulement une piste supplémentaire, celle des femmes tueuses en série.

— C'est beaucoup de bruit pour rien ! Parce que le FBI n'a *rien*, justement ! s'exclama Lizzie. Comment le FBI, la police peuvent-ils sérieusement s'intéresser à cette piste-là ? Michael était le petit ami de Josie au lycée. Elle a disparu, ce qui a mis fin à sa relation avec lui. Et Josie resurgirait six ans plus tard, en tuant des femmes par ordre alphabétique ?

— Josie *est* la fille de Matthew Colton, coupa Ethan.

Ce fut comme une détonation. Lizzie posa sa main sur la sienne avec élan.

— Vous êtes aussi ses enfants, mais aucun d'entre vous n'est un tueur en puissance ! Ni Josie, avec qui j'ai grandi, et qui était comme ma sœur, martela-t-elle.

Elle sentait la main d'Ethan immobile, comme pétrifiée sous la sienne.

— Jusqu'à ce qu'on trouve le meurtrier, on continuera à incriminer notre famille, dit-il.

— Dans ce cas, concentrez-vous sur les seules vraies pistes !

—

Lizzie s'attendait à vite sombrer dans le sommeil après l'agitation de ces dernières heures. En vain. Au bout d'un moment, lasse de se tourner et retourner dans son lit, elle se leva pour terminer la lecture des lettres adressées à Matthew Colton.

Si la conversation de ce soir avec Ridge, Sam, Annabel et Ethan n'avait apporté aucune révélation, elle lui avait permis d'organiser ses pensées. Le FBI et la police n'avaient aucune piste sur le Tueur de l'alphabet puisqu'ils s'intéressaient aux amours contrariées d'une jeune fille de dix-sept ans, qui avait fugué plusieurs années plus tôt !

La voix d'Ethan s'éleva, elle tressaillit.

— Lizzie ? Tu t'intéresses encore à ces lettres ?

— Je me sens impuissante. J'ai besoin de faire quelque chose.

— Ne lis pas ces horreurs. C'est malsain.

Ethan n'avait enfilé qu'un jean, elle attarda son regard sur son torse et ses pectoraux musclés.

Le souvenir du plaisir qu'il lui avait donné, tout à l'heure, la fit délicieusement frémir.

Elle tressaillit quand il prit les lettres.

— Je vais les ranger. Je ne veux plus que tu les lises.

— Pardon ? interrogea Lizzie, tirée de sa contemplation.

Elle était complètement sous le charme d'Ethan, mais

certainement pas sous sa férule ! Elle ne tolérait pa. lui donne des ordres.

— Ces lettres ne sont pas une lecture pour une femme enceinte.

D'accord, il avait raison. Pour autant, elle connaissait ses limites et n'avait pas besoin qu'il les lui rappelle.

— Mais pour toi, oui ? interrogea-t-elle.

— Je suis malheureusement concerné au premier chef. Tu es impliquée malgré toi.

Lizzie avait l'intention de rester calme, mais l'inflexibilité dans le regard d'Ethan, la crispation de sa mâchoire et son ton dédaigneux l'insupportèrent. Elle était déjà à cran, elle se hérissa.

— Le bébé va bien, je vais bien, merci. En revanche, toi, tu ne vas pas bien, Ethan.

— Explique-toi, je te prie.

— Ton père veut tous vous voir, tes frères ont besoin que tu acceptes pour des raisons qui ne sont certainement pas sentimentales, loin de là ! Mais toi, tu restes dans le déni et le refus.

— Je suis parfaitement conscient de mes responsabilités actuelles, lâcha-t-il d'un ton froid.

— Alors, parlons-en.

— Inutile. Je gère très bien la situation.

Lizzie n'aimait pas les conflits, elle préférait les conjurer par une plaisanterie. Mais comment plaisanter dans un moment pareil ? Et elle n'avait plus envie de prendre de gants.

— C'est ce que tu penses, c'est faux.

— Tu es bien présomptueuse.

— Non, je suis inquiète pour toi. Je vois que tu souffres face à ton dilemme, Ethan. Parle-moi. Tu n'es pas seul. Je suis là !

— Ce n'est pas ta bataille, Lizzie. Je n'ai pas besoin de ton aide, en revanche, tu as besoin de la mienne.

Lizzie ferma les poings. Cette obstination continue était insupportable.

Ces derniers jours, il lui avait dit, de plusieurs façons, qu'il était prêt à assumer ses responsabilités de père. Elle avait espéré qu'il tenait un peu à elle et que peut-être, avec le temps, il l'aimerait mieux encore et lui proposerait de construire sa vie avec elle.

Mais construire une vie à deux, c'était communiquer. S'exprimer, s'exposer avant d'imploser. Partager les fardeaux et s'entraider.

Ethan stoïque et inflexible en paraissait incapable.

À la vérité, il semblait faire de la solitude sa seule compagne.

14

Au petit matin, la maison était complètement silencieuse. Lizzie vit, dans la cuisine, un mot que Joyce lui avait laissé : cette dernière annonçait lui avoir préparé un petit déjeuner copieux, dont une salade de fruits qui se trouvait dans le réfrigérateur.

Lizzie s'attablait devant son petit déjeuner quand elle se rendit compte que la chemise cartonnée avec les lettres avait disparu.

— Ah non ! s'exclama-t-elle.

Le bébé ponctua le commentaire par un coup de pied, qu'elle interpréta comme une démonstration de solidarité.

En dépit de sa contrariété, Lizzie décida de commencer par se restaurer en réfléchissant posément à la façon d'affronter Ethan sans que, de nouveau, il se braque.

Hier soir, elle avait éprouvé un authentique sentiment de désespoir face à son silence à la suite duquel elle avait regagné sa chambre.

Lizzie terminait son petit déjeuner lorsque son smartphone sonna. Elle le sortit de sa poche de peignoir et sourit en voyant le prénom de son ex-cheffe s'afficher sur l'écran.

— Cheryl ! Comment vas-tu ?

— Bien. Et toi ? Et le bébé ?

Lizzie lui donna quelques nouvelles, puis Cheryl en vint à la raison de son appel.

— Ta décision de démissionner était basée sur ta volonté de régler la situation avec le père du bébé, mais je suis sûre que c'est en bonne voie. De notre côté, nous aimerions que tu reprennes ton poste. J'en ai déjà parlé avec Zane. Lui aussi, il te tient en grande estime et il est prêt à aménager tes horaires afin que tu puisses travailler à la maison.

Zane Hardwick était le supérieur de Cheryl. Il l'appréciait assez pour trouver une solution avantageuse ? Quelle chance !

L'opportunité de travailler à domicile et d'avoir des horaires flexibles permettrait à Lizzie de passer plus de temps avec le bébé et de mieux déterminer les modalités de la garde parentale avec Ethan. Il n'y avait qu'une heure de route entre la banque et le ranch, où elle pourrait se rendre une ou deux fois par semaine. Elle pourrait même se rapprocher du ranch en déménageant à Granite Gulch.

Bien sûr, cet arrangement ne résolvait pas non plus tous ses problèmes, mais ça lui donnait une perspective plus réjouissante. De plus, être physiquement proche d'Ethan pourrait dissuader le harceleur de la poursuivre de ses assiduités. Un étranger à Granite Gulch ne passerait pas inaperçu, ce qui faciliterait son identification, le cas échéant.

— Remercie Zane de ma part. Tu me laisses le temps de réfléchir à la proposition et de m'organiser en conséquence ?

— Je comprends. Mais promets-moi deux choses.

— Oui.

— De vite me donner ton accord ferme ! dit Cheryl en riant. Et de venir à la soirée annuelle de remise des prix. Tu as mérité ta récompense de meilleure employée du département Risques Crédit et j'aimerais que tu la reçoives en personne.

Avec ces derniers événements, Lizzie avait complètement oublié ce banquet.

— C'est cette semaine ?

— Demain soir. Je sais, tu ne voulais pas y aller, par modestie, mais ce serait dommage, Lizzie.

— Je…

— Je t'appellerai et je te harcèlerai jusqu'à ce que tu acceptes, alors dis oui tout de suite et fais-moi gagner du temps !

Lizzie sourit.

— Très bien. Tu m'as convaincue. À demain.

— Oui, à demain.

Une petite voix lui murmurait qu'elle aurait dû en parler avec Ethan au préalable, mais Cheryl avait raison. C'était un honneur qu'elle ne pouvait refuser.

Et si cette soirée incitait son harceleur à se révéler ? Elle se rassura. Elle ne risquait rien, il y aurait du monde à ce banquet.

Quelle insensée !

Ainsi pensait Ethan tandis qu'il fixait Lizzie. Elle venait de lui annoncer que, le lendemain soir, elle se rendrait au banquet annuel de la banque où elle avait travaillé. À son entrée dans l'écurie avec une thermos de café, il avait ressenti des remords et regretté ses commentaires sévères de la nuit précédente. Maintenant, il était de nouveau contrarié.

— Et l'individu qui te harcèle ? Pas question, Lizzie. Fin de l'histoire.

— Je veux recevoir une récompense due à la qualité de mon travail. Fin de l'histoire !

— C'est comme d'agiter un drapeau rouge devant un taureau.

— Je ne…

— Tu as démissionné parce que tu étais convaincue que ton harcèlement était lié à ton lieu de travail, coupa-t-il. Tu l'as oublié ?

— Non ! Mais la police n'a rien découvert, et puis, j'ai le droit de vivre ma vie ! Figure-toi que, de plus, mes employeurs envisagent d'aménager mes horaires afin que je puisse continuer à travailler après la naissance du bébé.

Au fond, Ethan savait qu'il n'avait aucun droit de l'en empêcher, mais il était de mauvaise humeur, donc il s'obstina à la contredire.

— Tu ne reprendras pas ton travail.

— Pardon ? s'exclama Lizzie en colère. Je ne crois pas avoir besoin de ta permission.

— Maintenant, si.

— En vertu de quoi ? Franchement, je ne sais pas quelle mouche t'a piqué, Ethan, mais tu n'as pas ton mot à dire. Nous ne sommes pas mariés, nous ne sommes même pas en couple. Et même si nous l'étions, d'ailleurs, tu ferais mieux d'y réfléchir à deux fois avant de me donner des ordres !

— Tu portes mon enfant. Cela me donne un droit de regard.

— Sur notre enfant, oui, mais pas sur moi ! riposta Lizzie ulcérée.

Elle lui tourna le dos et s'éloigna, puis sortit de l'écurie. Ethan courut pour rattraper Lizzie et vit Bill détourner le regard lorsqu'il passa devant lui.

— Lizzie !

Elle était déjà devant le paddock et fit volte-face.

— Manifestement, nous sommes incapables d'avoir une conversation calme et rationnelle en ce moment. Par conséquent, nous en reparlerons plus tard, dit-elle seulement.

Le vent rabattit sa chevelure sur son visage rose d'émotion et il sentit sa colère se muer en une ardente passion.

Hier soir, il avait enfoui son visage dans cette chevelure magnifique, si délicatement parfumée. Il avait caressé son corps jusqu'à l'enivrement. Il avait pris en coupe ses seins plus opulents, éprouvé la sensation de sa féminité, et de son plaisir à l'instant où elle l'avait ressenti et exprimé dans un long cri.

Les images affluaient et se superposaient avec une clarté si douloureuse à sa réalité qu'il aurait pu jurer encore sentir son corps et entendre ses gémissements rauques.

Elle avait raison. Il n'avait aucun droit sur elle, d'autant que la famille Colton était au centre de la plus importante affaire criminelle du comté de Blackthorn depuis les crimes et l'arrestation de son père.

Sans cesse, le passé le rattrapait.

Et pourtant…

La voix intriguée de Lizzie lui parvint.

— Ethan ?

— Quoi ?

— Reparlons-en plus tard, d'accord ?

— D'accord.

Elle se rapprocha et lui posa la main sur le bras.

— Je ne voulais pas te contrarier. Je n'ai pas changé d'avis, seulement, je n'ai pas envie de me disputer avec toi.

— Oui, je sais.

Elle le fixa, calmée déjà.

— Je n'essaie pas de t'étouffer, Lizzie. Je veux seulement assurer ta sécurité.

— Cela ne signifie pas que tu doives m'enfermer. J'ai ma vie devant moi. Je veux la vivre !

Avec ou sans toi.

Ethan acquiesça.

— Oui, je sais ça aussi.

— On est d'accord. À plus tard.

Elle s'éloigna du paddock, il la suivit des yeux, ému. Mais lorsqu'elle atteignit le porche, elle se figea et, alerté, il fronça les sourcils.

Puis Lizzie poussa un hurlement de terreur et il se précipita, la peur au ventre, avec la sensation d'avoir reçu un coup de poignard en plein cœur.

Lizzie recula, le regard fixé sur la poupée. Un message fixé au niveau de la poitrine était maintenu en place par un couteau. Une mise en scène grandiloquente, mais sinistre, et qui faisait son effet.

— Lizzie !

Elle sentit Ethan l'étreindre par-derrière, entendit ses paroles apaisantes.

— Lizzie, je suis là. Ne crains rien.

Elle se tourna, pressa sa tête contre sa poitrine. Qui la harcelait ? Pourquoi cet acharnement ? Qu'avait-elle fait pour provoquer, concentrer l'attention d'un individu manifestement malade ? Ethan la cajolait, la berçait. C'était un contrepoint apaisant à la peur et à l'adrénaline. Elle s'efforçait de respirer au rythme de ses gestes doux et répétitifs pour se ressaisir. Ils s'étaient affrontés à peine quelques minutes plus tôt, maintenant, elle s'accrochait à lui comme à une bouée de sauvetage.

— Je suis désolée, Ethan…, murmura-t-elle.
— Mais pourquoi ?
Il lui leva le menton.
— J'ai apporté mon problème avec ce… cet individu chez toi.
— Un problème que je vais régler.
— Pourquoi me harcèle-t-on à la fin ?
— Je ne sais pas, Lizzie.
Il la serra plus fort dans ses bras.
Ils restèrent ainsi enlacés pendant longtemps.
— Regarde le message…, murmura-t-elle enfin en se défaisant de son étreinte.
— Je préférerais que ce soit Sam ou Annabel qui en prennent connaissance, au cas où il y aurait des empreintes dessus.
Lizzie acquiesça, mais elle savait que, de nouveau, la police ne trouverait aucun indice.
Ethan sortit son portable. Après un bref échange avec son frère, il rempocha son téléphone.
— Sam arrive.
De nouveau, Lizzie acquiesça, posa les mains sur la rampe du porche et parcourut du regard la propriété, qui était cachée de la route principale par des arbres. On pouvait s'en approcher sans se faire voir.
— Ce… cette poupée est là depuis combien de temps, à ton avis ? s'enquit-elle.
— Plusieurs heures ? En général, nous entrons tous par la porte de devant. Joyce et Bill sont les derniers à être sortis par-derrière vers 2 heures du matin.
— Donc, cela serait là depuis environ huit heures.
— Rentre. Sam ne va pas tarder, biaisa Ethan.
Lizzie acquiesça, pressée de s'éloigner de cette mise en scène macabre.

Elle se croyait en sécurité, quelle erreur ! l'individu qui la traquait au contraire continuait de se rapprocher.

Les cloisons de la pension de famille à Rosewood étaient si minces qu'elles laissaient passer le moindre bruit. Il y avait les récriminations du gamin, au bout du couloir – il détestait son camion, mais il refusait de le prêter à sa sœur. Quant à l'émission favorite, des jeux télévisés, que la vieille femme dans la chambre en face de la sienne suivait assidûment, on devait l'entendre au moins jusqu'à Granite Gulch !

Mais sa voisine, franchement, c'était la cerise sur le gâteau.

Chaque jour, elle recevait un homme différent.

Elle avait entendu ses ébats, très bruyants, quand elle était rentrée la nuit dernière. Depuis, ça n'avait pas arrêté. Gémissements de plaisir. Martèlement régulier de la tête de lit contre le mur de séparation. Et ça recommençait.

Elle contenait sa colère et sa jalousie envers cette traînée qui exprimait sa sensualité avec tant d'indécence, ramenait des hommes en extase devant son corps pulpeux.

Son regard tomba sur sa robe de mariée accrochée au battant de la petite armoire. Des mètres de soie et de dentelle. Elle aurait dû la faire nettoyer, mais le problème était qu'elle ne pouvait supporter de s'en séparer.

Peut-être son fiancé reviendrait-il ? N'avaient-ils pas été sur le point de se marier ? Et s'il revenait et que sa robe soit au pressing ? Il fallait du temps, tout de même, pour faire nettoyer une robe de mariée, elle devait se tenir prête.

Bon, en attendant, elle devait rédiger et poster sa dernière lettre à Matthew. Elle ignora de son mieux les gémissements qui, de nouveau, s'élevaient de la chambre voisine, pour se concentrer sur sa missive. Si seulement Matthew savait qu'il était la source de son inspiration, il serait fier !

Cette Erica machinchose avait eu ce qu'elle méritait ! Elle avait cru s'en tirer à bon compte en la virant de son bar ? D'un lieu public ? Non, mais !

Erica ne mettrait plus personne à la porte de son bar. Voilà ! À cette pensée, elle se laissa envahir par un sentiment d'euphorie. À chaque fois qu'elle appuyait sur la détente et tirait, elle se libérait de cette colère monumentale et pour toujours résiduelle qui remontait au jour où elle avait remercié les invités de leur présence et leur avait confié qu'il n'y aurait pas de mariage. Depuis, elle avait ce poids sur sa poitrine. Elle avait trouvé un moyen de s'en décharger. Grâce à Matthew. Et à ses exploits. Mais le soulagement ne durait jamais…

Elle devait relater à Matthew – à mots couverts bien entendu –, ce qu'elle venait d'accomplir !

Après un dernier regard sur sa robe de mariée, elle se concentra sur sa feuille de papier.

Cher Matthew

Lizzie observait Sam qui posait son kit d'investigation sur la table de la cuisine. La poupée gisait là, comme une victime sacrificielle. Sam prit des photos, retira le couteau et s'empara délicatement du message.

Ethan silencieux, adossé à l'évier, bras et chevilles croisés, avait aussi les yeux fixés sur son frère.

— Désolé que tu doives affronter cette épreuve, Lizzie,

déclara Sam en déposant un peu de poudre magnétique pour faire un relevé d'empreintes digitales. Ça va ?

Lizzie acquiesça, la gorge serrée.

La menace qui pesait sur elle et le bébé n'avait pas seulement ramené Ethan dans sa vie, mais aussi la fratrie. Josie avait été comme une sœur, les Colton l'avaient adoptée. La menace persistait, les Colton la soutenaient…

À quelque chose malheur est bon…

— Ça va, Sam. Tu m'expliques la procédure ? Cela m'intéresse …

Elle remarqua le regard que Sam lança à Ethan avant d'acquiescer et de la lui décrire.

Recherche d'empreintes digitales et de tout autre indice. Prise de notes sur la poupée – forme, caractéristiques, fibres de sa chevelure, etc. Il releva aussi que la poupée, en réalité un poupon, était nue, asexuée.

— C'est important ?

— Tu connais déjà le sexe de ton bébé ?

— Non. Je n'ai pas voulu le savoir.

Elle sourit à Ethan.

— Si Ethan le désire, je le demanderai à ma gynécologue lors de mon prochain rendez-vous.

— J'espère surtout qu'il sera en bonne santé, intervint Ethan. Je suis prêt à patienter jusqu'à la naissance.

— Si tu es sûr de toi, murmura Lizzie, émue.

Il passa un bras désinvolte derrière le dossier de sa chaise, et joua avec ses cheveux.

— J'en suis tout à fait sûr.

Ils échangèrent un regard. Sam détourna les yeux par délicatesse pour se remettre au travail.

Lizzie se sentit au bord des larmes. Touchée par le geste et les mots d'Ethan, le tact de Sam. Sa grande émotivité due au bouleversement hormonal en cours était décuplée par les derniers événements. Elle ravala son émotion pour se concentrer sur la main d'Ethan sur son épaule et dans ses cheveux.

— Vous avez déjà un prénom ? s'enquit Sam.

— Lizzie pense qu'Étienne est le gagnant.

La remarque d'Ethan était si inattendue qu'elle éclata de rire.

— Pas mal, déclara Sam avec circonspection.

— C'était une simple suggestion.

— Vous en avez donc trouvé d'autres ?

— On n'en a pas vraiment parlé.

Lizzie fut interrompue par la sonnerie du smartphone de Sam. Ce dernier s'excusa, se leva et sortit dans le couloir pour répondre.

Ethan se tourna vers elle.

— Eh bien, parlons-en maintenant. Quels autres prénoms te plaisent ?

Lizzie savait que ce stratagème était destiné à distraire son attention de la poupée et de la menace, mais elle n'en éprouvait pas moins la gravité du moment – choisir un prénom pour leur enfant. Un acte pratiqué dans le monde entier par les couples qui attendaient avec impatience la naissance de leur bébé.

— C'est plus facile avec les prénoms de garçons. James et Eric. Scott et Lawrence.

Ethan hocha la tête.

— Pas mal.

— Ethan aussi me plaît, du moins si on se décide pour « Ethan junior ».

— C'est flatteur, mais je veux qu'il ait son propre prénom. Sinon, pour une fille ?

Lizzie prit une grande inspiration.

— J'aimerais l'appeler Saralee.

15

Soulevé par l'émotion, Ethan resta muet. S'il n'avait pas été assis, ses jambes se seraient dérobées sous lui.

Saralee.

Le prénom de sa mère. Sa mère qui jamais ne verrait le premier enfant de son fils. Qui n'avait pas vécu assez longtemps pour voir ses propres enfants atteindre l'âge adulte.

Il fut tout à coup pris d'une terrible colère qui lui fit l'effet d'une douleur physique qu'il éprouva jusque dans la moelle des os. Il aurait pu en crier de douleur.

Peut-être n'aurait-il déjà plus sa mère, mais peut-être ne l'aurait-il pas non plus perdue dans des circonstances aussi tragiques. Saralee avait lié son destin à celui de Matthew Colton et l'avait payé de sa vie.

La voix de Sam l'arracha à ses sombres pensées, sa colère retomba.

— Ethan ? Ça va ?

La question de son frère exprimait la plus vive de curiosité. Ethan lui lança un regard noir.

— Ça va.

— C'était le chef Murray. Il a promis de me transmettre les derniers éléments sur le Tueur de l'alphabet quand il aurait eu tous les témoignages. Plus d'une personne a corroboré la déclaration de la serveuse du bar, c'est-à-dire la présence d'une femme au comportement étrange qui s'est montrée agressive, sans raison, avec Erica. Les descriptions correspondent toutes : une femme d'apparence plutôt ordinaire âgée d'une quarantaine d'années.

— Donc, ça ne peut pas être Josie, intervint Lizzie.

— Le chef Murray l'affirme, dit simplement Sam, dont le soulagement était perceptible.

— Mais cela n'explique toujours pas pourquoi Josie était au ranch hier soir..., déclara Lizzie. Pourquoi se montrer à nous seulement ? Elle n'a rien à redouter de notre part ? Ça n'a pas de sens.

— Nous pourrions le savoir si, pour commencer, nous savions pourquoi elle a disparu, intervint Ethan, frustré. Il y a tellement de secrets qui entourent Josie.

Il reporta son attention sur la poupée toujours sur la table.

— Sam, tu peux nous lire ce message maintenant ?

Son frère acquiesça et enfila une nouvelle paire de gants pour s'en emparer.

— Oui, car j'ai effectué tous les relevés nécessaires.

Ethan sentit Lizzie retenir son souffle, il remit son bras sur le dossier de sa chaise, puis lui caressa le dos. Il ne savait comment gérer la colère revenue, cumulée au chagrin et à l'impuissance.

Il aimait tendrement Lizzie. Il commençait même à entrevoir la possibilité que sa vie soit meilleure, si Lizzie Conner en faisait partie.

Mais comment construire une vie de couple, alors que le meurtre, la trahison et le mensonge accompagnaient son existence ?

Comment élever un enfant sereinement dans de telles conditions ?

Au moins, il y avait une question à laquelle il allait avoir une réponse, maintenant.

— Que dit le message ?

Sam le leur montra.

TU NE TROUVERAS REFUGE NULLE PART.
LE BÉBÉ ET TOI VOUS SEREZ À MOI.

Lizzie ne cessait de penser au dernier message. Ses capitales d'imprimerie. Au couteau fiché dans le papier.

Son harceleur avait retrouvé sa trace au ranch.

Sam avait emporté les pièces à conviction en promettant de les communiquer aux policiers qui enquêtaient sur son harceleur. La présence du couteau prouvait qu'elle courait un vrai danger qu'il fallait prendre au sérieux.

Si grave que soit son affaire, Lizzie savait que la police de Granite Gulch se concentrait avant tout sur le Tueur de l'alphabet. Personne, mis à part Sam ou Annabel peut-être, n'allait donner la priorité à un harcèlement.

C'est pourquoi elle devait se rendre au banquet de demain soir avec Ethan. L'idée lui était venue de servir d'appât. Elle n'en avait aucune envie, mais elle avait reçu les premiers messages sur son lieu de travail : un collègue était donc à l'origine du harcèlement dont elle était victime, voire le harceleur en personne.

Qui ?

Ethan revint dans la cuisine après avoir raccompagné Sam.

Elle le contempla. Il avait le front plissé, le regard inquiet et les épaules voûtées, comme chargées d'un lourd fardeau. Mais il avait toujours cette espèce de grâce stoïque qui était l'un de ses charmes.

Le souvenir de leur soirée au rodéo lui remonta à l'esprit. Elle avait prévu d'y assister avec un ami, ce dernier s'était désisté à la dernière minute, mais elle avait refusé de manquer une soirée distrayante. Tant pis, elle irait seule. Elle arrivait quand elle avait vu Ethan dans la foule.

Ils étaient loin l'un de l'autre, mais elle l'avait reconnu. Plutôt, elle avait *senti* sa présence et avait dirigé le regard vers lui. Cela était imperceptible pour le plus grand nombre, mais elle avait toujours senti le fardeau qui l'accablait. C'est cette vulnérabilité, plus que son incroyable séduction qui, au départ, l'avait irrésistiblement poussée vers lui.

— Sam a dit autre chose ? reprit-elle en s'arrachant à ses souvenirs.

— Non. Il a seulement promis de ne pas lâcher l'affaire pour retrouver au plus vite l'individu qui te harcèle.

— La police de Granite Gulch est déjà surchargée de travail. Tu le sais aussi bien que moi.

— Ce sont des professionnels.

— Avec une priorité ; faire la lumière sur un tueur, ou une tueuse, en série.

Elle marqua une pause.

— C'est pourquoi nous devons aller au banquet demain, Ethan. J'ai eu une idée. Tout a commencé sur mon lieu de travail, c'est donc là que nous devons chercher : quelle meilleure occasion que ce banquet ? Je me montre, nous serons entourés par la foule, donc je ne cours pas le risque de me faire attaquer. Et tu seras là pour veiller sur moi et repérer ce que je ne verrai pas. Le repérer !

— Il n'est pas question que nous nous rendions à cette soirée et que tu t'exposes, répliqua Ethan. C'est dangereux. Tu as vu comme moi cette poupée avec un couteau planté à la place du cœur.

— J'insiste.

— C'est insensé, Lizzie.

— C'est rationnel. C'est notre seule option.

— Non, notre seule option, c'est de laisser la police faire son travail.

Ethan sortit de la cuisine, mettant ainsi fin à la conversation. Lizzie le suivit. Une colère venue de très loin, de l'enfance et de la somme de ses frustrations peut-être, monta en elle.

— Ethan ! jeta-t-elle. Tu as beau te cacher, m'opposer ta colère et ton obstination, je te connais.

Il fit volte-face, ses prunelles noisette étincelaient.

— Je te connais ! répéta-t-elle. Tu n'es pas seulement cette colère-là. Tu observes les animaux comme s'ils détenaient les secrets de l'univers. Tu devines l'arrivée de la pluie alors que le ciel est encore bleu.

Les mots déferlaient, rapides et ardents.

— Tu adores ta famille, même si tu ne sais pas comment le montrer. Tu aimes les glaces. Nougat glacé et pistache, ou vanille au pire. Tu aimes les Red Sox de Boston pour des raisons qui n'ont de sens que pour toi. Tu détestes les araignées plus que tout au monde. Je continue ?

Elle poursuivit, même si elle avait plutôt envie de le serrer dans ses bras.

— Je te connais, Ethan. Je sais que tu n'es pas seulement cette colère, répéta-t-elle.

Il baissa la tête, un silence tomba.

Quand, au terme de longues minutes, il releva la tête, elle vit au fond de ses yeux une émotion qu'elle n'y avait jamais vue.

— Les animaux détiennent tous les secrets de l'univers, répondit-il à mi-voix. Ils sont éternellement pragmatiques, on voit au fond de leurs yeux la sagesse acquise depuis la nuit des temps. À la différence de l'Homme.

Il se rapprocha, riva son regard au sien.

— Sentir la pluie arriver, c'est facile. Je me suis blessé la main avec un clou rouillé quand j'étais petit, et ça me fait toujours mal quand un orage se prépare. J'aime mes frères et sœurs, et après eux, la crème glacée. Il y a des jours où la crème glacée prend le dessus sur les remarques de Trev ou de Chris monsieur-je-sais-tout. Les araignées sont les seules créatures dont je souhaiterais la disparition.

Elle le regarda fixement, envoûtée par son regard doré et brillant.

— Elles sont si laides que je refuse même de les regarder.

Il se pencha et effleura ses lèvres. Elle allait lui rendre son baiser quand une autre question lui est venue à l'esprit.

— Et les Red Sox ?

Il la serra dans ses bras et sourit contre ses lèvres.

— J'ai le droit d'avoir quelques secrets..., murmura-t-il.

Il l'embrassa. À la sensation de l'entrelacement de leur langue, dans leur va-et-vient languissant de besoin et de désir, l'évidence s'imposa.

Comme elle l'aimait !

Un immense amour, présent depuis le tout premier jour où elle avait rencontré ce garçon renfermé alors âgé de huit ans et venu pour la première fois rendre visite à sa sœur. Elle lui avait donné son cœur, ce jour-là, sans en avoir conscience.

Et elle ne le lui avait jamais repris.

Zoe, la fiancée de Sam, apporta un plateau avec des steaks dans la salle à manger, et sourit au groupe réuni autour de la table.

— Sam a fait son Fred Pierrafeu pendant une heure ! Bon appétit ! Nous avons assez de viande pour tenir jusqu'au prochain millénaire.

Ridge éclata de rire, Ethan se leva et prit le plat des mains de Zoe. Il remarqua les regards affamés de ses frères, le coup de coude d'Annabel dans le flanc de Chris, afin que ce dernier déplie sa serviette sur ses genoux.

Il s'en amusa. Certaines choses ne changeaient jamais…

Il posa le plat au centre de la table, attrapa un petit morceau de viande au passage, évita de justesse une tape d'Annabel. Il lui adressa un signe malicieux avant de lui passer la jatte de salade. Lizzie à côté de lui se servit copieusement. Quand elle surprit son regard sur son assiette, elle rougit.

— Désolée. Je meurs de faim, ce soir.

Il se pencha vers elle et, taquin, lui effleura l'oreille des lèvres.

— Je n'exprimais que de l'admiration. Tu manges pour deux, et Sam et Zoe ont préparé un festin. Profite !

Et d'ailleurs, elle ne lui devait aucune explication. Il avait toujours apprécié son appétit de la vie et de la bonne chère.

Quand il eut repris place, il parcourut du regard la tablée. Les conversations allaient bon train, un mélange de plaisanteries et de sérieux. Mais bientôt, la conversation porta sur le Tueur de l'alphabet.

— Ethan ? commença Sam. Le message de la poupée nous a donné du travail, à Annabel et moi. On a aussi passé la moitié de la journée à fouiller une vieille pension de famille à Rosewood.

— Vous y avez trouvé quelque chose ? demanda aussitôt Lizzie, le regard avide.

— Des lettres d'amour adressées à Matthew qui n'ont pas été postées, déclara Annabel avec une moue de dégoût. Toutes vantaient son courage, toutes avec une cible rouge à l'en-tête.

— Cible en en-tête, mais décentrée, précisa Lizzie.

Annabel et Sam la dévisagèrent avec stupéfaction.

— Comment tu le sais ? demanda Annabel.

— La chemise cartonnée avec des lettres comportait la photocopie d'une enveloppe d'une certaine Ida Wanto, avec le cachet de la poste de Rosewood. Sa lettre comportait une cible rouge en en-tête, mais décentrée.

Ethan secoua la tête, sans cacher sa fierté.

— Tu es sûre que tu ne veux pas travailler dans la police ? interrogea Annabel.

Lizzie rougit du compliment.

— Ma perspicacité est due à mon métier ; je reçois beaucoup de demandes de prêts. Sous forme électronique souvent, mais il y a encore beaucoup de documents manuscrits. Je remarque une foule de petites choses.

— Bien joué en tout cas ! s'exclama Sam. Malheureusement, nous n'avons trouvé que ces messages, mais nos hommes assurent désormais une surveillance de cette pension de famille. Personne ne s'est encore manifesté, Ida est dans la nature.

— Comme Josie, dit Ridge.

Il reprit très vite pour s'expliquer.

— Ce que je veux dire, c'est que Josie est aussi insaisissable que cette Ida.

Ethan jeta un coup d'œil vers Lizzie que la mention à leur jeune sœur rendait pensive.

— J'ignorais que Josie était fiancée jusqu'à ce que

le sujet soit abordé, intervint Annabel. Est-ce que l'un d'entre vous le savait ?

— Non, personne. Michael et Josie n'avaient rien dit à personne, répondit Lizzie.

— Sauf à toi ? insista Ethan.

Conscient de la charge émotionnelle du sujet, il avait posé sa question avec douceur.

— Oui. À cette époque, nous terminions le lycée, Josie ne me parlait presque plus. Mais nous partagions la même chambre. Elle m'a montré le petit diamant qu'il lui avait offert.

— C'est pour cette raison que tu as fait des recherches sur Michael, Trev ? demanda Ethan. Il a des informations sur Josie ?

— S'il en avait, nous ne le découvririons jamais…

Trevor repoussa son assiette.

— Le FBI a retrouvé Lorna Evans, la veuve de Michael Evans. Elle nous a raconté ce qui s'était passé entre Josie et Michael.

— Michael est *mort* ? Et il a *épousé* Lorna ? s'exclama Lizzie stupéfaite.

Trevor sortit son smartphone et fit défiler ses mails.

— Ah voilà. « Michael Evans avait une maladie qui a provoqué une insuffisance cardiaque dont il a souffert pendant plusieurs années. Il est mort il y a environ deux ans. »

— Pauvre Michael…

— Comme c'est triste.

Lizzie et Zoe avaient parlé en même temps, et Ethan médita sur les souffrances que la vie infligeait. La tragédie et les malheurs faisaient partie de la vie au même titre que le bonheur… Il avait subi un traumatisme, il n'avait pas été le seul.

Michael Evans était mort avant d'avoir atteint trente ans. Il avait laissé une épouse, et un avenir.

— Selon Lorna, Michael et Josie se sont disputés. Josie a rompu avec lui, continua Trevor. Michael avait embrassé Lorna pour que Josie soit jalouse et lui revienne, mais cela a eu l'effet contraire. Josie a disparu.

— Intéressant.

Chris griffonnait sur le petit bloc-notes qui ne le quittait jamais. Cela faisait des années qu'il enquêtait sur toutes les pistes relatives à Josie. À l'évidence, il n'avait jamais exploité celle-ci.

— Mais pourquoi disparaître ?

Trevor rempocha son smartphone.

— Si on le savait… Lorna et Michael n'étaient que des amis lorsqu'ils se sont embrassés et cette amitié s'est lentement transformée en de l'amour. Ils se sont mariés environ un an après la disparition de Josie.

— Elle a abandonné tellement de monde…, commenta Lizzie. Je me rappelle à quel point elle aimait Michael. Elle et moi n'avions plus que des conversations superficielles, au moment où elle a pris ses distances avec nous tous, mais j'ai toujours eu le sentiment qu'elle était heureuse avec lui. Quand elle parlait de Michael, elle redevenait Josie telle que nous la connaissions avant qu'elle ne s'éloigne.

— As-tu une idée des raisons pour lesquelles elle a pris ses distances ? interrogea Annabel.

Lizzie secoua la tête.

— Non. C'est arrivé à peu près au moment où elle vous a demandé d'arrêter de venir.

— Votre sœur a rompu les liens…, intervint Zoe. Pourquoi ?

Sam soupira et enlaça sa fiancée.

— On l’a peut-être blessée, sans le vouloir ? C’était la benjamine, la petite dernière si fragile.

— La cause de cette rupture radicale semble plus profonde qu’une brouille. Justement, Lizzie a une autre explication, plausible : et si Josie avait voulu nous protéger en disparaissant ? lâcha Ethan en dévisageant tout à tour ses frères et sa sœur.

16

Le lendemain, pendant qu'elle se préparait pour la soirée, Lizzie se remémora les événements de la veille. Une journée riche en découvertes. D'abord, il y avait eu le message macabre de son harceleur, puis le dîner improvisé chez Sam et Zoe avec les interrogations sur la disparition de Josie et enfin le retour au ranch, tard dans la nuit. Un silence agréable et méditatif les avait enveloppés dans le pick-up.

C'était surtout la découverte de son amour pour Ethan qui la rendait pensive.

Et maintenant ?

Certes, ils s'étaient rapprochés depuis ces derniers jours. Elle était convaincue qu'il tenait à elle et ferait tout pour être un bon père et élever leur enfant.

Mais il « l'aimait bien » seulement. Pas comme elle. Et cela donnait une tout autre tournure à la situation.

Car un jour ou l'autre, Ethan rencontrerait l'âme sœur et tomberait amoureux. Et elle, la mère de l'enfant d'Ethan, serait le témoin impuissant et frustré de son bonheur avec une autre. Elle en était déjà jalouse, mais avait-elle le droit de lui refuser un bonheur qu'il méritait ? Non, bien sûr ! Mais elle serait sur la touche, n'aurait été qu'une aventure d'une nuit… À la pensée que leurs relations changeraient alors, les larmes lui montèrent aux yeux. Elle les essuya d'une main rageuse. À quoi bon se projeter dans le chagrin ? Elle avait besoin de se concentrer sur un avenir plus proche.

Cette soirée.

Avec un soupir résigné, elle acheva de se préparer. Son avenir s'annonçait sombre, mais pour le moment, c'est l'ombre qui planait sur son présent qu'elle devait conjurer.

Ethan rectifia son nœud de cravate alors qu'il arpentait le salon de Lizzie avec agitation. Il vérifia ses boutons de manchette. Bon sang, il détestait les costumes au moins autant que les araignées !

Il était un cow-boy, un rancher, habitué aux jeans, aux chemises de flanelle et vestes en coton ciré et, en même temps, il était un authentique homme d'affaires. La bonne marche de son ranch dépendait de ses compétences à développer son cheptel, son élevage de chevaux.

Un claquement de talons le tira de ses pensées. Lizzie surgit devant lui, dans une jolie robe noire qui épousait et flattait ses rondeurs de son corps. Ses cheveux dénoués retombaient sur ses épaules.

— Tu es superbe ! s'exclama-t-il.

Elle lui sourit.

— Merci. Tu n'es pas mal non plus.

— En tout cas, bravo.

— Bravo ?

— Oui. Depuis ma vieille tante Beatrice, aucune femme n'a réussi à me faire porter un costume chic.

— C'était en quel honneur ?

— Ses funérailles !

— Oh…

— Oh oui.

Lizzie s'approcha, Ethan sourit, conquis. Elle était enceinte, éblouissante de féminité et de grâce.

Elle posa les doigts sur son nœud de cravate.

— Pas mal pour un homme qui ne met un costume qu'une fois par décennie.

— Ma mère a bien élevé ses garçons. Elle m'a appris à faire un nœud de cravate à l'âge de cinq ans, pour aller à l'église, le dimanche.

— C'est un joli souvenir, murmura Lizzie.

Oui. Encore maintenant, il se revoyait en rang avec ses frères dans leur salon. Saralee vérifiait leur tenue et les admirait. « Ah, mes cinq petits hommes ! » Puis elle les embrassait avant de les faire monter dans la voiture pour aller à l'église.

— Tu n'as pas que de mauvais souvenirs d'enfance, reprit Lizzie.

Ethan sourit. Il se pencha et effleura ses lèvres.

— En effet. Mais j'ai occulté ce qui s'est passé avant le drame.

Les yeux de Lizzie brillèrent.

— Je suis heureuse d'avoir entendu l'un de ces bons souvenirs.

Ethan contourna le pick-up pour ouvrir à Lizzie et l'aider à en sortir. Certes, la petite berline de Lizzie aurait été plus pratique, mais il devait, littéralement, se plier en deux pour y entrer. À la naissance du bébé, un véhicule plus adapté serait nécessaire.

Cette pensée le préoccupa tandis qu'ils cherchaient puis trouvaient leur table dans la salle des banquets.

Préoccupé ? Oui, parce que c'était important.

Il soupira.

À Lizzie de décider d'acheter une nouvelle voiture et où vivre, lorsque l'individu qui la harcelait serait mis hors d'état de nuire.

Ils partageaient des responsabilités, mais il n'avait aucun droit sur elle. Ne le lui avait-elle pas fait bien comprendre ?

— Et si tu cessais de prendre ton air de justicier vengeur ?

Le léger coup que Lizzie lui donna dans les côtes le fit tressaillit et revenir au présent.

— Pardon ?

— Tu sembles ailleurs. Quelque chose ne va pas ?

Lizzie avait parlé à voix basse, mais avec un large sourire, sans doute pour donner le change à l'autre couple à leur table.

— Ça va.

— Alors, souris. Ma cheffe s'approche. Elle est à notre table.

— Tu veux dire, ex-cheffe ? répliqua-t-il avec un sourire de convenance.

Lizzie n'eut pas le temps de répondre, car une jeune femme avenante était déjà devant eux. Après de brèves présentations, Cheryl lui vanta le travail de Lizzie, confia combien elle leur manquait, même si elle n'avait quitté son poste que depuis une semaine.

Quatre autres personnes s'approchèrent, impatientes de saluer Lizzie et de la féliciter pour le prix qu'elle allait recevoir ce soir. Enfin, l'organisateur de la soirée demanda à tous les invités de prendre place.

À cet instant, Lizzie se retourna et posa sa main sur son bras puis lui indiqua le voisin de table de Cheryl.

— Ethan, je te présente Zane Hardwick, notre chef de service. Zane Hardwick, Ethan Colton.

Ethan échangea quelques paroles banales et courtoises en le jaugeant. Lizzie lui avait déjà parlé de Zane, de son soutien pour lui aménager des horaires, il s'efforça par conséquent d'être agréable. Mais cet homme, pourtant aimable et de belle prestance, lui déplut.

Jaloux ? Secoue-toi, Colton. Ce type est important pour la carrière de Lizzie.

— C'est donc vous qui avez enlevé notre Lizzie, déclara Zane avec un large sourire.

Ethan posa sa main sur la taille de Lizzie.

— Personne n'enlève Lizzie, elle est la liberté incarnée, dit-il d'un ton plaisant et sans cesser de sourire.

Zane fronça les sourcils, son regard bleu s'assombrit. Mais ce fut bref, il se remit à sourire.

— Vous avez raison, Ethan.

Lizzie remercia quant à elle Zane de son soutien.

— Vous êtes un atout, Lizzie, dit Zane avec simplicité. Nous ne saurions nous passer de vous.

Elle le remercia à nouveau avant de prendre place. Ethan, de son côté, essaya de comprendre ce qui l'avait dérangé chez Zane. Celui-ci occupait un poste important dans une grande banque, il gérait la plupart des prêts commerciaux de l'État du Texas. Il cumulait beaucoup de responsabilités et avait de l'influence. En observant subrepticement les invités dans cette très belle salle, il constata d'ailleurs que de nombreux individus semblaient sortis du même moule que Zane Hardwick.

Le dîner commença. Au fur et à mesure que la petite cérémonie des récompenses se rapprochait, l'ambiance devenait plus agitée.

Des cercles plus confidentiels, mais aussi plus

décontractés se formèrent au moment où furent servis le café et le dessert. D'autres collègues de Lizzie vinrent la saluer. Lizzie le présenta, Ethan remarqua leurs regards curieux. À l'évidence, Lizzie et lui seraient le sujet des conversations, ce soir et même demain.

Il écouta et observa avec attention les personnes qui s'étaient approchées mais il ne constata rien de suspect. Le harceleur de Lizzie était-il vraiment lié à son milieu professionnel ? Manifestement non, les collègues de Lizzie, hommes et femmes, s'étaient tous montrés cordiaux et chaleureux.

Lizzie lui avait répété qu'elle n'avait pas d'ex-petits amis jaloux donc susceptibles de la harceler, mais peut-être l'un d'eux l'était-il devenu en apprenant sa grossesse ? Peut-être qu'un voisin s'était entiché d'elle à son insu ? C'était aussi une piste à ne pas négliger. La police ne semblait pas s'y être intéressée…

— C'est bientôt à mon tour, souffla Lizzie en lui serrant le genou, ce qui le ramena à la réalité.

Elle était tout excitée, et si fière de ce qu'elle avait accompli.

Elle avait vécu toute sa vie en famille d'accueil et pourtant, elle avait réussi à se faire une place dans la société au prix d'un travail acharné. Elle était devenue quelqu'un. Une jeune femme chaleureuse, bien dans sa peau.

Zane se leva en même temps que Lizzie car il devait lui remettre son prix. Mais lorsqu'il posa sa main au creux de ses reins, Ethan eut un mauvais pressentiment.

Et tandis qu'ils se dirigeaient vers la scène, c'est le regard de triomphe que Zane lui lança par-dessus son épaule qui l'alerta soudain.

Lizzie monta sur la scène. Les organisateurs avaient eu la gentillesse de la placer, avec Ethan, à l'une des tables les plus proches. Zane à ses côtés lui montrait de la sollicitude. Pourtant, elle n'appréciait guère la sensation de sa main sur ses reins, même si ce geste se voulait précautionneux et bienveillant.

Une fois sur la scène, Zane saisit la statuette de verre qui symbolisait l'excellence du travail accompli. Il avait son sourire habituel et cependant une étrange lueur brillait au fond de ses yeux très bleus. *Une lueur prédatrice ?* À cette pensée subite, Lizzie contint son désir de reculer, mais elle n'en fit rien de peur de trébucher. Alors elle resta immobile, une sensation de malaise s'installant au creux de son estomac tandis que Zane louait ses compétences.

Tout le monde applaudit. Cela aurait dû être un moment de fierté et de plaisir, mais Lizzie ressentait seulement la nécessité de fuir.

— Je ne te laisserai pas partir, Lizzie, souffla Zane à cet instant.

Ses doigts effleurèrent les siens au moment où il lui tendit la statuette qu'elle prit en tremblant.

« Je ne te laisserai pas partir. »

Ces mots faisaient écho dans son esprit, elle se sentait parcourue de frissons, mais elle se maîtrisa et continua de sourire.

Par chance, elle avait écrit un bref discours sur des fiches et l'avait répété devant son miroir en fin d'après-midi. Quand elle l'eut terminé, elle quitta la scène avec soulagement, sous les applaudissements.

Zane de nouveau posa une main possessive au creux de ses reins pour la raccompagner à sa place. Lizzie cette fois se raidit. Alors qu'elle descendait les marches, elle aperçut Ethan qui l'attendait au pied de l'escalier. Elle se détendit, respira mieux et se rendit compte alors qu'elle avait trop longtemps retenu son souffle.

— Ethan…

Elle était si contente qu'elle faillit se jeter dans ses bras.

— Merci, Hardwick, dit Ethan à Zane.

Sa voix avait été tranchante, presque menaçante. Lizzie avait remarqué les regards que Zane et Ethan avaient échangés, lors des présentations, mais elle les avait mis sur le compte d'un affrontement de mâles. Cependant, Ethan avait à l'évidence repéré chez Zane ce quelque chose qui la gênait.

Était-il possible que Zane soit son harceleur ?

Zane Hardwick, vice-président et cadre supérieur, très respecté, de sa banque ?

Lizzie fit pour elle-même l'historique de leurs relations et interactions. Elle travaillait dans cet établissement depuis deux ans et avait dû participer à trois réunions présidées par Zane, ainsi qu'à deux fêtes de Noël où elle n'était pas sûre qu'il ait été présent. L'avait-il à chaque fois observée, épiée ? Pourquoi ?

Quand Ethan annonça qu'ils partaient, Cheryl exprima sa déception et tenta de les retenir, mais Ethan ne céda pas. Lizzie promit à Cheryl de l'appeler très vite.

Une fois dans le pick-up, Ethan contacta Sam via Bluetooth. La voix de Sam s'éleva dans l'habitacle par le haut-parleur de l'autoradio.

— J'ai besoin que tu fasses des recherches, déclara-t-il à son frère de but en blanc.

Il lui relata la situation.

— J'aimerais aussi que tu informes le détective chargé de l'affaire de Lizzie.

Puis il mit fin à la conversation et accéléra.

— Ethan, calme-toi ! intervint Lizzie.

— Me calmer ? Tu as de la chance que je ne l'ai pas étranglé !

— On n'est pas sûrs que ce soit lui.

Ethan ralentit et tourna les yeux vers elle.

— Tu ne penses pas ce que tu dis ?

— Je ne sais pas…

Elle frissonna au souvenir de la main de Zane dans son dos.

— Nous n'en sommes pas certains, mais nous ne pouvons pas non plus l'accuser sans preuves. C'est un homme respecté. Respectable.

— Est-il marié ?

— Non.

— A-t-il une femme dans sa vie ?

— Non. Je ne crois pas. Aucune idée.

Elle réfléchit, se remémora les rumeurs et se ravisa.

— Il aurait rompu il y a huit ou neuf mois.

— Est-il devenu plus amical et insistant avec toi, par la suite ?

Une fois de plus, Lizzie fouilla dans sa mémoire.

— Je ne sais pas. Si c'est le cas, je ne l'ai pas remarqué. Écoute Ethan, c'est le supérieur de ma cheffe, on n'a pas beaucoup de contacts… Cela dit, nous avons toujours eu des relations cordiales.

Cela n'était pas un argument, mais était-ce logique de l'accuser sans preuve ? Un regard un peu trop appuyé, une main un peu trop insistante ne faisaient pas de Zane un harceleur. N'importe quelle femme pouvait ressentir ce malaise face à un homme, sans que ce dernier soit pour autant un harceleur ?

Mais rien ne les empêchait de s'intéresser de plus près à Zane.

Elle ouvrit la porte de son garage à l'aide de sa télécommande.

Elle rentrait chez elle. Avec Ethan.

De tous les moments intimes qu'Ethan et elle avaient partagés, au cours de la semaine passée, celui-ci, si banal soit-il, comptait au nombre des plus intenses.

Zane reposa son verre de vodka avec une grimace. Les organisateurs de ce banquet auraient pu avoir la décence de se procurer une vodka de qualité, ne serait-ce que pour les cadres supérieurs de la banque. Des réductions budgétaires étaient en cause, lui avait-on expliqué. Il fallait donner le bon exemple, avait aussi mentionné l'un des vice-présidents.

À qui ? À des employés de bureau qui n'y connaissaient rien, en matière d'alcool ?

Franchement, n'importe quoi.

Même Lizzie l'avait déçu ce soir.

Il l'avait repérée dès son premier jour à la banque. Cheryl, l'une de ses meilleures cheffes d'équipe, avait recruté Lizzie Conner, fraîchement diplômée. Il avait été frappé par cette jeune femme pleine de promesses. Dynamique. Et avec un corps à faire se damner un saint ! Quelle beauté.

Zane, intéressé, avait gardé un œil sur elle. Il avait attendu son heure. Lizzie devait faire ses preuves, il avait été patient. De toute façon, à l'époque, il sortait avec un mannequin et n'avait pas non plus besoin de précipiter les choses.

Au fil du temps, il avait compris qu'elle serait la réponse à tous ses problèmes. Des rumeurs avaient en effet commencé à s'élever, au sein de la banque, sur les candidats à la succession du président de cet honorable établissement. Zane avait été son bras droit, il était le mieux placé, mais des rumeurs plutôt désagréables à son endroit avaient circulé sur son incapacité à s'engager et à fonder une famille, du moins, à respecter des valeurs que cette banque prônait. Un homme qui papillonnait ferait-il un président digne de ce nom ?

Lizzie Conner ferait l'épouse idéale. Mais Lizzie était enceinte.

Dans son emportement et ses ambitions, Zane avait élaboré un plan alternatif. L'effrayer et la pousser à venir se réfugier vers lui et tomber dans ses bras. Lizzie étant enceinte, donc vulnérable, il interviendrait, tel un preux chevalier pour sauver sa damoiselle en péril, et lui offrirait sa gentillesse, sa sollicitude. Alors elle serait reconnaissante et conquise, surtout, elle comprendrait qu'il ferait un époux protecteur et un père attentionné.

Mais elle avait renoué avec le père de son bébé et avait même trouvé refuge chez ce cow-boy.

Il commanda une autre vodka en maudissant sa déveine. La succession de Jack, le président actuel de la banque, était imminente, il devait trouver un moyen pour que son projet avec Lizzie fonctionne, parce qu'il n'avait pas de plan B.

Le barman lui tendit un nouveau verre lorsqu'on lui tapa sur l'épaule. Zane se retourna. L'homme était en civil, mais c'était un policier.

— Monsieur Hardwick ? J'aimerais vous dire quelques mots.

Lizzie buvait à petites gorgées la tisane qu'Ethan lui avait préparée. Il s'était quant à lui versé un verre de bourbon.

— Je t'envie, même si je ne consomme guère d'alcool habituellement.

— La camomille n'est pas à ton goût ?

Lizzie fronça le nez.

— Pas terrible. J'aurais préféré du thé noir.

— Le thé est un excitant.

— Laisse-moi vivre un peu !

Dès qu'elle avait su qu'elle était enceinte, elle s'était appliquée à manger sainement et à éviter alcool, café et thé, mais boire une tasse de thé exceptionnellement n'allait pas avoir de graves conséquences sur la croissance de son bébé.

Celui-ci choisit ce moment pour donner un coup de pied, et Lizzie grimaça en caressant son ventre.

— Ça va ?

— Ça va. Le bébé est actif.

— Raison de plus pour éviter la théine.

Ethan prit place à côté d'elle sur le canapé.

— Tu sembles toujours tendue après cette soirée. Tu veux que je te masse les épaules ? Le dos ?

Sur ces mots, il retira sa veste de costume, retroussa ses manches de chemise et posa ses mains sur ses reins.

— Dis-moi où tu as mal.

— Nulle part.

— Alors pourquoi tu te masses le bas du dos depuis notre retour ?

— Il est tard, je suis un peu fatiguée.

— Laisse-moi faire, insista-t-il.

Lizzie allait protester, déjà Ethan effectuait des mouvements circulaires très lents. C'était délicieux. Elle poussa un soupir de bien-être.

— C'est absolument parfait…, murmura-t-elle.

Il continua. Lizzie se détendait, d'autant mieux que son massage devenait plus langoureux.

— Tu devrais faire breveter tes mains, Ethan !

— Ah ?

— Sérieusement ! Tu es l'homme qui murmure à l'oreille des femmes enceintes et des bébés ! Plus de coups de pied depuis que tu me masses. C'est du grand art.

— Je suis sûr que le bébé a ressenti ton stress pendant la soirée.

Ethan l'attira contre lui.

— Ça va maintenant ?

— Je reste préoccupée, mais oui, ça va mieux.

Relâcher ses tensions lui avait permis d'éclaircir ses idées et de faire le point raisonnablement. Elle était plus sensitive et impressionnable depuis qu'elle était enceinte, n'avait-elle donc pas mésinterprété la galanterie et l'amabilité de Zane Hardwick en la mettant sur le compte d'une prétendue intuition ?

— Que gagnerait Zane à me harceler ? Cet homme est très respecté. Il a un bon poste. C'est un pilier de la communauté. Alors pourquoi ?

— C'est un ambitieux. Imbu de pouvoir. Mielleux.

— C'est le vice-président. Il est aimable et s'assure que chacun a sa place dans la grande famille de la banque.

— Tu y crois, Lizzie ?

Surprise par sa virulence, elle se retourna.

— Pourquoi pas ? Il est responsable d'une centaine de personnes. J'espère qu'il apprécie leur travail à sa juste valeur !

— Il regarde tout le monde de haut. Il est plein de morgue.

— Avons-nous assisté à la même soirée ? Avons-nous vu le même homme ?

— Non, justement ! Tu ne le vois pas tel qu'il est, parce que tu es précisément dans ce système. C'est comme avec mes frères et ma sœur. Tous travaillent dans les forces de l'ordre : ils passent leurs journées à traquer les criminels, leurs perspectives en sont influencées. Ils voient le mal partout !

Lizzie fronça les sourcils. Manquait-elle de recul ? S'était-elle habituée à des changements subtils et cependant significatifs dans l'attitude de Zane à son égard ? Ce changement s'était-il produit si lentement qu'il avait échappé à sa conscience et n'avait provoqué aucune réaction ou opposition de sa part ?

— J'aime mon travail et je le fais bien, dit-elle enfin.

— Ton travail ne définit pas ce que tu es, Lizzie.

— Parce que toi, tu n'es pas défini par le ranch ? Par ton attachement à la nature, à tes chevaux et à ton bétail ?

— C'est aussi important que l'air que je respire. C'est ma passion depuis toujours, Lizzie.

Il l'avait dit simplement, avec naturel.

— La banque, c'est ta passion ?

Bonne question. Lizzie était fière du chemin qu'elle avait parcouru. Elle avait étudié pour obtenir un bon emploi, subvenir à ses besoins et se construire une vie.

— J'aime ce que je fais, biaisa-t-elle. J'ai une maison. Un fonds de retraite. J'ai presque fini de payer ma voiture. Rien que de très honorable.

— Je n'ai jamais dit le contraire. Je te demande seulement si ton métier est une passion qui te rend heureuse, ou un métier qui n'a d'autre fonction que d'assurer ta sécurité, ce qui, par conséquent, te rend heureuse.

— Où veux-tu en venir, Ethan ?

— Sur le sens de ta vie.

— Je croyais que tu étais un cow-boy décontracté, je te découvre philosophe.

— Je me pose des questions depuis que tu m'as annoncé que j'allais devenir père. Cela oblige à se repositionner. Réévaluer ses priorités.

Elle le regarda, fascinée, tandis qu'il lui tenait la main et enroulait une boucle de ses cheveux autour de son doigt.

— Je ne suis pas doué avec les mots, Lizzie. Je ne parle pas beaucoup, je suis souvent sombre. J'aime ma vie, j'ai réalisé mes rêves, mais depuis que tu es revenue dans ma vie, tu me donnes la possibilité de rêver plus. Mieux.

Elle sourit, conquise et fondit.

— Cela ne fait que commencer, cow-boy !

Et, sur ces mots, elle noua ses bras autour de son cou.

17

Le silence qui tomba devint électrique. Prodigieux ! songea Ethan à la fois surpris et heureux de leur capacité à passer d'une discussion sérieuse à la passion, et avec cette fluidité.

C'est sans doute ce qu'il manquait à sa vie. Une femme avec qui parler, avec qui être lui-même.

Il la désirait de toute son âme. Il se savait de tempérament ardent, mais seule Lizzie avait le pouvoir d'allumer la flamme de la passion d'un regard incendiaire.

Et pas seulement.

Il aimait être avec elle. Il aimait l'écouter, discuter à bâtons rompus, voire se disputer avec elle. Cela conduisait toujours à quelque chose de nouveau.

Lizzie, sa douce et tentatrice Lizzie, fit courir la pointe de sa langue le long de son cou et ses pensées le fuirent. Il aimait parler avec elle, mais pour l'instant, il avait des désirs plus ambitieux.

Il se leva. Il l'obligea à suivre son mouvement. Avant qu'elle n'ait le temps de dire un seul mot, il la souleva dans ses bras, se dirigea vers l'escalier pour monter dans la chambre.

— Ethan ! Je suis trop lourde !

— Et moi, je suis solide.

— Mais je suis vraiment…

Pour mettre un terme à ses protestations, il prit sa bouche. Quand il détacha ses lèvres des siennes, il lui sourit.

— Voilà comment j'aime avoir le dernier mot.

Les yeux verts de Lizzie étaient presque noirs dans la semi-pénombre, mais il les voyait étinceler.

— Je ne l'oublierai certainement pas ! lâcha-t-elle en riant.

Quelques instants plus tard, il la déposa sur son lit, s'allongea à ses côtés. Le tissu noir de sa robe lui allait comme une seconde peau et était sur elle comme une caresse.

— Une telle robe devrait être interdite.

— Pourquoi ? Elle est parfaitement décente.

— Elle te va comme un gant, et s'enlève aussi facilement. Trop de tentations.

Sur ces mots, il la lui retira, se pencha et pressa ses lèvres sur son ventre avant de dégrafer son soutien-gorge qui alla rejoindre la robe sur le sol.

Souveraine, Lizzie lui sourit et tendit les mains pour déboutonner sa chemise.

— Trop de tissu, dit-elle brièvement.

— Plus pour longtemps.

Ethan prit ses seins en coupe, galvanisé par leur beauté et leur opulence. Il allait s'emparer à nouveau de sa bouche, mais Lizzie fut plus rapide et se mit à califourchon sur lui.

Jamais il n'avait autant apprécié d'être dominé.

Le regard de Lizzie était de plus en plus brillant et en même temps langoureux. Elle était toute rose, sa gorge se soulevait, et il passa le doigt là, sur sa peau satinée qui lui sembla rosir sous sa caresse pourtant si légère.

Elle se pencha sur son visage, saisit délicatement sa lèvre inférieure qu'elle mordilla, pendant que, d'une main délicieusement experte et rapide, elle déboutonnait son pantalon.

— Cette fois, je vais moi aussi te donner du plaisir, souffla-t-elle. Déshabille-toi !

Il l'obligea volontiers, puis lui fit face, nu.

— Ethan…

Son exclamation à la fois lascive et impatiente le fit sourire. Il vit sur ses traits la même impatience qui le soulevait. Elle était d'une telle sensualité, sa Lizzie. Il posa ses mains sur les hanches et manœuvra délicatement afin qu'elle lui tourne le dos.

Lizzie obéit, puis le regarda par-dessus son épaule. Ce regard-là… C'était la séduction personnifiée, l'incarnation de tous les fantasmes qu'il avait jamais eus, et de certains qui, soudain, lui venaient à l'esprit.

— Tu es si belle…, murmura-t-il.

Il s'accouda, déposant des baisers dans son cou, sur sa gorge, tandis que, de sa main libre, il jouait avec ses seins dont les mamelons étaient dressés et qui pesaient voluptueusement dans sa paume. Elle recula, pour se serrer contre lui, le contact de la soie de sa petite culotte était un supplice contre son sexe gonflé, mais il continua ses caresses.

Il fit descendre sa main plus bas, se maîtrisa de son mieux pour ne pas perdre contrôle lorsqu'il sentit, à la jonction de ses cuisses, la moiteur de sa féminité. Lizzie s'ouvrit à lui, il glissa ses doigts en elle, et en explora les insondables mystères.

Des sensations profuses se succédaient par vagues, Lizzie au faîte de sa sensualité en jouissait intensément et n'était plus présente qu'à son corps si bien aimé. Elle était tout contre Ethan, et la sensation de son érection contre sa petite culotte en soie constituait un contrepoint érotique aux caresses insistantes de ses mains.

Il savait lui donner du plaisir. Avec lui, elle se sentait vivante. Exclusive. Unique.

Même si elle ne désirait rien tant que succomber à Ethan et au plaisir, elle était bien décidée, cette fois, à jouer sa propre partition, à exercer sa propre magie sur lui et à retrouver l'accord parfait de leur première nuit. Ou mieux, de le sublimer.

Elle posa la main sur celle d'Ethan, et immobilisa les mouvements de ses doigts dans sa féminité en feu. Elle pressa fort les paupières en s'exhortant à résister au plaisir qui, inexorablement, montait. Elle y réussit, car elle était déterminée à obtenir ce qu'elle voulait.

Elle tourna la tête, et posa ses lèvres sur sa joue.

— Ensemble, exhala-t-elle.

Elle passa la main dans son dos et saisit son sexe érigé. Elle comprit, quand il se crispa, qu'elle avait pris le contrôle de leurs ébats. Elle se réjouit de la facilité avec laquelle elle affirmait son ascendant sur lui, seulement en le caressant si voluptueusement.

Ethan incarnait la puissance virile et cependant une vulnérabilité étonnamment féminine, et c'était une combinaison incroyablement érotique.

— Lizzie…, prononça-t-il dans un souffle.

Cette tendresse. Sa possessivité. Et avec douceur, il la pénétra et la posséda, pleinement, complètement. De cette possession complète jaillit une vague de plaisir foudroyante, qui brouilla ses pensées, sauf une.

Voilà ce que c'est, la vie.

L'union de leurs corps, à l'origine de la conception de leur enfant, n'était que l'affirmation, la confirmation d'un désir mutuel.

Alors qu'Ethan se mouvait en elle, Lizzie s'accrocha à lui, son corps l'ancrait dans le monde physique, tandis que son âme explosait en un million d'éclats de lumière.

Ethan donnait le rythme, auquel elle s'accordait, jusqu'à ce qu'ils ne fassent plus qu'un. Seules les sensations demeurèrent.

Des émotions

La joie. L'extase. La félicité. Et l'amour.

Toujours l'amour.

Le jour filtrait à travers les stores, Lizzie ouvrit un œil. Tôt ? Déjà tard ? Elle soupira, enfouit le visage au creux de l'épaule d'Ethan. Si seulement le temps pouvait s'arrêter pendant quelques heures encore…

La nuit précédente avait été au-delà de tout ce qu'elle aurait pu imaginer. Elle avait cru atteindre le sommet du plaisir, lors de leur première nuit ensemble, six mois plus tôt, mais la nuit dernière l'avait décuplé. Il n'y avait pas de mots pour tout exprimer.

Lizzie savait que les hormones et sa grossesse exacerbaient le désir, pour autant, cela ne pouvait expliquer ce qu'elle avait en son for intérieur surnommé « l'effet Ethan Colton ». Ethan Colton l'unique. Il savait moduler le plaisir, alterner tendresse et fougue… Il avait joué de son corps comme d'un instrument de musique précieux.

C'était comme s'il percevait ses besoins avant même qu'elle n'y pense, tant il était à son écoute. En avait-il conscience ?

Ethan avait donné, il avait pris et accueilli le plaisir qu'elle lui avait donné. En son for intérieur, Lizzie ne s'était jamais considérée comme une de ces « grandes amantes », aguicheuse ou audacieuse, mais avec Ethan, elle se sentait puissante, comme maîtrisant l'art de l'amour physique. Il était un amant tendre, passionné, encourageant, qui savait prendre son plaisir et en donner tout autant.

Lizzie s'étira, caressa les pectoraux d'Ethan et soupira d'aise. Il était tout simplement magnifique. Son corps était un temple de la masculinité, l'instrument du plaisir le plus accompli.

À cet instant, la voix d'Ethan s'éleva. Ayant l'oreille contre son cœur, elle l'entendit vibrer et résonner.

— Tu es toujours aussi bavarde, le matin ?

— Je n'ai pas dit un mot.

— Tes pensées sont plus vibrantes qu'un opéra.

Elle lui donna une petite tape en se redressant. Il l'y aida, en l'imitant, et la soutint tandis qu'elle s'adossait à la tête de lit.

— Un opéra ? Je viens de me réveiller, plaisanta-t-elle.

— Alors, un aria, si tu préfères.

Il lui sourit, les yeux encore lourds de sommeil, avant de l'attirer à lui et de la serrer dans ses bras. Ils restèrent ainsi immobiles, silencieux, se donnant le temps de revenir au monde et à la réalité.

Ethan se doucha, se rasa et fut prêt à partir. Sam lui avait envoyé un texto, pendant qu'il était dans la salle de bains, il le rappellerait en route. Le réfrigérateur de Lizzie était à peu près vide, il mourait de faim et avait envie d'un petit déjeuner substantiel, c'était une bonne raison pour vite rentrer à la maison.

À la maison ?

Bien que son ranch soit bel et bien sa maison, il venait d'y accoler la notion de « foyer familial ».

Certes, il ne se sentait pas le droit de demander à Lizzie de rester pour toujours au ranch, mais l'idée que le bébé et elle habitent à une heure de route de chez lui était de plus en plus insupportable. Une fois que Zane Hardwick serait mis hors d'état de nuire, Lizzie reprendrait le cours de son existence, dans sa charmante maison de ville soigneusement décorée. Ils auraient la garde partagée de leur enfant, mais ils n'auraient pas de vie de couple.

Le désirait-il ?

Il n'avait pas encore trouvé la réponse à cette question. Et ses tourments ajoutèrent seulement à sa confusion, puis gâchèrent le plaisir de la nuit qu'ils venaient de passer.

Lizzie avait préparé du café, qu'elle versa dans deux gobelets à emporter. Elle lui en tendit un.

— Sam m'a téléphoné, annonça Ethan.

— Qu'est-ce qu'il a dit ?

— Il veut qu'on le rappelle. Globalement, la police n'a rien sur Zane.

Cette nouvelle amoindrit davantage son humeur et il lui prit le gobelet des mains sans ajouter un mot.

Vite, ils prirent la route.

— J'avais oublié combien j'aimais dormir dans mon lit, lâcha soudain Lizzie.

— Tu n'aimes pas ta chambre au ranch ?

— Je…

Elle se tut et croisa son regard alors qu'il s'arrêtait à un stop.

— Ce n'est pas ce que j'ai dit.

— C'est ce que tu as insinué.

Ethan prit son gobelet de café dans le porte-gobelet sans répondre, conscient qu'il était passé, depuis son réveil, de la joie à la perplexité et enfin à la contrariété à une vitesse inouïe.

— Voilà ce qu'est une journée qui débute sans un petit déjeuner digne de ce nom, dit-il. Il y a un centre commercial, avant l'autoroute. On va s'y arrêter.

— Ethan ? Je n'ai rien insinué.

— En effet : tu as critiqué.

— Mais je n'ai…

Le smartphone d'Ethan sonna, interrompant la dispute qui s'amorçait.

Il prit la communication via Bluetooth.

— Sam ?

La voix de son frère s'éleva dans le pick-up. Il lui répéta que la police n'avait rien sur Zane et ajouta quelques détails.

— Le détective qui enquête sur l'affaire de Lizzie l'a interrogé. Il est arrogant et imbu de sa personne, mais ça n'est pas un crime.

Ethan vit le regard éloquent que Lizzie lui adressa. Zane n'était pas un harceleur ou un psychopathe, il était contrarié, et cela attisa son inexplicable colère.

— Et toi, Sam, tu as trouvé quelque chose sur lui ?

— Une conduite en état d'ivresse pendant ses années d'étude à l'université et une réputation de conducteur téméraire. Rien d'autre.

Ethan serra les dents. Il avait vu le regard possessif de Zane. Il n'avait pas pu se tromper ! Le danger exsudait de cette toute-puissance qu'il arborait.

— Hardwick est une ordure. C'est lui le harceleur de Lizzie, martela-t-il.

— Ou pas, Ethan, intervint Lizzie.

— Si vous trouvez quelque chose de concret sur lui, on s'intéressera de plus près à lui, mais je suis plutôt d'accord avec Lizzie. On n'a rien sur lui pour le moment.

Ethan raccrocha. Le silence dans le pick-up était électrique, chargé de frustration et de désappointement.

— Je peux savoir ce qui te met dans un état pareil ? demanda Lizzie qui ne quittait pas Ethan des yeux.

Mentir, à quoi bon.

— Je n'aime pas ce qui se passe, c'est tout.

— Moi non plus. Mais ça n'est pas une nouvelle, Ethan. Et ce n'est pas la cause de ta mauvaise humeur de ce matin. Que s'est-il passé entre le moment où nous sommes levés et celui où tu es descendu, après ta douche ?

— Je…

Il s'interrompit, incertain, incapable d'exprimer ce qu'il ressentait.

— Je me suis rendu compte en me rasant que tu allais tôt ou tard revenir chez toi.

— Bien sûr ! J'ai une vie. J'ai besoin de travailler. De construire un avenir pour le bébé. D'avoir un salaire pour vivre.

— Tu vas le confier à une nourrice ?

— Oui. J'en ai trouvé une qui habite près de chez moi. Elle a une excellente réputation.

— Mais nous n'en avons pas discuté ! coupa-t-il, énervé.

Lizzie avait déjà tout organisé sans le consulter ! C'était incroyable.

— Que pensais-tu que nous allions faire du bébé ? lança-t-elle. Le laisser dans un tiroir de commode toute la journée ?

— Très drôle.

— Mais enfin, Ethan, pourquoi tout est différent ce

matin ? Nous devons travailler tous les deux, donc il faut confier notre bébé à une nourrice.

— Je ne laisserai certainement pas des inconnus s'occuper de mon enfant !

Les mots étaient sortis malgré lui. Il éprouvait une colère et une frustration croissantes. L'image d'une inconnue avec son fils, ou sa fille le mettait hors de lui. Et puis, l'idée que Lizzie et lui ne dormiraient pas sous le même toit, chaque nuit, lui était insupportable.

— Quelle est l'alternative, Ethan ? Ce n'est pas comme si tu m'avais demandé de t'épouser et qu'on envisage de vivre en couple ?

L'envie de ravaler ces derniers mots était tentante, mais Lizzie n'en fit rien. Ethan n'avait aucune raison de se montrer si belliqueux pour la seule raison qu'elle allait, et c'était logique, retourner vivre chez elle à un moment ou à un autre.

Parce que telle était la raison de sa colère actuelle.

— Veux-tu m'épouser, Lizzie ?

— Je n'épouserai certainement pas un homme qui ne veut pas m'épouser !

— Ce n'était pas ma question.

— Eh bien, c'est la seule réponse que tu recevras.

Mortifiée, Lizzie regarda par la fenêtre. Elle n'avait aucune envie de mendier une demande en mariage et encore moins de faire un « mariage de raison ». Oui, Ethan et elle allaient avoir un enfant, mais ça n'était pas une raison pour se marier et ainsi commettre une erreur.

Erreur.

Sa colère tomba aussitôt.

Elle sentit trembler la main qu'elle avait posée sur son

ventre. Son enfant. Minuscule. Vulnérable. Dépendant d'elle.

Elle avait aimé le bébé dès qu'elle avait su qu'elle était enceinte. Cet enfant n'était pas une erreur ! C'était la plus grande joie de sa vie.

— Allons, Lizzie : veux-tu m'épouser ?

— Non.

— Tu refuses ? Pourquoi ?

— Parce que tu ne m'aimes pas ! répliqua Lizzie. Je n'épouserai pas un homme par sens du devoir. Je ne me condamnerai pas à… à cela.

— Tu as besoin de protection.

— Non, j'ai besoin d'un vrai partenaire de vie. Si je voulais de la compagnie ou de la protection, j'achèterais un chien !

Elle comprenait que les raisons de la colère d'Ethan étaient plus profondes qu'il n'aurait voulu l'admettre, mais elle avait aussi le droit d'être énervée.

— Je ne savais pas que tu avais une si mauvaise opinion du mariage, lâcha Ethan.

Le sang de Lizzie ne fit qu'un tour.

— Dis-moi pourquoi tu veux m'épouser.

Malgré la vitesse à laquelle ils roulaient, il la regarda.

— Tu pourrais être plus claire, je te prie ?

— Tu t'engages dans le mariage par acquit de conscience, de plus avec une amie d'enfance qui te connaît et t'accepte. Par contre, tu te désengages de tes frères et de ta sœur qui ont besoin de toi, pour faire avancer une enquête de police et obtenir un indice sur l'endroit où ta mère est enterrée.

Elle reprit son souffle et continua.

— Hier soir, tu m'as posé une question qui m'a fait réfléchir. Emploi sûr, maison payée, plan de pension, oui, c'est vrai, je me suis construit une vie sage et confortable et j'en suis fière. J'ai peut-être vécu à moitié en pensant que j'étais vraiment heureuse, mais je ne me cache pas. Contrairement à toi, Ethan. Tu as peut-être réalisé ton rêve, avec le ranch, mais tu t'y terres. Avec ta future paternité, l'expression de la volonté de ton père et les crimes d'un copycat, la réalité te rattrape, tu dois l'assumer.

Lizzie était toujours en colère quand ils s'arrêtèrent devant le ranch. Elle allait tout de même s'excuser, mais après un regard à Ethan impassible, elle renonça. Plus tard, quand les passions seraient apaisées… En attendant, elle devait appeler Cheryl.

Ethan marmonna quelques paroles en portant leurs sacs à l'intérieur, puis il mit ses mains dans ses poches.

— J'ai besoin de faire un peu de paperasserie administrative, dit-il, tête baissée.

— Alors à tout à l'heure.

Il se dandina d'un pied à l'autre. Il semblait hésiter. À parler ? Ils avaient encore beaucoup de choses à se dire, mais encore une fois, ce n'était pas le moment.

— Oui. À plus tard, dit-il donc.

Il tourna les talons et s'éloigna. Une fois seule, Lizzie eut envie de pleurer. Comment en étaient-ils arrivés là ?

Cet échange avait été détestable, mais nécessaire.

L'ombre de son père planait sur Ethan. Il résistait à la nécessité, concomitante à sa future paternité, de le revoir après plus de vingt ans. Il acceptait d'être père, il refusait de faire face à son propre père pour obtenir un indice sur le lieu où sa mère était enterrée ou sur le Tueur de l'alphabet. Cette résistance le bloquait.

Lizzie posa les yeux sur son sac de voyage et se

rendit compte qu'elle avait laissé son smartphone dans le porte-gobelet du pick-up. Elle devait appeler Cheryl, elle alla le chercher.

Elle ouvrit la portière et se pencha, puis tendit le bras pour atteindre le smartphone. Un gémissement lui échappa.

Mais la main dure qui se referma sur sa bouche la réduisit au silence.

18

Ethan fixait le formulaire, incapable de se souvenir des informations qu'il devait y porter. Les reproches de Lizzie tournaient en boucle dans sa tête, il n'arrivait pas à se concentrer.

Il voulait l'épouser parce qu'il l'aimait.

Il l'aimait.

Le poids qui l'accablait depuis si longtemps s'allégea sous l'effet de cet aveu.

Un cri l'arracha à ses pensées.

— Patron !

Rolando, un de ses ouvriers, entra en trombe.

— Il l'a enlevée !

Ethan se figea.

— Qui ?

— Lizzie. Un homme l'a enlevée. Il l'a entraînée loin de votre pick-up, avant que je puisse les atteindre.

Ethan se leva avec fracas.

Lizzie bougea ses poignets et chevilles liés pendant que Zane sortait de la propriété d'Ethan. Elle avait réussi à ralentir sa fuite en se débattant, il l'avait neutralisée sans peine.

Il l'avait ligotée et bâillonnée avec du ruban adhésif

qu'il lui avait retiré après l'avoir contrainte à monter dans la voiture. Les appels à l'aide de Lizzie étaient devenus vains mais elle n'était pas calmée pour autant.

— Vous êtes fou, Zane ! Pourquoi ?

— J'ai besoin d'une épouse pour obtenir la présidence de la banque.

La peur qu'elle avait éprouvée au cours de ces derniers mois se mua en stupéfaction et ensuite en une violente colère.

Tout cela pour obtenir une promotion ?

— Et satisfaire vos ambitions ?

— Promouvoir ma carrière !

— Il y a environ un million de femmes dans la région de Dallas-Fort Worth qui seraient heureuses de vous épouser, Zane ! Vous êtes riche, vous êtes ambitieux, pourquoi moi ?

— Tu es mon atout pour obtenir le poste de président : les dirigeants de la banque t'adorent.

Zane ralentit, les ornières du chemin de terre qui bordaient la propriété d'Ethan rendant le trajet cahoteux. Lizzie comprit qu'il était effrayé. Son comportement était erratique, c'était mauvais signe.

Elle décida de le provoquer.

— Je ne me marierai pas avec vous. Vous allez me tuer ?

— Je ne suis pas un meurtrier ! s'exclama Zane horrifié.

— Mais vous m'avez harcelée ! Molestée !

— Je voulais te faire un peu peur. Tu n'étais pas censée démissionner.

C'était absurde, mais il était sérieux.

— Je voulais que tu tombes amoureuse de moi et sois soulagée d'avoir un père pour ton enfant.

Il marqua une pause.

— Ma maison est grande, magnifique, plus grande que la tienne. Tu n'auras plus besoin de travailler.

— J'aime ma maison. Mon travail.

— Mais si tu es l'épouse d'un président de banque, tu seras riche, respectée et adulée.

Ethan chargea Rolando de rassembler les autres ouvriers pendant qu'il courait vers son pick-up pour poursuivre Zane.

Rolando lui avait expliqué que la berline de luxe noire s'était dirigée vers l'extrémité ouest de la propriété, Ethan prit donc cette direction. Ses doigts tremblaient quand il composa le numéro de Sam.

— Lizzie ! Il l'a enlevée.

— Qui a enlevé Lizzie ? interrogea son frère.

— Zane Hardwick. Un de mes ouvriers a vu toute la scène.

Déjà, son frère criait des ordres. Ethan raccrocha.

Lizzie. Retrouver Lizzie.

C'était sa seule pensée tandis qu'il parcourait des yeux ses terres qu'il connaissait par cœur.

Les images de la semaine passée l'envahirent. Le nouveau meurtre du Tueur de l'alphabet. L'incrimination, absurde, de Josie. L'enlèvement de Lizzie. L'implication de Zane Hardwick.

Une succession de tragédies.

Ethan passa devant un bosquet et aperçut, au loin, la luxueuse berline noire que Rolando lui avait décrite. Il donna des instructions par talkie-walkie et ordonna à ses ouvriers de le rejoindre à l'extrémité ouest de la propriété.

Il accéléra et ouvrit la boîte à gants dont il sortit un pistolet.

— Ce chemin de terre va endommager les pneus de ma berline, soliloqua Zane contrarié.

Au même instant, Lizzie vit le pick-up d'Ethan au loin.

Zane ne deviendrait jamais le président de la banque.

Un coup de feu éclata, le pneu arrière du véhicule explosa. Zane ralentit. Peu après, Ethan ouvrit sa portière et le saisit au collet, puis le traîna hors de son véhicule.

Lizzie vit, et entendit trois pick-up s'approcher, mais elle reporta son attention sur Ethan, dont le visage était décomposé par la fureur tandis que Zane terrorisé était recroquevillé, ramassé sur lui.

— Laisse-le, Ethan. Attends la police.

Ethan se figea.

— Laisse-le, répéta Lizzie.

Ethan recula, Zane gémit.

Un des ouvriers tint Zane en respect. Alors Ethan ouvrit la portière arrière de la berline.

— Lizzie, tu vas bien ?

Il se mit à genoux à côté d'elle, posa ses mains sur son visage et ses épaules et enfin sur son ventre.

— Vous allez bien tous les deux ?

— Nous allons bien.

Elle l'embrassa sur le front.

— Tous les deux..

Il sortit un couteau d'un étui à sa taille et trancha ses liens. Sam arriva, et menotta Zane.

Ethan n'y prêtait plus attention, il n'avait d'yeux que pour Lizzie qu'il fit sortir de la berline.

— Je suis désolé, dit-il. Tellement désolé…

Il entrecoupait ces paroles contrites par des baisers partout sur son visage. Elle l'embrassa, lui témoignant son soulagement.

— Je t'aime, Lizzie. Je t'aime tellement…

À ces mots, elle se figea. Un bonheur encore timide se répandait en elle.

— Tu m'aimes, Ethan ?

— De tout mon être. De tout mon cœur. Pour toute ma vie.

Il déposa un baiser sur son front avant de l'attirer vers lui.

— Je suis tien si tu veux de moi.

— Oui, Ethan. Je le veux !

Elle pressa sa main sur son ventre, la recouvrant de la sienne.

— Tous les deux, nous le voulons.

— Tu acceptes donc de m'épouser ?

— Cette fois, oui !

Elle se leva sur la pointe des pieds pour presser ses lèvres contre les siennes.

— Je t'aime. Je t'ai toujours aimé.

— Je t'aime, je t'ai toujours aimée. Je suis le plus heureux des hommes…

Alors qu'il enveloppait Lizzie dans ses bras, Ethan eut une vision d'un avenir dédié à l'amour.

Épilogue

Ethan remonta le long couloir à côté du gardien. Il avait suggéré à Lizzie de rester à la maison, elle avait insisté pour l'accompagner jusque devant la prison. Elle l'attendait dans la voiture avec Sam et Zoe, il la savait proche et cela lui donnait de la force.

— Colton !

Le gardien venait d'appeler Matthew. Ethan, plein d'appréhension, s'installa dans la cabine vitrée, devant un téléphone. Un appareil identique était de l'autre chaque côté. Il n'avait pas revu son père depuis près de deux décennies, depuis son témoignage qui l'avait irrévocablement condamné.

Sous le choc, il le regarda s'approcher.

— Fils.

Ethan se tendit et hocha la tête.

— Matthew.

— J'étais pourtant certain que tu ne viendrais pas. Tu as toujours été une tête de mule, Ethan, commença Matthew d'une voix rauque. Même bébé, tu savais ce que tu voulais et n'en démordais pas. Tu te crispais et devenais tout rouge. On avait un mal fou à te calmer.

Ces mots frappèrent Ethan. Dans quelques mois, lui aussi aurait son propre enfant et le verrait se développer.

Ethan repoussa un élan de sympathie incongru.

— Tu sais pourquoi je suis ici, reprit-il.

— Pour obtenir des informations sur ta mère. Sur le Tueur de l'alphabet. Pas pour obéir aux dernières volontés d'un homme mourant.

Matthew toussa, se ressaisit et fixa son attention sur lui.

— Je suis resté longtemps en colère contre toi, fils. La chair de ma chair m'avait trahi.

Ethan hocha la tête.

— À juste titre.

— Elle savait ce que j'allais faire.

Matthew tapa sur le comptoir.

— Elle allait me dénoncer à la police.

— La supprimer était ta meilleure option ?

— Elle ne m'a pas laissé le choix.

Matthew fixa un point au loin, le regard comme voilé par de très lointains souvenirs. Ethan aurait voulu être en colère. Il avait passé ces cinq derniers jours à se préparer, à dompter la rage qui, pensait-il, surgirait et le submergerait à la vue de Matthew ; or il ne ressentait qu'un vide étrange. Il avait devant les yeux un homme diminué et malade. Un inconnu.

Matthew Colton avait été un homme en colère pendant toute sa vie. Il avait détruit de ses propres mains tout ce qui le rendait heureux.

Ethan comprenait qu'il n'était pas et ne serait jamais comme son père.

Parce qu'il aimait. Parce qu'il était aimé.

L'amour avait gagné sur la haine, le triste héritage de Matthew.

Il refoula la tristesse et se concentra sur la raison de sa venue.

— Trevor a dit que tu donnerais un indice. Parle.

Résigné, Matthew hocha la tête.

Ethan revit sa mère, son sourire éblouissant et la douceur de ses doigts lorsqu'elle les passait dans ses cheveux. Sa tendresse quand elle le serrait dans ses bras, son odeur si douce.

Il se pencha, impatient. Il voulait tant que sa mère repose en paix, dans un endroit où ses enfants pourraient venir se recueillir.

— Dis-moi où elle est. *S'il te plaît.*

Matthew cilla à ces derniers mots, une lueur jaillit de son regard. Ethan crut qu'il avait réussi, qu'il avait enfin réveillé un peu d'humanité chez son père.

Ce fut bref.

— Colline.

— C'est tout ?

— C'est mon indice, et c'est le seul que tu auras.

Ethan n'insista pas.

Sans un regard pour Matthew, il se leva et partit.

Il entendit son père le rappeler d'une voix sourde, il ne se retourna pas.

Il avait fait la paix avec lui. Avec le passé. Son avenir l'attendait dehors. Et il était impatient de le construire.

BONNIE VANAK

Sauvée des ténèbres

Traduction française de

FLORENCE BERTRAND

BLACK ROSE

HARLEQUIN

Titre original :
RESCUE FROM DARKNESS

© 2020, Bonnie Vanak.
© 2023, HarperCollins France pour la traduction française.

1

Tout était terminé. Reconnaissant que personne n'ait été blessé ou tué au cours de la fusillade, l'agent spécial Kyle Anderson lâcha un soupir de soulagement. Maintenant, le plus dur restait à faire : parler à l'enfant.

Il aurait de loin préféré interroger le salaud qui avait commencé à tirer dans tous les sens. Ç'aurait été plus facile.

Non qu'il ne soit pas tenté de descendre ce type. À ses yeux, terroriser un enfant méritait plus que des menottes et une cellule de prison. Cependant, il avait appris voilà bien longtemps à maîtriser ses émotions sur le terrain.

Kyle rangea son SIG Sauer dans son holster et, les mains sur les hanches, parcourut la scène du regard. L'aéroport de Glades International grouillait de policiers, des civils en état de choc scrutaient les vitres du terminal, des voyageurs terrifiés se cramponnaient à leurs bagages. Des impacts de balles jonchaient les murs du parking, et plusieurs voitures avaient eu leurs vitres fracassées.

L'air empestait la poudre et le kérosène.

Il se dirigea vers la petite victime, âgée de cinq ans. Le garçonnet avait été enlevé sur un terrain de jeux par le suspect, un repris de justice connu qui avait subitement eu envie de jouer les papas affectueux. Tassé sur lui-même, les yeux écarquillés, l'enfant était assis au bord du trottoir, surveillé avec attention par deux policiers.

Kyle regarda son équipier escorter le père jusqu'à un véhicule. En voyant celui-ci s'éloigner, le petit garçon éclata en sanglots.

Le cœur serré, Kyle s'assit à côté de lui. Il adorait et haïssait à la fois cet aspect de son travail. Les enfants étaient comme le verre, et le verre se brisait.

Il préférait arrêter des criminels endurcis. Eux ne jouaient jamais avec ses émotions.

— Tu es en sécurité, maintenant, Michael, murmura-t-il sur un ton rassurant. Personne ne va te faire de mal. Ta maman sera ici d'une minute à l'autre. Nous l'avons appelée.

Un discours convenu, qui ne voulait sans doute pas dire grand-chose aux oreilles de l'enfant. Celui-ci continua à pleurer. Bien sûr qu'il ne le croyait pas. Quoi d'étonnant ?

Kyle tapota gauchement l'épaule du petit garçon, ne sachant que dire pour l'apaiser. Bon sang, un instant plus tôt, il avait été recroquevillé sur la banquette arrière d'une voiture, les mains plaquées sur ses oreilles, terrifié. Il avait assisté à une fusillade et vu l'homme qui était censé être son protecteur, son papa, se servir d'une mitraillette.

Kyle n'osait imaginer quel traumatisme une telle violence pouvait causer à un enfant.

Non pour la première fois, un autre petit visage s'imposa à son esprit. Il refoula brutalement ce souvenir. Ce n'était pas le moment de penser à Kasey.

Son équipier et lui étaient membres de l'Unité de déploiement rapide en cas d'enlèvement d'un enfant. En l'occurrence, ils avaient été alertés par un membre du public qui avait reconnu le numéro d'immatriculation du suspect après avoir vu le message d'alerte diffusé sur les écrans de l'aéroport.

— Michael, je sais que tu as peur, mais j'ai besoin que tu réfléchisses. Est-ce qu'il y avait quelqu'un d'autre avec ton papa quand il est venu te chercher au terrain de jeux ?

Seuls des sanglots lui répondirent.

Bon, sa technique ne marchait pas très bien. Kyle rassembla sa patience. Non qu'il en ait beaucoup, mais un enfant bouleversé méritait plus qu'un interrogatoire au sujet de son soi-disant père.

Il plongea la main dans sa poche et en sortit le dollar en argent qu'il portait toujours sur lui.

— Tu veux voir un tour de magie ? proposa-t-il en le montrant au petit garçon. Je peux faire disparaître des pièces. Sans même aller faire les courses.

À son clin d'œil, Michael cessa de pleurer et fixa sa main. Kyle roula la pièce entre ses doigts, et la fit rapidement passer dans son autre main.

Michael l'observait, les joues encore striées de larmes mais l'air fasciné. Kyle fronça les sourcils, feignant la perplexité.

— Elle est où ? Je sais. C'est toi qui l'as.

— Non, c'est pas moi.

Kyle tendit la main vers Michael, et feignit de cueillir la pièce derrière son oreille. Le garçon se remit à sangloter de plus belle.

Flûte. Le tour de magie avait toujours réussi à calmer les enfants effrayés par le passé.

Peut-être avait-il perdu la main.

Peut-être n'avait-il jamais été très doué.

Le dollar en argent rebondit sur le trottoir pendant qu'il s'efforçait de rassurer le garçonnet en pleurs.

— Tout va bien, dit-il d'une voix réconfortante. Tu es en sécurité.

Par-dessus son épaule, un parfum floral traversa la puanteur de la peur et de la poudre. Il était si bienvenu que Kyle l'inspira profondément, savourant ce répit à la violence et au traumatisme.

— Hé, Michael, murmura une voix féminine, sensuelle.

Dieu merci, enfin une parente était arrivée.

Mais pas de conclusions hâtives.

— Qui êtes-vous ? demanda-t-il en tordant le cou.

Ébloui par le soleil, il ne pouvait distinguer les traits de la nouvelle venue.

Au lieu de répondre, la femme tendit à Michael un carton de jus de cerise.

— Tiens, mon chou. Bois, ça te fera du bien.

Kyle intercepta le carton avant que Michael ait pu l'accepter.

— Qui êtes-vous ? répéta-t-il.

— Les policiers m'ont demandé de m'occuper de lui, répondit-elle calmement.

— Tout va bien, agent Anderson. Je me porte garant de Belle, intervint un des policiers. Je l'ai vue à l'aéroport et je lui ai demandé de nous donner un coup de main avec le petit. Elle a été bénévole pour nous par le passé.

— Bénévole, hein ? grogna-t-il en ramassant son dollar. En quelle qualité ? Livreuse de boissons ?

L'expression de la femme resta impassible.

— Je préside le gala de la police à Estancia Pointe tous les ans.

Bien sûr. Une femme de la haute qui s'imaginait avoir le droit d'envahir sa scène de crime juste parce qu'elle savait organiser une soirée huppée.

Kyle déballa la paille en plastique, l'enfonça dans le

trou prévu et donna le carton à Michael, qui aspira avec enthousiasme. Il avait repris quelques couleurs.

En se retournant, Kyle remarqua la blouse blanche de la femme, et les lettres brodées en bleu sur le tissu. Dr Belle North. Un médecin. Génial. La dernière chose dont il avait besoin à cet instant était bien d'un médecin riche qui voulait jouer les héroïnes.

Sa mauvaise humeur revint au galop.

— Il n'a pas besoin de médecin. Les ambulanciers ont dit qu'il n'était pas blessé.

Belle North ne lui accorda même pas un regard. Elle se concentrait sur Michael.

— Certaines blessures sont intérieures, agent…

— Agent spécial Kyle Anderson.

— Il est traumatisé.

— Et vous pensez qu'un carton de jus de fruits va le guérir, doc ?

Là, elle leva les yeux vers lui en se redressant. Grande, mince, elle était ravissante, dans le genre raffiné, aristocratique.

Il aimait les femmes petites, brunes et quelconques.

Enfin, à qui racontait-il des histoires ? Il y avait des années qu'il n'avait pas eu de relation durable. Il avait trente et un ans et sa carrière passait avant tout.

Son travail passait avant tout. Toujours. Il ne l'avait jamais déçu ni abandonné.

— Dr North, agent Anderson. Il est sans doute sous le choc et a besoin de sucre. Sans parler d'un endroit calme, loin de tous ces pistolets et uniformes.

— Ceci est une scène de crime, rétorqua-t-il sèchement. Il est témoin. Nous devons déterminer si le suspect avait un complice.

— Ne pouvez-vous l'interroger tout à l'heure, quand

sa mère sera là ? demanda le Dr North en s'asseyant à côté de Michael.

Elle lui caressa doucement le dos et l'enfant se laissa aller contre elle, le regard rivé sur le bras droit de Kyle. Ce dernier s'accroupit près de lui, ignorant le médecin.

— Michael, as-tu vu quelqu'un d'autre avec ton papa quand il t'a dit de monter dans la voiture ? A-t-il parlé à quelqu'un au téléphone ?

Le garçon secoua la tête et pointa le doigt vers la manche de Kyle.

— Tu as un bobo.

Un filet de sang rouge vif coulait sur son poignet. Un élancement de douleur parcourut le bras de Kyle alors qu'il retirait sa veste. Il l'examina, dépité.

— Encore un costume fichu, marmonna-t-il. Génial.

Apparemment, quelqu'un avait été touché, en fin de compte. Pas étonnant que le pauvre petit ait éclaté en sanglots quand Kyle s'était approché. L'odeur métallique du sang envahit ses narines. Tout concentré qu'il était sur la fusillade et la nécessité de neutraliser le suspect sans faire de mal à l'enfant, il n'avait même pas senti la balle le frôler. Déjà, il sentait l'adrénaline retomber.

— Je peux vous soigner, offrit le Dr North.

Il secoua la tête, les lèvres serrées.

— Ce n'est rien.

— Si l'infection s'y met, ce ne sera pas rien.

— Je verserai du whisky dessus en rentrant chez moi. Après avoir remis mon rapport.

Elle leva les yeux au ciel.

— Un vrai cow-boy. Peut-être que vous devriez faire un crochet par une mercerie et recoudre la plaie vous-même.

Il fit mine de réfléchir.

— Naan. Une papeterie. Les agrafes marchent mieux.

La jolie bouche du médecin frémit, comme si elle réprimait un sourire.

Il aurait parié qu'elle était encore plus jolie quand elle souriait. Enfin. Il n'était pas là pour flirter, et encore moins avec un membre du corps médical. Il préférerait s'enlever l'appendice à l'aide d'un canif plutôt que de remettre les pieds dans un hôpital un jour.

— Michael, tu es sûr que ton père n'avait pas d'amis et qu'il n'a parlé à personne pendant que tu étais dans la voiture avec lui ? Est-ce qu'il a mentionné un endroit où il voulait t'emmener ? Tu te souviens d'un détail, n'importe lequel ?

Il ajouta gentiment :

— Prends ton temps.

Il fit signe à Roarke, son équipier, de s'approcher. L'agent se joignit à lui.

Le garçon termina son jus de fruit et fronça les sourcils.

— Il a dit quelque chose à propos de la maison de Steve. Steve a un bateau. Il a dit que Steve et moi on irait à la pêche dans le golfe du Mexique pendant que papa allait à Phoenix.

Le golfe du Mexique.

— Va jeter un coup d'œil, ordonna-t-il à Roarke. Steven Tyles est un ancien codétenu d'André. Il a un mobil-home à Key Largo.

— S'il n'a pas été détruit par un ouragan, murmura son équipier.

Kyle se leva, serrant les dents contre la douleur. Ils avaient une vaste scène de crime à inspecter, et des témoins à interroger. De plus, il avait hâte d'arrêter Tyles, un trafiquant de drogue de bas étage qui n'aurait pas hésité à vendre sa propre mère, encore moins l'enfant de quelqu'un d'autre.

Il aurait parié son salaire annuel qu'André avait projeté de vendre son fils à Tyles contre un peu d'argent, et que la partie de pêche n'était qu'un mensonge pour faire sortir Michael du pays.

Un agent de police arrivait, flanqué d'une femme éplorée qui courut à Michael et le serra dans ses bras. La mère, enfin.

Il fit mine de se lever pour aller lui parler mais le Dr North lui bloqua le chemin.

— Laissez-les tranquille pendant quelques minutes. Il a besoin de sa mère, pas d'un interrogatoire. Et vous avez besoin de soins. Vous saignez.

Les sourcils froncés, il repoussa sa main.

— Allez trouver quelqu'un d'autre sur qui pratiquer vos rites vaudous.

Les mots lui avaient à peine échappé que Kyle les regretta. Elle ne voulait que lui rendre service.

Oui, et que s'est-il passé la dernière fois qu'un médecin a voulu rendre service ? Pas question d'en repasser par là.

— Je ne pratique pas les rites vaudous, mais dans votre cas, je ferai une exception, dit-elle, ponctuant ses paroles d'un sourire singulièrement charmant.

Roarke sourit.

— Ne faites pas attention à lui, doc. Il est toujours de mauvaise humeur quand on lui tire dessus. Comme un ours qui a une rage de dents.

Le médecin sourit, ou plutôt montra une rangée de dents d'une blancheur immaculée.

— J'ai constaté que le rouleau adhésif aide à soigner

les patients difficiles, répondit-elle. Appliqué sur la bouche, il fait des miracles.

En dépit de son irritation et des élancements qui lui transperçaient le bras, Kyle ne put s'empêcher d'éprouver une bouffée de désir. Docteur ou pas, elle avait réveillé un feu qu'il croyait éteint depuis longtemps.

— Vous êtes jolie quand vous serrez les dents comme ça, doc. Vous avez appris ça à l'école des bonnes manières ?

Le sourire de la jeune femme s'effaça.

— La seule culture que vous possédez, agent Anderson, se trouve dans une boîte de Petri remplie de bactéries.

Touché. Il sourit, voulut rire, mais son bras le faisait trop souffrir maintenant.

— Viens, Grincheux. Allons bander ce bras avant que tu perdes tout ton sang sur le siège de ma voiture neuve, lança Roarke en l'entraînant vers l'ambulance qui attendait.

Il regarda Belle North par-dessus son épaule. Elle jeta un coup d'œil vers lui, et se détourna.

Puis le regarda de nouveau.

Une jolie femme, intelligente et pleine de compassion.

Dommage qu'elle soit médecin.

Que lui importait de toute façon ?

Il n'allait jamais la revoir.

2

Il lui avait mordu le doigt. Fort. Certains jours, elle se demandait si cela valait la peine qu'elle sacrifie son temps libre.

Et puis, d'autres fois, elle recevait un sourire timide, un petit : « Merci, doc », et c'était là toute la récompense dont elle avait besoin pour son travail avec les enfants.

Belle North baissa les yeux sur le Shih tzu pelotonné sur un gros coussin marron.

— Tu n'es pas censé calmer les enfants ?

Le chien leva la tête et agita la queue.

Belle étudia les minuscules traces de dents sur son index.

— Au moins, nous savons que le patient n'a pas besoin de soins dentaires.

Elle haussa les épaules, retira le papier jetable qui recouvrait la table d'auscultation et passa la tête dans le couloir.

— Au suivant !

Elle avait déjà ausculté une vingtaine d'adultes et d'enfants, sans prendre le temps de boire plus de quelques gorgées de café. L'hiver était arrivé en Floride et, avec les températures plus basses, l'afflux annuel de travailleurs saisonniers et de sans-abri.

Tous des patients au dispensaire gratuit Harold Donald.

Comme Belle se lavait les mains, une toute petite fille entra dans le cabinet. Les cheveux bruns, de grands yeux, habitée par une peur si palpable que Belle en eut le cœur serré. Sa mère ne semblait guère plus rassurée, et regardait autour d'elle avec la méfiance commune à tant de leurs patients.

Le père entra à son tour, la mine sombre, glaciale.

Un léger frisson parcourut Belle. Le plus souvent, c'était la mère et non le père qui accompagnait les enfants. Cet homme-ci était différent de ses clients habituels.

Instinctivement, elle mémorisa son apparence. Un visage marqué de cicatrices de variole, une bouche mince, des cheveux bruns dissimulés sous une casquette de base-ball portant le logo d'une compagnie de matériel agricole. Un pantalon noir bien repassé, une chemise blanche amidonnée.

Belle étudia le formulaire que chaque parent devait remplir. Anna Rodriguez, six ans. L'adresse fournie était celle d'un refuge local pour sans-abri. Pas d'allergies aux chiens, ce qui expliquait qu'Anna ait été dirigée dans son cabinet plutôt que celui du Dr George.

Elle fit signe à l'animal.

— Viens ici.

Le moment était venu de produire son tour de magie. Les enfants et les chiens étaient comme la glace et le gâteau : ils allaient ensemble.

Le Shih tzu se dirigea vers la nouvelle patiente, qui le fixait avec la même méfiance qu'elle montrait envers Belle. Anna était menue, le teint mat, de grands yeux vert clair derrière de longs cils noirs, une crinière de cheveux bruns, les pommettes hautes. Elle aurait pu être un enfant mannequin, sauf qu'elle portait des vêtements en piteux état, maculés de taches ici et là. En dépit de sa tenue, elle semblait en bonne santé et bien nourrie. Elle serrait dans ses bras un ours en peluche marron qui avait connu des jours meilleurs.

Le père regarda autour de lui, l'air mécontent.

— Où est le Dr Patterson ? C'est lui que nous avons vu la dernière fois.

— Il a dû s'absenter pour une urgence familiale. C'est moi qui le remplace.

Belle fronça les sourcils. Elle avait demandé à l'infirmière de lui sortir le dossier de tous ses patients, mais Anna n'en avait pas.

— Si elle est déjà venue, elle devrait avoir un dossier chez nous.

Le père ne croisa pas son regard.

— Si vous l'avez perdu, c'est votre problème.

Peut-être avait-il été égaré, songea Belle. Elle s'accroupit pour être à la hauteur de l'enfant et caressa son chien.

— Anna, viens ici. Tu peux le flatter. Il s'appelle Boo.

Anna ne bougea pas.

En général, quand ses petits patients jouaient avec Boo, Belle sortait son stéthoscope et montrait à l'enfant comment elle s'en servait. Pour beaucoup, c'était leur première visite chez le médecin. Cependant, Anna était toute raide et ne manifestait aucune curiosité envers le chien.

L'homme ricana.

— Il y en a pour longtemps ? Il faut que je retourne au travail.

Belle savait comment aborder les gens impatients et désagréables. Elle lui décocha son plus beau sourire et désigna les chaises placées près de la table d'auscultation.

— Asseyez-vous, je vous en prie, M. Rodriguez. Je vous promets de prendre bien soin de votre fille.

— Oh ! Non, ce n'est pas mon père, balbutia Anna.

L'homme la fusilla du regard et elle se tut. Il s'assit, croisa les bras, la femme prit place à côté de lui.

Anna tremblait.

Belle prit son stéthoscope et le tendit à l'enfant.

— Voici l'instrument dont je me sers pour examiner ton cœur. Tu voudrais écouter ?

La fillette n'esquissa ni un geste ni un sourire.

Sa mère lui effleura le bras et lui dit rapidement quelques mots en espagnol.

— Tout va bien, ma chérie. Laisse le médecin t'examiner et puis nous rentrerons à la maison. Tu te rappelles ?

Anna eut un hochement de tête saccadé.

Belle s'assit à même le sol et caressa Boo.

— Pauvre Boo. Il espérait que tu allais bien l'aimer. C'est un chiot spécial, tu sais.

Anna fit un pas timide en avant.

— Pourquoi ?

— Parce qu'il a été abandonné. Il vivait dans un fossé. Donne-lui ta main, laisse-le sentir ton odeur.

Boo renifla et finit par lécher le creux de la paume qu'Anna lui tendait. Enfin, elle sourit.

— Il me chatouille !

— Les chiens ont des microbes, grogna l'homme. Quel genre de médecin êtes-vous donc ? Vous êtes un vrai docteur, au moins ?

Le sourire d'Anna s'effaça. Elle serra plus fort son jouet en peluche contre elle. Glissa un pouce dans sa bouche et se mordilla l'ongle.

— J'ai terminé mon internat l'année dernière, M. Rodriguez ?

Belle lui adressa un regard perçant.

— Vous êtes le tuteur de l'enfant ?

— Je suis un ami, répondit-il sans se départir de son calme. Rosa ne parle pas bien anglais et elle m'a demandé de l'accompagner ici avec Anna.

— J'ai besoin de votre nom pour le dossier.

— Smith, rétorqua-t-il. John Smith.

Bien sûr. Et moi je suis Pocahontas.

Le mieux serait de le faire sortir du cabinet. Parfois les hommes macho réagissaient mieux à d'autres hommes qu'à des femmes médecins. En outre, elle voulait s'assurer qu'Anna n'était pas victime de maltraitance. Il était évident qu'elle avait peur.

Belle avait prévu une procédure spéciale dans ce genre de cas.

Première étape : faire sortir les parents de la pièce. Y compris « l'ami ».

— Excusez-moi un instant, dit-elle en ouvrant la porte.

L'assistant se trouvait justement dans le couloir.

— Dr George, pouvez-vous entrer, je vous prie ?

Quand ce dernier s'exécuta, elle désigna Smith et Rosa.

— Pourriez-vous faire lire le formulaire concernant les allergies à Mme Rodriguez ? Son ami, M. Smith, se chargera d'interpréter.

Par chance, George n'avait pas besoin d'allusions supplémentaires.

— Bien entendu. Excusez-moi, notre réceptionniste a oublié de vous donner les autres documents. Pouvez-vous venir avec moi pour les remplir, s'il vous plaît ? Cela ne prendra pas longtemps, mais c'est un peu compliqué et il faudra peut-être que je vous aide.

En effet, le formulaire était long et fastidieux à remplir.

— Pourquoi ? protesta Smith, fronçant les sourcils. Elle ne m'a pas parlé d'autres papiers.

— Ce sont simplement des documents concernant le dossier médical d'Anna, assura George.

— Je les ai déjà remplis, grogna l'homme.

— Cela ne prendra qu'une minute. Nous tenons à nous assurer que l'enfant reçoive les meilleurs soins possible, et que le médecin ne prescrive pas de médicaments incompatibles avec une allergie.

L'homme jeta un coup d'œil en direction d'Anna et sourit, mais son regard demeura froid.

— Allons-y, Rosa, dit-il en espagnol.

Celle-ci se leva et le suivit sans discuter. Smith s'adressa à Anna.

— Ta maman et moi revenons tout de suite.

Deuxième étape : traiter le patient.

Dès les adultes partis, Belle souleva la petite fille sur la table d'auscultation. Une odeur étrange émanait de ses vêtements. Une odeur de terre.

— Anna, tu peux me donner ton nounours ? Je te promets de te le rendre tout de suite.

— Non ! Je veux garder Andy.

Anna s'agrippa davantage à sa peluche.

— Très bien, l'apaisa Belle. Mais j'ai besoin que tu le tiennes plus bas sur ton ventre pour que je puisse écouter ton cœur.

Anna hocha la tête. Comme Belle déplaçait le disque du stéthoscope sur la poitrine de l'enfant, celle-ci gémit un peu.

— C'est un joli ruban autour du cou d'Andy, commenta Belle en éloignant le stéthoscope. Il le portait quand tu l'as eu ?

— Non.

Anna secoua vivement la tête, toujours cramponnée à l'ours en peluche.

— Maman l'a découpé dans une vieille robe pour moi.

Eh bien, Belle avait d'autres cordes à son arc pour rassurer ses patients. Elle attrapa un gobelet plein de crayons de couleur et un bloc-notes.

— Si tu me faisais un dessin de Boo ?

Pendant que la fillette dessinait, Belle écouta son cœur et ses poumons, notant qu'elle toussait un peu. Ensuite, elle fit retirer son T-shirt à l'enfant et l'examina, à l'affût de traces de coups.

— Anna, est-ce que quelqu'un t'a déjà touchée ou fait mal ici ? demanda-t-elle en désignant les parties intimes de l'enfant.

Anna parut perplexe.

— Non.

— Tu peux me le dire, tu sais. Je suis médecin et je veux t'aider.

— Non.

À son immense soulagement, Belle ne trouva rien de suspect sur le corps de la fillette. Pas d'ecchymoses ni de cicatrices. Elle continua à poser des questions et finit par conclure que l'enfant était simplement effrayée. Comme souvent, lorsqu'on les amenait au dispensaire pour la première fois.

Une partie de son travail consistait à documenter les conditions de vie de ses jeunes patients. Elle n'obtiendrait pas de vraies réponses de la part de Smith. Quant à la mère d'Anna, elle n'avait presque rien dit.

À en juger par l'humidité qui imprégnait les vêtements de la fillette, Belle se demanda si elle dormait dehors.

— Tu as pris un petit déjeuner, ce matin, Anna ?

— Oui. Des burritos avec des frijoles, du fromage et des œufs.

Eh bien, au moins, elle mangeait à sa faim.

— Ça me paraît délicieux. Moi, j'aime les œufs brouillés et le bacon, mais il vaut mieux que je me cantonne aux flocons d'avoine et aux fruits, déclara Belle en tapotant sa taille. Quel est ton plat préféré ?

À sa grande surprise, Anna répondit :

— Les médaillons de bœuf à la sauce chipotle.

Belle éclata de rire.

— Tu as vu ça à la télévision ?

L'enfant fit la moue.

— On n'a pas la télévision.

— Oh ! Donc tu as goûté des médaillons de bœuf ? demanda Belle intriguée, en lui tâtant la gorge, et le pouls.

— Oui. C'était vraiment bon.

Quelle étonnante petite fille ! Cependant, son passé intéressait moins Belle que son présent.

— Dis-moi, Anna, M. Smith est vraiment l'ami de ta maman ?

La fillette leva les yeux vers elle.

— Lui et ma maman… ma maman l'aime beaucoup.

— A-t-il jamais essayé de te toucher ou de te faire du mal ? insista Bella.

De nouveau, une expression perplexe.

— Non.

— Comment as-tu sali tes vêtements ?

Peut-être la petite était-elle négligée, mais pas maltraitée.

— J'étais en train de jouer dehors et puis il a fallu qu'on vienne ici tout de suite, renifla l'enfant.

Belle pivota pour attraper un instrument. Quand elle se retourna, Anna lui tendit une feuille de papier pliée en quatre.

— J'ai essayé de dessiner Boo, murmura-t-elle. Ne regardez pas maintenant. Pas avant d'être à la maison. Vous pourrez le scotcher sur votre frigo.

Belle accepta l'offrande en souriant et la mit dans la poche de sa blouse.

— Tu as habité dehors, Anna ? Tu peux me le dire, tu sais.

La petite fille baissa les yeux.

— On était dans un mobil-home mais on a dû partir. On a loué une tente dans un camping. Maman dit qu'on va avoir une nouvelle maison bientôt avec John, mais que ce ne sera pas comme avant parce qu'on devra voyager beaucoup, ce qui plaît à maman. Elle n'aime pas rester longtemps au même endroit. John veut qu'elle se marie avec lui. Mais il faut qu'on attende qu'il ait de l'argent.

Cela expliquait l'attitude de l'homme, songea Belle. Elle avait déjà vu des gens fiers qui dissimulaient leur honte derrière une façade de colère et d'arrogance.

Elle sourit.

— C'est bien. Dans quel genre de maisons voudrais-tu vivre, Anna ?

— Une grande maison, où je pourrais avoir ma propre chambre. Peut-être une balançoire dans le jardin, et un endroit où maman pourrait cultiver des poivrons, répondit la fillette en caressant la tête de son ours.

Belle tâta les ganglions de l'enfant. Légèrement enflés. Elle vérifia le dossier médical. Anna n'avait pas reçu les vaccinations nécessaires pour être scolarisée.

— Tu vas à l'école, Anna ? Par ici ?

La petite fille se mordilla un ongle.

— Maman dit que je pourrai y aller quand John nous emmènera dans notre nouvelle maison.

Belle plongea la main dans le bocal sur le comptoir et lui tendit une sucette.

— Je donne des sucettes à tous mes patients courageux. Tu aimes la cerise ? Elles ne contiennent pas beaucoup de sucre, mais elles sont délicieuses.

Anna hocha la tête, déballa la sucrerie et se mit à la lécher.

On toqua à la porte.

George entra, l'air de s'excuser, suivi de Rosa et de John Smith, lequel tenait un café à la main.

— Désolé de vous interrompre, docteur. Les papiers sont terminés.

— Parfait. Moi aussi, j'en ai terminé. Dr George, il me faut deux ordonnances, s'il vous plaît.

Elle lui donna les détails. N'ayant pas complété son stage au sein d'un cabinet, elle ne possédait pas encore de licence médicale.

— Et vous vous prétendez médecin ! lâcha Smith, narquois.

Belle se força à sourire. Cet homme était si déplaisant ! Une partie d'elle-même aurait voulu le retenir sur les lieux, creuser davantage le sentiment de malaise qu'il éveillait chez elle. Cependant, la salle d'attente était bondée et ils manquaient de personnel.

— Anna va bien. Elle a une légère toux, une petite infection respiratoire, mais rien de grave, affirma-t-elle, désireuse de rassurer la mère. Le Dr George va vous remettre une ordonnance pour des antibiotiques et du sirop.

Une émotion nouvelle traversa les yeux de la femme. Une émotion que Belle reconnut : la gêne. Pas d'argent pour payer les médicaments.

Inutile de le faire savoir à tout le monde dans la salle d'attente.

Belle signa les ordonnances, ajoutant un émoji souriant pour indiquer qu'elle les réglerait de sa poche.

— Emportez-les à la pharmacie Skipper, un peu plus bas dans la rue. Vous ne paierez rien.

Smith était déjà sorti et remonté dans sa voiture. Elle n'eut pas le temps de suggérer à Rosa de prendre un rendez-vous de suivi : des coups d'avertisseur retentirent.

— Allons-y ! cria Smith par la vitre ouverte.

Mère et fille remercièrent Belle en hâte et sortirent à leur tour.

Sur une impulsion, Belle mémorisa le numéro d'immatriculation de la berline marron rouillée et s'empressa de le noter. Cependant, même si Smith lui déplaisait, Anna ne montrait aucun signe de maltraitance. Ni même de négligence. Songeuse, elle repoussa une longue mèche blonde derrière son oreille. C'était la cinquième ordonnance qu'elle subventionnait ce jour-là, mais peu lui importait.

Si ses clients pouvaient trouver le courage de venir au dispensaire et de lui faire confiance, elle pouvait bien trouver le moyen de leur procurer les médicaments dont leurs enfants avaient besoin. L'établissement était le seul de toute la région qui puisse offrir une aide aux familles démunies.

Le cuir de la table d'auscultation, fendu ici et là, était rafistolé à l'aide de rouleau adhésif, mais l'appareil remplissait son office. La peinture était terne et le lino usé, mais Belle avait agrémenté la pièce de tableaux de dessins animés, et le plafond était bleu, ponctué de nuages et de licornes roses.

Cela réconfortait les enfants d'avoir quelque chose de joli et de gai à regarder pendant qu'elle les examinait.

Après avoir reçu quatre patients de plus, elle fit une petite pause. Son travail l'absorbait au point qu'elle en oubliait de se ménager, mais rien ne lui apportait autant de plaisir que de savoir, à la fin d'une longue journée, qu'elle avait aidé des gens à aller mieux.

Un instant, elle s'interrogea sur l'agent du FBI qu'elle avait rencontré quelques jours plus tôt. Séduisant et mémorable, mais bourru.

Peut-être parce qu'il avait été blessé par balle ? Comment était-il lorsqu'il ne souffrait pas ?

Chassant cet homme de son esprit – qui avait le temps de penser aux hommes, enfin ? – elle sirota son eau gazeuse et dressait intérieurement une liste de fournitures à acheter quand la porte s'ouvrit.

Sa bonne humeur s'évanouit. Elle se détourna.

— Qu'est-il arrivé à tes bonnes manières, Clint ? Tu ne sais plus frapper ?

Son frère aîné émit un bruit méprisant.

— Je suis responsable de la fondation qui finance cet endroit. Je n'ai pas besoin de frapper.

Quel idiot ! songea-t-elle. Arrogant et imbu de sa personne.

À la vue de Boo, il se baissa et caressa les oreilles du chien.

— Salut, mon vieux.

Boo battit de la queue pendant que Clint regardait autour de lui.

— Tu as besoin de quelque chose ?

Le cœur de Belle s'adoucit.

— Il nous faudrait des abaisse-langue et des gants.

Clint s'assit au bord de la table d'auscultation, ses souliers cirés brillants sous les lampes fluorescentes.

— Je voulais dire pour déjeuner. Il est plus de 2 heures.

L'estomac de Belle grondait, mais elle fit non de la tête.

— Merci. Je mangerai plus tard.

— Belle, Belle, quel martyr tu fais ! Enfin, je suppose que tu n'auras pas le temps de déjeuner non plus quand tu seras en cardiologie.

Il plissa le nez.

— Mais au moins, tu gagneras de l'argent.

Les doigts de Belle se crispèrent sur son stéthoscope. Chaque fois que Clint venait, elle se sentait coupable de ne pas être à la hauteur des attentes familiales. On aurait dit que, à ses yeux, seul l'argent comptait.

Et pourquoi pas ? C'était comme si sa famille avait des dollars sur son blason. Son arrière-grand-père avait été un magnat du pétrole et tous les North qui l'avaient suivi avaient eu des carrières dont leur famille était fière.

Je suis le mouton noir.

Refoulant la tentation d'ouvrir la bouche et de bêler, elle pointa le doigt vers la porte.

— Va-t'en. Je travaille.

Clint sauta à bas de la table.

— Tu devrais te marier et avoir des enfants, ça ferait plaisir à maman.

— Tu veux dire qu'elle cesserait de te harceler pour que tu lui donnes une progéniture ? demanda Belle suavement.

Clint fronça ses sourcils blonds.

— Je me concentre sur ma carrière. Je suis trop occupé pour avoir une relation. À quand remonte la dernière fois que tu es sortie avec un homme ?

Belle prit une inspiration pour se calmer.

— Et ma carrière à moi ?

— Tu es une fille, Belle. Maman ne vit que pour le jour où elle pourra planifier ton mariage.

Ridicule.

— Elle vit pour toutes les bonnes œuvres qu'elle soutient. C'est sa vie. Pas la mienne.

Il jeta un coup d'œil autour de lui.

— Si tu travaillais à plein temps avec le Dr Sanders, tu aurais trop à faire pour perdre ton temps ici.

Elle avait un poste à mi-temps, trois jours par semaine, dans un cabinet de cardiologie qui appartenait au partenaire de golf de son père.

Néanmoins c'était la clinique qui lui apportait le plus de satisfaction. C'étaient ses parents qui l'avaient fondée, et elle était financée par la fondation familiale. Dans son milieu, il était de rigueur de faire des dons aux œuvres charitables. Cela ne vous rendait que plus respectable.

En revanche, côtoyer de près les gens que l'on aidait était une tout autre histoire. Ses parents étaient encore abasourdis par sa décision.

Huit mois plus tôt, quand elle avait obtenu son diplôme en médecine, Belle avait résisté à la pression exercée par sa famille pour qu'elle entame sa spécialisation en cardiologie. Elle avait négocié un compromis. Une année sabbatique. Elle s'était engagée à travailler à temps partiel pour un cardiologue, en échange de quoi ses parents la laisseraient vivre selon son choix douze mois durant.

Elle s'était abstenue de leur avouer qu'elle avait posé sa candidature à une spécialisation en pédiatrie à Washington en même temps que celle en cardiologie à Boston.

La chirurgie était un domaine prestigieux, mais elle n'avait pas envie de se cacher derrière un masque dans une salle d'opération.

Elle voulait se rendre utile.

Elle voulait aussi faire plaisir à ses parents.

— Cela s'appelle aider les gens, Clint. Pas perdre son temps.

Il tira son téléphone de sa poche.

— De quelles autres fournitures as-tu besoin ?

Elle lui dicta une longue liste, qu'il nota sur son appareil.

— Maman t'attend pour dîner ce soir. Ne la déçois pas comme tu l'as fait le week-end dernier.

La main sur la poignée, il se retourna.

— Et il y a deux agents du FBI dans la salle d'attente. C'est pour ça que je suis venu te voir.

Un malaise envahit Belle.

— Pourquoi sont-ils ici ?

— Une histoire de gamins disparus.

Clint fronça les sourcils.

— L'agent spécial chargé de l'enquête m'a téléphoné et je lui ai dit de venir.

— Des enfants disparus ? Pourquoi n'ai-je pas entendu parler de cela plus tôt ?

Clint baissa les yeux.

— Ça n'a rien à voir avec le dispensaire. Certains gamins se sont volatilisés et ils sont venus ici par le passé. Les fédéraux vérifient tous les angles. C'est tout.

Elle n'était pas d'humeur à laisser des enquêteurs fouiner dans l'établissement, poser des questions et effrayer ses patients. Après la tirade de Clint, elle avait surtout envie de terminer ses rendez-vous et puis de rentrer à la maison avec Boo. Boire un verre de chardonnay bien frais, lire un bon livre et peut-être commander des plats à emporter chinois.

Mais la pensée que des enfants avaient disparu après avoir fréquenté le dispensaire la perturbait.

— Je n'ai rien entendu dire, répéta-t-elle, perplexe.

Clint semblait se refuser à rencontrer son regard.

— Il n'en a pas été question au journal télévisé. Je suppose qu'ils ont essayé de garder l'affaire discrète.

— Fais-les entrer tout de suite.

Mieux valait répondre à leurs questions et les renvoyer que de laisser la présence d'agents du FBI créer un malaise parmi ses patients.

Quand les deux hommes franchirent le seuil de la pièce minuscule, Belle eut un haut-le-corps. Boo, assis sur son coussin sous la fenêtre, remua la queue.

— Encore vous ? s'écria Belle, partagée entre la consternation et une bouffée d'attraction à l'état pur.

— Encore moi, répondit-il en la toisant sans sourire.

Son collègue parut amusé par la coïncidence.

— C'est un plaisir de vous revoir, docteur North. Je suis l'agent spécial Roarke Calhoun et voici mon équipier, l'agent spécial Kyle Anderson.

Calhoun avait les cheveux bruns et des yeux verts pétillants d'intelligence. On le sentait alerte, vigilant, et sa posture suggérait qu'il s'agissait d'un ancien militaire.

Il l'enveloppait d'un regard admiratif. Belle ne s'en irrita pas. Elle était habituée à être fixée par les hommes. Avec ses longs cheveux blonds et ses yeux noisette, elle s'entendait souvent demander pourquoi elle n'était pas mannequin.

Quant à l'agent spécial Kyle Anderson, il la dévisageait comme s'il n'avait jamais vu de femme auparavant. Son regard bleu glacial se promenait sur elle, résolu plutôt que sensuel. Ses cheveux d'un noir d'encre étaient coupés court, traversés sur le front par une curieuse mèche grise. Il émanait de lui une tension qui faisait battre plus vite le pouls de Belle et lui coupait le souffle. Il était la masculinité incarnée, et en sa présence, elle se sentait soudain féminine, et séduisante.

Il lui faisait oublier qu'elle était médecin.

Assez. Réponds à leurs questions et renvoie-les.

Contrairement à Roarke, Anderson ne souriait pas. Mais sa voix grave et sa virilité lui donnaient les paumes moites. Il y avait très longtemps qu'un homme ne l'avait pas captivée ainsi. Après les hommes polis, mondains, qui emplissaient son calendrier social, il était agréablement…

Direct. Belle soupçonnait l'agent Anderson de ne pas tourner autour du pot, et de ne pas s'adonner à de petits jeux non plus.

— Que puis-je faire pour vous ? demanda-t-elle.

Elle n'avait pas eu l'intention de parler d'une voix aussi cassante, mais l'attention d'Anderson l'avait troublée.

Il la fixa de son regard froid.

— Une fillette a disparu. Et nous pensons qu'elle a des liens avec ce dispensaire.

3

Un enfant disparu. Le pire cauchemar pour n'importe quel parent. Il était impossible que ce soit arrivé au dispensaire. Malgré tout, elle ferait de son mieux pour aider.

— Asseyez-vous, je vous en prie, dit-elle, indiquant deux chaises rangées dans un coin à côté de son bureau.

Roarke la remercia mais resta debout. Anderson secoua la tête.

— Il ne s'agit pas d'une visite de politesse.

Il étrécit les yeux.

— Surtout pas à un médecin. Je ne les aime pas.

Fantastique. Un agent du FBI borné. Belle redressa le menton.

— Et moi, je n'aime pas que des agents fédéraux débarquent ici et dérangent mes consultations.

Un instant, ils s'affrontèrent du regard tels deux tireurs dans un western. Le cœur de Belle manqua un battement. L'instinct lui soufflait que cet homme était dangereux. Qu'il ne reculerait devant rien pour obtenir ce qu'il voulait. Heureusement, c'était un agent du FBI. Pas un tueur à gages !

L'agent Calhoun s'éclaircit la voix et rompit la tension.

— Nous savons à quelles dates l'enfant est venue dans

votre dispensaire ces derniers temps, docteur North. Avez-vous des caméras de surveillance ?

Elle acquiesça.

— À l'extérieur seulement.

— Nous avons besoin de visionner les enregistrements. Qui finance cet établissement ?

Belle se hérissa.

— Vous connaissez déjà la réponse, sinon vous n'auriez pas téléphoné à la fondation. Ma famille est propriétaire de cet endroit et le gère.

— Votre frère, Clint, nous a donné certains renseignements. Mais vous êtes ici plus souvent que lui, par conséquent nous avions besoin de vous parler, expliqua Calhoun.

Il était nettement plus approchable que ce grincheux d'Anderson. Néanmoins, elle resta sur ses gardes.

— Depuis combien de temps travaillez-vous ici, docteur North ?

— Je suis bénévole du mercredi au vendredi depuis huit mois. Aujourd'hui, je remplace le médecin principal qui est normalement de service le samedi, le jour le plus chargé de la semaine. Nous sommes fermés le dimanche.

Belle passa une main dans ses cheveux, semant la pagaille dans sa queue-de-cheval.

— Je vous en prie, expliquez-moi ce qui se passe. Comment est-ce arrivé ?

Les deux agents échangèrent un regard.

— Avez-vous remarqué quoi que ce soit d'inhabituel durant ces dernières semaines ? Des enfants qui auraient été suivis par des inconnus ?

— Non. Vous devez me dire ce qui s'est passé. Si vous ne me donnez pas de détails, je ne peux pas vous aider.

L'information qu'ils fournirent à Belle lui noua

l'estomac d'angoisse. Une adolescente qui était venue au dispensaire avait disparu immédiatement après son rendez-vous. Elle avait quatorze ans.

Belle alluma son ordinateur, un goût amer à la bouche. Qu'était-il advenu de cette enfant ? Était-elle encore en vie ?

— Comment se fait-il qu'on ne m'ait pas avertie plus tôt ?

Les agents échangèrent un nouveau regard.

— Sa disparition n'a été signalée qu'aujourd'hui. Ses parents étaient absents et avaient laissé le fils aîné veiller sur sa sœur. Il était trop occupé à faire la fête pour se rendre compte qu'elle n'était plus là.

— Comment s'appelle-t-elle ?

— Sandra Dixon.

Belle fit défiler les dossiers et fronça les sourcils.

— Ce nom ne figure pas ici.

— Non, ce n'est pas étonnant. Elle a dû venir sous un faux nom, répondit Anderson en lui montrant une photo que Belle reconnut aussitôt.

— Eva Brown. Elle a dit qu'elle toussait. En réalité, elle voulait seulement parler.

— De quoi ?

— Eva… Sandra voulait savoir combien de temps une femme pouvait survivre en étant atteinte d'un cancer du sein.

Belle sentit un nœud se former dans sa gorge à ce souvenir.

— Elle avait terriblement peur de mourir. Je l'ai examinée moi-même et je lui ai assuré que tout allait bien. Et puis elle m'a avoué qu'on venait de diagnostiquer un cancer du sein à sa mère. Ses parents étaient partis consulter un oncologue réputé.

Elle ouvrit un tiroir.

— Je lui ai donné un dépliant à lire, conseillé de parler à sa mère quand ses parents seraient de retour et de lui dire combien elle s'inquiétait.

— Sandra n'est jamais rentrée à la maison, murmura Calhoun.

Anderson la toisa comme si elle était responsable.

— Vous l'avez laissée partir toute seule ?

Son ton accusateur irrita Belle.

— Elle était venue avec une amie. Une fille plus âgée.

Anderson sortit un calepin et griffonna quelque chose.

— Nous aurons besoin de son nom. La plupart des enlèvements d'enfants commencent par un contact avec quelqu'un qui est proche d'eux. Dans ce cas précis, nous pensons que le contact s'est fait dans ce dispensaire.

— La plupart des petites filles qui sont enlevées sont plus jeunes, observa Calhoun, mais nous envisageons toutes les possibilités. Y a-t-il quelqu'un ici qui connaisse cette jeune fille ?

— Cathy la connaît. Elle a dix ans. Et c'est sa sœur qui accompagnait Sandra.

Elle appela la fillette à l'intérieur, expliquant à sa mère qu'elle avait besoin de lui parler en tête à tête.

La petite entra, visiblement apeurée.

Anderson s'accroupit à côté d'elle.

— Qu'est-ce qui ne va pas, mon chou ?

La douceur de sa voix, la gentillesse avec laquelle il mit la main sur l'épaule de l'enfant, formaient un contraste frappant avec l'hostilité qu'il avait témoignée à Belle. Il tendit à la fillette un mouchoir pour essuyer ses larmes et jeta un coup d'œil à Boo.

— Comment s'appelle votre chien ?

Belle le lui dit. Anderson fit un geste vers l'animal.

— Viens ici, Boo. Viens dire bonjour à Cathy.

Le chien obéit en remuant la queue. Anderson lui gratta les oreilles. À l'évidence, l'agent fédéral aimait bien les enfants et les chiens.

Mais pas elle.

Cathy caressa Boo et Anderson l'imita, parlant d'une voix douce et apaisante. Au bout de quelques instants, la fillette cessa de pleurer.

Anderson lui tapota la main.

— Cathy, nous avons besoin de ton aide. Il faut qu'on retrouve Sandra. Elle a peut-être des ennuis. Ses parents sont très inquiets à l'idée qu'elle ait pu être enlevée.

La lèvre inférieure de Cathy se remit à trembler. Belle s'accroupit à côté d'elle.

— Mon chou, si tu sais où elle est, je t'en prie, dis-le-nous. Je te promets que tout ira bien.

Le hochement de tête approbateur que lui adressa Anderson n'aurait pas dû faire battre son cœur plus vite, mais ce fut pourtant le cas. Pourquoi se souciait-elle d'impressionner cet homme ? Les enfants importaient. Pas lui.

— Je sais où est Sandra, avoua la fillette. Elle a fait une fugue et elle se cache dans notre abri de jardin.

Roarke sortit son téléphone de sa poche.

— Je vais avertir les policiers et ses parents.

Comme il sortait du bureau avec Cathy, Anderson s'attarda.

— Je vais quand même avoir besoin des enregistrements des caméras de surveillance.

— Pourquoi ?

Un malaise l'envahit. L'agent la regardait comme si c'était elle qui avait encouragé Sandra à fuguer.

— Question de procédure. Je veux m'assurer que tout

ici est légal. Vous traitez beaucoup de patients, ajouta-t-il en la fixant. À moins que vous ne vouliez que l'Ordre des médecins ne vienne mettre le nez dans vos dossiers.

Belle repoussa une mèche vagabonde.

— Nous n'avons rien à cacher.

Elle se dirigea vers la réserve, où Clint avait installé les ordinateurs reliés aux caméras. Elle cliqua sur le mot de passe afin d'accéder aux enregistrements.

— Les images ne sont pas très nettes.

Il fixait l'écran avec intensité. Un soupçon assaillit Belle.

— Quelqu'un s'est plaint de nous, c'est ça ?

— Oui, admit-il sans détacher son regard de l'ordinateur. Deux plaintes anonymes ont été enregistrées contre ce dispensaire.

— À quel propos ?

Belle croisa les bras, agacée.

— Nous offrons la meilleure qualité possible de soins, pour un coût modique, ou même gratuitement si les patients sont dans l'incapacité de payer. Sans nous, ces gens seraient obligés de ne pas se soigner ou d'aller aux urgences.

— Je ne peux pas vous le dire.

Belle regrettait que Mike Patterson soit absent. En tant que directeur du dispensaire, il s'occupait de tous les aspects administratifs. Elle se sentait dépassée.

— Si vous n'avez pas le droit de me le dire, comment pourrais-je vous aider ? Peut-être devriez-vous partir.

Anderson se redressa.

— Je pourrais revenir avec un mandat de perquisition.

— Ou me dire ce que vous cherchez et je pourrais vous aider.

Il parut réfléchir un instant.

— Les plaintes concernaient la présence d'un individu louche dans le parking après la fermeture du dispensaire.

— Nous fermons les barrières à clé chaque soir, lui fit remarquer Belle. Ce quartier n'est pas des plus sûrs. Mais ce genre de problèmes n'est-il pas du ressort de la police locale ?

— Puisque j'étais ici, je me suis dit que j'allais en profiter pour procéder à quelques vérifications.

Belle devina qu'il mentait, mais n'insista pas. Elle se promit d'avoir une conversation avec son frère plus tard.

Anderson se pencha vers l'écran, son bras frôlant le sien. Elle prit une profonde inspiration. *Du calme*.

Il pointa le doigt vers la caméra numéro 2.

— Vous avez vu ? C'est la même voiture.

Il cliqua pour revenir à la journée précédente, puis celle d'avant.

— Tous ces enregistrements sont identiques. Les dates sont différentes, mais les images sont les mêmes.

La bouche sèche, Belle fixa l'écran.

— C'est absurde.

— Quelqu'un a truqué les enregistrements, tout mis en boucle. Qui a accès à cette pièce ?

— Tout le personnel. Et les membres de l'équipe de nettoyage. Ils viennent après la fermeture, mais ils ne sont jamais laissés seuls. En général, un de nous reste travailler tard.

Anderson jeta un coup d'œil vers elle.

— Qui a le code d'accès aux caméras ?

— Moi, mon frère, Clint, et Tony, notre gardien, mais il n'est là que pendant la journée. Et le Dr Patterson, le directeur du dispensaire.

Anderson fronça les sourcils.

— Celui qui a fait ça avait quelque chose à cacher.

— C'est peut-être la personne qui a volé des médicaments le mois dernier, murmura-t-elle, avant de prendre une inspiration. Nous gardons tout sous clé, mais deux fioles de médicaments manquaient quand nous avons fait l'inventaire.

— Des fioles de quoi ?

— De propofol.

Anderson plissa les yeux.

— Vous avez ça ici ? C'est utilisé pour les anesthésies générales. Ceci n'est qu'un dispensaire.

Belle redressa le menton.

— Il est aussi utilisé pour des interventions chirurgicales une fois par mois. Nous avons une quantité limitée de ce produit. Mais comme les interventions ne sont pratiquées qu'une fois par mois, nous n'avons découvert sa disparition que juste avant l'une d'elles.

Il griffonna quelques notes.

— Il me faudra la liste de toutes les personnes qui ont eu accès à cette pièce, et je vais confisquer vos enregistrements. Je vais aussi devoir parler à tous les membres du personnel.

Elle regarda l'écran, hésitante. Cela la troublait profondément de penser que des activités suspectes avaient pu avoir lieu au dispensaire. Clint avait besoin d'être mis au courant d'urgence.

— Docteur North ?

Anderson désigna l'ordinateur.

— Comme je vous le disais, je peux obtenir un mandat de perquisition. Mais j'aimerais penser que vous voudriez nous apporter votre assistance.

Belle prit une inspiration.

— Bien sûr. Vous pouvez les interroger dans mon bureau. Je vais demander à notre technicien de venir vous aider à déconnecter l'appareil. Il faut que je retourne à mes consultations.

Au milieu de son rendez-vous suivant, on toqua à la porte. Belle s'excusa et sortit dans le couloir. L'agent Anderson faisait les cent pas.

— J'ai besoin de l'adresse et du numéro de téléphone du Dr Patterson.

— Il est parti à des obsèques familiales. Cela ne peut pas attendre son retour ?

— Non, répliqua Anderson fermement.

Belle sortit son téléphone et lui donna les informations.

— Ce sera tout ?

— Pour le moment.

Elle mordilla sa lèvre inférieure.

— Dites-moi la vérité, agent Anderson. Vous ne cherchez pas un rôdeur sur le parking. Que se passe-t-il réellement ?

Il croisa les bras sur sa poitrine.

— Très bien. Il y a trois affaires de disparitions d'enfants liées à cet établissement. Tous sont réapparus deux jours après leur enlèvement. La plus récente s'est déroulée voilà dix jours. Nancy Hernandez. Le dernier endroit où elle avait été vue était ce dispensaire. Sa mère l'avait amenée pour une bronchite.

Une bouffée de nausée submergea Belle.

— Elle… est toujours portée disparue ?

— Non. D'après sa mère, quelqu'un l'a déposée devant chez eux deux jours plus tard. Vivante mais droguée. La mère avait peur d'alerter la police. C'est seulement quand Nancy a raconté ce qui s'était passé à une de ses tantes que les autorités ont été informées.

— Je vais chercher son dossier.

Ils regagnèrent le bureau, mais le système était

particulièrement lent ce jour-là. En fin de compte, Belle se résigna à consulter les dossiers papier conservés dans la petite pièce qui abritait leurs archives.

— Là. Nancy Hernandez. Six ans, cheveux bruns, yeux verts. Le Dr Patterson l'a examinée et lui a prescrit des antibiotiques.

— Pas de visite de suivi ?

— Non. Elle est venue le 23 janvier.

Belle hésita, redoutant de connaître la réponse à la question qui la taraudait.

— Quelle drogue a-t-on trouvée dans son organisme ?

— Du propofol.

Belle retint un soupir ; les apparences étaient accablantes.

— Vous pensez que le vol et la disparition de Nancy sont liés ?

— Il pourrait s'agir d'un trafic d'enfants.

Belle remit le dossier en place.

— Centrée sur ce dispensaire ? Les enfants enlevés sont-ils souvent retrouvés sains et saufs ?

L'expression sombre de l'agent ne la rassura pas.

— La plupart sont retrouvés en vie. Dans le cas de Nancy, il se peut qu'elle ait été trop jeune pour les intentions des ravisseurs. Ou trop malade. Elle a dû être hospitalisée.

Si l'enfant avait été exposée aux éléments, sa bronchite avait pu se muer en pneumonie.

— Elle va se rétablir ? A-t-elle subi des… sévices ?

Anderson se massa le menton.

— Non. Pas de coups ni d'abus sexuels. Elle est sortie de l'hôpital hier. Elle affirme ne se souvenir de rien.

La pauvre enfant ! Mais au moins, elle était en vie.

— Nous ferons tout ce que nous pouvons pour vous aider, bien entendu.

— Ce n'est pas ce que votre Patterson a dit quand nos agents l'ont interrogé après que la mère de Nancy a signalé son enlèvement.

Belle se hérissa.

— Le Dr Patterson traversait une crise familiale. Son oncle était en train de mourir du cancer.

L'agent Anderson l'enveloppa d'un long regard pensif.

— Vous êtes toujours autant sur la défensive, doc ?

— Et comment !

Le visage d'Anderson se durcit.

— Votre établissement est suspect, docteur North. Je vous ai à l'œil. Je vais m'en aller mais je reviendrai.

Il tira une carte de visite de sa poche arrière.

— Si vous voyez ou entendez quoi que ce soit de suspect, appelez-moi. Je parle sérieusement. Quoi que ce soit.

Comme il lui tendait la carte, leurs doigts s'effleurèrent, et le cœur de Belle cogna plus fort. Anderson parut troublé, comme s'il avait été affecté, lui aussi. Le parfum épicé de son eau de toilette flotta jusqu'aux narines de Belle et elle se surprit à fixer le motif fantaisie de sa cravate bleu et blanc. Un motif qui contrastait avec l'image de dur qu'il présentait au monde.

Pourtant, il avait été si gentil, presque tendre, avec Cathy.

Chassant l'agent Anderson de ses pensées, Belle retourna à son travail.

Quand elle rentra chez elle, elle était épuisée. Pourtant, elle savait que si elle manquait le dîner familial, ce seraient des récriminations à n'en plus finir. Elle retira ses chaussures et se laissa tomber sur le canapé. Boo sauta à côté d'elle, remuant la queue.

Elle ferma les yeux un instant.

Il était 9 heures passées lorsqu'elle les rouvrit. Consternée, elle vérifia son téléphone. Cinq messages.

Belle appela sa mère pour s'excuser, mais Shirley Vandermeer North était furieuse.

— Nous t'avons attendue pendant plus d'une heure, Belle. Le moins que tu puisses faire est de téléphoner et de me dire que tu as décidé de m'éviter.

Le ton cassant, accusateur, de sa mère, lui donnait l'impression d'avoir de nouveau cinq ans.

— La journée a été longue, maman, et je me suis endormie. Je suis désolée.

— Il faut que tu cesses de travailler au dispensaire, Belle. Si seulement tu…

Belle laissa vagabonder ses pensées pendant que sa mère continuait. Elle tendit l'appareil à Boo.

— Tu veux l'écouter un peu ? souffla-t-elle.

Boo geignit. Belle soupira, et posa le récepteur sur le canapé. Au bout de quelques minutes, elle le porta de nouveau à son oreille.

Sa mère se plaignait toujours. Rien n'empêchait Shirley Vandermeer North de s'adonner à son passe-temps préféré – faire la leçon à sa fille unique.

— Je t'attendrai demain pour le thé, à 4 heures précises. Mindy Worthington et Natalie Haven seront là. Elles veulent te saluer.

Les amies préférées de sa mère avaient souvent recours aux services de Belle dans leurs diverses entreprises charitables. Dire qu'elles voulaient la saluer signifiait qu'elles désiraient son aide.

Pas question que j'arrête de travailler au dispensaire pour vendre des tickets de tombola ou assister à un gala de charité supplémentaire.

— Je vais me coucher, maman. Je te verrai demain, à 4 heures.

Sur quoi, elle raccrocha.

Belle dormit à poings fermés cette nuit-là, et quand l'aube teinta le ciel gris de ses doigts roses et lavande, elle se leva pour faire son jogging habituel. Elle courut, prit une douche et s'habilla, puis attrapa la blouse qu'elle avait portée la veille pour la déposer au pressing.

Soudain, elle se remémora le papier plié en quatre dans sa poche. Anna avait insisté pour qu'elle l'épingle sur son réfrigérateur.

Belle déplia le papier, s'attendant à voir un dessin enfantin d'un chien marron.

Mais les mots tracés au crayon rouge sous le dessin firent battre son cœur à toute allure. Le papier voltigea jusqu'au sol alors qu'elle reculait, sous le choc.

Il dit qu'il tuera maman si je ne vais pas avec lui. Aidez-nous. S'il vous plaît.

4

Il détestait se réveiller dans un lit inconnu. Détestait cet affreux moment de confusion, ne pas savoir où il était, avant que ses cellules grises se mettent en branle.

Et détestait manquer d'eau chaude pendant sa douche aussi.

Et le fait qu'il n'avait pas de café n'arrangeait rien.

Enfin, les choses auraient pu être pires. Avaient été pires. Il avait appris à s'adapter.

Kyle fit le tour de la cuisine pieds nus et finit par dénicher du café décaféiné, auquel il ajouta une tasse d'eau chauffée au micro-ondes. Puis il attrapa le dossier de Nancy Hernandez et sortit sur la terrasse.

L'aube baignait le ciel de couleur. Un soupçon d'humidité s'attardait dans l'air, assez pour compenser la fraîcheur de la brise. Encore une journée splendide en Floride.

Et il n'avait aucune idée de la raison pour laquelle quelqu'un avait enlevé Nancy Hernandez et puis l'avait déposée, deux jours plus tard, comme un sac de détritus, sur la pelouse de ses parents.

Il ne voulait pas enquêter sur cette affaire. Elle semait le chaos dans ses émotions, jetait le trouble dans son univers si bien ordonné.

Pas le choix. Des vies d'enfants étaient en jeu et il avait fait le serment de sauver ceux qui pouvaient être sauvés.

Il songea au monde endormi du Midwest, où il avait travaillé l'année précédente. On avait beau être au début février, et la neige avait beau s'entasser devant son appartement, il n'avait pas voulu revenir en Floride. Pas après l'enfer qu'il y avait vécu.

Cependant, son supérieur lui en avait donné l'ordre. Retrouver des enfants disparus était sa spécialité, et ses services étaient requis sur la côte Est.

Si l'enlèvement de Nancy Hernandez était une énigme, celui de deux autres fillettes du même âge était d'autant plus troublant.

Les deux petites filles avaient été vues au dispensaire juste avant leur disparition. Toutes deux étaient venues à pied, puisqu'elles habitaient le quartier. Après la consultation, leurs mères avaient été abordées par un homme qui avait arrêté sa voiture pour leur demander son chemin en espagnol. Elles s'étaient avancées jusqu'au coin de la rue, distant de quelques mètres à peine, pour lui indiquer la route, et l'homme s'était éloigné. Quand elles s'étaient retournées, leur enfant avait disparu.

Il était évident que les ravisseurs travaillaient en équipe, et qu'ils surveillaient l'établissement.

À la différence de Nancy, les deux autres petites filles étaient bien portantes, hormis la quantité importante de propofol dans leur organisme.

Qui enlevait ces enfants, et pourquoi ? Un réseau de pornographie enfantine était-il à l'œuvre ? Le FBI avait entrepris des recherches, mais celles-ci n'avaient rien donné.

Jusqu'à maintenant.

Kyle fixa les clichés, remerciant silencieusement le

Ciel que les fillettes aient été retrouvées vivantes. Toutes avaient les cheveux bruns, les yeux bleus ou verts, et avaient entre cinq et six ans.

Il feuilleta le dossier sans trouver de réponses à ses interrogations. Les policiers de la localité avaient mis en place un numéro spécial invitant le public à donner des informations en anglais ou en espagnol, sous couvert d'anonymat.

Aucune piste ne s'était dégagée pour le moment.

Il sirota son café, contemplant les palmiers du jardin. La pompe de la piscine se mit à ronronner, autre rappel qu'il était loin du Midwest.

Un employé du dispensaire devait être complice, au moins. Qu'en était-il de cette jolie docteure blonde ?

Dr Belle North. Grande et bien faite, de chaleureux yeux noisette et une expression bienveillante quand elle s'adressait aux enfants. Avec lui ? Plus glaciale que l'océan arctique.

L'homme en lui était attiré par son rire léger, sa douceur avec les enfants, et le balancement sexy de ses hanches quand elle marchait.

En tant qu'agent du FBI, en revanche, il voyait en elle une suspecte potentielle. Car le dispensaire Harold Donald était le seul lien entre toutes ces mystérieuses disparitions.

Néanmoins, la ravissante Dr North était la première femme à éveiller vraiment son intérêt depuis trois ans. Roarke avait fait un commentaire à ce sujet.

— Jolie doc, hein ? Même un grincheux comme toi l'a remarqué.

Kyle ne lui en avait pas voulu. Roarke savait combien l'accident l'avait anéanti. Roarke avait été là le jour où

Caroline avait été enterrée et plus tard, quand ç'avait été le tour de la petite Kasey…

Ne pense pas à ça.

Il étudia les photos de l'extérieur du dispensaire, les entrées et les sorties. Il tapotait le dossier, perdu dans ses réflexions, quand son téléphone sonna.

Kyle jeta un coup d'œil au numéro.

Dr Belle North.

Le pouls battant à tout rompre, il répondit.

— Anderson.

Il écouta, les paumes moites.

— Donnez-moi votre adresse.

Une demi-heure plus tard, il s'engageait dans l'allée d'un modeste pavillon, au jardin orné de plantes tropicales. Pas dans un lotissement résidentiel sécurisé plein de maisons modèles comme il en avait vu dans d'autres quartiers. En somme, le genre d'endroits qu'il aimait bien, mais qui ne correspondait guère au salaire élevé d'un médecin.

Kyle était presque à la porte quand celle-ci s'ouvrit, révélant un Dr North à la mine inquiète, vêtue d'une robe sans manches couleur paon et d'escarpins bleus élégants qui soulignaient la forme de ses longues jambes. Il ne put réprimer un second coup d'œil admiratif.

— Jolie robe. Vous sortez ?

— Un déjeuner avec des amies, répondit-elle avec la pointe d'un sourire.

Presque aussitôt, l'inquiétude revint sur ses traits.

— Entrez, je vous en prie.

Elle le conduisit dans le salon. Un des coussins du canapé bleu était un peu déchiré, et le tapis berbère était vieux et usé. Pas de tableaux sur les murs peints en blanc mais des coquillages disposés dans des paniers ici et là dans la pièce. Boo dormait dans un lit installé devant la cheminée, laquelle n'avait pas été nettoyée. Un vase de marguerites trônait sur une table ancienne près de la baie vitrée.

Belle s'assit dans le fauteuil pendant qu'il prenait place sur le canapé.

— C'est temporaire, expliqua-t-elle. Je loue cette maison en attendant de partir faire ma spécialisation. Quand j'aurai obtenu une place.

Il hocha la tête.

— Le message ?

Belle mordit sa lèvre inférieure, enfila des gants en caoutchouc posés sur une petite table et lui tendit le dessin.

— Je suis désolée d'avoir mis mes empreintes dessus.

Il ne put réprimer un léger sourire.

— Pas de souci. Vous avez toujours des gants sous la main ?

— Je suis médecin, lui fit-elle remarquer. Vous en voulez ?

Elle fixa sur lui ses magnifiques yeux sombres, qui formaient un contraste si frappant avec ses cheveux blonds et son teint clair.

— J'ai apporté les miens, assura-t-il en les tirant de sa poche.

Il baissa les yeux sur le dessin. Regarda les grosses lettres majuscules, écrites à la hâte, d'une main tremblante. La pauvre petite devait être terrorisée.

Et pourtant pleine de courage.

Un doux soupir emplit l'air. Belle. Il avait été si absorbé par le dessin qu'il en avait presque oublié sa présence. Et pourtant elle était impossible à oublier vraiment, son parfum subtil, frais et féminin, flottait dans l'air. Il songea que ses propres mains ressemblaient à d'énormes pattes d'ours comparées à ses doigts minces, délicats.

— Je vais envoyer ça au labo, au cas où il y aurait d'autres empreintes.

— Inutile de vous donner cette peine. Anna et moi sommes les seules à l'avoir touché.

Kyle réprima un juron. Il avait espéré davantage.

— Qui était dans le cabinet quand vous l'avez examinée ?

— Sa mère et un soi-disant ami de la famille venu pour interpréter, répondit Belle, fronçant les sourcils. Il a dit qu'il s'appelait John Smith. Je les ai fait sortir sous un prétexte pour être seule avec Anna.

Son regard troublé rencontra celui de Kyle.

— Elle était plutôt nerveuse, et je voulais m'assurer qu'elle n'était pas victime de maltraitance.

Il se pencha en avant.

— Et ?

— Non.

Elle retira ses gants et les posa sur la table.

— Mais je regrette de ne pas avoir retenu ce type. Si j'avais su !

— Ce n'était pas votre faute, murmura-t-il. Vous n'auriez sans doute rien pu faire. Pouvez-vous me décrire Anna ?

— Elle a six ans, les cheveux bruns et les yeux verts. Mince. Elle mesure tout juste un mètre et pèse dix-huit kilos.

Autrement dit, elle correspondait parfaitement au profil des fillettes enlevées.

— J'ai noté son numéro d'immatriculation.

Kyle cessa de prendre des notes et releva la tête.

— Complet ?

Comme elle acquiesçait, il sentit une bouffée de soulagement l'envahir. Enfin, une amorce de piste.

— Je pourrais vous embrasser pour ça.

Les joues de Belle se teintèrent d'un rose délicat tandis qu'elle lui tendait un bout de papier. Il s'éclaircit la voix et griffonna quelques notes supplémentaires. Puis se hâta d'appeler la police locale pour obtenir l'identité du propriétaire de la voiture.

La nouvelle fut décevante, mais pas vraiment une surprise.

— Le véhicule a été volé, annonça-t-il en mettant fin à la communication.

Visiblement déçue, Belle se leva.

— Je viens de faire du café. Vous en voulez ?

— Avec plaisir. Vous me sauvez la vie, ajouta-t-il avec reconnaissance. Je n'avais que du déca chez moi.

— L'horreur, compatit-elle en souriant.

Quand elle revint, deux tasses à la main, il avait terminé d'analyser le dessin. Il la remercia et désigna la feuille.

— La plupart des enfants dessinent l'environnement qui leur est familier. Ce qu'on voit ici ne ressemble pas à un foyer typique. Vous voyez ces buissons, l'eau, et le triangle qui porte le numéro 8 ?

Belle vint le rejoindre sur le canapé et scruta l'image. Kyle inspira son parfum léger, sentit la douceur de sa peau quand son bras nu frôla le sien.

Elle pointa le doigt vers le triangle.

— Cela signifie quelque chose ?

— Peut-être. Parlez-moi d'elle. De son apparence.

— Ses vêtements étaient froissés, un peu moites. Je me suis demandé si elle était sans-abri.

Belle soupira.

— Quant à l'ami, Anna m'a dit qu'il projetait d'épouser sa mère, Rosa. Vous pensez qu'il l'a enlevée ?

— Possible. Ou qu'il voulait la vendre à quelqu'un.

Kyle plissa les yeux.

— Sans-abri, répéta-t-il. Ce triangle pourrait représenter une tente.

— Oh !

Belle posa sa tasse sur la petite table, plongea la main dans la poche de sa blouse blanche et en tira un petit bout de papier.

— Ceci est tombé de ma poche quand j'ai sorti le dessin. Je ne savais pas si c'était important.

Kyle réprima une exclamation. C'était un reçu, pour le paiement d'un séjour de sept jours dans un camping local.

— Pourquoi ne m'en avez-vous pas parlé tout de suite ?

Elle se rembrunit.

— Je n'étais pas sûre qu'il y ait un lien avec Anna. Je fais nettoyer mes blouses au pressing, quelqu'un aurait pu glisser ce reçu dans la poche par erreur.

— Cela nous donne un point de départ, dit-il, un peu radouci.

Kyle appela Roarke, relayant l'information. La nouvelle que lui apporta son équipier lui noua l'estomac.

— Quelqu'un a appelé le numéro spécial et laissé un message en espagnol. Une femme, plutôt jeune d'après sa voix. Elle dit avoir reconnu hier au dispensaire un homme qu'elle avait remarqué dans un jardin public local le mois dernier, en train d'observer les enfants.

Kyle lui donna l'adresse du camping.

— Retrouve-moi là-bas.

Il mit fin à la communication, emballa le reçu dans un sachet en plastique et se leva.

— Merci pour votre aide.

Comme il se dirigeait vers la porte, Belle lui emboîta le pas, dit au revoir à son chien et attrapa la télécommande de son garage.

— Je vous accompagne.

— Je ne crois pas, rétorqua Kyle en ouvrant sa portière.

— Vous ne pouvez pas m'en empêcher.

Il lui décocha un regard qui avait intimidé plus d'un criminel.

— Non.

— Vous ne savez pas à quoi Anna ressemble, et sa mère non plus, lui fit-elle remarquer, les sourcils froncés. Ni John Smith.

— Et votre brunch ?

— Je l'ai annulé, dit-elle, une note de triomphe dans la voix.

Kyle capitula.

— Bon. Mais vous restez dans la voiture. C'est clair ?

— Oui. Sauf si vous avez besoin de mon aide.

Belle actionna le rideau métallique du garage, révélant une Corvette rouge flambant neuve. Kyle en resta bouche bée.

— Ouah !

— C'est un cadeau de mes parents, murmura Belle, gênée. Pour mon diplôme. Et aussi pour m'inciter à faire une spécialisation en cardiologie.

Kyle s'arracha à sa contemplation.

— Vous savez où est le camping ?

Belle lui lança un regard incrédule.

— OK. Ne faites pas d'excès de vitesse, avertit-il.

— Je suis médecin, dit-elle avec un sourire narquois. Je peux toujours me servir de ça comme prétexte.

— Oui, et je ne veux pas avoir à sortir vos jolies fesses de prison.

Kyle se réprimanda intérieurement. Avait-il vraiment prononcé ces paroles ?

Belle ne parut pas insultée, au contraire. Un léger sourire se répandit sur ses lèvres brillantes.

— C'est noté, agent Anderson.

Le camping était situé dans le parc régional. Quand ils arrivèrent sur les lieux, il était presque désert. Seule une famille préparait un petit déjeuner sur un feu de camp. Un peu plus loin, un père et son fils pêchaient au bord du lac.

Kyle s'arrêta à l'emplacement numéro 8 et descendit, envahi par un sombre pressentiment. Il se dirigea vers la voiture de Belle, qui abaissa sa vitre.

— Restez là. Je vais jeter un coup d'œil d'abord.

Derrière la tente, il marqua une pause et s'accroupit, fixant un pan d'herbe noircie. Il prit soudain conscience d'un bruit de pas, et d'un parfum délicat qui flottait jusqu'à lui.

— Je vous ai dit de rester dans votre voiture, lâcha-t-il, agacé.

— Et je vous ai dit que je le ferais sauf si vous aviez besoin de mon aide, rétorqua Belle, avant de prendre une brève inspiration. Ceci est du sang.

Il dégaina son arme et suivit les traces jusqu'à la rive du lac.

À demi dissimulée par des buissons, une femme gisait dans l'eau, immobile. Il se rua vers elle, priant pour ne pas arriver trop tard. Comme il atteignait l'inconnue, Belle s'écria :

— C'est Rosa ! La mère d'Anna.

Elle fit volte-face et parcourut les environs des yeux.

— Où est Anna ?

Kyle garda le silence.

Anna Rodriguez avait disparu.

5

Dès que l'agent Anderson eut tiré le corps de Rosa hors de l'eau, la formation médicale de Belle prit la relève. Pendant qu'il composait le 911, elle examina le visage livide de la femme, ses lèvres bleuies. Elle ne respirait pas.

Belle tâta son pouls.

Rien.

— Aidez-moi, ordonna-t-elle. Il faut lui faire du bouche-à-bouche.

Sans un mot, Kyle s'assit à califourchon sur Rosa et entreprit de lui administrer des compressions thoraciques. Belle le laissa faire. Il était beaucoup plus fort qu'elle et pouvait continuer pendant bien plus longtemps.

— Quinze compressions, puis deux insufflations, ajouta-t-elle.

Belle inclina la bouche de la femme en arrière pendant qu'il comptait les compressions. Des marques sombres étaient visibles autour de son cou. À quinze, il s'interrompit, elle pinça le nez de Rosa et souffla dans sa bouche.

Rien.

— On recommence.

Ils ne savaient pas pendant combien de temps Rosa

était restée la tête sous l'eau, privée d'oxygène. Pourtant chaque fibre du corps de Belle lui ordonnait de persévérer.

Son corps et son cerveau passèrent en mode automatique alors qu'elle continuait à essayer de ranimer Rosa. Voyant que l'agent Anderson commençait à se fatiguer, elle l'écarta.

— On échange nos places.

Une personne pouvait survivre dix minutes sans oxygène. Au moins, les compressions, en forçant le cœur de Rosa à faire circuler le sang dans son corps, lui donneraient une chance de survivre.

Les muscles douloureux, elle entama un cinquième cycle. Peu à peu, elle sentait le découragement la gagner.

— Je ne sais pas si nous pouvons la sauver.

Les traits tendus, Kyle secoua la tête.

— Si ! Continuez ! Je ne veux pas la perdre.

Des sirènes gémissaient au loin. Un attroupement s'était formé autour d'eux et des curieux les observaient, bouche bée, ajoutant encore à l'anxiété de Belle.

— Écartez-vous. Faites-nous de la place, ordonna-t-elle.

L'agent Anderson fixa sur la foule un regard froid et dur, et lâcha d'un ton sans réplique :

— Reculez.

Les badauds obéirent. Un véhicule tout-terrain s'arrêta dans un crissement de pneus, un garde forestier se rua vers eux.

— Je peux vous aider ?

— Prenez le relais, ordonna Anderson.

Épuisée, Belle ne protesta pas. Cependant, elle resta tout près, à l'affût d'un signe de vie.

Soudain, Rosa tressaillit, secouée par un haut-le-cœur. Aussitôt, Belle se hâta de lui tourner la tête sur le côté alors qu'elle se mettait à vomir de l'eau et du mucus.

— Anna, gémit-elle.

Elle sombra de nouveau dans l'inconscience au moment où l'ambulance arrivait. Comme engourdie, Belle résuma la situation aux secouristes, qui prirent les choses en main.

Rosa avait un pouls. Elle respirait.

J'ai réussi. Ou plutôt, non, songea-t-elle en regardant l'agent Anderson. *Nous avons réussi.*

Il la regardait avec douceur.

— Venez. Vous avez l'air sous le choc.

Il désigna le véhicule tout-terrain du garde forestier.

— Ça ne vous ennuie pas qu'on l'emprunte ?

Ils gagnèrent le bureau du parc, lequel était équipé d'un distributeur de boissons. Kyle acheta à Belle une canette de coca et ils retournèrent au camping.

— Merci, agent Anderson.

— Kyle, rectifia-t-il. Je m'appelle Kyle.

L'injection de caféine et de sucre revigora Belle. La présence de l'agent était étonnamment réconfortante. Telle une sentinelle, il la protégeait des policiers qui dispersaient la foule et dégageaient les lieux.

L'ambulance s'éloigna dans un hurlement de sirènes.

— Quelles sont ses chances de survivre ? demanda-t-il.

— Tout dépend. Nous ne savons pas pendant combien de temps elle est restée sans connaissance. On va sans doute l'intuber dans l'ambulance.

Kyle fronça les sourcils.

— J'imagine qu'il est exclu de l'interroger dans l'immédiat.

Belle le fixa, abasourdie.

— Nous venons de lui sauver la vie et vous voulez l'interroger dans la foulée ?

Comment pouvait-il se montrer aussi froid, aussi

détaché ? Et pourtant, elle comprenait son attitude. Lorsque l'on travaillait, le professionnalisme était essentiel. En tant que médecin, elle avait appris à laisser de côté ses émotions quand elle soignait des patients.

Enfin, elle apprenait toujours.

Tic-tac. Les secondes s'égrenaient. S'ils ne retrouvaient pas la fillette dans les vingt-quatre heures, ses chances de survie seraient quasi nulles.

Pas d'émotion, se rappela Kyle. Pas de colère ni de crainte à la pensée qu'il allait peut-être perdre une autre enfant, comme il avait perdu Kasey. Il fallait garder une attitude professionnelle, froide et dure.

Des barrages routiers avaient été mis en place, et des agents fouillaient tous les véhicules dans un rayon de huit kilomètres. Des équipes de l'identité judiciaire s'affairaient sur les lieux. Le shérif local avait mobilisé tout son personnel.

Une partie de Kyle espérait qu'Anna s'était enfuie et cachée après avoir été témoin de la violence perpétrée contre sa mère. Cependant, son instinct, qui se trompait rarement, lui affirmait le contraire.

Il parcourut les environs des yeux. Les agents interrogeaient les témoins éventuels, prenaient des notes.

Quelqu'un avait forcément vu quelque chose.

Belle avait déjà donné une description d'Anna, et l'alerte enlèvement avait été déclenchée. Kyle la guida vers une table de pique-nique voisine et l'invita à s'asseoir.

— Je veux tout savoir sur ce John Smith. Avait-il des cicatrices, des tatouages, des signes distinctifs ? Que portait-il ?

Belle ferma les yeux et se concentra.

— Environ un mètre soixante-dix. Les yeux marron,

commença-t-elle tandis que Kyle griffonnait sur son carnet. Bien habillé. Un jean, une chemise blanche. Des chaussures imitation cuir, à lacets. Des cheveux châtains, gras, sous une casquette au nom d'une entreprise de matériel agricole.

— Massey Ferguson ?

Belle fronça les sourcils.

— John Deere.

— Description détaillée, commenta-t-il.

— J'ai une mémoire photographique, expliqua-t-elle, esquissant une ébauche de sourire qui s'effaça aussitôt. Ça m'a aidée à la fac de médecine.

— Autre chose ? A-t-il dit où ils allaient ? Anna en a-t-elle parlé ?

— Non. Elle a seulement dit qu'ils partiraient dès que John Smith aurait de l'argent.

Belle pressa les doigts sur ses tempes.

— Du nouveau sur la voiture qu'il conduisait ? Celle qu'il a volée ?

— Un avis de recherche a été lancé en même temps que l'alerte enlèvement, mais il est probable que ce type va s'en débarrasser ou changer les plaques.

— Que va-t-il se passer maintenant ? demanda Belle, le visage marqué par l'anxiété.

— Les techniciens vont chercher des fibres, fluides ou autres qui pourraient nous mener à l'identité du kidnappeur.

— Mais nous savons déjà que c'est John Smith, non ?

— Nous ne devons négliger aucune possibilité. Y compris celle qu'un délinquant sexuel local soit responsable.

Elle pâlit et frissonna. Elle semblait fragile, vulnérable,

et il dut réprimer l'envie de la réconforter. Avec ses grands yeux noisette, elle lui rappelait une biche effrayée.

Néanmoins, elle demeurait suspecte, se souvint-il. Belle North était une des dernières personnes à avoir vu Anna Rodriguez.

Un adjoint s'approchait, une tablette à la main.

— Nous avons un témoin qui affirme avoir vu Rosa et sa fille ce matin, au lever du soleil. Il s'appelle Carl Tucker.

Il désigna un adolescent boutonneux qui fixait le bout de ses baskets comme s'ils détenaient les secrets de l'univers. Kyle se dirigea vers lui, Belle sur ses talons. Son parfum délicat flottait autour d'elle. Un instant, Kyle fut tenté de se retourner, de la prendre dans ses bras et d'enfouir le visage dans ses cheveux.

Elle affectait sa concentration. Ce n'était pas une bonne chose.

— Agent spécial Kyle Anderson, du FBI. Qu'est-ce que vous avez vu ?

Carl garda la tête baissée.

— Je vais avoir des ennuis ?

Kyle fronça les sourcils et jeta un coup d'œil à l'adjoint qui tenait un petit sachet à la main.

— Ce n'est pas de l'origan, lâcha l'adjoint sur un ton moqueur.

Du coin de l'œil, il vit Belle réprimer un sourire.

— Je ne m'intéresse pas à votre consommation de cannabis. Si vous avez vu quelque chose ce matin, dites-le-moi. Une petite fille a disparu et sa mère est à l'hôpital.

Le jeune homme blêmit et leva enfin les yeux.

— D'accord. D'accord, marmonna-t-il en fourrant les mains dans ses poches. J'étais au bord du lac avec ma copine, et je les ai vues en face, vers 7 heures. C'était bizarre.

— Que voulez-vous dire ?

— Elles se disputaient. La femme et la petite fille. Je les entendais de l'autre côté du lac. La petite tirait la femme par le bras. Je crois qu'elle a dit quelque chose comme *Vamonos*.

Allons-y, en espagnol.

— Et ensuite ?

— On a entendu des cris. Je ne sais pas d'où ils venaient. Ça m'a rendu nerveux et nous sommes partis. Je ne voulais pas qu'on sache que nous… euh…

Kyle brandit le sachet.

— Que vous aviez fumé ? Vous êtes sûr de ne pas avoir vu quelqu'un d'autre ?

— Non, personne. Je peux partir maintenant ?

— Non.

Kyle se tourna vers l'adjoint.

— Gardez-le ici jusqu'à ce que ses parents arrivent.

— Oh ! gémit l'adolescent.

— À la réflexion, n'appelez pas ses parents. Donnez-lui du temps. Peut-être que des détails lui reviendront.

Au comble de la frustration, Kyle s'éloigna et gagna la zone délimitée par l'équipe de l'identité judiciaire. Belle le suivit, les yeux écarquillés et tourmentés.

— Aurait-elle pu s'égarer ? Peut-être qu'elle s'est enfuie quand sa mère a été attaquée ?

— Tout le parc va être passé au crible, assura-t-il. Cela va prendre un certain temps.

Il marqua une pause, et ajouta doucement :

— Une équipe de plongeurs a été appelée.

Belle déglutit avec difficulté.

— Je vois.

Kyle la prit par le bras et la guida de nouveau vers la table de pique-nique.

— Nous continuons à présumer qu'elle est en vie, murmura-t-il gentiment. Nous nous préparons au pire – en espérant le meilleur.

Sur une impulsion, il lui effleura l'épaule. Belle North demeurait suspecte, mais chaque instant qui passait lui faisait douter de sa culpabilité.

Sa détresse n'était pas feinte. Elle était réelle.

— J'aurais dû appeler la police hier, dit-elle tout bas, en se massant la tempe. J'aurais pu empêcher cela.

— Peut-être. Peut-être pas. Smith aurait pu agir plus tôt, et Rosa serait morte. Vous n'avez pas de reproches à vous faire.

Belle se mordit la lèvre.

— Restez ici, suggéra-t-il. Je reviens.

Il lui répugnait de la laisser seule, mais il y avait une procédure à suivre. Roarke s'entretenait avec des membres de l'équipe du shérif. Il leva les yeux à son approche.

— Je viens d'appeler l'hôpital. Rosa Rodriguez est toujours sans connaissance et dans un état critique. Elle va peut-être s'en tirer, peut-être pas. Quoi qu'il en soit, elle ne peut pas être interrogée.

Ses pires craintes confirmées, Kyle refoula l'angoisse croissante qui l'envahissait chaque fois qu'on l'appelait pour enquêter sur la disparition d'un enfant. En dépit de la foule d'agents qui passaient les lieux au peigne fin pour trouver des indices, ils n'avaient pas de véritable piste, et la situation n'était guère prometteuse.

Roarke l'entraîna à l'écart, à l'ombre d'un arbre.

— Ça va ? Ce n'est pas comme la dernière fois.

Kyle hocha la tête. Leur dernière enquête, sur la disparition d'une fillette de six ans dans une bourgade de l'Iowa, avait été éprouvante. Une enfant aux cheveux bouclés, et au sourire qui ressemblait à celui de sa propre fille.

Ils l'avaient retrouvée vivante, grâce à une piste que Kyle s'était obstiné à suivre, contre l'avis des policiers locaux qui étaient convaincus qu'il s'agissait d'une impasse.

Il prit le café que Roarke lui tendait et le but d'un trait.

— Ça va.

Le regard de Roarke se porta sur la table où Belle était assise.

— La jolie doc a le béguin pour toi.

Stupéfait, Kyle faillit échapper son gobelet.

— Ben voyons.

— Ça saute aux yeux, Kyle. Les étincelles entre vous pourraient mettre le feu à un tas de bois.

— C'est une suspecte.

— Je n'irais pas jusque-là, dit Roarke. Vas-y, fonce !

— Sûrement pas. On a un travail à faire.

— Un travail derrière lequel tu te caches.

Un nœud se forma dans l'estomac de Kyle. Il fusilla son équipier du regard.

— Depuis quand est-ce mal vu de vouloir bien faire son travail ?

— Depuis que le chef t'a dit de lever le pied et de prendre des vacances, ce que tu n'as jamais fait, rétorqua Roarke avant de marquer une pause, et de le regarder gentiment. Tu ne peux pas porter le deuil de Caroline indéfiniment. Refais ta vie, mon vieux. Trouve quelqu'un avec qui sortir – bon sang, à quand remonte la dernière fois où tu as couché avec une femme ? Je ne parle pas d'une aventure sans lendemain, mais d'une vraie relation. Quelqu'un que tu as hâte de retrouver le soir, quelqu'un qui en vaut la peine. Si tu ne te reprends pas en main, ce boulot va faire de toi un robot.

— Il ne s'agit pas de Caroline, dit Kyle.

Il termina son café, froid maintenant. Certes, il avait pleuré la mort de sa femme, mais ils avaient été sur le point de divorcer. C'était le sentiment de culpabilité qui l'avait tourmenté, plus que le chagrin.

— Ce n'était pas ta faute, murmura Roarke avec sollicitude. Tu n'aurais pas pu sauver Kasey.

Sa petite fille. Elle avait deux ans à peine. Il était hanté par son visage adorable, ses boucles désordonnées, son babil excité à chaque nouvelle découverte.

— Peut-être que non. Peut-être que si.

Il jeta le gobelet dans une poubelle toute proche.

— Les journalistes sont là ?

Les traits de Roarke se crispèrent. Son équipier avait compris.

Le sujet était clos.

6

Deux bateaux avançaient lentement sur le lac, les moteurs hors-bord rugissant tandis que les adjoints du shérif scrutaient les eaux boueuses. Un hélicoptère survolait les lieux.

Kyle alla rejoindre Belle, qui observait la scène depuis un abri. Autour d'elle, l'effervescence régnait, chaque individu focalisé sur un seul objectif : retrouver Anna.

— Ça va ? demanda-t-il en lui effleurant le bras.

Sa peau était douce, semblable à du velours tiède. Une bouffée inopportune de désir déferla en lui.

Concentre-toi.

— Puis-je voir la tente où elles dormaient ? Peut-être y a-t-il quelque chose qui puisse expliquer l'infection dont elle souffrait ?

Un technicien s'activait là, dans le périmètre délimité par un ruban.

— Les vêtements de la mère sont là, dans deux sacs-poubelle, expliqua-t-il. Je suppose qu'elles n'avaient pas d'argent pour s'offrir des valises.

Kyle se raidit.

— Les affaires de l'enfant sont ici aussi ?

— Oui. Si la petite a été enlevée, le ravisseur n'a emmené qu'elle.

— Ou alors, elle est au fond du lac, intervint un second technicien.

Belle étouffa une exclamation atterrée, et Kyle foudroya l'homme du regard.

— Je veux une analyse complète de tout ce qu'il y a sous cette tente. Cheveux, fibres, tout. C'est clair ?

Le technicien déglutit.

— Bien, monsieur.

— Attendez.

Ils se tournèrent vers Belle, qui fixait la tente.

— Avez-vous trouvé un ours en peluche usé qui a un ruban rose et mauve autour du cou ?

— Non. Et nous avons tout passé au crible.

— Dans ce cas, elle est en vie, affirma Belle. Il faut qu'elle soit en vie. Anna ne serait allée nulle part sans sa peluche.

Les sourcils froncés, elle poursuivit :

— Anna souffrait d'une affection respiratoire sans gravité, qui aurait pu être provoquée par un séjour à l'extérieur, dans des conditions humides. Mais il n'a pas plu depuis deux semaines, la tente est bien ventilée et équipée d'un plancher…

— Vous pensez qu'elles ne dormaient pas là, mais que, pour une raison ou une autre, elles sont revenues ici ce matin, murmura Kyle.

Il se tourna vers le gardien chargé du camping.

— Vous tenez une liste des véhicules qui entrent et sortent ?

L'homme fit non de la tête.

— Nous n'avons pas assez de personnel pour ça. En revanche, nous notons le numéro d'immatriculation des campeurs. Rosa Rodriguez avait réglé d'avance jusqu'à la fin février. Le numéro est celui que vous nous avez fourni. Une berline marron.

La vieille voiture que Belle avait vu John Smith conduire au dispensaire.

Quelques instants plus tard, sous le chapiteau qui avait été aménagé en poste de commandement, Kyle remuait une cuiller dans une tasse de café et regardait Belle siroter un thé. Du rouge à lèvres écarlate tachait son gobelet. Le dessin parfait de sa bouche parfaite. Pendant une fraction de seconde, il s'autorisa à imaginer cette bouche pressée contre la sienne, Belle blottie entre ses bras.

Pourtant, elle n'était pas son genre. Trop jolie, trop raffinée, trop éduquée. À des antipodes du milieu où il avait grandi, à New York.

Malgré tout, Belle North était séduisante, et il commençait à la trouver sympathique.

Il s'obligea à se concentrer sur l'affaire.

— Y a-t-il autre chose dont vous vous souvenez concernant Anna qui pourrait nous aider à déterminer où elle dormait ? Vous avez dit que ses vêtements étaient un peu sales. Avaient-ils une odeur ?

Belle ferma les yeux.

— Une odeur de terre, murmura-t-elle. Comme si elle avait joué dans la boue. Mais pas seulement…

Ses grands yeux noisette s'ouvrirent subitement.

— L'odeur de l'engrais que le jardinier met autour des rosiers de ma mère.

Le gobelet échappa à Kyle, répandant du liquide foncé sur le sol. Il se tourna vers l'agent le plus proche.

— Il y a des jardineries dans un rayon de dix kilomètres ?

— Celle de Palm City, mais elle n'est jamais ouverte. Elle est juste à côté d'ici.

— Qui en est le propriétaire ?

Le policier haussa les épaules, mais un gardien qui se tenait non loin prit la parole.

— Orlen Ryan. Vieux comme Mathusalem. C'est son fils qui paie les impôts sur la terre et les bâtiments. Ils vendaient des palmiers autrefois, mais il y a une éternité que le vieux Orlen ne travaille plus. C'est un brave type, têtu comme une mule. Il a refusé de vendre ses terres à la ville quand il a été question d'agrandir le parc.

— Il a des employés ?

— Peut-être un ou deux qui viennent s'occuper des arbres. L'endroit est un vrai taudis, mais personne ne cherche de noises à Orlen parce qu'il a été maire voilà des années.

— Je vais aller y faire un saut discrètement, décida Kyle.

— Il y a un panneau au bord de la route : Arbres à vendre.

Prenez l'allée qui part juste à côté.

— Pourquoi Rosa et Anna auraient-elles couché dans une jardinerie plutôt qu'au camping ? demanda Belle, l'air perplexe.

Sans répondre, Kyle se dirigea vers sa voiture, tout en téléphonant rapidement à Roarke pour le mettre au courant. Belle se hâta derrière lui.

— Je viens.

— Non, grogna-t-il. Ceci est une enquête officielle.

La vérité, c'était qu'il ne voulait pas qu'elle vienne au cas où les choses tourneraient mal. En sa présence, son instinct protecteur se réveillait. Un instinct oublié depuis des années.

— Anna est ma patiente. Si jamais elle était là, elle

pourrait avoir besoin de soins et je suis médecin, lui fit-elle remarquer.

Quand ils atteignirent sa voiture, Belle se glissa sur le siège passager, sa robe remontant pour révéler une cuisse crémeuse. Kyle réprima un grognement et prit le volant. Le médecin partageait sa détermination et un profond sens des responsabilités. Il ne pouvait que l'admirer pour ces qualités, même si elles l'irritaient.

Il roula vers le nord pendant quelques centaines de mètres et ne tarda pas à voir le panneau. Devant le bâtiment, un espace était encombré de matériel agricole : un petit tracteur jaune, des machines rouillées, et diverses plantes en pot qui avaient un besoin criant d'être arrosées. Comme il s'engageait dans un chemin de terre flanqué de palmiers, d'oliviers et de buissons, il sentit un frisson familier lui parcourir l'échine.

Ils tenaient une piste.

7

À quelques mètres de la route, un portail fermé par une chaîne vieille cadenassée interdisait l'accès au reste de la propriété.

Kyle descendit et farfouilla dans le coffre de sa voiture, en quête d'une pince coupante. Il sectionna la chaîne et remit la pince à sa place, puis dégaina son arme et lança à Belle un regard d'avertissement.

— Restez ici.

À son grand soulagement, elle ne protesta pas. Kyle poussa le portail et, se servant des arbres comme couverture, s'approcha du bâtiment que l'adjoint avait mentionné.

L'allée se terminait par un parking envahi de mauvaises herbes. Une construction sans étage, peinte en gris, était à demi cachée par des broussailles et des palmiers. Le sol était jonché de détritus, vieux pots en plastique, sacs d'engrais vides, pelles et fourches rouillées.

Deux pick-up en piteux état étaient garés sur un côté, près d'une camionnette blanche posée sur des parpaings. Une bâche bleue recouvrait un autre véhicule, ne laissant voir que des pneus lisses et un pare-chocs arrière à demi décroché.

La porte du bâtiment s'ouvrit sans résister quand il

tourna la poignée. Il inspecta chaque pièce tour à tour. Rien.

Pistolet au poing, il parcourut le périmètre. À l'arrière se trouvaient quatre longues rangées de palmiers malingres dans des pots, qui s'étendaient sur une distance d'une centaine de mètres. Un enchevêtrement de broussailles et de mauvaises herbes poussait le long de la clôture, mais celles-ci avaient été piétinées à un endroit, et traçaient un chemin jusqu'à une autre construction.

Kyle le suivit, et fit le tour du hangar en question. Rien. L'unique fenêtre avait été peinte en noir. La porte pendait sur ses gonds, mais resta obstinément fermée. Contrairement au cadenas qu'il avait coupé à l'avant, celui-ci était neuf et rutilant.

Pourquoi mettre un cadenas neuf sur une vieille masure, à moins de vouloir y cacher quelque chose ?

Il appela Roarke et lui demanda d'envoyer les techniciens de l'identité judiciaire.

Quand il regagna l'entrée, plusieurs voitures de patrouille étaient déjà dans l'allée. Les agents fourmillaient sur les lieux, à la recherche d'indices.

Dans sa robe bleue sans manches, Belle se détachait telle une perle dans un océan de verdure. Il rengaina son arme et se dirigea vers elle, prêt à la réprimander pour être descendue de voiture quand il remarqua son expression.

Les yeux écarquillés, elle fixait les véhicules garés près de la clôture. D'une main qui tremblait légèrement, elle désigna la bâche.

— C'est sa voiture, murmura-t-elle. Je me souviens que le pare-chocs arrière se détachait. Aidez-moi !

Elle se rua en avant et batailla avec le plastique. Ensemble, ils dégagèrent le véhicule. La robe et les mains de Belle étaient maculées de poussière. Elle se pencha et scruta l'habitacle.

La voiture était vide, le volant piqueté de rouille, le siège conducteur constellé de taches.

Belle laissa échapper un cri. Les doigts de Kyle tremblant eux aussi, il enfila des gants en caoutchouc et ramassa un petit ours en peluche sur la banquette arrière.

Un ours borgne, qui portait un ruban rose et mauve autour du cou.

Un jouet d'enfant. Qui ressemblait à celui qu'il avait acheté à Kasey pour ses deux ans.

Kasey adorait son ours en peluche. Elle le serrait dans ses bras de toutes ses forces, en lui parlant dans son langage incompréhensible de bambin. Le nounours ne la quittait jamais. Ni quand elle dînait dans sa chaise haute, ni quand elle jouait dans le salon, ni quand Caroline l'attachait dans son siège bébé pour aller faire des courses ou se promener au jardin public.

Sauf ce dernier soir, quand Caroline, folle de colère, avait jeté deux valises dans le coffre, emmitouflé Kasey dans une veste et avait quitté la maison à toute allure…

Le nounours était dans la chambre du bébé quand Kyle était rentré dans la maison vide. Il l'avait pris et mis dans sa voiture.

Dans la chambre d'hôpital, où les machines bourdonnaient, cliquetaient et bipaient, les yeux de sa fille étaient clos sous les lumières fluorescentes du plafond. De si jolis cils, si longs. Un pansement si laid, si imposant, sur sa petite tête. Il avait glissé la peluche sous le bras de sa petite fille…

— Agent Anderson ? Kyle ?

La voix douce, sensuelle, de Belle, s'immisça dans

ses pensées. Il s'arracha au passé. Il avait une petite fille à retrouver.

Une enfant qu'il pouvait sauver.

Contrairement à sa fille.

Kyle fit signe à un technicien qui se chargea d'emballer l'ours en peluche. Il fouilla dans sa poche à la recherche de la pièce qui s'y trouvait toujours et la sortit.

Une habitude ridicule, mais palper cette pièce le réconfortait.

— Ça va ?

Un instant, il avait oublié qu'elle était là. Belle North, médecin. Une profession qui gagnait beaucoup d'argent et prétendait sauver des vies.

Ils n'avaient pas sauvé celle de sa fille.

— Oui.

Concentre-toi, bon sang.

— C'était la peluche d'Anna ?

Belle acquiesça, visiblement choquée, mais s'efforçant de paraître calme et maîtresse d'elle-même.

— Il faut qu'elle soit encore en vie, souffla-t-elle, le regard rivé au jouet que le technicien emportait. Il le faut.

Il n'était pas le seul à être déterminé à sauver cette petite fille. Belle semblait bouleversée, ses grands yeux le suppliant de la rassurer.

Elle était si différente des médecins à qui il avait eu affaire par le passé. Si pleine de compassion. Patiente et douce, et non brusque et impersonnelle.

Quel réconfort pouvait-il lui offrir ? Aucun. Il ne pouvait que faire son travail. Son travail était tout désormais. Ses doigts se crispèrent sur la pièce.

— Nous allons tout faire pour la retrouver, dit-il d'un ton neutre.

Ils réussiraient. Avec l'aide de tous les effectifs rassemblés, de tous les bénévoles, Anna serait retrouvée.

Pour sa part, il travaillerait jusqu'à l'épuisement, épuiserait toutes les pistes pour la ramener.

Belle mordit sa jolie lèvre comme pour l'empêcher de trembler.

— Je ne m'étais pas rendu compte du danger qu'elle courait. Elle avait peur, mais beaucoup d'enfants qui viennent au dispensaire ont peur… Je regrette…

Elle semblait si accablée, si peinée. Pouvait-on feindre la sincérité ? Il avait eu à faire avec nombre de criminels au cours de sa carrière et se considérait comme un bon juge de caractère. Belle North ne jouait pas la comédie pour l'impressionner.

Il remit la pièce dans sa poche, oublia son propre chagrin, et le besoin intense qu'il éprouvait de mener cette enquête à bien.

Les épaules de Belle étaient douces et rondes sous ses doigts quand il mit les mains autour d'elle pour la réconforter, le cœur serré par la vulnérabilité gravée sur ses traits, la peur dans son regard qui reflétait la sienne.

L'espace d'un instant, ils cessèrent d'être agent fédéral et médecin pour n'être plus que deux êtres humains, unis par la disparition d'une enfant.

— Ne vous faites pas de reproches, dit-il de nouveau. Vous n'êtes pas formée à reconnaître les kidnappeurs potentiels.

— Ce n'est pas une excuse, marmonna-t-elle. J'aurais dû savoir. Si j'avais téléphoné plus tôt, peut-être aurais-je pu l'empêcher de l'enlever. Si Anna est…

Elle se tut, la suite de sa phrase limpide.

— Elle est en vie, dit-il sur un ton farouche. Nous devons nous baser sur la supposition qu'elle est en vie.

Elle se laissa aller contre lui. Indifférent aux policiers qui s'affairaient autour d'eux, Kyle la tint dans ses bras, lui caressant le dos. Belle sentait merveilleusement bon, son corps mince était souple et doux. Et le fait d'essayer de la rassurer lui apportait un peu de réconfort, à lui aussi.

Quelqu'un toussa discrètement à côté de lui.

— Agent Anderson, le fils du propriétaire est ici, annonça un adjoint du shérif.

Kyle se détacha de Belle en un éclair. Se montrer trop proche d'une éventuelle suspecte était tout sauf professionnel. Même si ses larmes paraissaient sincères.

Le fils du propriétaire était un homme d'apparence quelconque. D'âge moyen, affligé d'un début d'embonpoint, Clive Ryan paraissait abasourdi de voir les policiers passer les mauvaises herbes au peigne fin. Justement, deux unités canines venaient d'arriver. Si Anna était venue ici, les chiens auraient tôt fait de renifler son odeur.

Et si son corps gisait quelque part…

Kyle refoula cette pensée.

— Le hangar à l'arrière, dit-il sans préambule. Quand a-t-il été utilisé pour la dernière fois ?

L'homme fronça les sourcils.

— Il y a quelques mois, je suppose. Le toit fuit. Je n'arrête pas de harceler mon père pour qu'il me laisse le démolir, mais il n'aime pas les changements.

— Qui d'autre a accès au portail et au bureau ?

— Ma sœur et notre cousin. Nous nous relayons pour arroser les plantes, mais dans l'ensemble nous sommes trop occupés par notre travail et nos obligations familiales.

— Personne d'autre ? Pas de gardien ? De clients, d'amis de votre père ?

— Pas que je m'en souvienne. À part Jesse.

— Jesse ? répéta Kyle, intéressé. Qui est-ce ?

— Un ami de mon cousin. Il a proposé de nettoyer le bureau, de mettre de l'ordre dans les archives, etc. Il y a un tel fatras qu'on risque l'incendie à tout moment. J'ai averti mon père…

— Quel est son nom de famille ?

Ryan plissa les yeux.

— Douglas ? Ou Dugin ? Je ne m'en souviens pas. Nous n'avons pas de quoi le payer, par conséquent il a offert de se rembourser avec la ferraille qui traîne derrière. Elle se vend bien dans les entreprises de recyclage.

Le calme aussi était une commodité précieuse, songea Kyle. Hors de vue des voisins, la jardinerie offrait une cachette idéale.

— Et le hangar ?

— Mon père l'avait construit pour servir de bureau supplémentaire, mais il est délabré. Jesse m'a demandé si je voulais qu'il le nettoie. J'ai dit oui, à condition qu'il ne touche pas aux sacs d'engrais. Il a embauché une équipe de gars et ils ont dégagé un tas de trucs. J'ai reçu la facture voici quelques jours.

Des aboiements excités s'élevèrent, indiquant que les chiens avaient flairé une piste. Kyle fit signe à Belle.

— Venez. Si jamais ils l'ont trouvée, elle aura besoin de voir un visage familier.

Il ne croyait pas une seconde qu'Anna soit dans le hangar, mais il devait lui dire quelque chose pour la rassurer.

Et se rassurer aussi, par la même occasion.

Les chiens grattaient devant la porte.

— Ouvrez, ordonna Kyle à un agent.

Le cadenas sauta, la porte s'ouvrit en grinçant.

Ils pénétrèrent à l'intérieur. L'endroit était sombre,

humide, et sentait l'engrais et le cèdre. Ils appuyèrent sur l'interrupteur et comprirent pourquoi.

Des sacs d'engrais et de copeaux de bois pourrissants étaient empilés le long d'un des murs. Cependant, ce fut le mur d'en face qui retint l'attention de Kyle.

Deux tapis de sol étaient posés contre, ainsi que des couvertures de couleur vive. À côté, sur un placard, se trouvaient un four à micro-ondes, des bouteilles d'eau et des emballages de nourriture froissés. Des burritos.

Sous une table, un mini-réfrigérateur tout neuf. Kyle l'ouvrit : il était rempli de provisions. Smith n'avait pas eu l'intention d'affamer Rosa et sa fille. En fait, si le toit n'avait pas fui, la pièce aurait presque été confortable.

Deux grosses valises avaient été rangées dans un coin. Il en ouvrit une, découvrit qu'elle était pleine de vêtements.

Il inspecta le couloir. Une porte menait à une salle de bains exiguë, mais propre, munie d'une douche minuscule.

— Qui d'autre a accès à cet endroit ? demanda-t-il à Ryan.

L'homme regardait autour de lui, visiblement interdit.

— Personne à part Jesse, je vous l'ai dit. Il était censé le débarrasser.

À l'évidence, Jesse ne s'était pas contenté de le débarrasser. Il y avait installé Anna et sa mère.

Belle regardait la fenêtre aveugle, les murs suintants l'humidité.

— C'est un endroit épouvantable où amener un enfant, même s'il avait fait quelques aménagements, murmura-t-elle avec un frisson. Pourquoi ici ?

— Parce que c'était loin des regards, contrairement au parc qui attire beaucoup de monde, surtout en cette saison.

L'entrée du parc n'était pas gardée durant la semaine. John Smith, alias Jesse, avait dû faire sortir Rosa et Anna en catimini et les amener ici. En leur promettant une vraie maison, et le mariage à Rosa.

Sans emploi, au désespoir, Rosa avait dû accepter de rester cachée. Les hommes tels que Jesse savaient raconter des tissus de mensonges pour garder leurs victimes dociles.

Malgré tout, Rosa avait dû insister pour retourner à leur tente chercher leurs affaires. Et c'était alors que Smith avait décidé de la tuer et d'enlever Anna.

Au moins, ils tenaient une piste.

Quelques instants plus tard, Kyle avait déjà quelques réponses à ses interrogations. Le nom de Jesse Dugin figurait dans la base de données de l'État. Kyle montra à Belle la photo apparue sur l'écran de son téléphone.

Elle retint son souffle.

— Les cheveux sont plus clairs mais oui, on dirait l'homme qui a amené Anna et Rosa au dispensaire.

Condamné pour vol à la tire et cambriolage, Jesse Dugin avait été libéré au bout de deux ans et avait trouvé un emploi comme chauffeur pour une petite entreprise de couverture.

Kyle soupçonnait que le véhicule que Dugin conduisait était une camionnette blanche sans marquage, idéale pour transporter des échelles, des tuiles, du goudron… et des petites filles.

Cela dit, il y avait un monde entre la petite délinquance et le rapt, qui était un délit fédéral. Qu'est-ce qui avait poussé Dugin à franchir ce pas ? L'appât du gain, sans doute.

Kyle avait une conscience aiguë du temps qui passait.

Si Dugin était lié à un réseau de kidnapping d'enfants, il était impératif de l'arrêter au plus vite.

Roarke s'avança.

— Une conférence de presse a été organisée dans un quart d'heure, Kyle. On nous réclame au parc.

— Vas-y. J'arrive dès que je peux.

Il s'avéra que Jesse Dugin travaillait aussi à l'occasion comme chauffeur pour la jardinerie et qu'il conduisait une camionnette blanche appartenant à l'entreprise.

— Où se trouve ce véhicule ? demanda Kyle à Ryan.

Ce dernier haussa les épaules.

— Je suppose que Jesse l'a. Papa l'autorisait à s'en servir à sa convenance.

Kyle lâcha un soupir.

— Dites à votre père que la jardinerie est fermée jusqu'à nouvel ordre.

À cet instant, un technicien l'appela de la salle de bains. Quand Kyle entra, l'homme tenait à la main une seringue et une fiole vide.

Du propofol.

— Il y a d'autres fioles vides dans la poubelle, précisa-t-il. Anna a dû être droguée.

Plusieurs fioles de propofol administrées à une enfant qui pesait moins de vingt-cinq kilos ? Kyle examina les seringues.

— Faites-les toutes analyser, et comparez les traces d'ADN à celles des autres filles qui ont été enlevées.

Comme il sortait de la salle de bains, un autre agent l'accosta :

— Nous n'avons trouvé aucune trace d'une Anna Rodriguez vivant avec une Rosa Rodriguez. En revanche, une certaine Rosa Marie Alvarez et sa fille Anna ont occupé un mobil-home à Palmetto Pines, à Hollywood. C'était en décembre. Elles sont parties en janvier.

— C'est forcément elles. Si elles se cachaient pour une raison ou une autre, il est logique qu'elles aient changé de nom. Faites circuler des photos, commencez à faire du porte-à-porte.

— Une équipe est déjà en route. Nous avons aussi des bénévoles. Si Anna a vécu là, nous le saurons.

Kyle retourna à Belle qui était assise sur un des matelas, les mains jointes sur les genoux.

— Il y a quelque chose d'étrange que j'ai oublié de vous dire à propos d'Anna, dit-elle. Sa mère parlait très peu anglais, mais elle parlait couramment. Pourtant, elle vivait dans un foyer hispanophone. Où a-t-elle appris un terme tel que médaillon de bœuf ?

Kyle griffonna quelques notes.

— Il est possible qu'elle ait fréquenté des enfants bilingues.

— Ce n'est pas le fait qu'elle parle anglais qui m'étonne, mais son vocabulaire. Elle a dit que son plat préféré était les médaillons de bœuf à la sauce chipotle.

Stupéfait, Kyle cessa d'écrire. Bizarre, en effet.

— Des plats gastronomiques pour une petite fille qui vivait dans un mobil-home ? Qu'a-t-elle dit d'autre ? A-t-elle expliqué où elle avait mangé cela ?

— Non, répondit Belle, en se mordant la lèvre inférieure. Je regrette de ne pas lui avoir posé la question.

— Peut-être que sa mère a travaillé dans un restaurant gastronomique. Ou chez un traiteur.

Elle regarda autour d'elle et prit une profonde inspiration.

— Puis-je faire quelque chose d'autre ici ?

— Non. Un agent va vous raccompagner chez vous. Nous perquisitionnerons le dispensaire plus tard, mais dans l'immédiat, nous devons suivre les pistes qui se présentent.

— Bien sûr, murmura-t-elle.

Elle lui tendit une élégante carte visite couleur crème, gravée au nom de sa famille.

— Je serai chez mes parents à partir de quatre heures.

Kyle hocha la tête et la suivit des yeux tandis qu'elle sortait.

Dommage.

Il l'aimait bien.

Mais Belle North était une suspecte et le resterait jusqu'à ce que son innocence soit établie.

8

Émotionnellement et physiquement épuisée, Belle se força à prendre une douche et à se changer pour se rendre au thé organisé par sa mère.

Elle avait tout sauf envie de parler de la pluie et du beau temps avec les amies de celle-ci, mais elle essuierait des remontrances à n'en plus finir si elle n'y allait pas.

Belle retira sa robe bleue désormais maculée de taches, la laissa glisser sur le tapis et s'examina dans la glace.

Elle avait de la poussière sur le menton et son mascara avait coulé, si bien qu'elle ressemblait à un raton laveur. Enfin, un raton laveur avec un collier de perles.

Un instant, elle envisagea d'enfiler un vieux jean et un sweat-shirt de Harvard. Peut-être sa mère ne critiquerait-elle pas son apparence si elle arborait le logo de son université ?

Belle émit un rire sans joie. Sa mère s'attendrait à ce qu'elle soit élégante, parfaitement coiffée et maquillée.

L'agent spécial Kyle Anderson s'était moqué du fait qu'elle ressemble à un raton laveur. Il lui avait tendu un mouchoir propre pour qu'elle sèche ses larmes.

Elle reconnaissait en lui la ténacité que d'autres affirmaient avoir vue en elle, pendant ses études et avec ses patients. Belle n'était pas de ceux qui baissent les bras.

L'agent Anderson non plus. Cette pensée la rasséréna. Avec son dévouement, Anna avait une chance d'être retrouvée.

Sous la douche, elle se lava les cheveux, et continua à songer à l'agent au regard bleu perçant. Il avait été totalement concentré sur l'enquête et les recherches. Kyle avait un côté impitoyable, qui promettait des résultats, et le châtiment de ceux qui faisaient souffrir les innocents.

Était-il tout aussi intense, tout aussi concentré en amour ? Belle ne le saurait jamais. Il ne s'intéressait pas à elle.

Romantiquement parlant, Kyle n'était pas dans sa catégorie. Elle avait peut-être obtenu des résultats remarquables dans ses études de médecine, mais ç'avait été au détriment de sa vie personnelle. À l'université, elle avait eu un petit ami pendant deux ans. Leurs relations sexuelles avaient été assez ternes. Quand il était parti poursuivre des études de droit, ç'avait presque été un soulagement.

Il n'y avait rien de terne chez Kyle Anderson.

Moins d'une heure plus tard, elle arrivait chez ses parents, qui vivaient dans une immense villa sur le front de mer. Introduite dans le salon, Belle salua poliment les invitées tout en jetant un coup d'œil aux peintures et aux œuvres d'art inestimables, aux grandes baies vitrées qui donnaient sur les eaux turquoise de l'océan atlantique.

Perchée au bord de sa chaise, soudain envahie par le désir d'être n'importe tout sauf là, elle s'efforça de se focaliser sur les amies de sa mère.

Âgée de près de soixante-dix ans, Mindy Worthington était une femme racée et élégante dont la principale occupation dans la vie consistait à effectuer des recherches sur son arbre généalogique, censé remonter jusqu'au

Mayflower. Elle était membre du club des Filles de la Révolution américaine, et sa famille était riche depuis des générations.

Quant à Natalie Haven, elle avait entre cinquante et soixante ans, et avait gravi les rangs de la hiérarchie sociale si rapidement que les dames de la bonne société en avaient le tournis. Estancia Pointe était connue pour être une ville où richesse, privilège et snobisme régnaient en maîtres. Pourtant, avec son charme du Sud, ses relations et sa générosité, Natalie avait su surmonter les préjugés traditionnels envers « les nouveaux riches ».

Chaque année, Mindy organisait le prestigieux bal des North à Estancia Pointe, tandis que Natalie siégeait au sein du comité des enchères silencieuses. Les profits générés par le gala étaient versés à la fondation North.

Celle-ci représentait une excellente cause : elle finançait non seulement le dispensaire, mais aussi des bourses d'études aux enfants issus de familles modestes. Belle la soutenait de tout cœur. En revanche, elle était lasse des faux-semblants et de la tyrannie des apparences. Son travail au dispensaire lui avait ouvert les yeux sur la réalité du monde et la différence qu'elle pouvait apporter.

En dehors du choix des bouquets pour le gala de charité.

La bonne entra, apportant un plateau en argent qu'elle déposa sur la table du salon. Mme North servit le thé tout en évoquant les articles parus dans la presse sur les dernières mondanités.

Mindy pinça des lèvres et secoua la tête.

— Le photographe était épouvantable. J'étais consternée qu'il ait choisi de me photographier avec cette vulgaire Stacy Keens. J'ai insisté pour qu'il édite le cliché.

Belle fixa son thé, dissimulant un sourire.

— Je pensais que Stacy était une bénévole dévouée.

Le regard vif de Mindy se porta sur elle.

— Elle ne vous arrive pas à la cheville, Belle. Si vous aviez changé d'avis et accepté de présider le comité des enchères…

— Je l'ai fait l'année dernière, lui fit remarquer Belle. J'assisterai au gala, mais je suis accaparée par mon travail au dispensaire.

— Le dispensaire, répéta Mindy avec une moue. Une merveilleuse cause pour votre famille, mais faut-il que vous fréquentiez ces gens-là ?

La matriarche frissonna légèrement.

— Quand je pense aux maladies qu'ils doivent véhiculer…

— Je suis médecin, déclara Belle, luttant pour maîtriser son irritation. Je suis devenue médecin pour aider les gens. Il nous arrive à tous de tomber malades, madame Worthington.

Comme votre fils, s'abstint-elle d'ajouter. Evan, le fils unique de Mindy, avait le même âge que Belle et venait de terminer une chimiothérapie après avoir été atteint d'un cancer.

La mère de Belle changea adroitement de sujet.

— Mindy, ma chère, si le photographe ne vous convient pas, peut-être avons-nous encore le temps d'en trouver un autre pour le gala.

— Ce serait la meilleure solution, soupira Mindy. Celui-là a montré toutes mes rides. Dire qu'il trouvait cette photo acceptable pour le carnet mondain. En couleur !

Belle but une gorgée de thé. Fade, insipide. Elle ajouta un sucre, juste pour y donner un peu de goût. Natalie la regarda par-dessus sa tasse.

— Belle, je suppose que vous avez hâte de commencer

votre spécialisation en cardiologie à Boston ? Votre maman en parle constamment.

Le sourire de Belle se figea un peu.

— C'est une fantastique opportunité.

Sauf que je ne suis pas certaine d'en avoir vraiment envie. Mais que faire d'autre ?

— Naturellement, si elle trouvait l'homme qu'il lui faut, Belle pourrait se laisser persuader de ne pas aller à Boston, intervint sa mère.

Belle étrécit les yeux.

— Peut-être pourrais-je me laisser persuader par d'autres raisons que celle-là.

— Belle…

Mindy lui lança un regard de connivence.

— Vous vous souvenez de mon fils, Evan ? Il est un des partenaires associés chez Ludwig et Sterns maintenant.

Qui aurait pu l'oublier ? Courtaud, arrogant, affligé d'un menton en galoche et obsédé par sa carrière dans la finance. Adolescent, il avait boudé comme un enfant lorsque Belle l'avait battu au tennis et une fois, il avait essayé de regarder sous sa robe. Evan avait avoué avoir eu un béguin d'adolescent pour elle.

Elle avait été désolée d'apprendre qu'on lui avait diagnostiqué un cancer, mais cela n'avait pas amélioré sa personnalité.

— Il est de retour à la maison, Belle. Si vous dîniez ensemble demain soir, tous les deux ? Je sais qu'il serait ravi de vous revoir.

Il faut que je me lave les cheveux. Que je désherbe le jardin. Ou même que je remplisse ma déclaration d'impôts.

À cet instant, la sonnette du portail d'entrée bourdonna.

Sauvée par le gong, songea Belle, soulagée, en reposant sa tasse dans sa soucoupe.

La bonne apparut sur le seuil.

— Madame North, un agent du FBI demande à voir Melle Belle.

— Faites-le entrer, je vous en prie, intervint Belle.

Les invitées échangèrent des regards perplexes tandis que le menton de la mère de Belle se crispait, au point que celle-ci se demanda si sa mâchoire n'allait pas craquer.

Quelques instants plus tard, Kyle Anderson entrait dans la pièce. Belle bondit sur ses pieds.

— Bonjour, mesdames. Je suis navrée de vous déranger, madame North, dit-il de sa voix grave. Je me rends au dispensaire et j'ai besoin du code de sécurité pour entrer.

Dans son costume gris anthracite, avec sa cravate un peu froissée et la barbe naissante sur ses joues, Kyle était la masculinité même. Un contraste frappant avec les dames dans leur toilette haute couture, les napperons en dentelle sur les tables et le rituel maniéré du thé.

Les femmes dans la pièce se souciaient avant tout d'éditer leurs photos dans les pages du carnet mondain.

Kyle se souciait avant tout de sauver la vie d'Anna.

Belle se chargea des présentations.

— Un vrai agent du FBI, se pâma Mindy. Vous avez des ennuis, Belle ?

— Elle apporte son aide à une enquête officielle, répondit Kyle sans sourire. Une enfant a disparu.

La mère de Belle porta une main à sa poitrine.

— Oh ! Mon Dieu. C'est affreux. En quoi notre dispensaire est-il concerné ?

— Cette petite fille a fréquenté l'établissement. C'est la procédure normale, maman. J'ai promis à l'agent Anderson notre entière coopération.

— Bien entendu. Nous ferons tout ce que nous pouvons pour vous aider, affirma sa mère, l'air bouleversé.

— Avez-vous trouvé quoi que ce soit d'autre au hangar ? demanda Belle.

Il jeta un coup d'œil en direction des autres femmes.

— Non. Nous espérons avoir plus de chance au dispensaire. Ai-je votre autorisation de perquisitionner ? Nous pourrions obtenir un mandat mais ce serait plus rapide si vous nous donniez votre accord.

— Naturellement. Je vous accompagne. Je vais laisser ma voiture ici et je prendrai un taxi pour revenir la chercher.

— Quel âge a l'enfant ? demanda la mère de Belle, toute pâle.

— Six ans.

— La pauvre petite. Je vous en prie, agent Anderson, dites-nous ce dont vous avez besoin.

— Merci, madame.

— Je parle sérieusement. Nous ferons tout ce que nous pouvons pour vous aider à la retrouver. Les ressources de notre famille sont à votre disposition.

Belle cilla. C'était généreux de la part de sa mère. Mais après tout, celle-ci était connue pour son altruisme.

— Le FBI a-t-il offert une récompense ?

— Oui. De vingt mille dollars.

— Bien. Si personne ne se présente avec des informations d'ici demain, informez-en mon mari ou moi-même et nous doublerons la somme. Anonymement, bien entendu.

Alors que la générosité de sa mère faisait roucouler ses amies d'approbation, elle ne fit qu'accentuer l'intensité du regard de Kyle. Belle se tassa sur elle-même. Sa mère ne se rendait-elle pas compte que sa famille n'en apparaissait que plus suspecte ?

— Merci, madame.

Il se tourna vers Belle.

— J'aurai besoin du code pour désactiver le système d'alarme, ainsi que des clés. Si vous voulez bien me les confier, je m'en irai et vous pourrez retourner à vos invitées.

— Ce ne sont pas mes invitées.

Belle lissa sa robe.

— Je viens avec vous. Nous devrons nous arrêter chez moi. Les clés sont là-bas. Et vous aurez aussi besoin des mots de passe pour les ordinateurs.

Mme North cilla.

— Chérie, ne peux-tu demander à un membre du personnel de s'occuper de tout cela ?

— Nous sommes dimanche, maman. C'est leur jour de congé. Le dispensaire est fermé.

Elle se retourna vers les deux autres femmes.

— Excusez-moi, mesdames. J'ai été ravie de vous revoir.

— Belle.

La voix de Mme North tremblait légèrement.

— Tu m'avais promis de venir prendre le thé.

Elle lança à sa mère un regard de défi, prit sa tasse et la but d'un trait, puis la reposa sur la soucoupe d'un geste sec qui fit tinter la porcelaine.

— Là. Je l'ai bu. La vie d'une petite fille est en jeu. Il me semble que c'est plus important que de discuter de photos mondaines.

L'estomac retourné, elle sortit à grands pas. Kyle lui tint la porte, réprimant visiblement un sourire.

— Rude journée au château ?

Elle prit une profonde inspiration.

— C'est la première fois que je fais ça.

Il ouvrit la portière de la berline.

— Quoi ? Que vous prenez le thé ?

— Que je réprimande ma mère, rectifia-t-elle en se glissant à l'intérieur.

Kyle émit un sifflement.

— Il faut du courage pour tenir tête à sa famille.

Elle passa une main dans son brushing, se décoiffant complètement.

— Ce n'est pas du courage. Plutôt de la stupidité. Ma mère ne me laissera jamais oublier ça. Je devrais peut-être quitter le pays.

Comme il arquait les sourcils, elle s'empressa d'ajouter :

— Je plaisante.

— Ah ! Dites-moi si vous voulez que je mène une petite enquête sur elle. Que je lui mette un peu la pression. Elle n'aurait pas participé à des manifestations radicales dans sa folle jeunesse, par hasard ?

— Ma mère ? Autant affirmer que Jackie Onassis était à Woodstock.

Le sourire espiègle de Kyle était irrésistible.

— On ne sait jamais avec les gens. Elle a peut-être été surprise à chaparder dans un grand magasin ?

Belle éclata de rire et secoua la tête.

— Elle est plutôt du genre à fréquenter la bonne société et à se consacrer aux bonnes œuvres qu'à enfreindre la loi. Cela dit, si vous pouviez me prêter du rouleau adhésif pour lui fermer la bouche… de préférence dans un joli motif assorti à son mobilier…

Un rire sonore jaillit dans la poitrine de Kyle. Un son qui plut à Belle. Il lui rappelait que l'agent spécial Kyle Anderson était quelqu'un d'authentique.

— Merci pour votre aide, dit-il, redevenu sérieux.

— C'est la moindre des choses. Prendre le thé est vraiment devenu une corvée.

Elle promena un doigt sur son sac à main noir.

— En un sens, c'en a toujours été une, mais je faisais des efforts. Pour ma mère. Cela vous est-il déjà arrivé d'essayer constamment de faire plaisir à quelqu'un, mais, en dépit de tous vos efforts, de ne jamais réussir à satisfaire cette personne ?

Un instant, il resta silencieux, le regard rivé sur la chaussée et les élégants palmiers qui la bordaient.

— Oui, dit-il enfin. Ma femme.

Flûte. Une flèche de déception transperça Belle. Bien sûr qu'il n'était pas célibataire. Les meilleurs n'étaient-ils pas toujours pris ?

— Vous êtes marié.

— Je l'étais. Elle est morte.

Une bouffée de compassion succéda à la déception.

— Oh ! C'est affreux. De maladie ?

Kyle lui lança un regard de biais.

— Non. Dans un accident de voiture. Nous avions des problèmes. Mon travail ne fait pas précisément de moi un candidat pour le Mari de l'Année.

— Non, j'imagine que non.

Il s'engagea sur la bretelle d'accès à l'autoroute.

— Vous êtes une personne intéressante, Belle North. La plupart des gens se répandraient en condoléances.

— Je suis désolée qu'elle soit morte. Et si tragiquement. Mais je ne suis pas douée pour débiter des platitudes.

Elle fixa ses mains, se rappelant la mine désapprobatrice de sa mère à la vue de ses ongles inégaux. Elle avait besoin d'une manucure.

— La médecine m'a appris qu'il y a des moments

où présenter des condoléances sincères, quand on perd un patient, par exemple. Mais j'aimerais pouvoir dire davantage que « Je suis désolée ».

L'approbation se lut sur les traits de Kyle.

— Moi aussi. Quand on doit dire à des parents, encore et encore, qu'on est désolé pour la mort de leur enfant, cela perd presque tout son sens.

— Pourtant, il faut leur parler, exprimer son regret. Du moins, c'est ce que je ressens. Que leur dites-vous ?

Il inspira profondément, puis relâcha son souffle.

— En général, je laisse à mon équipier le soin de se charger des condoléances. Mais sinon, je leur dis quelque chose comme : « Je suis désolé de ne pas avoir pu faire davantage pour secourir votre enfant à temps. J'ai fait de mon mieux, mais ça n'a pas suffi. Je vous promets que nous ferons tout ce qui est en notre pouvoir pour vous rendre justice. »

— Cela me plaît, murmura-t-elle. Vous donnez l'impression d'assumer personnellement la responsabilité de chaque affaire.

— C'est le cas, répondit-il d'une voix sourde.

Un fardeau si lourd à porter… elle considéra son costume froissé, les taches de graisses sur son pantalon. L'agent Anderson n'avait pas peur de travailler dur.

Elle non plus.

— Est-ce que vous vous amusez parfois ? Je veux dire, autrement qu'en passant les menottes aux méchants ?

Il lâcha un nouveau rire.

— Je croirais entendre mon équipier. Je vais en ville, je fais des courses, ce genre de choses.

— Je ne parle pas des courses ou de la lessive, rétorqua-t-elle en roulant les yeux. Je parle de partir en vacances, ou de faire du sport, par exemple.

— Il y a un joli coin de pêche pas loin de chez moi, admit-il.

Elle se frotta les mains.

— Ah ! Enfin, on parle sérieusement. Vous avez une barque ? Ou un bateau ?

— Un hors-bord que je partage avec un ami. Il y a longtemps que je ne m'en suis pas servi.

— Pourquoi ? Vous n'aimez pas faire du bateau ?

— Si, mais je n'ai pas le temps. En général, je travaille.

Pourquoi était-il si tendu ?

— J'adore faire du bateau, soupira-t-elle. Quand on vit en Floride, c'est un passe-temps merveilleux. Vous devriez en profiter.

Il jeta un coup d'œil vers elle.

— C'est un tout petit bateau. Rien à voir avec votre yacht familial.

— Le yacht familial, comme vous dites, est un voilier. J'ai appris à naviguer avant même de savoir parler.

Belle lui indiqua le chemin de sa maison à partir de l'autoroute. Quelques secondes plus tard, il s'engageait dans la route qui menait chez elle.

— De toute façon, ça n'a pas dû être facile d'apprendre à parler, avec cette cuiller en argent dans la bouche.

Elle s'apprêtait à rétorquer vertement quand elle saisit l'ombre d'un sourire sur ses lèvres. Il la taquinait. Très bien. Ils pouvaient être deux à jouer à ce jeu-là.

— En fait, c'était une cuiller en or. Portant mon monogramme.

— Je suppose que vos couches aussi étaient monogrammées ?

Belle s'étrangla.

— Pardon ? Si nous allons parler couches, comment

étaient les vôtres, agent Anderson ? Ou est-ce que vous vous promeniez les fesses à l'air ?

— Non, j'ai gardé ce plaisir pour maintenant. C'est beaucoup plus drôle.

Cramoisie, Belle se détourna. Kyle Anderson pouvait être drôle quand il baissait sa garde. Il avait besoin de se détendre, voilà tout.

Il se gara dans son allée.

Belle se hâta d'entrer, attrapa les clés et donna une rapide caresse à Boo endormi.

De retour dans la berline, elle tourna les clés dans sa main. Malgré elle, elle commençait à bien aimer l'agent Anderson. Et l'attraction entre eux était indéniable…

— Vous avez déjà fait de la voile ?

L'air perdu dans ses pensées, Kyle promenait les mains sur le volant. Fascinée, Belle suivit du regard ses longs doigts élégants. Que ressentirait-elle s'ils caressaient sa peau nue ?

Elle rougit, refoulant cette vision.

— Oui. Un de mes amis a un voilier amarré à Miami.

— Il n'y a rien de tel que le défi de naviguer face au vent, la brise sur son visage, seul avec l'océan.

Il prit une inspiration, la relâcha. Comme si lui aussi avait conscience de la tension sexuelle dans l'habitacle.

Quelques minutes plus tard, ils arrivaient au dispensaire, où une surprise les attendait. En plus des nombreuses voitures de patrouille garées dans le parking, diverses camionnettes équipées d'antennes satellites occupaient les lieux, et les journalistes fourmillaient, caméras en main. Même avec les vitres de la berline fermées, elle entendait la cacophonie.

— Ça ne va pas être facile, Belle, avertit Kyle en se

garant. Vous n'êtes pas obligée de venir avec moi. Vous allez peut-être regretter de ne pas être restée prendre le thé.

— C'est le dispensaire géré par ma famille. Vous avez besoin qu'un de nous soit présent pour perquisitionner.

— Oui, c'est préférable, en effet. Vous êtes prête ?

Une main au creux de son dos, Kyle lui fraya un chemin à travers les hordes de reporters, ignorant les questions dont on les bombardait.

Avec un calme qui l'étonna elle-même, Belle ouvrit le portail. Kyle fit aussitôt signe à un agent.

— Gardez tout ce monde dehors, ordonna-t-il, désignant les représentants des médias. Dites-leur d'attendre la communication officielle de la police.

— Bien, monsieur.

Belle désactiva le système d'alarme, soulagée que Kyle ait pris en main la situation chaotique à l'extérieur. Quelques secondes plus tard, ils étaient dans les locaux.

— Montrez-moi où ils se sont assis, et la salle où vous les avez reçus.

Son attitude était rassurante, professionnelle.

Belle désigna les sièges dans la salle d'attente.

— Je ne peux pas vous dire où ils se sont assis ici. Vous aurez peut-être plus de chances de relever des empreintes dans la salle d'auscultation, ajouta-t-elle en ouvrant la porte de la salle numéro 2.

— Smith a-t-il touché quoi que ce soit ?

— Il a rempli des papiers pour Anna. Vous pouvez relever des empreintes sur le papier ?

— Vous seriez surprise par ce que nos techniciens peuvent accomplir.

Après avoir enfilé une paire de gants, Belle se dirigea vers le bureau exigu où les dossiers des patients étaient rangés. À mesure qu'elle cherchait, un malaise s'empara d'elle. La réceptionniste était une femme méticuleuse, le dossier aurait dû être là…

— Vous avez trouvé quelque chose ?

Surprise, Belle fit volte-face et faillit trébucher. Kyle la prit par les bras pour la retenir.

— Doucement.

— Je ne m'étais pas rendu compte que vous étiez juste derrière moi, balbutia-t-elle.

Son cœur cognait dans sa poitrine, et elle déglutit avec difficulté. La proximité de Kyle, la chaleur de ses mains sur sa peau, était incroyablement excitante.

— J'ai cet effet-là sur les gens, plaisanta-t-il, avant de désigner le classeur. Laissez-moi deviner. Le dossier a disparu.

Elle hocha la tête et passa une main dans ses cheveux.

— Je pourrais vérifier qu'il n'a pas été mal rangé, mais…

— Dugin a touché autre chose ?

— Pas que je m'en souvienne. Il a peut-être bu un café.

— Quand vos poubelles seront-elles vidées ?

— Demain. Elles sont rangées à l'arrière, dans un local sécurisé par une clôture métallique, expliqua-t-elle en lui tendant un trousseau de clés.

Il les tendit aux deux agents qui les avaient suivis. Deux autres enquêteurs passaient déjà la pièce au crible.

— Je vais dans mon bureau, dit-elle. Le dossier numérique d'Anna devrait être sur mon ordinateur. Appelez-moi si vous avez besoin de quelque chose.

Dans le réduit minuscule qu'elle partageait avec George et le Dr Patterson, elle ouvrit le tiroir supérieur de son bureau. Chaque jour, avant de quitter le dispensaire, elle prenait des notes dans un cahier relié de cuir.

La veille, elle avait veillé à archiver ses observations concernant Anna.

Le cahier avait disparu.

Atterrée, Belle alluma l'ordinateur. Là non plus, pas trace de dossier au nom d'Anna. C'était comme s'il n'avait jamais existé.

Pas de doute : quelqu'un au dispensaire avait tenu à effacer toute trace de la venue de la petite fille.

Par acquit de conscience, elle regarda dans les autres tiroirs, au cas où le cahier aurait été déplacé. Dans celui du bas, elle trouva un assortiment pêle-mêle de papiers, blocs d'ordonnances, stylos et flacons vides. Alors qu'elle cherchait dans le fouillis, ses doigts s'arrêtèrent sur une boîte rangée tout au fond. Curieuse, elle la souleva.

Une liasse de billets était cachée à l'intérieur.

9

Des impasses. Rien que des impasses.

Dugin restait introuvable.

Belle ayant révélé que la boîte contenant l'argent appartenait à Tony Fontaine, le gardien du dispensaire, celui-ci avait été amené au poste de police afin d'y être interrogé. Il avait affirmé avoir retiré la somme en question à la banque, dans l'intention de la remettre à l'agence de voyages, où il comptait réserver une croisière à l'occasion d'un anniversaire de mariage.

La banque avait confirmé le retrait.

— Eh bien, c'était une perte de temps, marmonna Roarke le lundi matin, alors que Kyle et lui visionnaient l'enregistrement de l'interrogatoire.

— Attends, suggéra Kyle. Nous allons peut-être apprendre quelque chose sur la caméra de surveillance du dispensaire.

Cependant, Tony admit que la machine était en panne et que l'argent manquait pour la faire réparer.

— Mademoiselle Belle, elle est vraiment gentille avec nous tous. Mais le budget a été dépassé. Alors au lieu de lui dire que le système était fichu, j'ai demandé à un copain de le réparer. Il a fini par tout mettre en boucle. Tout le monde dans la localité respecte ce dispensaire, insista Tony. Les gens en ont besoin. Et si on dépense trop, la fondation finira par le fermer.

Kyle soupira. Trop de fils remontaient au dispensaire. Et le shérif avait interrogé tous les employés sauf un.

— Allons-y.

Il toqua à la porte et entra dans la salle d'interrogatoire, puis se présenta.

— Parlez-moi de Michael Patterson. Que fait-il au dispensaire ?

Tony s'humecta les lèvres.

— Tout. Il a été engagé par M. Clint pour diriger l'établissement. C'est un bon médecin. Il travaille chaque samedi.

— Il commande les médicaments, y compris le propofol ? Saviez-vous que des fioles avaient disparu au cours de ces deux dernières semaines ?

Des gouttes de sueur perlaient sur les tempes du gardien.

— Une des infirmières me l'a dit, je l'ai signalé au Dr Patterson et il m'a dit qu'il mènerait sa propre enquête.

Autrement dit, il n'avait rien fait, conclut Kyle.

— Où se trouve Patterson ? Où va-t-il passer ses vacances ?

Tony fronça les sourcils.

— Il est allé aux obsèques d'un membre de sa famille.

En réalité, le défunt était un cousin éloigné, et personne ne se souvenait d'avoir vu Patterson après la cérémonie. Le médecin s'était volatilisé, voilà tout, et l'instinct de Kyle lui soufflait qu'il était mêlé à la disparition d'Anna. C'était peut-être Dugin qui l'avait enlevée, mais Patterson n'était pas innocent non plus.

Kyle exhiba la photo de Jesse Dugin.

— Et lui ? Vous le connaissez ?

Le gardien plissa les yeux.

— Oui. Je l'ai vu. Au moins une fois.

— Où et quand ?

— Il y a deux ou trois semaines. Il est venu faire soigner une coupure qu'il avait à la main. Je m'en souviens parce qu'il a insisté pour voir le Dr Patterson sur-le-champ. Et la coupure était bénigne, ajouta Tony avec un reniflement dédaigneux. À sa place, j'aurais juste mis un pansement.

Kyle échangea un regard avec Roarke. Il insista, mais Tony ne put rien leur apprendre de plus.

Ils sortirent de la salle d'interrogatoire, et Kyle tenta une fois de plus de contacter le médecin. L'appel alla droit à sa boîte vocale. Il composa le numéro de Clint. Pareil.

— Pas de chance ?

Kyle regarda son téléphone, songeur.

— Je connais peut-être quelqu'un qui saurait entrer en contact avec lui.

Il devrait faire preuve de tact et de diplomatie. Belle était employée au dispensaire de sa famille, avait eu des contacts avec tous les individus impliqués dans la disparition d'Anna, et elle connaissait Patterson.

Elle était un élément-clé de l'affaire.

Le lundi matin, Belle reçut un appel de sa mère au bureau. Celle-ci lui demandait de venir dès la fin de son service, à 3 heures.

La rue d'ordinaire paisible était encombrée de camionnettes de télévision, et des journalistes rôdaient devant les grilles. À l'intérieur, sa mère était assise au salon avec Mindy Worthington. Shirley était pâle et semblait bien plus âgée que ses soixante-huit ans.

Belle s'assit à côté d'elle et lui prit son pouls.

— Je n'ai rien. Médicalement parlant. C'est le stress,

voilà tout. J'ai demandé à Mindy de venir parce que je quitte la ville, Belle, et j'ai des obligations sociales dont je dois m'acquitter.

Elle se massa les tempes.

— Tous ces médias, ces reporters amassés devant le dispensaire et la maison, c'est épouvantable.

Sa mère détestait être sous le feu des projecteurs. Belle compatissait, consciente de son malaise.

— Vous pourriez engager d'autres gardiens pour les tenir à distance.

— Ton père l'a déjà fait, mais ils nous harcèlent dès que nous sortons. Je suis pratiquement prisonnière ici, soupira Mme North. Et maintenant, on dit que notre dispensaire et notre fondation sont au cœur de l'enquête. Notre nom sera traîné dans la boue !

— Après tout ce que vous avez fait pour la ville ! Tous vos projets, toutes vos bonnes œuvres ! s'indigna Mindy.

Belle se sentit coupable. Elle avait soigné Anna. Si seulement elle avait téléphoné à la police ce jour-là pour lui faire part de ses soupçons, la fillette aurait peut-être pu être secourue. Rien de tout cela ne serait arrivé.

— Je te promets de tout faire pour laver notre nom, maman.

Sa mère tourna son verre de vin entre ses mains.

— Je ne sais pas ce que tu peux faire, Belle. L'affaire est entre les mains des autorités.

— Ne sous-estime pas le pouvoir d'une femme intelligente.

La boutade qu'elle avait lâchée par le passé ne manquait jamais de faire sourire sa mère. Ce jour-là, cependant, ce fut à peine si ses lèvres frémirent.

— J'ai reçu des messages de menace ces derniers jours. Des calomnies. Certains vont jusqu'à dire que la fondation n'est qu'une façade qui sert uniquement à éviter de payer des impôts.

— C'est ridicule. Mais tout cela va finir par se calmer. Tu n'es pas à blâmer, affirma Belle avec fougue.

— Certains pensent que si. C'est moi qui suis présidente de la fondation.

Elle tira distraitement sur la manche de son chemisier en soie.

— Enfin, ton père veut m'emmener ailleurs pendant quelques jours, le temps que les choses se calment.

— Bonne idée, maman. Prenez des vacances. Vous le méritez, papa et toi.

La bouche de sa mère trembla.

— J'ai l'impression de prendre la fuite.

À l'évidence, elle se faisait violence pour maîtriser ses émotions. Shirley Vandermeer North n'avait jamais fait de mal à une mouche. Elle croyait profondément aux bonnes causes qu'elle soutenait.

Jamais Belle n'avait vu sa mère ainsi, frêle et vulnérable. Une bouffée d'angoisse l'envahit. Le stress risquait-il d'affecter sa santé ?

— Je commence à regretter d'avoir ouvert ce dispensaire.

— Voilà ce qui arrive quand on essaie d'aider ces gens-là, lâcha Mindy en se versant un autre verre de vin. Ils abusent de ce qu'on leur donne.

— Qui exactement sont « ces gens-là » ? demanda Belle froidement.

— Les gens que le dispensaire aide. Pourquoi est-ce que cette femme ne pouvait pas s'occuper un peu mieux de sa fille ? s'indigna Mme North.

Mindy secoua la tête d'un air de regret.

— C'est le manque d'éducation, Shirley. Il y a tant de migrants ici, en Floride, et ils sont ignorants. Ils ne savent pas s'occuper correctement de leurs enfants. Ils les laissent courir partout, faire ce qu'ils veulent. Pas étonnant qu'ils soient si nombreux à échouer en prison. Ou qu'ils s'attirent des ennuis, comme dans le cas présent.

Mme North acquiesça.

— Si cette Rosa avait été plus prudente et qu'elle avait surveillé sa fille, rien de tout cela ne serait arrivé et notre vie ne serait pas sens dessus dessous.

Belle cilla, sous le choc. Toute sa compassion pour les difficultés de sa famille s'était évanouie. Accabler Rosa était injuste. Et cruel.

— Je n'arrive pas à croire que vous puissiez blâmer la victime.

Mindy fit la moue.

— Belle, ma chère, qui d'autre serait à blâmer ? La mère aurait dû veiller sur son enfant.

L'estomac noué, Belle sentit ses poings se crisper.

— Et pourquoi ne pas s'en prendre au vrai coupable ? Le salaud qui l'a enlevée !

— Belle, murmura sa mère, l'air mal à l'aise.

— Rosa Rodriguez est dans le coma à l'hôpital. Quelqu'un a essayé de la tuer. Le même individu qui a enlevé Anna. Et c'est Rosa que vous rendez responsable !

Elle se tourna vers Mindy.

— Feriez-vous la même chose si j'étais enlevée ? Blâmeriez-vous ma mère pour ma disparition ?

— Ce n'est pas pareil… commença Mindy.

— C'est exactement pareil. Vous ne savez rien de la situation de Rosa, des conditions dans lesquelles elle a dû vivre, ce qu'elle a dû faire pour survivre. Mais vous montrez du doigt une mère qui a sans doute mis ses jours en danger pour sauver sa fille.

Elle se leva et les toisa toutes les deux avec mépris.

— Je n'aurais jamais pensé que vous soyez sans cœur à ce point.

Elle sortit de la maison sans se retourner. Ses mains tremblaient quand elle introduisit la clé de contact. Le moteur rugit, les pneus crissèrent sur le gravier de l'allée circulaire.

Au portail, elle pianota sur le volant pendant que le gardien pressait une touche pour la laisser sortir. Les reporters grouillaient alentour, certains brandissant un micro dans sa direction. Sur une impulsion, elle s'arrêta et abaissa la vitre.

— J'ai une déclaration à faire à la presse, dit-elle d'une voix forte et claire. Ma famille est innocente et je vous promets de tout faire pour retrouver la personne qui a enlevé Anna et l'amener devant la justice. Si nous devons engager un escadron d'enquêteurs pour seconder le FBI, nous le ferons.

Ignorant les questions dont on l'assaillait, elle appuya sur la pédale d'accélérateur et s'éloigna.

Sur l'autoroute, le panorama serein des eaux turquoise ne parvint pas à apaiser ses nerfs à cran. Elle dépassa de vastes villas aussi somptueuses que celle de ses parents, toutes discrètement en retrait derrière des grilles en fer forgé.

Son univers était bien différent de celui d'Anna Rodriguez. Jamais elle n'avait eu à se soucier d'avoir un toit sur sa tête, de quoi manger ou se procurer les produits de première nécessité.

Elle brancha son téléphone Bluetooth et composa le numéro de Kyle.

— Anderson, répondit-il d'un ton sec.

Elle prit une profonde inspiration.

— Je viens de faire une déclaration à la presse. J'ai pensé que vous devriez le savoir.

— Je l'ai vu à la télévision.

Apparemment, les médias ne perdaient pas de temps.

— Je pensais que vous aviez accepté de ne pas parler aux reporters.

Au moins, aucun reproche ne perçait dans sa voix, ce qui rasséréna Belle.

— J'ai éprouvé le besoin de dire quelque chose parce que l'opinion publique s'en prend à ma famille et que ma mère est très affectée. Je voulais que les médias sachent que ma famille soutient le FBI dans ses efforts pour retrouver Anna.

Il y eut quelques secondes de silence, puis il dit gentiment :

— Que s'est-il passé ? Vous semblez troublée, et ce n'est pas à cause des médias.

Des larmes lui brûlaient la gorge. Belle s'agrippa au volant si fort qu'elle en eut mal aux paumes. Elle se gara dans le parking d'un centre commercial et, laissant tourner le moteur, s'essuya les yeux.

— Ma mère et son amie rendent Rosa responsable de la disparition d'Anna. Rosa, qui a perdu sa fille et qui est dans le coma, enfin ! Ma mère est une femme gentille, généreuse. Elle a ses défauts, bien sûr, mais jamais je ne l'ai vue cruelle ou dure. Pourquoi dit-elle des choses pareilles ?

— Cela arrive plus souvent qu'on ne le pense, répondit-il de sa voix grave, apaisante. Les gens veulent quelqu'un à blâmer parce que cela leur donne un sentiment de sécurité. C'est psychologique. Si c'est la victime qui est en faute, la personne qui la blâme n'est pas vulnérable.

— Alors que, en réalité, nous le sommes tous. Car

n'importe quoi peut arriver à n'importe qui. C'est la vie, murmura Belle, songeant aux exemples tragiques qu'elle avait vus à l'école de médecine.

— Mais imaginer cela – que le monde n'est pas sûr, quelles que soient les précautions que l'on prend – est terrifiant.

Les doigts douloureusement crispés autour du téléphone, elle voulait qu'il continue à parler. L'incident troublant qui s'était déroulé chez ses parents avait fait voler en éclat les illusions qu'elle avait sur sa famille.

Quand tout avait-il changé ?

— Où allez-vous maintenant ? s'enquit-il.

— À l'hôpital. J'ai besoin de voir Rosa. Et puis, peut-être au parc. Je vous appellerai si j'ai du nouveau.

Elle mit fin à la communication, en songeant qu'elle aimait bien l'agent Anderson, qu'elle aimait le faire sourire et rire. Et pourtant, rien dans l'enquête qu'il menait ne prêtait à sourire.

À l'hôpital, Rosa était toujours sans connaissance. Cependant, d'après l'infirmière responsable, ses signes vitaux étaient bons. Elle allait se réveiller tôt ou tard.

Malgré tout, Belle était perturbée quand elle quitta les urgences. Et si Rosa demeurait indéfiniment dans le coma ? Ou si elle gardait des séquelles cérébrales ?

De retour à la maison, elle enfila un jean, une chemise confortable à manches longues et mit sa laisse à Boo.

— Viens, mon chou ! On va se promener.

Elle se rendit en voiture jusqu'au parc. Un ruban jaune interdisait l'accès à la zone où Rosa avait été découverte. Belle se gara en face du lac et ils se mirent en route.

Le soleil réchauffait son visage, une brise fraîche soufflait sur l'eau. Belle songea qu'elle avait besoin d'air frais, de chasser la vision de la mère d'Anna étendue dans son lit, le teint blême, le corps relié aux machines qui la maintenaient en vie.

Au bout d'un moment, elle s'assit sur la rive, fixant la scène de crime de l'autre côté du lac. La lumière se reflétait en chatoyant sur l'eau claire et, au loin, elle entendait rire un enfant. Des familles pique-niquaient, ou se promenaient à bicyclette.

Tout était si normal.

Si surréel.

— Tant de choses terribles arrivent en ce monde, Boo, murmura-t-elle à son chien. Comment puis-je lutter contre elles ?

Boo se tortilla. Comme elle le lâchait, il pivota et lécha une larme vagabonde qui roulait sur sa joue.

— Pour que le mal triomphe, il suffit que les braves gens ne fassent rien, déclara une voix grave derrière elle.

Belle se retourna et vit l'agent Anderson s'accroupir à côté d'elle. Avec son complet gris et sa cravate bleue, il paraissait incongru dans un parc dédié aux activités de plein air.

Il la dévisagea avec attention.

— Pourquoi pleurez-vous ?

Belle haussa les épaules.

Kyle se pencha et essuya une larme du bout de son pouce. À son contact, un frisson d'excitation parcourut l'échine de Belle. Il avait des mains merveilleuses.

— Qu'y a-t-il ?

La compassion s'entendait dans sa voix.

— Je songeais à Anna, cette petite fille trop jeune pour se défendre. Et à tout le mal qui sévit dans ce monde.

Kyle gratta les oreilles de Boo, qui remua la queue.

— Vous me suiviez ? reprit-elle.

— Cela vous ennuie ?

Belle lui fit signe de s'asseoir. Il s'exécuta. Inutile de lui demander comment il avait su où elle était. C'était un agent fédéral, et sa spécialité était de retrouver les gens.

Sauf qu'il n'avait pas encore réussi à retrouver Anna. Et tant qu'elle serait portée disparue, rien d'autre ne compterait. Ni sa vie professionnelle, ni sa vie privée. Ni ses sentiments.

— Rosa n'a toujours pas repris connaissance, murmura-t-elle. Je voulais régler ses frais médicaux, mais on m'a dit que quelqu'un s'en chargeait déjà.

— Votre mère.

Un malaise envahit Belle.

— Comment le savez-vous ?

— Je me suis renseigné hier, quand je suis allé à l'hôpital.

— Elle doit se sentir coupable parce que le dispensaire est lié à ce qui est arrivé.

— Peut-être.

Il planta son regard dans le sien. Ses yeux étaient d'un bleu incroyablement profond, aussi profond que l'océan.

— J'ai fait quelques recherches, docteur North. Votre mère a peut-être une autre raison d'aider Rosa.

Belle se raidit.

— Laquelle ?

— C'est à elle de vous le dire.

Encore des mystères. Elle haïssait les secrets.

— Dans ce cas, pourquoi m'en parlez-vous ? demanda-t-elle, irritée.

— Vous saviez que vous aviez un dossier au FBI ?

Elle le fixa, stupéfaite.

— C'est absurde. Et quel rapport avec ma mère ?

— C'est un dossier classé confidentiel.

— Je lui poserai la question. Maintenant, pourquoi vouliez-vous me parler ?

Kyle lui résuma les propos de Tony concernant la visite de Dugin au Dr Patterson.

— Michael Patterson ne répond pas au téléphone. Que savez-vous de lui ?

Belle le lui dit. Il n'y avait rien de secret là-dedans. C'était un ami de la famille depuis des années, son frère était allé plusieurs fois à la pêche en haute mer avec lui et, l'année précédente, lorsque la fondation avait eu besoin d'engager un directeur pour le dispensaire, Mike Patterson s'était proposé pour le poste.

Kyle écouta avec attention.

— Où va-t-il quand il n'est pas en ville ? Il a une résidence secondaire ?

— Il est allé à des obsèques, protesta-t-elle. C'est pourquoi il s'est absenté.

— Peut-être. Mais il n'est pas resté longtemps.

— Je peux le contacter pour vous. Je suis sûre que, s'il vous parlait, ce malentendu serait dissipé très vite.

— J'en serais ravi.

Sa voix dégoulinait de sarcasme. Belle serra les poings.

— Agent Anderson, ma famille et le dispensaire n'ont rien à cacher.

— C'est possible, dit-il gentiment, en approchant son visage du sien. Mais je ne peux pas croire cela tant que nous n'aurons pas localisé le Dr Patterson et découvert ce qu'il fricotait avec l'homme soupçonné d'avoir enlevé Anna.

Il ne faisait que son travail. Et elle devait faire le sien. Belle agrippa la laisse de Boo.

— Dans ce cas, écoutez-moi, parce que je vous dis la vérité. Je ferai tout pour la retrouver, vous comprenez ?

Même si ça veut dire que ma propre réputation est en danger. Ou celle de ma famille. Je suis sûre que, lorsque vous aurez pu contacter Mike, il vous apportera son entière coopération.

Il la dévisagea longuement.

— Très bien, doc. J'ai besoin de toutes les informations que vous avez sur Patterson. Ses numéros de téléphone, les endroits qu'il fréquente. Tout.

10

Le jeudi, persuadée que le calme était revenu autour du dispensaire temporairement fermé, Belle décida d'y retourner et de faire une nouvelle tentative pour retrouver les dossiers disparus.

D'ailleurs, peut-être l'établissement pourrait-il rouvrir le lendemain.

Optimiste, certes. Mais le quartier a besoin de nous et de nos services.

Tout en roulant, elle ne put s'empêcher de penser au séduisant agent Anderson. Il était une véritable énigme : tantôt grincheux et distant, tantôt doux et plein de compassion. Elle brûlait de le connaître mieux, de découvrir l'homme qui se dissimulait sous cette coquille hérissée de piquants.

Comment était-il réellement ? Il était sexy, pour sûr. Il émanait de lui un charme subtil, mais puissant. Comparés à lui, tous les hommes de son maigre cercle social paraissaient fades, dénués de profondeur.

La sonnerie de son téléphone l'arracha à ses réflexions. Elle pressa la touche Bluetooth sur son tableau de bord.

— Bonjour, doc. Vous êtes où ?

La voix grave et traînante de Kyle déclencha un frisson de désir en elle.

— Dans ma petite Corvette rouge. Pourquoi ?

— Je me disais qu'on pourrait se voir pour passer en revue les informations que vous avez concernant les autres filles enlevées. Et puis aller grignoter quelque chose, peut-être.

Un rendez-vous. En quelque sorte. Ou pas vraiment ?

— Bien sûr. Justement, je suis en route pour le dispensaire.

— Vous êtes toute seule ? demanda-t-il aussitôt, changeant de ton.

— Oui. Je me suis dit que les médias devaient s'être lassés.

— C'est le cas, mais un autre cirque les a remplacés. Faites demi-tour. N'y allez pas.

— Je suis presque arrivée. Je n'en ai que pour une minute.

— Attendez-moi. Je monte dans ma voiture.

Il avait déjà raccroché. Curieux. Elle s'engagea dans la rue du dispensaire, aperçut un attroupement.

Peut-être certains médias étaient-ils toujours là. Elle résolut d'entrer par l'arrière.

Elle ouvrit la barrière, se gara derrière le local et referma à clé. Des gens s'étaient rassemblés devant les grilles du dispensaire. La porte arrière étant verrouillée de l'intérieur, elle allait devoir contourner le bâtiment.

La consternation s'empara d'elle alors qu'elle s'avançait. Debout devant la clôture métallique, des dizaines de personnes brandissaient des panneaux, certains tenaient des bougies. Quelques-uns avaient des photos d'Anna, prises dans les journaux locaux.

Comme elle les fixait, interdite, on commença à la montrer du doigt.

— C'est elle ! Je l'ai vue à la télé ! C'est le médecin qui est propriétaire.

— Le docteur de la mort ! Qu'est-ce que vous avez fait d'Anna ?

— Ravisseuse d'enfants !

— Combien d'autres de nos enfants vont disparaître ? hurla une femme.

Des voix furieuses, empreintes de chagrin et de rage. Le moment n'était pas aux paroles rassurantes. Ces gens avaient besoin d'un exutoire à leurs émotions, et elle venait de le leur fournir.

Pourquoi n'avait-elle pas écouté Kyle ?

— Hé, docteur North !

Instinctivement, elle pivota. Une pierre fendit l'air. La douleur explosa dans sa tempe en même temps qu'un cri lui échappait. Belle porta la main à sa tête, et sentit le sang couler sur ses doigts, dégouliner sur sa joue.

Elle était médecin, habituée à soigner des gens et à être remerciée pour ses services. Cet accès de violence la paralysa sur place. Incrédule, elle ne put que fixer la foule en furie.

Elle serait peut-être restée là un moment si une berline noire ne s'était pas arrêtée en trombe le long du trottoir, suivie de quatre voitures de patrouille. Kyle descendit en hâte.

— Faites partir tout ce monde, ordonna-t-il aux policiers.

Ils obligèrent la foule à s'écarter et Kyle ouvrit la grille, puis entra dans le complexe au volant de sa voiture. Quand il se fut garé, il se tourna vers les protestataires.

— Reculez, tous autant que vous êtes, sinon je vous fais arrêter pour intrusion, lança-t-il d'une voix sonore, qui résonna dans le parking.

— C'est dans ce dispensaire qu'on a enlevé Lucy, s'indigna un homme. C'est la faute de ce docteur ! Ils volent des enfants !

— Elle soigne vos enfants, elle ne leur fait pas de mal. Le Dr North et sa fondation offrent des soins médicaux à bas coût à toute la communauté. Elle nous a donné des informations précieuses pour nous aider à retrouver Anna. Et c'est ainsi que vous la remerciez ?

Il était magnifique, face à la foule enragée. Jamais elle n'avait été défendue avec autant d'ardeur et d'assurance.

Quand il s'avança vers elle et enroula un bras autour de ses épaules, Belle réprima l'envie de fondre en larmes. Son réconfort était une ancre dans la tempête.

Certains avaient l'air gênés. Des femmes se mirent à pleurer.

— Rentrez chez vous, reprit-il. Je vous ai dit hier soir que le FBI mène l'enquête et ne renoncera pas avant qu'Anna ait été retrouvée. Rester ici à proférer des insultes ne sert à rien. Est-ce là l'exemple que vous voulez montrer à vos enfants ?

Comme ils commençaient à se disperser, Kyle la prit par les épaules et étudia son visage.

— Vous êtes blessée.

Il sortit un mouchoir propre de sa poche intérieure et tapota la plaie.

— Ce n'est qu'une égratignure, murmura-t-elle en prenant le mouchoir pour le presser contre la plaie.

— Et le risque d'infection, doc ? Vous vous souvenez ?

Il jeta un coup d'œil aux gens qui s'éloignaient.

— Nous la soignerons chez moi. Mieux vaut vous sortir d'ici.

Il la guida vers la berline et lui ouvrit la portière.

— Montez.

— Ma voiture…

— Je demanderai à un agent de la ramener.

Trop épuisée et trop choquée pour discuter, elle s'assit côté passager, une main cramponnée sur son sac, l'autre tenant le mouchoir pressé sur sa tempe.

Tant de colère.

Tant de violence.

Ils ne te détestent pas. Ce n'est pas personnel, Belle. Ils sont terrifiés à l'idée de perdre leurs propres enfants.

Elle entendit vaguement Kyle parler au téléphone à son équipier, lui demander de récupérer sa voiture. Elle se détourna, regardant sans les voir les bâtiments défiler derrière la vitre.

Ces derniers jours, elle avait été soutenue par l'espoir qu'Anna allait être retrouvée bientôt, et que sa famille serait lavée de tout soupçon. Elle avait perdu de vue l'impact terrible que la disparition de la fillette avait eu sur d'autres vies que la sienne.

Elle retira le mouchoir. La plaie saignait moins.

— Continuez à faire pression dessus, conseilla-t-il.

— Qui joue les docteurs à présent ?

— J'ai eu assez de blessures par balle pour avoir des rudiments de premiers secours, affirma-t-il en capturant sa main. Vous voulez que je m'arrête vous acheter un jus de fruits ? Vous êtes toute pâle et vous tremblez comme une feuille. Un peu de sucre vous ferait du bien.

— Non, ça va, merci. Qui vous a dit que le sucre était bon pour les gens en état de choc ?

Il lui adressa un clin d'œil.

— Je l'ai appris d'un médecin arrogant après une fusillade à l'aéroport.

— Arrogant ! répéta Belle, outrée.

— Enfin, dit-il. Plus ravissante qu'arrogante.

Il lui décocha un sourire, qui s'effaça alors qu'il regardait sa tempe. Un muscle tressauta à sa mâchoire. À l'évidence, il était furieux et se contrôlait avec difficulté.

— Ils n'avaient pas l'intention de me faire du mal, murmura-t-elle. Ils ont peur, c'est tout.

— Vous trouvez toujours des excuses aux gens qui vous agressent ?

Une pointe d'amertume teintait sa voix. Belle jeta un coup d'œil vers lui.

— Vous condamnez toujours les gens qui font une erreur ?

— Certaines erreurs coûtent des vies.

— C'est ce que vous avez appris dans votre travail ? Depuis combien de temps êtes-vous au FBI ?

— Huit ans. Je suis entré à l'académie à vingt-trois ans. Un peu plus tard que la plupart.

— Vous avez décidé de voir le monde d'abord ?

— J'ai fait une licence en droit criminel, et j'ai passé un an au Honduras comme garde du corps dans une famille riche.

Pas étonnant qu'il maîtrise si bien l'espagnol.

— Dans ce cas, pourquoi êtes-vous venu vous installer ici ?

Le même muscle tressauta dans sa mâchoire.

— Ma femme était enceinte et le Honduras était trop dangereux. Sa famille voulait qu'elle soit dans un endroit sûr.

Il émit un bruit dédaigneux.

— Sûr. Elle était à l'abri des gangs, mais pas des chauffards ivrognes.

Le silence les enveloppa un instant.

Quelle terrible ironie du sort ! Sa femme s'était installée

en Floride pour être en sécurité et y était morte dans un accident de voiture.

Dix minutes plus tard, à la surprise de Belle, Kyle sortait de l'autoroute pour s'engager dans un quartier résidentiel où vivaient certains de ses amis. Il s'engagea dans une rue bordée d'arbres, où les maisons étaient largement plus coûteuses que celle que Belle louait.

Il se gara dans une allée incurvée, devant une villa d'un étage au toit en métal.

— Quand Kasey est née, j'étais déjà spécialisé dans les enlèvements et le trafic d'enfants.

Un nœud soudain se forma dans l'estomac de Belle.

— Kasey est morte dans l'accident ?

— Dix jours après, à l'hôpital, répondit-il, refusant de rencontrer son regard. Elle n'est jamais sortie du coma.

— Je suis vraiment désolée, murmura Belle, bouleversée.

— Les médecins ont dit la même chose, rétorqua-t-il, les lèvres pincées. Je ne les ai pas crus. Ils n'étaient pas sincères.

Elle n'avait pas de réconfort à lui offrir, rien que les platitudes de la compassion.

— Je ne peux pas imaginer combien vous avez dû souffrir de la mort de votre fille. Et de votre femme. Je ne vais pas affirmer le contraire. Pendant un temps, j'ai essayé de trouver un sens aux tragédies, mais j'ai renoncé. En tant que médecin, tout ce que je peux faire, c'est essayer de sauver ceux qui peuvent l'être. Parfois, si difficile que ce soit de l'accepter, c'est insuffisant.

Il serrait les clés dans sa paume, les jointures de ses doigts toutes blanches.

— Le médecin qui a soigné Kasey aurait pu faire davantage pour la sauver.

— Comme vous avec ceux que vous essayez de sauver ?

Il se tourna vers elle, les sourcils froncés.

— Que voulez-vous dire par là ?

— Vous êtes agent du FBI. Vous faites tout ce que vous pouvez pour ramener des enfants à leur famille. Mais tout n'est pas toujours bien qui finit bien.

Un instant, il resta immobile, les traits crispés. Puis ses épaules se détendirent un peu.

— Votre argument se tient. Venez. Allons soigner votre plaie.

Elle sentit que la conversation était close, et en fut soulagée. Une douleur lancinante lui martelait le crâne.

Elle eut une impression de carrelage en marbre blanc, une vaste pièce à vivre. La cuisine, située immédiatement sur la droite, était moderne et rutilante, dotée d'un îlot recouvert de granit clair et flanqué de quatre tabourets.

Des photos de voiliers ornaient les murs. Belle promena un regard appréciateur sur le canapé d'angle blanc qui donnait sur la piscine au-dehors. Pourtant, en dépit du fait que l'endroit était décoré avec goût, il ressemblait plus à un intérieur modèle qu'à un vrai foyer.

— Très joli.

Il haussa les épaules.

— Ce n'est pas chez moi. La maison appartient à un ami qui s'en sert deux mois par an. Et je ne suis que rarement ici, de toute façon.

Pas étonnant que la villa manque de personnalité.

— Venez dans la salle de bains. Deuxième porte à droite. J'arrive. Je vais ranger mon arme.

Longue, élégante, la salle de bains s'ouvrait sur la piscine. Là encore, ce n'étaient que placards blancs, surfaces impeccables et acier inoxydable. Elle sortit un tabouret en bambou de la douche et s'assit pour attendre Kyle.

Il entra, farfouilla dans un placard bas. Le tissu de son pantalon gris se tendit sur ses fesses rondes, musclées. Occupée à admirer le spectacle, elle tressaillit quand il se retourna, les joues en feu. Il s'en aperçut et lui lança un regard espiègle.

— Vous me reluquiez, doc ?

Belle haussa les épaules.

— Si la vue est parfaite, pourquoi pas ?

Ce fut au tour de Kyle de s'empourprer. Il posa un flacon de mercurochrome et une trousse de premier secours sur le meuble.

— J'ai du mal à croire que vous avez dit ça.

— Pas la peine de prendre la grosse tête, agent cow-boy, répliqua Belle, grimaçant alors qu'il tapotait sa blessure.

— Pardon. J'essaie de faire attention.

— Ne vous inquiétez pas.

Il avait de grandes mains, mais ses gestes étaient doux. Il savait quand et comment s'en servir…

Elle rougit de nouveau.

Kyle appliqua de la pommade antiseptique et un petit pansement.

— Ça va, doc ? Vous êtes toute rouge.

— Très bien, affirma-t-elle sèchement.

Il sortit et revint muni d'un verre d'eau et de deux comprimés analgésiques.

— C'est juste de l'aspirine.

Kyle s'accroupit devant elle, l'enveloppant de son regard bleu.

— Vous vous sentez capable de me dire ce que vous savez de ces autres filles qui ont été enlevées ?

— Oui, bien sûr.

Ils gagnèrent le salon à l'arrière. Kyle desserra sa cravate et déboutonna le haut de sa chemise.

— Je me demandais si vous alliez vous détendre, murmura-t-elle. Ça vous arrive de retirer votre veste ?

— Seulement quand on a tiré sur moi, dit-il avec un sourire.

Comme elle levait les yeux au ciel, il ôta la veste en question et la drapa sur le dossier d'une chaise. Elle s'assit sur le canapé pendant qu'il attrapait un calepin et un stylo.

— Commençons par le dossier médical, suggéra-t-il. De quoi vous souvenez-vous ?

— Non. Je veux voir votre bras. Celui qui a reçu une balle.

Il se raidit.

— Ce n'était rien. Je n'ai même pas eu besoin de points de suture.

— Je suis médecin, dit-elle tranquillement. Je veux m'en assurer par moi-même. Considérez ça comme une consultation gratuite.

Non sans réticence, il posa carnet et calepin, retira sa cravate et sa chemise amidonnée. Le cœur de Belle manqua un battement. Un instant, elle oublia sa profession.

Difficile de rester détachée face à ce corps hâlé, lisse et musclé.

Elle s'approcha de lui sur le canapé, et respira le parfum épicé, délicieux, de son eau de toilette. Soulevant le pansement, elle étudia la plaie, le pouls battant à tout rompre. Pas à cause de la blessure, mais de la proximité de Kyle.

— Quel effet cela fait-il d'être touché par une balle ?

— Je ne savais même pas que j'avais été atteint. Trop d'adrénaline. Les deux fois précédentes, c'était comme si on m'avait marqué au fer rouge. La douleur est cuisante, mais quand on est au milieu d'une fusillade, on est en mode survie. On a mal après, quand tout se calme.

Le regard de Kyle se souda au sien.

— Vous avez les mains douces, doc.

Incapable de résister, elle promena les doigts sur ses biceps.

— Vous êtes jeune et fort et vous avez un bon système immunitaire. Il ne devrait pas y avoir d'effets à long terme.

— Peut-être pas à cause de la balle, mais j'ai le cœur qui bat drôlement vite en ce moment, avoua-t-il tout bas. Il a tendance à s'affoler quand vous êtes là. Et c'est pire quand vous me touchez.

— J'aime vous toucher, murmura-t-elle.

Ce fut comme si une pluie d'étincelles grésillait entre eux, une attraction puissante qu'elle reconnut comme purement sexuelle.

Une réaction biologique. Rien de plus.

Son corps se rapprocha du sien. Elle s'humecta les lèvres alors qu'il fixait sa bouche. Il la désirait autant qu'elle le désirait.

Un baiser.

Que pourrait-il arriver ?

Puis Kyle détourna les yeux et tendit la main vers sa chemise.

— Les filles, dit-il d'une voix rauque. Dites-moi ce que vous savez.

Le travail. Belle ferma les yeux et recula, s'éloignant du danger. Elle se mit à parler, mais la déception la submergeait.

Il y avait une éternité qu'elle n'avait pas été autant attirée par un homme. Cependant, Kyle Anderson, si séduisant qu'il soit, n'était pas là pour flirter.

Et elle non plus.

11

Une heure et demie plus tard, Belle se sentait vidée et affamée. Le ciel bleu avait laissé la place aux couleurs flamboyantes du crépuscule et son estomac grondait, lui rappelant qu'elle avait oublié de déjeuner.

Kyle referma son calepin.

— Merci, doc.

— Et maintenant ? demanda-t-elle.

Il tapota son calepin.

— Il nous faut interroger le Dr Patterson, mais jusqu'à maintenant, il est injoignable.

— Même sur son téléphone portable ? s'étonna-t-elle.

Mike répondait toujours à ce numéro, y compris quand il était à l'étranger.

— Je tombe sur sa boîte vocale, répondit Kyle, songeur. Soit il est réticent à nous parler, soit il est en voyage et n'a pas de signal. Une idée de l'endroit où il a pu aller ?

— En général, il aime la chaleur à cette saison.

— Comme tout le monde, non ? Quoi qu'il en soit, nous finirons par trouver un moyen de lui parler.

— Je peux essayer de le joindre pour vous, si vous voulez.

— C'est une promesse ?

Belle hésita.

— Je l'appellerai tout à l'heure.

Kyle lui sourit.

— En attendant, que diriez-vous de manger un morceau ?

— Génial. Je meurs de faim. Vous connaissez un endroit qui sert de bonnes fajitas ?

Là encore, il lui décocha son sourire dévastateur.

— À condition que vous n'ayez rien contre les matchs de hockey.

— Rien du tout.

Le bar où il l'emmena était bondé. De grands écrans de télévision diffusaient des matchs de basket et de hockey dans un vacarme assourdissant. Il se glissa dans une alcôve, et elle prit place en face de lui.

Elle commanda des fajitas et un verre de vin blanc, tandis qu'il optait pour du poulet grillé accompagné de bière, et des condiments frits en entrée.

Belle arqua les sourcils.

— Des condiments frits ? J'entends d'ici vos artères se durcir.

— Je n'en fais pas une habitude, mais leurs condiments frits sont mon péché mignon. Il faut que vous les goûtiez. Je suis sûr que vous allez les trouver irrésistibles.

La voix grave et sensuelle de Kyle les rendait déjà irrésistibles. Elle se pencha vers lui.

— J'ai hâte de les goûter.

— Intéressant, murmura-t-il. Je serai ravi de vous faire plaisir.

C'était incroyablement libérateur, et agréable, de flirter ainsi dans un restaurant animé. La lueur de ses yeux bleus, la manière dont son regard la caressait donnait à Belle une sensation qu'elle n'avait pas éprouvée depuis des mois. Elle s'était laissé accaparer par son travail et ses inquiétudes pour l'avenir.

Elle prit une profonde inspiration.

— Cela semble mal, d'être ici, alors qu'on est toujours sans nouvelles d'Anna.

Kyle tendit le bras et mit sa main sur la sienne.

— Cessez de vous faire des reproches parce que vous prenez un repas. S'il y a une chose que j'ai apprise dans mon métier, doc, c'est qu'il faut se ménager une pause de temps en temps et prendre soin de soi. Sinon, c'est le burn-out assuré.

Le serveur apporta leurs boissons. Kyle ne leva même pas les yeux. Il continua à lui tenir la main. C'était merveilleux, apaisant, et le contraire d'apaisant en même temps. Le corps de Belle vibrait de bonheur.

D'excitation.

Une voix s'éleva à côté d'eux, brisant le charme.

— Kyle, qu'est-ce que tu fabriques ici ?

Kyle retira sa main et fusilla du regard Roarke qui s'approchait.

— Contrairement à toi, je ne fais pas semblant d'être en vacances, ironisa-t-il. Qu'est-ce que tu portes, là ?

Roarke baissa les yeux.

— Des vêtements.

Belle étouffa un rire amusé. L'équipier de Kyle arborait une chemise hawaïenne rouge et jaune sur un short noir, et des sandales.

— Et moi qui pensais que tu ne mangeais que des plats à emporter, lâcha Roarke en s'asseyant à côté de lui.

— Tu as l'air d'un beauf.

— Et toi, d'un fed.

Il tendit la main vers un cornichon frit.

— Hum, plutôt bon.

Belle fit glisser l'assiette vers lui.

— Servez-vous.

— Tu as le don de te pointer au mauvais endroit au mauvais moment, grommela Kyle.

Roarke le désigna d'un signe de tête.

— Il est toujours grincheux quand il a faim.

Belle sourit, mais elle aussi était déçue que l'équipier de Kyle ait fait son apparition. Elle avait espéré dîner en tête à tête avec lui. Dîner et puis…

Si les choses allaient plus loin, elle en serait ravie.

Leurs plats furent servis. Roarke grignota un nouveau cornichon, s'essuya les mains et se leva.

— Merci, doc. Il faut que j'y aille. Bonne soirée !

Avec un sourire de connivence à son équipier, il se dirigea vers le bar.

— Ce n'est pas un mauvais gars, mais il ne sait pas s'habiller, plaisanta Kyle. Si seulement je pouvais le dissuader de fréquenter les boutiques de surf…

Belle éclata de rire.

— Belle North, toujours aussi ravissante ! J'ai du mal à croire que tu traînes dans un lieu aussi mal famé.

Le grand blond qui venait de prononcer ces paroles se tenait devant leur table. Le rire de Belle s'éteignit, et un malaise soudain l'envahit. La salade, excellente un instant plus tôt, avait pris un goût de carton.

— Bonsoir, Evan.

Elle désigna Kyle.

— Voici l'agent spécial Kyle Anderson. Kyle, Evan Worthington.

Les deux hommes se jaugèrent silencieusement du regard.

Evan ignora son compagnon.

— Maman m'a dit que tu vas avoir une place en

cardiologie d'un jour à l'autre. Tu seras peut-être basée près de chez moi. Je suis à Boston. Il y a un excellent service de cardio à l'hôpital.

Ses paroles étaient un peu indistinctes, indiquant clairement qu'il avait trop bu. Kyle irradiait la tension, mais demeura silencieux. Elle lui en sut gré.

— Je ne vais peut-être pas faire cardiologie, murmura-t-elle. Bonne soirée, Evan. Salue ta mère pour moi.

— Eh bien, si tu vas rester en ville quelque temps, on devrait se voir.

— Je suis occupée, dit-elle d'un ton sec.

— Oh ! Allons ! Tu ne peux pas travailler du matin au soir. Maman dit que le dispensaire est fermé en ce moment, tu dois bien avoir du temps libre. On pourrait peut-être jouer au docteur, comme quand on était plus jeunes.

Il ponctua sa remarque d'un clin d'œil complice qui donna à Belle l'envie de le gifler.

— Belle vous a dit qu'elle était occupée, intervint Kyle en le toisant d'un regard froid. Si cela ne vous ennuie pas, nous aimerions terminer notre dîner.

Evan fronça les sourcils.

— Détends-toi, mon vieux. Est-ce que je t'ai adressé la parole ?

Comme Kyle faisait mine de se lever, Belle prit les choses en main.

— Evan, il vaut mieux que tu partes. Tout de suite.

Il haussa les épaules.

— Une de perdue, dix de retrouvées ! Salut, Belle. À une autre fois !

Elle le suivit des yeux et émit un profond soupir.

— Quel pauvre type !

Kyle la dévisagea.

— Un ex-petit ami ?

— Pas vraiment. Nous nous connaissons depuis toujours et nous sommes sortis une fois ensemble au lycée. C'est le fils d'une amie de ma mère, mais ce n'est pas mon ami.

Kyle regarda par la fenêtre Evan qui sortait du bar en titubant. Belle tourna la tête. À son grand soulagement, elle vit une voiture s'arrêter et Evan monter dedans.

— Vous attendiez de voir s'il allait prendre un taxi, dit-elle doucement.

Le regard de Kyle se durcit.

— Je ne supporte pas les gens qui conduisent après avoir bu.

Belle hocha la tête.

— Evan est stupide, mais pas à ce point. Son alcoolémie devait être stratosphérique. J'espère seulement que le conducteur ne va pas être incommodé par les vapeurs.

Enfin, il sourit, et les ombres quittèrent son regard.

— Dites-moi, doc, qu'est-ce qui vous a donné envie de travailler au dispensaire ?

— J'aime travailler avec les gens, répondit-elle, surprise.

Il parut perplexe.

— J'avais envisagé de faire de la recherche sur le cancer. Mais passer ma vie dans un laboratoire à examiner des tubes et des microscopes n'est pas mon truc. Je préfère soigner les enfants. Mes parents me poussent à me spécialiser en cardiologie. En chirurgie cardiaque, plus précisément.

Kyle fronça les sourcils.

— Pourquoi pas plutôt la pédiatrie ?

C'était une question qu'elle s'était posée elle-même. La réponse l'embarrassait.

— Je ne veux pas les décevoir. Ils pensent que j'ai

besoin d'une spécialité plus respectée, et plus lucrative. La plupart des pédiatres touchent beaucoup moins d'argent que les chirurgiens.

— Vous faites toujours les quatre volontés de vos parents ?

La question la piqua au vif, et pourtant, curieusement, Belle n'en attendait pas moins de lui. Elle était directe, franche, rassurante. Caractéristique de l'agent endurci au cœur tendre qu'il essayait de dissimuler au monde.

— Quand ce sont eux qui paient les factures, oui.

— Par conséquent, vous préférez être une cardiologue frustrée plutôt qu'une pédiatre épanouie. Vous ne toucheriez pas de salaire pendant votre spécialisation ?

Si. Et elle s'était secrètement penchée sur les chiffres. Si elle obtenait la place de pédiatrie qu'elle avait postulée à Washington, aurait-elle les ressources suffisantes pour se payer un logement ?

Elle détourna les yeux.

— Il faut que je rentre.

Fin de la conversation. Du moins, ç'avait toujours fonctionné par le passé, quand elle voulait en terminer avec un rendez-vous. Sauf que là, elle n'avait vraiment pas envie de le quitter.

Seulement d'échapper à cette conversation gênante qui l'obligeait à analyser ses motivations et ses désirs d'avenir.

Kyle jeta un coup d'œil sur son téléphone.

— Moi aussi.

Il fit signe au serveur d'apporter l'addition, ce que l'homme fit aussitôt. Comme elle s'apprêtait à insister pour payer sa part, il secoua la tête.

— Vous êtes un témoin. Il est normal que je vous invite, mademoiselle North.

— Merci, agent Anderson.

Ils ne s'appelaient plus par leur prénom.

— J'aurais besoin que vous appeliez le Dr Patterson le plus vite possible, dit-il, son regard fouillant le sien.

— Je n'y manquerai pas. C'est promis.

Il tira une carte de crédit de son portefeuille et la posa sur l'addition.

— Vous me surprenez, doc, murmura-t-il. Quand je vous ai rencontrée, vous m'avez donné l'impression d'être une femme qui faisait ce qu'elle voulait faire, sans se soucier des attentes des autres. Vous croyez vraiment que faire plaisir à vos parents est plus important que de choisir une carrière où vous vous réaliserez longtemps après leur mort ? Pour qui vivez-vous donc ?

Belle serra les dents.

— En quoi cela vous regarde-t-il ? Votre vie est-elle si exemplaire que vous vous arrogiez le droit de critiquer la mienne ?

— Ce n'est pas une critique, juste une observation.

Son visage se ferma.

— Peut-être que vous avez raison – que les désirs de votre famille sont plus importants que les vôtres. Peut-être que, si j'avais fait plus attention à ma vie familiale au lieu d'essayer de développer ma carrière, ma fille ne serait pas dans sa tombe à l'heure qu'il est.

Il secoua la tête.

— Oubliez ce que j'ai dit. Votre vie vous appartient.

Elle avait le cœur serré en songeant au chagrin qu'il avait dû éprouver. Elle soupçonnait qu'il baissait rarement sa garde… et regrettait peut-être déjà de l'avoir fait.

Comme ils sortaient du restaurant, il lui tint la porte et promena rapidement un regard sur le parking, restant à côté d'elle.

En dépit de leur désaccord, il veillait sur elle. Et Belle appréciait son côté à la fois courtois et protecteur.

En même temps, elle aurait préféré ne jamais avoir croisé le chemin de l'agent Kyle Anderson.

Car il avait entrouvert une porte qu'elle essayait de garder fermée depuis longtemps, et lui avait laissé apercevoir ce qu'il y avait derrière.

Pas seulement une spécialisation en pédiatrie dans un hôpital urbain.

Mais une relation avec un homme fascinant, qui la connaissait vraiment – peut-être mieux qu'elle ne se connaissait elle-même.

Comment n'aurait-elle pas été en proie à la frustration et à la mélancolie ?

12

Cette nuit-là, Belle fut incapable de trouver le sommeil. Se retournant pour la énième fois, elle jeta un coup d'œil à l'horloge.

2 heures.

Sa conscience la tourmentait. Elle avait promis à Kyle de contacter Mike Patterson et, pourtant, elle éprouvait le besoin de tenir son frère au courant de ce qui se passait.

Quand elle avait téléphoné à Clint, il lui avait dit de ne pas s'inquiéter. Que Mike finirait par se manifester.

Son frère aîné avait été brusque, pressé de terminer la conversation. Et pour une fois, il ne l'avait pas harcelée au sujet de sa vie privée.

Ce qui la poussait à se demander s'il lui cachait quelque chose.

Elle aurait de loin préféré ne pas chercher à le savoir mais elle avait promis à Kyle d'appeler Mike.

Je tiens toujours mes promesses. Pas question d'enfreindre celle-là.

Elle roula sur elle-même, tâtonna pour trouver son téléphone portable et composa le numéro de Mike.

La boîte vocale se déclencha.

— Mike, c'est Belle. Appelle-moi sur mon portable. C'est urgent.

Elle raccrocha, espérant que la brièveté de son message l'inciterait à rappeler. S'il n'en faisait rien, elle n'aurait d'autre choix que d'aller droit chez Clint et d'exiger qu'il lui dise ce qu'il savait.

Elle se leva et attrapa sa robe de chambre. Au pied du lit, Boo s'agita. Elle le caressa.

— Rendors-toi, mon chou. Il est trop tôt.

Son téléphone sonna. Mike. Ses doigts se crispèrent sur l'appareil.

— Mike, où es-tu ? Pourquoi ignores-tu les appels du FBI ?

— Je suis aux Bahamas, répondit-il avec un petit rire sans joie. Dans ma résidence secondaire jusqu'à ce que les choses se calment.

L'estomac de Belle se contracta.

— Il s'agit d'enfants disparus, Mike. Il faut que tu reviennes. Les agents ont besoin de t'interroger. Tu as peut-être des informations qui peuvent nous aider à trouver Anna.

— Nous ? répéta-t-il sèchement. Tu aides les fédéraux ?

— Pourquoi ne le ferais-je pas ?

Son cœur cognait à toute allure. Belle alluma la lampe de chevet, mais la lumière ne parvint pas à chasser la peur soudaine qui l'avait gagnée.

— Ils ont fouillé le dispensaire ?

— Oui. Et ta maison aussi.

— Ils ont trouvé quelque chose ?

— Rien qui sorte de l'ordinaire. Ils pourraient recommencer.

— Je doute qu'ils perdent leur temps à faire ça. Le temps, c'est de l'argent, Belle. Je n'oublie jamais ça.

Sa voix s'était détendue.

Lasse de ses clichés, elle s'irrita :

— Peut-être, mais la vie d'une petite fille est en jeu. Et le dispensaire est fermé, Mike. Nous devons le rouvrir, témoigner notre soutien à la communauté.

— Qu'il reste fermé. Les patients n'ont qu'à aller ailleurs. Je compte rester aussi loin de cet endroit que possible. Et si tu as un peu de bon sens, tu feras pareil. Avant de disparaître à ton tour.

Il y eut un déclic. Il avait coupé la communication.

Abasourdie, elle fixa l'écran du téléphone. Mike Patterson avait toujours été un médecin efficace et semblait se soucier de ses patients. La fondation lui versait un salaire respectable, quoique inférieur à celui qu'il aurait pu toucher s'il avait eu son propre cabinet. Elle avait pensé qu'il avait sollicité le poste parce qu'il était semi-retraité mais tenait à continuer à exercer la médecine.

Et si Mike était mêlé à des activités plus sinistres ? S'il était au cœur de ces disparitions ?

Elle avait toujours été convaincue que le personnel du dispensaire était au-dessus de tout soupçon. Mais si Mike était suspect, elle devait alerter Kyle.

Les doigts au-dessus du clavier, elle hésita.

Pourquoi Mike avait-il semblé soulagé que la police n'ait rien trouvé ?

Parce qu'il cachait quelque chose, et que cet objet était si bien dissimulé que personne ne pourrait le découvrir à moins de bien connaître le bâtiment…

Elle fixa le numéro de Kyle sur son téléphone. Si elle l'appelait, une nouvelle perquisition serait organisée. Cela signifiait encore de la publicité. Encore de l'attention.

Si elle fouillait les lieux d'abord, discrètement, elle pourrait éviter cela.

Et si elle trouvait quelque chose ?

Bien sûr qu'elle l'appellerait.

Belle prit Boo dans ses bras et se pelotonna sous les couvertures avec le petit chien. Elle finit par sombrer dans un sommeil agité, ponctué de rêves où elle était poursuivie par le sexy Kyle Anderson.

Dans son rêve, il la prenait dans ses bras pour l'embrasser. Puis il fronçait les sourcils.

— C'est à cause de toi, accusait-il de sa voix grave. Tu es responsable de ce qui est arrivé à Anna. Dis-moi où elle est.

— Je ne sais pas ! hurlait-elle.

— Dis-le-moi !

Mais il n'y avait rien à dire et, au fond, elle savait qu'il avait raison.

Elle était responsable de ce qui était arrivé à Anna Rodriguez. Aussi coupable que si elle avait enlevé la fillette elle-même.

Elle se rendit au dispensaire de bonne heure. D'ordinaire, la musique la réconfortait, mais ce jour-là, rien n'y fit. Elle revoyait constamment le petit ours en peluche abandonné sur la banquette arrière de la voiture qu'ils avaient découverte à la jardinerie. Les taches de sang sur le siège avant. Le réduit bien rangé où Anna et sa mère avaient vécu cachées.

Par chance, le parking était désert quand elle arriva. Elle entra, et brancha la climatisation. Le système toussota, puis l'air renfermé se mit à circuler.

Belle se dirigea droit vers le bureau qu'elle partageait avec Mike. Rien ne lui parut anormal. Ni étrange. La police l'avait fouillé de fond en comble après la découverte de l'argent dans les affaires de Tony.

Son regard s'arrêta sur l'horloge accrochée au mur.

Elle l'avait toujours détestée, et ce depuis le jour où Mike avait demandé à Tony de l'installer.

— Le temps, c'est de l'argent, répétait-il souvent.

Il avait dit cela la veille au soir. Un frisson parcourut l'échine de Belle. Elle s'avança, tendit les bras et attrapa l'horloge.

La police avait examiné le dos, mais tout semblait normal. Elle la secoua.

Rien.

Elle la retourna. La petite aiguille cessa de tourner.

Belle posa l'horloge sur son bureau et farfouilla dans un tiroir à la recherche d'un tournevis. Une à une, elle retira les vis et souleva le couvercle.

Tout d'abord, elle ne vit rien. Belle retourna l'horloge, la mit sous la lampe.

Quelque chose scintilla, dépassant sous un morceau de rouleau adhésif. Belle batailla pour décoller l'objet.

Une clé. Elle l'examina, les doigts tremblants. Pourquoi Mike aurait-il dissimulé une clé dans une horloge, sinon parce qu'il avait réellement quelque chose à cacher ? Et où ?

Des gouttes de sueur coulaient sur son front. La climatisation du bureau n'avait jamais fonctionné correctement. Tony blâmait le filtre.

La clé au creux de sa paume, elle s'approcha de la grille d'aération située en face du bureau, en partie obstruée par des cartons pleins de dossiers. Belle les écarta, retira la grille et sortit le filtre. Il était propre. Bien sûr. Tony l'avait changé trois semaines plus tôt.

Elle dénicha une petite torche qu'elle braqua sur l'espace vide derrière la grille. Tout semblait normal. Elle promena les doigts le long de la niche, mais en vain. Au comble de la frustration, elle donna un coup de poing dans la cloison.

Quelque chose tinta.

Belle poussa de toutes ses forces avec ses doigts, et un panneau se détacha. Elle braqua la torche sur le trou, révélant une boîte en métal fermée.

L'estomac noué, elle rapporta la boîte à son bureau. La clé entrait parfaitement dans la serrure. Belle souleva le couvercle. Une enveloppe brune se trouvait à l'intérieur. D'une main tremblante, Belle l'ouvrit. Le contenu se répandit sur le bureau. Des photos. Des photos de petites filles. Toutes jolies, brunes, les yeux verts ou bleus.

Toutes avaient été prises au dispensaire. Elle reconnaissait le papier peint de la salle. Les petites filles étaient habillées, assises sur la table d'auscultation. Le cœur serré, Belle feuilleta les clichés, et fut soudain frappée par une évidence. Les enfants n'avaient pas l'air intimidées par l'objectif. Comme si elles ne savaient pas qu'elles étaient prises en photo.

— Oh ! non, murmura-t-elle.

Un appareil-photo caché.

Elle se rua dans la salle numéro 4. Une série de classeurs métalliques faisait face à la longue table d'auscultation. Elle les ouvrit tour à tour, fouillant leur contenu. En vain.

Le placard sous l'évier était fermé. Belle n'avait pas la clé. Clint l'aurait, Mike aussi.

Peut-être devait-elle téléphoner à son frère ?

Cette découverte allait avoir des conséquences graves pour le dispensaire. Les médias allaient pointer le doigt sur sa famille, ajouter au stress que ses parents éprouvaient déjà…

Cela importait peu. Ce qui comptait, c'était de retrouver Anna.

Cependant, Clint devait être informé. Apprendre la vérité par elle plutôt que par les médias ou le FBI.

Son frère répondit immédiatement. Quand elle lui fit part de sa découverte, il resta un instant silencieux.

— Clint… tu étais au courant ?

Tout en elle répugnait à lui poser cette question. Clint était un membre de sa famille. Et la famille North avait une réputation sans tache.

— Bon sang, Belle ! Je n'arrive pas à croire que tu me demandes ça, dit-il enfin.

— Il faut que je sache.

— Ce n'était pas moi, dit-il d'un ton sec, avant de pousser un long soupir.

— Dans ce cas, c'était Mike ? insista-t-elle. Quelqu'un savait ce qui se passait !

— Je ne sais pas. Je vais lui parler.

— Non, Clint. Il faut que tu attendes que le FBI…

Il coupa la communication.

Belle ferma les yeux, atterrée. Et voilà. Elle avait fait passer sa famille d'abord, et Clint allait avertir Mike.

Elle appela Kyle.

— C'est moi.

— Qu'y a-t-il ?

Le timbre profond de sa voix la rassura, lui rendit un peu de son équilibre après la découverte consternante qu'elle venait de faire.

Elle prit une inspiration.

— Il y a quelque chose que vous avez besoin de savoir.

Une demi-heure plus tard, une équipe du FBI, secondée par la police locale, passait le dispensaire au crible.

Kyle participait aux recherches. Il était rapide, méthodique, professionnel. Sa mâchoire se durcit alors qu'il examinait les clichés, les doigts recouverts de gants en caoutchouc.

Il lui avait à peine parlé depuis son arrivée. Comme si elle était à blâmer.

— Je vous ai appelé dès que j'ai trouvé les photos. Ce n'est pas moi qui les ai prises, lui fit-elle remarquer alors que la police fouillait son bureau de fond en comble.

Elle lut une condamnation silencieuse dans son regard.

— Pourquoi êtes-vous venue ici de si bonne heure ?

Oh ! Belle se mordit la lèvre, réticente à causer des ennuis à Mike. Et pourtant, s'il avait fait une chose pareille…

Il était difficile de croire qu'un médecin si respecté puisse tomber si bas. Mike était-il impliqué dans la vente d'images de pornographie enfantine ? Était-ce pour cette raison qu'Anna avait été enlevée ?

— Docteur North, pourquoi êtes-vous venue ici ce matin ? répéta-t-il.

Il ne l'appelait plus par son prénom. Kyle était redevenu un agent du FBI, froid et impersonnel.

— J'ai parlé à Mike, le Dr Patterson, tard hier soir.

Il écouta tandis qu'elle lui relatait la conversation.

— Vous ne m'avez pas appelé après.

Là encore, une condamnation dans sa voix grave. Belle prit une inspiration.

— Je voulais vérifier par moi-même et vous éviter de perdre votre temps.

— Non, vous vouliez avant tout protéger la réputation de votre famille.

— Je vous ai téléphoné.

— Mais vous avez averti votre frère d'abord ?

Belle soupira.

— Oui. La fondation supervise la gestion de ce dispensaire. Clint avait le droit de savoir.

Les traits de Kyle se crispèrent.

— Vous auriez dû m'appeler avant de dire à quiconque ce que vous aviez découvert. Cela ne donne pas une très bonne impression de vous, docteur North. Vous pourriez même être considérée comme complice après les faits, surtout si nous ne pouvons pas localiser le Dr Patterson.

Les joues en feu, Belle soutint son regard.

— Je veux vous aider à trouver Anna.

— Conduisez-moi à la salle où ces photos ont été prises.

Elle enfonça les mains dans les poches de sa blouse et s'exécuta sans rien dire.

— Avez-vous utilisé cette salle récemment pour examiner des enfants ?

Belle fouilla sa mémoire.

— Non. La dernière fois, c'était il y a deux mois environ.

— Vous n'êtes pas venue ici depuis, sauf après avoir trouvé les photos ?

Elle rougit légèrement.

— Je me suis changée dans cette pièce il y a deux semaines. Quelqu'un utilisait mon bureau.

Elle désigna le placard fermé à clé. Kyle s'accroupit, tira un outil de sa poche et força la serrure. On entendit un déclic. Il ouvrit les portes.

Les étagères étaient encombrées de boîtes qu'il inspecta tour à tour. Chacune contenait des fournitures médicales. Pas d'appareil-photo.

— Je suis sûre que les photos ont été prises ici, insista Belle.

Kyle plongea la main plus avant dans le placard et sortit un haut-parleur wi-fi noir.

— Vous reconnaissez ceci ?

Belle acquiesça.

— C'est un haut-parleur Bluetooth. Certains médecins et infirmières s'en servent pour diffuser de la musique relaxante. Nous pouvons le programmer avec notre téléphone.

— Vous l'utilisez ?

Elle haussa les épaules.

— Non. J'ai d'autres méthodes pour apaiser les enfants stressés.

— Il ne sert pas qu'à diffuser de la musique.

Kyle se baissa, et désigna un petit point rond au centre du haut-parleur.

— Vous voyez ça ?

Sidérée, Belle le vit dévisser le couvercle, révélant le mécanisme à l'intérieur. La caméra cachée.

— On peut commander ça dans n'importe quel magasin en ligne, grommela-t-il. Il était là, sous votre nez.

Belle redressa le menton.

— Le Dr Patterson l'a acheté pour le dispensaire.

Comment avait-elle pu être aussi aveugle ?

Parce que c'était un ami de la famille et un médecin réputé.

Belle serra les dents.

— Vous avez mes clés. L'ordinateur de mon bureau est allumé. Avez-vous encore besoin de moi ?

— Non. Mais ne quittez pas la ville, docteur North. Ce dispensaire est officiellement une scène de crime. Il restera fermé jusqu'à nouvel ordre.

13

La journée était allée de mal en pis.

L'odeur de la fumée de cigarette collait à la veste du technicien. Les murs du labo plongé dans la pénombre semblaient se refermer sur lui. Kyle détestait cette pièce aux allures de crypte privée de soleil et de lumière du jour où bourdonnaient ordinateurs et machines en tout genre.

L'appareil-photo qu'ils avaient trouvé dans la salle d'auscultation contenait une carte-mémoire qu'ils avaient rapportée au bureau. Malheureusement elle était protégée par un code complexe.

Un code que le jeune technicien avait affirmé pouvoir décrypter en un rien de temps.

— Ce n'est pas encore fini ? s'impatienta-t-il.

— Un virus est attaché au truc, marmonna son compagnon. Un mot de passe erroné pourrait effacer tout le contenu de la carte. Vous devriez peut-être retourner sur le terrain au lieu de me casser les pieds.

Roarke intervint.

— Détends-toi, conseilla-t-il à Kyle. C'est un processus délicat.

— Je me détendrai quand l'affaire sera élucidée, grogna Kyle. On aurait dû fouiller ce dispensaire de fond en comble dès le début.

— Le Dr North semblait ne rien avoir à cacher.

Rien sauf le rôle joué par sa famille, songea Kyle, amer.

— Elle a une foule de choses à cacher.

— Si c'était le cas, pourquoi nous aurait-elle appelés ?

Kyle n'était pas d'humeur à accepter un argument logique. Il s'était laissé berner par un joli minois et une personnalité vibrante, un teint lisse comme du velours. Il s'était souvent demandé ce qu'il éprouverait en embrassant Belle, si ses lèvres étaient aussi douces, aussi chaudes qu'il l'imaginait…

Il émit un grognement irrité.

Il était en colère contre lui-même, en colère contre elle. Il avait pensé qu'elle était honnête, digne de confiance. Qu'elle ferait passer le bien-être d'enfants en danger avant ses propres besoins et ceux de sa famille.

Au lieu de quoi, elle lui avait menti. Elle avait délibérément donné à son frère le temps d'informer leur médecin chef de ce qui se passait. Ce type était sûrement déjà en route pour l'Indonésie à l'heure qu'il était, ou n'importe quel autre pays interdisant l'extradition.

— Comment est-ce qu'on a pu ne pas voir cet appareil-photo ? grommela-t-il. Si on avait été plus attentifs…

— On n'avait aucune raison de soupçonner le personnel du dispensaire, lui rappela Roarke. Le gardien avait un alibi et Belle North nous a dit tout ce qu'elle savait.

— Non. Elle a menti pour protéger la réputation de sa famille.

— C'est à voir.

Perché sur un tabouret, Roarke déballait une barre de céréales au chocolat.

— Tu en veux ?

Kyle secoua la tête, partagé entre l'agacement et l'admiration face à la capacité de son collègue à grignoter à n'importe quel moment. Comment aurait-il pu songer à manger alors qu'il tenait une piste prometteuse ?

La carte-mémoire recelait peut-être d'autres photos d'enfants qui avaient fréquenté le dispensaire. Des pièces à conviction. Voire des documents susceptibles de mener au salaud qui avait enlevé Anna.

— C'est bon.

Kyle pivota instantanément sur ses talons. Il avait atteint le bureau avant même que Roarke ait terminé d'engloutir sa dernière bouchée.

Les images étaient granuleuses. Non, la pièce était dans l'obscurité. Sur l'écran, le plafonnier s'alluma. Belle entra, un sac de sport à la main. Elle le laissa tomber sur le sol, s'étira.

Kyle sentit s'accélérer les battements de son cœur. Elle n'était tout de même pas impliquée ? Le sac contenait-il de l'argent ?

La bouche sèche, il observa la scène, la sueur coulant le long de son échine. Belle leva la main, défit sa barrette, laissant ses cheveux dorés tomber en cascade sur ses épaules. Avec un soupir, elle s'étira de nouveau, un geste qui fit remonter ses seins. Kyle avait l'impression d'être un voyeur, mais se raisonna : il faisait son travail.

Belle retira sa blouse et l'accrocha à une patère. Dessous, elle portait une robe verte toute simple, sans manche. Ses bras étaient minces, musclés. Elle devait faire du sport régulièrement.

Le silence régnait dans la pièce, les regards des trois hommes rivés sur l'écran.

Belle s'assit sur le tabouret et se pencha, retira ses chaussures à talons.

Bizarre. Allait-elle faire la sieste dans ce bureau inoccupé ?

— Merde, lâcha le jeune, qui avait cessé de mâchonner ses chips.

Kyle fixait l'image, abasourdi.

Merde, en effet. Belle avait relevé sa robe et était en train de retirer son collant. Par chance, elle fut rapide, et ils ne firent qu'apercevoir son slip, vert lui aussi.

— Elle est un peu vieille pour être victime d'un trafic d'enfants, commenta le jeune. Mais bon sang, elle est sacrément bien roulée…

Elle replia le collant et le rangea dans le sac. Kyle sentit un malaise l'envahir. Il avait soudain envie d'arrêter la vidéo. Il prit une profonde inspiration.

Ensuite, elle sortit du sac un pantalon de yoga noir, un T-shirt rose et ce qui ressemblait à un soutien-gorge de sport et posa le tout sur le tabouret. L'estomac noué, Kyle serra les poings. *Non, non, tourne-toi, ne fais pas ça…*

Ce qui devait arriver arriva. Elle défit la fermeture Éclair de sa robe et la fit passer par-dessus sa tête.

— Ouah ! s'écria le technicien. Pas mal !

Incapable d'articuler un son, Kyle lui plaqua une main sur les yeux. De son côté, Roarke se pencha et appuya sur la touche pause.

— Hé ! Qu'est-ce qu'il y a ? cria le jeune.

— Tais-toi, ordonna Kyle doucement.

— Il faut que je voie ça. Que je sache d'où viennent les images…

— Tu te plais ici ?

Il sentit les cils du jeune s'agiter sous ses paumes, comme s'il était perplexe.

— Ouais. J'adore le coin. La vie nocturne.

— Dans ce cas, boucle-la et continue à fermer les yeux, sinon je te fais transférer au fin fond du Nebraska. Compris ?

Le technicien resta silencieux. Quand Kyle retira sa main, il garda les yeux fermés. Il avait peur. Tant mieux. Kyle n'était pas d'humeur à discuter.

Par mesure de précaution, il fit pivoter la chaise du jeune vers la porte.

Puis il fit signe à Roarke qui, la mine sombre, remit la vidéo en marche.

Belle était debout face à eux. Son soutien-gorge vert foncé exposait la partie supérieure de ses seins. Elle possédait une silhouette parfaite, les hanches rondes mais pas trop. On aurait dit un mannequin pour une marque de lingerie.

Elle se dirigea vers la glace fixée au mur, se toisa et fronça les sourcils. Pourquoi ? Il ne comprenait pas. Elle était superbe. Magnifique.

— Oui, j'ai besoin d'exercice. Trop de sucreries, ma fille, lâcha-t-elle d'une voix claire.

Elle se détourna de la glace et fit face à la caméra de nouveau. Le regard de Kyle se posa sur les vêtements laissés sur le tabouret. À l'évidence, elle comptait aller au gymnase.

Oh ! non. Pourvu que ce ne soit pas un soutien-gorge. Pourvu que…

Cependant, le vœu de Kyle ne fut pas exaucé. Belle tendit la main derrière elle, dégrafa son soutien-gorge et le retira.

Tout cela face à la caméra.

La bouche sèche, il lutta contre une soudaine bouffée de désir, aussitôt suivie de dégoût. Il avait honte de la regarder ainsi, à moitié nue.

Par respect, il se força à examiner d'autres parties de la scène. La table d'auscultation derrière Belle, ses orteils peints en rose.

Il tendit la main vers la touche d'arrêt. L'estomac noué, il était tenté d'arracher la carte-mémoire de l'appareil et de la réduire en miettes.

Roarke l'arrêta d'un geste.

— Il faut qu'on regarde tout, Kyle, dit-il sur un ton crispé. C'est une pièce à conviction.

Kyle étouffa un juron, mais acquiesça.

Belle se retourna vers le tabouret, enfila soutien-gorge, caleçon et T-shirt, puis socquettes et chaussures. Enfin, elle ramassa le sac et sortit, éteignant la lumière.

La pièce redevint silencieuse. L'enregistrement continua un instant, après quoi l'écran redevint noir.

Kyle se ressaisit et repassa en mode professionnel. Il remit le fauteuil du technicien face à l'ordinateur.

— Qu'y a-t-il d'autre là-dessus ?

Le technicien appuya sur quelques touches, examina son propre écran.

— Rien.

14

Après une longue journée au cabinet de cardiologie, Belle n'avait qu'une envie, se détendre.

Pour une raison étrange, ses pensées retournaient constamment à Kyle. Elle était blessée qu'il la considère comme une suspecte, quelqu'un qui serait assez ignoble pour photographier des enfants innocents. Voire les enlever.

Il lui plaisait. Ou plutôt, elle l'aimait vraiment beaucoup, en tant qu'individu. Et il l'attirait plus qu'aucun autre homme ne l'avait jamais attirée.

Elle remua la sauce tomate qui cuisait sur la gazinière, s'efforçant de se changer les idées. Une musique de jazz légère émanait du haut-parleur Bluetooth. À ses pieds, Boo agitait la queue dans l'espoir d'une gâterie.

— Tout à l'heure, mon chou.

La sauce était presque prête. Un plat de pâtes n'était pas une bonne idée pour ses hanches, mais après la semaine qu'elle avait traversée, elle avait besoin de se faire plaisir.

La sonnette de la porte d'entrée tinta doucement. Belle baissa le gaz, s'essuya les mains et jeta un coup d'œil à son téléphone pour voir la caméra vidéo reliée à la sonnette.

Son cœur manqua un battement. La berline noire dans

son allée, et les deux hommes debout devant sa porte auraient fait battre plus vite le cœur de n'importe quelle femme, mais les agents du FBI n'étaient pas là pour une visite de politesse.

Qu'y avait-il encore ? Elle n'avait rien fait !

Elle prit une inspiration et alla ouvrir.

— Messieurs. Que puis-je pour vous ?

En son for intérieur, elle grimaça en entendant sa voix froide, crispée.

Kyle inclina la tête de côté.

— Nous avons trouvé quelque chose. Pouvons-nous entrer ?

Tout aussi poli qu'elle, mais la froideur et le regard accusateur de la veille avaient disparu. Déconcertée, elle s'effaça pour les laisser passer. Boo accourut en jappant, remuant la queue.

Roarke se baissa pour le caresser, Kyle non.

Il la fixait, et elle se sentit rougir sous l'intensité de son regard. Elle se souvint qu'elle était en jean, pieds nus, et qu'il y avait une tache sur son T-shirt.

— Excusez-moi pour mon apparence, marmonna-t-elle, gênée. J'étais en train de préparer le dîner.

— Vous êtes superbe, dit-il doucement.

Sa voix grave, rauque et sexy, la fit fondre.

Reprends-toi, enfin. Tu es une suspecte. Une ennemie.

Se refusant à lui rendre son regard, elle étudia l'ordinateur portable qu'il tenait à la main. Une bouffée d'espoir l'envahit. Peut-être avaient-ils découvert une piste ?

— C'est Anna ? Vous l'avez trouvée ?

— Non.

Le visage de Kyle s'assombrit.

— Nous avons quelque chose à vous montrer. Ce

n'est pas plaisant, malheureusement. Mais cela n'a rien à voir avec Anna.

Belle les précéda dans la cuisine.

— Je peux vous offrir quelque chose de frais ? Un thé glacé ? Autre chose ?

— Non, merci, dit Roarke.

— Je prendrai un verre d'eau, merci.

Kyle se mit à installer l'ordinateur sur la table de la cuisine.

— Asseyez-vous, dit-il en tirant une chaise.

Elle ne pouvait refuser cet ordre, émis d'une voix ferme, et pourtant empreinte de douceur. Kyle et Roarke s'assirent l'un en face de l'autre.

— Quelle que soit la raison pour laquelle vous êtes ici, murmura-t-elle, vous devez savoir que je n'ai rien à voir avec la caméra cachée ni les photos. C'est vrai que j'ai appelé mon frère pour lui en parler mais jamais je n'aurais dissimulé de pareils agissements aux autorités. Je ne suis pas la complice de l'individu qui a dissimulé cet appareil-photo.

— Je vous crois.

Belle lut la compassion sur le visage de Kyle et eut un mauvais pressentiment. Que se passait-il ? Roarke fixait le sol comme s'il le trouvait subitement fascinant.

— Ah bon ? Hier, vous étiez à deux doigts de me jeter dans une cellule, lui fit-elle remarquer en croisant les bras.

Le regard de Kyle semblait rivé aux perles qu'elle portait autour du cou.

— Hier nous n'étions pas au courant de ceci.

Il glissa une carte-mémoire dans l'ordinateur et pressa une touche.

— Nous avons trouvé cette carte-mémoire dans

l'appareil-photo de la salle numéro 4. Notre technicien a décodé le mot de passe.

— C'est un enregistrement d'Anna ? Vous voulez que je l'identifie ?

— Non.

Il prit une profonde inspiration.

— Un enregistrement de vous.

Belle porta la main à ses perles, un cadeau de sa grand-mère défunte, souvenir réconfortant de son affection.

Lèvres serrées, Kyle appuya sur une touche, et la vidéo commença à défiler sur l'écran. Roarke détournait les yeux, le visage crispé. Toute l'attention de Kyle était focalisée sur elle.

Belle déglutit, et eut soudain l'impression de suffoquer.

Quoique légèrement déformées, les images étaient claires. On la voyait retirer sa blouse, ses talons, et puis…

Elle s'obligea à regarder jusqu'à la fin, submergée d'humiliation.

La nausée lui retournait l'estomac. Seul un suprême effort de volonté l'empêcha de vomir. La maison lui semblait étouffante, et l'odeur de la sauce tomate lui soulevait le cœur.

Quelqu'un avait violé son intimité, sa confiance, et l'avait filmée alors qu'elle était vulnérable. Et sa colère ne fit que grandir alors qu'elle songeait aux enfants sans défense qui avaient été filmés à leur insu dans cette pièce.

Elle leva les yeux vers Kyle. La fureur qu'elle lut dans son regard la prit par surprise. Elle s'était attendue à y voir de la compassion, ou le retour de la froideur. Pas cette rage rentrée, qui suggérait qu'il aurait voulu réduire en pièces l'individu responsable.

Cette pensée la réconforta un peu. Seulement un peu. Elle s'agrippa à ses perles, les touchant une à une, songeant à sa grand-mère si digne, à la réaction qu'elle aurait eue dans une telle situation.

Aide-les à trouver le coupable.

Elle laissa retomber ses mains sur ses genoux et s'éclaircit la voix.

— J'imagine que vous avez des questions à me poser.

Roarke parut stupéfait, mais un petit sourire satisfait effleura les lèvres de Kyle.

— Oui. Vous êtes prête ? demanda-t-il doucement.

Elle hocha la tête.

— Quand vous êtes allée vous changer dans cette salle, l'avez-vous dit à quelqu'un ?

Son regard bleu était rivé sur elle, tel un phare dans la tempête. Elle se focalisa sur son calme.

— Hum. Oui. Enfin, j'avais terminé mon service et Mike travaillait sur des dossiers. Il m'a dit que je pouvais utiliser la salle 4.

Une vague de colère déferla en elle.

— Il m'a dit que je devais faire mes exercices comme prévu. Que c'était important pour évacuer le stress.

— Le salaud, murmura Kyle, sans élever la voix. L'avez-vous vu ensuite ? Comment a-t-il paru ? Content ?

— Il semblait… soulagé.

Elle fronça les sourcils.

— Quelle raison aurait-il eue d'être soulagé ?

— Il aurait pu vouloir garder cette vidéo et s'en servir pour vous faire chanter.

— Me faire chanter ? répéta-t-elle, fière que sa voix ne tremble pas.

— Au cas où vous auriez découvert quelque chose qu'il voulait garder secret, expliqua Roarke.

Il s'apprêtait à continuer quand le téléphone de Kyle se

mit à sonner. Ce dernier s'excusa et sortit sur la terrasse pour répondre.

Quelques secondes plus tard, il était de retour.

— C'était le labo. Les empreintes de Patterson figurent sur toutes les photos. Et on a découvert des traces d'un précédent enregistrement sur la même carte. Celui-ci l'a effacé.

Il rangea son téléphone portable.

— Il y a autre chose : Patterson a un casier judiciaire dans l'État de New York. Il a plaidé coupable à une inculpation de dispense de cannabis sans autorisation voici deux ans.

Abasourdie, Belle resta muette.

— Avez-vous procédé à des vérifications le concernant ? demanda Roarke.

— J'avais présumé que Clint s'en était chargé, puisqu'il est à la tête de la fondation, mais…

Ses ongles s'enfoncèrent dans le creux de ses paumes.

— Mike est un vieil ami de la famille, par conséquent il est probable qu'il n'a pas pris cette peine. Nos familles se fréquentent depuis toujours. Vous… vous pensez qu'il a enlevé Anna ?

— En tout cas, il est mêlé à sa disparition. Nous le trouverons. Il est toujours aux États-Unis.

Elle regarda Kyle, déconcertée.

— Il m'a dit qu'il était aux Bahamas.

— Son téléphone a été localisé à Miami, et en route pour les Keys.

Kyle se pencha vers elle, mit sa main sur la sienne.

Une partie d'elle savourait le contact de ses doigts sur les siens, la sollicitude qui perçait dans sa voix. Une autre partie n'avait pas oublié qu'il l'avait considérée comme suspecte simplement parce qu'elle avait téléphoné à son frère avant lui.

Elle se dégagea.

— Je suis toujours suspecte ?

Le visage de Kyle se ferma.

— Non.

— À cause de ça, dit-elle avec dégoût, en désignant l'écran de l'ordinateur. Avant d'avoir vu cet enregistrement, vous étiez prêt à m'accuser ?

— Oui.

Au moins, il était franc. Cependant, il n'allait pas se voir attribuer de bons points pour cette qualité. Incrédule, elle s'efforça de maîtriser son irritation.

— Et parce que vous m'avez vue à demi-nue sur une vidéo, je suis innocente ? Votre logique laisse à désirer, agent Anderson.

— J'utiliserai la logique qui me convient pour arrêter l'auteur de ces enlèvements et retrouver Anna.

Roarke leva la main.

— Je vais faire un tour dehors, vérifier que tout est en ordre.

Il s'esquiva par la porte vitrée pendant que Kyle terminait son verre d'eau. Il le reposa sur la table avec force.

— Écoutez, je ne voulais pas croire que vous étiez impliquée dans ces enlèvements. Mais je dois faire mon travail. Ma priorité absolue est de retrouver cette enfant.

— La mienne aussi. Et si vous cessiez de sauter sur des conclusions me concernant et concernant ma famille, simplement parce que nous avons de l'argent…

— Il ne s'agit pas de ça.

— Ah non ? Et de quoi s'agit-il ? C'est parce que je suis blonde ?

— Je ne fais pas confiance aux médecins, avoua-t-il en

passant une main sur la barbe naissante de son menton. Et votre Dr Patterson m'a donné une raison supplémentaire de me méfier.

Elle le fusilla du regard.

— Cela ne doit pas être facile quand vous avez besoin de soins.

— Je veille à ne pas en avoir besoin.

Il lâcha un soupir.

— Vous m'êtes sympathique, Belle, vraiment. Je crois à votre innocence. Et nous allons avoir besoin de votre aide pour arrêter Patterson. Il constitue notre seule piste solide jusqu'à maintenant.

— Et Jesse Dugin ?

Un muscle tressauta dans sa mâchoire.

— Il s'est volatilisé.

— Mais vous ne pensez pas qu'il soit derrière tout cela.

Kyle jeta un coup d'œil vers la baie vitrée, derrière laquelle Roarke faisait les cent pas.

— À mon avis, c'est Patterson qui a tout organisé. Dugin n'était qu'un intermédiaire, engagé pour enlever Anna et tuer sa mère. Le jour de l'enlèvement d'Anna, un virement de quatre-vingt mille dollars a été crédité sur le compte de Dugin, en provenance des Bahamas.

Curieusement, elle n'était guère surprise.

— Mike est donc d'autant plus suspect.

— En effet.

— Et mon frère aussi, parce qu'il a engagé Mike sans vérifier son casier judiciaire ?

— Dans une certaine mesure. Il est en train d'être interrogé en ce moment même.

Son frère serait réticent à coopérer, songea-t-elle. Mike et lui étaient de vieux amis. Sans doute Clint était-il au courant de la condamnation dont Mike avait fait l'objet et avait-il décidé de lui donner une chance.

Une décision qui ternissait la réputation de son frère. Elle se réjouit que ses parents soient partis quelque temps. Sa mère serait encore plus bouleversée si elle était au courant.

— Que voulez-vous que je fasse ? demanda-t-elle.

Kyle lui tendit sa main.

— On fait la paix ?

Elle la serra.

— On fait la paix.

— Et maintenant ?

Ils étaient au commissariat, où Belle avait examiné une série de photos de malfaiteurs connus des services de police. Elle n'en avait pas reconnu un seul, ce qui n'avait guère surpris Kyle. Patterson était intelligent, et avait sûrement veillé à ne pas être vu avec des criminels en public.

Un instant, il hésita. L'étape suivante impliquait un risque, et il lui répugnait de l'exposer au danger.

— Appelez Patterson, dit-il enfin. Suggérez-lui un rendez-vous à mi-chemin pour vous deux. Dites-lui que la police vous considère comme suspecte et que vous ne savez pas vers qui vous tourner.

Elle parut sceptique.

— Vous croyez qu'il va s'en soucier ?

— C'est à vous de le convaincre. Gardez-le en ligne aussi longtemps que possible. Nous tâcherons de localiser sa position.

Belle ne semblait toujours pas convaincue. Un petit pli barrait son front. Malgré tout, elle tira son téléphone de son sac. L'appel alla droit sur boîte vocale.

— Il ne répond pas.

Belle fit une seconde tentative. En vain. Cette fois, elle laissa un message, demandant à Mike de la rappeler.

Kyle la raccompagna chez elle dans son élégant 4x4 noir. Ils étaient presque arrivés quand son téléphone sonna.

Elle prit une profonde inspiration et répondit.

— Mike ? Où es-tu ? J'ai de graves ennuis.

— Belle, je suis désolé. Sincèrement. Je ne peux pas t'aider.

— Tu ne peux pas ou tu ne veux pas ? Mike, qu'est-ce que tu as fait, bon sang ?

Il resta silencieux, peut-être stupéfait de son accès de colère, si rare chez elle. Un long soupir s'entendit à l'autre bout du fil.

— Mike, je ne vais pas être le bouc émissaire dans cette affaire. Je ne peux pas. J'ai toute ma vie devant moi. Souviens-toi de ce que tu m'as dit à propos d'être un médecin ? Je voulais être comme toi.

Du coin de l'œil, elle vit Kyle hocher la tête avec approbation. Il voulait qu'elle continue à faire parler Mike pour le localiser.

— Je suis désolé, Belle. Je ne… vais peut-être pas survivre.

Pour la première fois, elle se sentit vraiment transpercée par la peur. Mike ne jouait pas la comédie. Il était effrayé. Terrifié.

— Où es-tu ? demanda-t-elle, tandis que ses doigts se crispaient sur l'appareil. Je vais dire à Clint d'aller te chercher.

— Non. Je ne veux pas qu'il soit mêlé à ça.

L'inquiétude perçait dans sa voix.

— Il y a des policiers avec toi ?

Elle hésita.

— Sois honnête avec moi, Belle. Il faut que je leur parle. J'ai des informations à leur fournir. Je veux conclure un marché. Mets-moi sur haut-parleur.

Elle obéit.

— Qui est avec toi, Belle ? Les fédéraux ?

— Ici l'agent spécial Kyle Anderson, du FBI, docteur Patterson. Quelles informations avez-vous ?

— Pas au téléphone. En personne. Je vous dirai tout. Les noms, les dates, l'endroit où se trouve Anna.

Belle se mordit la lèvre. Il savait, le salaud ! Il savait tout.

— Elle est en vie ? balbutia-t-elle. Où est-elle ?

Kyle mit une main apaisante sur son bras.

— Doucement, murmura-t-il.

— Elle va bien, répondit Mike sur un ton agacé. Mais ils vont la faire sortir du pays dans quelques jours et vous la perdrez pour de bon.

Elle ne voyait qu'une seule raison pour laquelle quelqu'un voudrait faire sortir Anna du pays : un réseau de trafic d'enfants. Son mentor collaborait avec des criminels qui kidnappaient et vendaient des enfants.

— Comment as-tu pu faire une chose pareille, Mike ? demanda-t-elle, la gorge nouée.

Elle avait eu une telle confiance en lui par le passé. C'était comme si elle venait de découvrir que son propre frère était un criminel.

Un lourd soupir.

— Rien n'est aussi noir et blanc que tu veux le croire, mon chou. Surtout avec la famille.

Sa remarque n'avait aucun sens pour Belle.

— Tu veux dire, ta famille ?

— Non, rétorqua-t-il sur un ton sec. Reste en dehors de tout ça. Les gens qui sont derrière cette affaire ont de l'argent et du pouvoir et ils ne reculeront devant rien pour obtenir ce qu'ils pensent leur appartenir.

— Que voulez-vous, docteur Patterson ?

Comment Kyle pouvait-il rester si calme, parler d'une voix si égale ? Le cœur de Belle cognait dans sa poitrine et elle avait envie de hurler.

— Je veux un marché. Mon témoignage et des informations contre ma liberté.

— Je verrai ce que je peux faire. Où voulez-vous que nous nous rencontrions ?

— Au Old Pine Tree Motel, à Dade Town, sur la nationale 27. Dans une heure. Chambre numéro 6. Rien que vous et Belle. Pas d'autres flics.

— Non.

Pour la première fois, la voix de Kyle s'était durcie.

— Je serai là, mais pas Belle. Il me faudra plus d'une heure pour y aller. Disons deux. Rendez-vous à 20 heures précises.

— Très bien. Deux heures. Mais vous amenez Belle. Sinon, il n'y aura pas de marché et je ne dirai pas un mot.

Un déclic mit fin à la communication. Belle fixa l'écran redevenu sombre.

Elle consulta son GPS et prit une inspiration.

— Le motel est à quarante-cinq minutes d'ici. Si on prend l'autoroute jusqu'à…

— Vous ne venez pas.

Elle s'était à demi attendue à cette réaction.

— Vous avez entendu ce qu'a dit Mike. Il ne parlera pas si je ne suis pas là. Allez-vous risquer la vie d'Anna ?

— Je ne risquerai pas la vôtre, déclara-t-il en secouant la tête. Il est aux abois, peut-être armé et dangereux.

— Je viens.

— Non. Vous allez rester chez vous.

Belle posa son téléphone sur la console du tableau de bord.

— Je connais Mike. Il ne vous parlera pas si vous êtes seul. Il veut que je sois là pour négocier.

Les traits de Kyle se crispèrent.

— Négocier ?

— Il me connaît, il connaît ma famille, et surtout, il connaît notre avocat. Et il sait que Clint fera appel à lui pour protéger la réputation du dispensaire.

Kyle lâcha un juron à mi-voix, puis changea de voie.

— Très bien. Mais vous allez faire exactement ce que je vous dis de faire. Patterson est-il déjà allé dans ce motel ?

— Je ne sais pas, mais c'est possible. Clint et lui allaient pêcher dans les Everglades autrefois. Ils m'ont emmenée plusieurs fois.

Le plan ne plaisait pas du tout à Kyle. Il fit halte au siège local du FBI pour organiser des renforts, et se munir de gilets pare-balles. Il était hors de question qu'il se lance dans une opération potentiellement mortelle sans avoir de soutien. Y aller seul était un risque. Emmener Belle lui mettait les nerfs à fleur de peau.

Il était 20 heures précises quand ils se garèrent sur le parking du Old Pine Tree Motel, un bâtiment sans étage qui avait connu des jours meilleurs. Les lampadaires projetaient une lumière blafarde sur deux pick-up, une berline à l'air fatigué et, telle une débutante dans un bal du troisième âge, un coupé Jaguar noir dernier cri.

— C'est la voiture de Mike.

Belle fit mine d'ouvrir sa portière, mais Kyle mit une main sur son bras.

— Attendez.

Au moins, elle ne protesta pas. Au lieu de quoi, elle le regarda.

— Que voulez-vous que je fasse ?

— J'y vais d'abord. S'il est là, lui et moi allons avoir une conversation. Ensuite, je l'amènerai ici pour qu'il puisse vous parler.

La police de Dade Town et plusieurs officiers du FBI étaient postés dans un entrepôt à l'abandon voisin du motel, prêts à intervenir sur son signal.

— Ça ne marchera pas. Il a sûrement déjà vu votre voiture et il sait que nous sommes là. Il voudra au moins me voir, Kyle.

Pour autant qu'il répugne à l'admettre, il savait que Belle avait raison. Ils ne pouvaient prendre le risque de braquer Patterson. Cependant, il n'était pas davantage prêt à laisser Belle traverser le parking, et offrir ainsi une cible facile à n'importe qui. Tout en lui se révoltait à l'idée qu'elle soit en danger.

Avec un choc, il comprit que ce n'était pas seulement une réaction due à son instinct protecteur. Il avait commencé à éprouver des sentiments plus profonds envers Belle.

Il aurait le temps d'y réfléchir plus tard.

Il regarda en direction de la chambre numéro 6. Aucune lueur ne filtrait à travers les rideaux tirés, mais cela ne signifiait rien.

Kyle vérifia son arme.

— Il attendra. Pour le moment, vous restez là. Verrouillez les portières. Si vous entendez des coups de feu ou quoi que ce soit, baissez-vous. C'est compris ?

Elle hocha la tête.

À la réflexion… il ouvrit la boîte à gants et en sortit un Glock.

— Vous avez déjà tiré ?

Elle plissa le nez.

— Une fois ou deux à la chasse. Pas… avec ça.

— Tenez.

Il lui montra le cran de sûreté.

— Il est chargé. C'est un semi-automatique. Vous visez, vous tirez. Sur les méchants, pas sur moi, d'accord ?

Belle parvint à sourire.

— D'accord.

Incapable de se retenir, il lui effleura la joue.

— Vous êtes géniale, doc.

Sur quoi, il descendit et claqua la portière, puis traversa le parking à grands pas.

Vers la chambre numéro 6.

Et le danger.

15

Sa peau était brûlante à l'endroit où Kyle l'avait touchée. Deux semaines plus tôt à peine, elle l'avait jugé froid et arrogant lorsque leurs chemins s'étaient croisés à l'aéroport. Désormais, elle savait que cette façade glaciale dissimulait un homme chaleureux, profondément dévoué à son métier et aux enfants qu'il essayait d'aider.

Allons, ma fille, admets-le. Tu es en train de tomber amoureuse de lui.

Belle noua les mains sur ses genoux, et l'observa avec inquiétude tandis qu'il s'avançait sur le parking. Si Mike était armé, il risquait de paniquer et de tirer.

Il y avait eu un temps où Mike lui était apparu comme un homme calme, un médecin consciencieux. Maintenant, son univers avait basculé. Elle ne savait plus à qui se fier. Elle avait même des doutes sur son propre frère, qui avait nommé Mike à la tête du dispensaire.

Cependant, elle avait confiance en Kyle. En cet agent qui risquait sa vie pour protéger les autres.

Elle parcourut du regard le parking quasi désert. Cette Jaguar… Mike se vantait toujours de sa conduite confortable, de ses pointes de vitesse sur l'autoroute. Il s'était même acheté une plaque minéralogique personnalisée.

Une soudaine bouffée d'angoisse la saisit alors qu'elle

fixait cette plaque. Elle ne la voyait pas entièrement de là où elle se trouvait, mais les premières lettres n'étaient pas DOC.

Kyle lui avait ordonné de rester dans le véhicule. Mais si cette Jaguar n'était pas celle de Mike, allait-il droit dans un piège ?

Elle ouvrit sa portière et, les doigts cramponnés sur le pistolet, descendit du 4x4 et recula pour avoir une meilleure vue de la plaque d'immatriculation de la Jaguar.

Son cœur se serra. Pas DOC PAT, mais un numéro ordinaire.

Comment avait-elle pu ne pas remarquer cela avant ? Elle aurait pu avertir Kyle ! Bon sang, elle avait été formée pour se servir de son bon sens, et elle n'avait même pas vu que la voiture n'était pas la bonne.

Mike était-il là ?

Belle jeta un coup d'œil vers la chambre numéro 6. Kyle toquait à la porte.

Rien. Pas de réponse. Pas de coups de feu, heureusement. Mais pas de lumière non plus.

Quelque chose clochait.

Kyle entra.

Belle scruta l'habitacle de la Jaguar. Difficile de voir quoi que ce soit dans la semi-pénombre.

Elle activa la torche de son téléphone. L'intérieur de la voiture était impeccable, les sièges en cuir astiqués avec soin. Une paire d'écouteurs accrochée au rétroviseur arrière attira son attention. Mile les rangeait toujours là pour ne pas les perdre.

C'était forcément sa voiture, mais cette plaque… pourquoi l'avait-il changée ?

Kyle avait besoin de savoir. Après une hésitation, Belle

se hâta de traverser le parking à son tour. Il sortit de la chambre au moment où elle s'apprêtait à entrer.

Il fronça les sourcils et abaissa son arme.

— Je vous avais dit d'attendre dans la voiture.

Belle lui parla de la plaque.

Kyle fronça les sourcils et parla dans le micro dissimulé dans sa cravate :

— Roarke, Patterson n'est pas là. J'ai besoin que tu vérifies un numéro d'immatriculation pour moi.

Une minute plus tard, il avait la réponse.

— Cette plaque appartient à une Nissan qui a été volée voici un mois. Vous êtes sûre que c'est sa voiture ?

— Certaine. Pourquoi a-t-il changé la plaque ? Parce que vous le recherchiez ?

— Sans doute.

Ils regagnèrent le 4x4.

— Y a-t-il quelqu'un qui aurait pu accompagner Patterson ici ? Quelqu'un en qui il a confiance ?

— Mon frère.

Elle composa le numéro de Clint, mais la boîte vocale se déclencha aussitôt.

— Clint, rappelle-moi dès que possible.

Elle coupa la communication et fixa le motel.

— Mike est-il venu dans cette chambre ? Ses vêtements sont là ?

— Il y a une valise dans l'armoire, expliqua Kyle. Et une tenue d'enfant dans la commode.

Belle ferma les yeux. Tout suggérait que Mike était coupable.

— Je n'arrive pas à croire qu'il aurait tué Anna. Il n'est pas comme ça. Il soigne les enfants.

Kyle émit un petit bruit dédaigneux.

— Tous les médecins ne sont pas des saints, Belle. Ne soyez pas naïve.

Elle le regarda, piquée au vif.

— Vous me surprenez. Je ne vous considérais pas comme le genre d'hommes qui laisse ses préjugés influer sur son travail.

Il se tourna vers elle. En dépit de la pénombre, elle lut la détresse et non la colère sur son visage.

— Ce n'est pas le cas. Mais bon sang, si votre ami ne se montre pas, nos chances de retrouver Anna s'amenuisent. Il n'est que trop facile de faire sortir des enfants clandestinement de l'État. La Floride est entourée d'eau.

Il était tout aussi frustré qu'elle. La seule solution était de trouver Mike.

— Il n'est pas stupide, murmura-t-elle. Il a dit qu'il avait des informations et qu'il était prêt à parler. Quelque chose a dû se passer.

Kyle se figea.

— Quelqu'un l'a peut-être trouvé avant nous.

Il attrapa sa radio.

— Roarke, retrouve-moi à la réception.

Il descendit du véhicule, aussitôt imité par Belle.

Quand ils arrivèrent à l'accueil, Roarke était déjà là.

— Il y a deux minutes que je sonne. Pas de réaction.

Un bruit s'éleva à l'arrière, annonçant une présence. Un homme d'âge mûr apparut, le crâne dégarni, l'air à demi-endormi.

Kyle exhiba sa plaque.

— Agent spécial Anderson, du FBI. J'ai besoin de savoir qui a loué la chambre numéro 6.

L'employé cilla, s'approcha lentement de l'ordinateur et scruta l'écran.

— Michael Dawes. Paiement en espèces.

— Dawes est le nom de jeune fille de sa mère, expliqua Belle.

— À quelle heure est-il arrivé ? insista Kyle.

L'employé étouffa un bâillement et se pencha de nouveau vers l'écran.

— 15 heures 30. Il a payé pour une nuit.

— Il me faut le nom des clients qui occupent les deux chambres attenantes.

L'homme fronça les sourcils.

— La 7 est vacante, mais apparemment, quelqu'un a loué la 5 il y a deux heures.

— Vous enregistrez les numéros d'immatriculation des clients ? s'enquit Belle.

Il lâcha un petit rire.

— On n'est pas au Hilton, madame. Les gens vont et viennent à leur guise. Tant qu'ils paient, c'est tout ce qui nous intéresse.

— J'ai besoin du double de la clé de la 5, déclara Kyle.

— Je ne sais pas…

— Tout de suite.

L'employé pâlit sous le regard de Kyle, et se hâta d'ouvrir un tiroir.

— D'accord, d'accord.

Quelques minutes plus tard, ils étaient dans la chambre. Belle jeta un coup d'œil autour d'elle. Une moquette bon marché, assortie aux rideaux verts. Une commode surmontée d'une glace, une télévision posée sur une étagère. Deux lits recouverts de courtepointes bleues en tissu mince. Une table ronde sous la fenêtre. Deux lampes de chevet à l'abat-jour poussiéreux. Mike n'aurait jamais dormi dans un endroit aussi modeste, à moins d'être au désespoir.

Kyle désigna la penderie.

— Vous reconnaissez des tenues appartenant à Patterson ?

Elle secoua la tête.

— Tout est trop petit. Il mesure plus d'un mètre quatre-vingt et il est bien bâti. Et ces affaires ne sont pas assez chics pour lui. Mike a des goûts de luxe.

Ils regagnèrent la chambre numéro 6. Le cœur serré, Belle regarda les vêtements d'enfants rangés dans les tiroirs.

— On dirait la taille d'Anna, murmura-t-elle.

La pièce sentait légèrement le moisi, en dépit de la climatisation qui tournait au maximum. Mike avait-il enlevé Anna ? L'avait-il gardée prisonnière dans cette pièce humide, malsaine ?

Pourtant, l'employé avait affirmé ne pas avoir vu d'enfant.

Comme elle s'approchait de la salle de bains, elle sentit que le sol était spongieux sous ses pieds. Elle baissa les yeux.

Peut-être y avait-il une fuite d'eau ? Belle s'accroupit, toucha la moquette, et étouffa un cri.

— Kyle, murmura-t-elle, à peine capable d'articuler un son. Du sang. Il vient de ce lit.

Pourvu que ce ne soit pas celui d'Anna. Pourvu que la petite fille soit encore en vie…

Kyle suivit son regard.

— Roarke, aide-moi à soulever ce matelas.

Ils inclinèrent celui-ci contre le mur. Dessous se trouvait non pas un sommier à ressorts, mais une planche en contreplaqué. Les deux hommes la soulevèrent à son tour.

Le cœur de Belle manqua un battement.

Les yeux écarquillés par la terreur, le docteur Michael Patterson était recroquevillé sur lui-même, le regard fixant le néant. Quelqu'un lui avait enfoncé une serviette de toilette blanche dans la bouche. Ses poignets et chevilles étaient ligotés à l'aide de rouleau adhésif gris.

Il avait un trou en forme d'étoile au centre du front.

16

Les obsèques eurent lieu trois jours plus tard. Ce fut une épreuve pour Belle, mais elle parvint à maîtriser son émotion durant la cérémonie et la réception qui suivit.

Sa mère avait des défauts, mais elle avait aussi un cœur généreux. La villa des North avait été ouverte à tous ceux qui avaient assisté aux funérailles de Mike, autrement dit les amis, parents et membres de l'élite que ce dernier avait coutume de fréquenter.

Comme toujours, l'extraordinaire capacité de sa mère à recevoir, quelle que soit l'occasion, impressionnait Belle. Tout juste de retour chez elle, Shirley Vandermeer North avait engagé un traiteur, des voituriers, commandé des fleurs et fait nettoyer la maison de fond en comble.

Dans l'élégance froide du salon parental, Belle contemplait distraitement un feuilleté au fromage, refoulant ses larmes. On ne pleurait pas en public, même lors de funérailles.

Personne ne savait que Mike avait été assassiné. Des rumeurs circulaient, mais les médias avaient pour l'essentiel été maintenus dans l'ignorance. La plupart des gens étaient persuadés qu'il avait succombé à une crise cardiaque après une journée de pêche.

— Salut, Belle.

Surprise, elle leva les yeux et reconnut Evan Worthington. Cette fois, il n'était pas ivre. Sobrement vêtu d'un complet gris et d'une cravate bleue, les cheveux peignés en arrière, il paraissait plus jeune.

— Evan.

Il prit sa main et tenta de la serrer, mais sa poignée de main fut un peu plus forte que nécessaire. Il semblait s'accrocher à elle comme à une bouée de sauvetage.

Un serveur passa, portant un plateau de hors-d'œuvre.

— Je vais en prendre un, dit-elle, si bien qu'Evan la lâcha enfin.

Elle choisit un canapé au fromage et mordit dedans. Délicieux. Bien sûr. Sa mère n'aurait jamais permis que des plats médiocres soient servis à la villa North. Même si elle n'avait eu que deux jours pour préparer le menu.

— C'est terrible que Mike soit mort, commenta Evan. Mais c'est bien de célébrer son souvenir ainsi. C'est très gentil à tes parents d'avoir organisé cette journée.

— C'est gentil à ta mère d'avoir aidé la mienne, répondit Belle, qui venait d'apercevoir Mindy Worthington dans la foule.

Mindy était aussi élégante que d'habitude, un rang de perles autour du cou assorties à ses boucles d'oreilles, ses cheveux gris rassemblés en un délicat chignon. Vêtue d'une robe noire Chanel, elle semblait tout autant dans son élément que lorsqu'elle présidait un gala de charité.

Son fils, lui, était moins soigné. Son costume était un peu froissé, sa cravate légèrement de travers, comme s'il avait trop tiré dessus.

— Je déteste les enterrements, marmonna-t-il. Je suis content que tu sois là.

Il vida son verre et en prit un autre sur le plateau d'un serveur qui passait.

Belle le regarda.

— Ne bois pas trop, Evan. Ça ne te réussit pas.

Il eut l'air un peu penaud.

— Désolé à propos de l'autre soir. J'étais de sortie avec les copains, c'était la première fois que je me lâchais depuis que j'ai appris que j'étais en rémission.

Cherchant un sujet de conversation, Belle désigna sa mère.

— Ta mère a été d'une aide précieuse à la mienne pour tout préparer.

Il hocha la tête.

— C'est une organisatrice-née. Et cela ne l'ennuyait pas, puisque les parents de Mike sont sous le choc.

L'organisation d'une telle réception exigeait non seulement du travail, mais de l'argent. Ces sommes n'étaient qu'une goutte d'eau dans la mer pour des gens tels que la mère de Belle et Mindy Worthington. Celle-ci jouissait des privilèges associés à la fortune, et avait toujours fait passer son fils avant tout. Evan avait été un enfant et un jeune gâté, et plus encore depuis la mort de son père, cinq ans auparavant.

Adolescente, Belle lui avait parfois envié la dévotion de sa mère. Cependant, au fur et à mesure qu'elle grandissait, Belle avait compris que la présence d'un parent pouvait être par trop envahissante. Parfois, elle soupçonnait que Mindy faisait constamment la leçon à Evan pour qu'il obéisse à ses désirs. Il avait réussi à échapper à son influence pendant un temps, mais la maladie l'avait ramené dans le giron maternel.

Belle avait de la compassion pour lui. Pas assez toutefois pour le fréquenter.

— Belle, je suis vraiment navré pour ma conduite

dans le bar. J'ai été un vrai goujat, et tu étais avec ce type du FBI.

Elle se détendit un peu. Peut-être Evan n'était-il pas si déplaisant, après tout.

— C'était l'agent Anderson, qui mène l'enquête sur la disparition d'Anna.

— Ah bon. Tu as un faible pour lui ?

Stupéfaite, elle faillit renverser son champagne.

— Un faible ?

— À voir la manière dont vous vous regardiez, il m'a semblé qu'il n'était pas juste un flic pour toi.

C'est vrai, admit le cœur de Belle.

Sûrement pas, protesta son cerveau.

Quoi qu'il en soit, elle n'allait certainement pas se confier à Evan.

— Je fais de mon mieux pour aider les autorités à trouver Anna, puisque j'ai été une des dernières personnes à la voir en vie.

Une réponse diplomatique. Sa mère aurait approuvé. Toutefois, elle n'eut pas l'effet escompté. Evan sourit, et ses yeux verts pétillèrent.

— Tant mieux. Dans ce cas, tu es libre et moi aussi. Peut-être qu'on peut recommencer de zéro. Sortir ensemble. Je connais un restaurant français discret, intime, qui a un choix fantastique de bons vins.

Belle le dévisagea. Ils étaient réunis là à l'occasion des funérailles de Mike. La suggestion était pour le moins déplacée.

— Je ne crois pas, Evan.

— Rien qu'une soirée. Donne-moi une chance.

Il sourit de nouveau, révélant des dents parfaites. Ce sourire charmait peut-être certaines femmes, mais il ne fit qu'irriter Belle.

Par chance, Mindy s'approchait, un nuage de parfum dans son sillage.

— Evan, mon chéri, te voilà. Tout va bien ?

Une vraie mère poule, songea Belle, amusée. Evan, de son côté, parut mal à l'aise.

— Très bien, mère. Je bavardais avec Belle.

— J'ai toujours pensé que vous feriez un couple adorable, Belle, dit aussitôt Mindy, le regard brillant. Avez-vous envisagé de rester ici plutôt que d'aller faire ce truc médical Dieu sait où ?

Ce truc médical. Comme si la médecine était un passe-temps voisin du tricot.

Elle réprima un rire.

— Je ne crois pas, madame Worthington. Evan et moi ne sommes pas vraiment compatibles, ajouta-t-elle avec un sourire visant à atténuer la sécheresse de sa réponse.

Si Evan se sentit rejeté, il n'en montra rien, se contentant de mordiller l'ongle de son pouce. Le sourire de Mindy, en revanche, se crispa.

— Mon chéri, ne te ronge pas les ongles. Eh bien, c'est très dommage, Belle. Vous ne savez pas ce que vous perdez.

Ses doigts se refermèrent fermement sur le bras d'Evan.

— Viens, mon chéri. Je voudrais te présenter quelqu'un.

Belle émit un soupir de soulagement en les regardant se frayer un chemin dans le salon. Elle était lasse de dissimuler ses sentiments. Le visage mort de Mike ne cessait de s'imposer à son esprit. Elle avait envie de voir un ami, quelqu'un avec qui elle n'était pas forcée de parler de la pluie et du beau temps.

Du coin de l'œil, elle aperçut une lueur au bout du tunnel.

Kyle Anderson.

Vêtu d'un costume noir et d'une cravate bleu marine austère, dépourvue des motifs fantaisie qu'il affectionnait d'habitude, il se fondait dans la foule. Sa tenue était assortie à ses cheveux bruns, et sa mèche grise lui donnait un air distingué.

Pas de doute, elle s'attachait trop à lui. Peut-être était-elle même déjà amoureuse.

Cette pensée la fit tressaillir et elle manqua une fois de plus de renverser son verre. L'amour n'était pas au programme. Sa carrière passait avant tout, suivie de sa famille.

D'ailleurs, à première vue, Kyle et elle n'avaient rien en commun. Pourtant, leurs différences créaient un équilibre qui pouvait constituer une fondation solide à une relation durable. Il était brusque et bourru, elle était douce et compréhensive. Il l'aidait à percevoir, au-delà des attentes de sa famille, un avenir qui lui permettrait non seulement de s'épanouir professionnellement, mais d'être heureuse.

Il l'encourageait à être indépendante, à affronter sa peur d'être rejetée par les siens. Kyle avait raison. Si ses parents l'aimaient sincèrement, et elle savait que c'était le cas, ils ne lui en voudraient pas de poursuivre sa voie.

Kyle lui avait tant appris durant les quelques jours qu'ils avaient passés ensemble… Elle voulait l'aider à son tour à surmonter la terrible douleur à laquelle il s'accrochait depuis la mort de sa fille. Lui faire comprendre qu'il était sain de lâcher son chagrin.

Kyle la vit et lui décocha un sourire qui la réchauffa tout entière.

Belle se fraya un chemin dans la foule. Réprimant l'envie de le serrer dans ses bras, elle se contenta de le saluer d'un signe de tête.

— Agent Anderson, dit-elle de sa voix d'hôtesse, c'est gentil à vous d'être venu.

Roarke et lui avaient assisté à la cérémonie. Kyle l'avait prévenue la veille par texto qu'ils comptaient venir afin d'observer d'éventuels comportements suspects, mais malgré tout, sa présence emplissait Belle d'une joie secrète. Quand elle le voyait, son cœur battait plus vite, et cela n'avait rien à voir avec la tragédie qui venait de se produire.

— Avez-vous besoin de quoi que ce soit ? Je peux vous présenter à des gens si vous le souhaitez.

Elle baissa la voix.

— Mais si vous voulez rester à l'arrière-plan parce que vous êtes ici en mission, je comprends très bien.

Kyle prit sa main dans la sienne. Un geste tout simple et qui, pourtant, semblait chargé de sens.

— C'est le cas. Mais je suis aussi venu voir comment vous alliez, Belle.

Ses yeux bleus la caressaient tendrement.

Belle se mordit la lèvre.

— Je vais bien, merci.

Il garda le silence, se contenta de la dévisager. Elle soupira.

— Enfin, non, mais je tiens le coup.

Il promena son pouce sur le dos de la main de Belle, la sollicitude gravée sur ses traits.

— Vous êtes une femme exceptionnelle, Belle North. Forte et capable. Mais même les gens forts ont besoin de se reposer de temps à autre.

— Ça ira, murmura-t-elle. J'ai rendez-vous tout à l'heure avec une pizza et un verre de vin.

Il sourit.

— Je vous dois toujours un dîner pour avoir ruiné votre sauce tomate.

— Entendu, dit-elle sur un ton léger, bien que son cœur ait manqué un nouveau battement.

Ils s'éloignèrent un peu de la foule, et gagnèrent un coin calme près d'un des vases chinois qu'affectionnait la mère de Belle.

— Vous avez des suspects ? Ou d'autres informations concernant Anna ?

— Non.

Il jeta un coup d'œil autour d'eux.

— La plupart des invités sont-ils des amis de votre famille ou ceux de Patterson ?

— Les deux. Ses parents sont ici, vous les avez rencontrés. Pensez-vous vraiment que le meurtrier puisse être parmi nous ?

— C'est possible, murmura-t-il. En tout cas, Clint nous a appris que Mike avait des dettes considérables. Plus de deux cent mille dollars.

Belle eut le souffle coupé. La fondation versait à Mike un salaire respectable. Apparemment, celui-ci n'était pas suffisant pour couvrir ses dettes de jeu.

— À qui devait-il cet argent ?

— Un peu à tout le monde, semble-t-il. Ses cartes de crédit étaient au maximum, et un virement suspect a été opéré sur son compte. Il provenait de l'étranger.

— Un usurier ?

— Peut-être. D'après votre frère, Mike lui a demandé un an d'avance sur son salaire, mais le règlement de la fondation interdisait une telle procédure. Clint lui a proposé un prêt de cinquante mille dollars. Mike en a accepté vingt-cinq et a dit qu'il le contacterait à propos du reste. Quelques jours plus tard, il a rappelé Clint pour lui dire qu'il avait trouvé une autre solution. Qu'il allait toucher une somme d'argent.

Un frisson parcourut Belle.

— Quand cette conversation a-t-elle eu lieu ?

— Le 16 décembre.

Elle se mordit la lèvre et posa sa flûte de champagne.

— C'est le 17 qu'on a commencé à prendre des photos des fillettes au dispensaire.

Kyle acquiesça.

— Oui. Il est clair qu'on l'a payé pour ces photos.

Il fronça les sourcils, l'air songeur.

— Il y a quelque chose qui m'échappe. Si nous avons affaire à un trafic, pourquoi n'avoir enlevé qu'une petite fille ?

— C'était peut-être seulement le début, suggéra Belle. Anna vivait en marge de la société. Elle n'avait pas vraiment de voisins ni d'amis. Sa disparition aurait pu passer complètement inaperçue.

— Ç'aurait été le cas sans votre intervention, lui fit-il remarquer. Je ne crois pas vous avoir remerciée.

Sa voix grave déclencha un nouveau frisson dans l'échine de Belle, mais de plaisir cette fois.

— N'importe qui aurait fait la même chose à ma place.

— Malheureusement, non. Il y a des gens qui préfèrent ne se mêler de rien.

À cet instant, le téléphone de Kyle sonna.

— Anderson, répondit-il d'une voix sèche.

Son visage se crispa.

— Non, restez où vous êtes. J'arrive.

Il coupa la communication, prit une inspiration.

— Qu'y a-t-il ?

— Rosa est réveillée. Et elle parle.

17

Un agent vint à leur rencontre dans le couloir.

—. Je vous ai appelé dès que j'ai su la nouvelle. Nous avons quelqu'un sur place vingt-quatre heures sur vingt-quatre.

Kyle le remercia. Quelques secondes plus tard, ils entraient dans la chambre, ayant été avertis par l'infirmière que l'entretien ne pourrait durer que dix minutes.

— Elle n'est plus intubée, par conséquent elle peut parler, mais sa gorge va lui faire mal, et elle doit être terrifiée, murmura Belle. Côté positif, ses signes vitaux sont bons.

Kyle se pencha vers la patiente. L'odeur d'antiseptique lui emplissait les narines, ravivant de douloureux souvenirs.

— Rosa, pouvez-vous parler ? demanda-t-il, chassant les images qui l'assaillaient. Savez-vous ce qui est arrivé à votre fille ?

— Anna, gémit Rosa. Anna…

Belle jeta un coup d'œil aux machines et secoua la tête.

— Vous allez trop vite. Laissez-moi essayer.

Elle posa une main sur le front de la femme et lui parla en espagnol.

— Rosa, c'est moi, Dr North, le médecin qui a soigné votre fille. Je travaille avec le FBI pour essayer de retrouver Anna. Tout va bien, Rosa. Nous sommes à sa recherche. Pouvez-vous nous parler de l'homme qui vous a attaquée ?

Les yeux de Rosa s'ouvrirent, mais demeurèrent vagues, comme si elle luttait pour rester consciente.

— Où est-elle ? Anna ? Ma petite Anna ?

— Nous allons la retrouver, Rosa. Nous avons besoin que vous nous parliez de l'homme qui vous a attaquée. Nous pensons qu'il l'a enlevée.

Belle continuait à parler d'une voix égale. Kyle, au comble de la frustration, hurlait intérieurement. La femme étendue sur ce lit connaissait les réponses dont il avait désespérément besoin.

— C'était Jesse Dugin ? L'homme qui vous cachait ? demanda Belle en espagnol.

Rosa acquiesça, s'humecta les lèvres.

— Il… il avait promis de garder Anna en sécurité. De nous emmener ailleurs et de nous cacher. Il a un bateau. Il allait nous emmener loin de Floride. Nous aurions pu cesser de fuir.

— Vous cacher de qui ? intervint Kyle, perplexe. Qui vous menaçait ?

La femme referma les yeux.

— Rosa, insista Belle. Anna avait peur quand vous êtes venues au dispensaire. Pourquoi étiez-vous en fuite ?

— La police, marmonna Rosa. La police est de son côté. Il est puissant. J'avais peur qu'il prenne Anna.

— Qui ? demanda Kyle en anglais. Qui voulait la prendre ?

— Arrêtez, siffla Belle. Vous lui faites peur.

— Allez chercher le *padre*, s'écria Rosa en se redressant, tendant la main vers Kyle. Dangereux. Anna. Sauvez mon bébé, s'il vous plaît.

Elle retomba sur le lit, sans connaissance, tandis que des bips perçants s'élevaient de la machine. L'infirmière se rua à l'intérieur.

— Ça suffit ! ordonna-t-elle. Sortez tout de suite.

Belle entraîna Kyle vers la porte.

Dans le couloir, il se mit à marcher de long en large.

— Nous étions si proches.

— Pas assez. Vous n'auriez pas dû la brusquer, Kyle, lui reprocha Belle gentiment. Vous lui avez fait peur.

Si douce qu'elle soit, cette critique était trop pour Kyle. Les souvenirs déferlèrent en lui – l'équipe médicale qui le pressait de laisser Kasey mourir parce qu'elle ne se réveillerait pas. Qu'il n'y avait aucune activité cérébrale. Aucun espoir.

Et que sa vie pouvait en sauver d'autres.

Pressant le doigt sur sa tempe, il fusilla Belle du regard.

— Je lui ai fait peur ? J'essaie de retrouver sa fille, bon sang ! Et elle est notre seul témoin !

Sagement, Belle le laissa seul et alla demander à l'infirmière d'envoyer à Rosa l'aumônier qu'elle voulait voir.

Un aumônier. D'autres souvenirs. Un trop-plein d'émotions assaillit Kyle.

— Il faut que je sorte d'ici, parvint-il à articuler quand Belle revint.

Elle fixa sur lui des yeux compréhensifs.

— Très bien. Allez-y. Je rentrerai en taxi.

Il prit la fuite, courut hors de l'hôpital comme s'il avait le diable à ses trousses.

Comme il l'avait fait ce jour fatidique où il avait accepté d'éteindre les machines, après avoir embrassé Kasey une dernière fois.

Il ne cessa de courir qu'en arrivant à sa voiture. Il s'engouffra à l'intérieur, claqua la portière et resta immobile, le regard rivé au volant noir. Il ne démarra pas. Il n'avait nulle part où aller. À quoi bon retourner dans une maison vide ?

La portière passager s'ouvrit sans bruit. Belle se glissa sur le siège, mais ne dit rien.

— Kasey avait deux ans, murmura-t-il, les lèvres sèches. Sa mère et moi étions sur le point de divorcer, mais nous voulions que ce soit amical, pour le bien de Kasey. Ma femme m'accusait d'être marié à mon travail plutôt qu'à elle. Elle avait raison. Ma carrière était tout pour moi. Ce soir-là… j'étais au bureau. J'aurais dû…

Belle attendit.

Les mains de Kyle se crispèrent sur le volant.

— Il était environ minuit quand on m'a appelé. Caroline avait fait ses bagages et elle était partie chez sa mère en emmenant Kasey. En chemin, elle a dû faire un écart pour éviter une collision avec un chauffard ivre, et un camion les a percutées. Caroline a été tuée sur le coup. Kasey, notre bébé, mon bébé, était sur la banquette arrière, encore vivante.

Belle prit une brusque inspiration, mais garda le silence.

À quand remontait la dernière fois qu'il avait évoqué la tragédie ? Jamais il n'en avait parlé, comprit-il avec stupeur. Il aurait voulu se taire, mais les mots jaillissaient de ses lèvres malgré lui. Il ne pouvait s'arrêter.

— Elle est restée quatre semaines sous soins intensifs, reliée à ces fichues machines. J'étais là tous les jours. Je lui tenais la main, je lui lisais des histoires. Je pleurais, je priais, je suppliais. Elle ne s'est jamais réveillée.

Kyle ferma les yeux, revoyant le petit visage blême de Kasey, entouré de bandages.

— Traumatisme cérébral irréversible, causé par l'accident. Voilà ce qu'on m'a dit. Elle n'était qu'un bébé… les médecins m'ont dit qu'il valait mieux la laisser partir. Je ne voulais pas. Je ne pouvais pas. Mais il y avait un petit garçon qui avait besoin d'un cœur. Ils voulaient le cœur de mon bébé. Je leur ai dit oui. Je n'ai pas pu la sauver. J'aurais dû la sauver.

Belle ne dit rien. Elle se contenta de lui tendre les bras. Elle le serra contre elle alors qu'il donnait enfin libre cours au chagrin qui le submergeait. Il sanglotait comme un enfant dans le parking d'un hôpital, mais peu lui importait.

Au bout de quelques minutes, il se redressa. Plongea la main dans sa poche pour prendre son mouchoir et la pièce qu'il gardait toujours là tomba sur le sol.

Belle la ramassa et la lui rendit.

— C'était la sienne, souffla-t-il en la remettant à sa place. Je faisais un tour de magie avec tous les soirs. Elle les réclamait. C'était toujours le même, mais elle applaudissait à chaque fois.

— Parce que c'était son papa qui le faisait, souffla Belle. Et qu'elle vous aimait, Kyle. Sa mort était un accident. Vous n'auriez rien pu faire.

Il lui avait confié tout ce qui le hantait. Jamais il ne s'était senti aussi vulnérable, et pourtant, il n'avait plus l'impression d'être seul.

Kyle prit Belle dans ses bras et l'embrassa avec toute la force des émotions qu'il contenait depuis si longtemps. Il l'embrassa comme s'il était à la dérive en pleine mer et qu'elle était son unique planche de salut. Quand il la lâcha enfin, son cœur cognait dans sa poitrine, et tout son corps vibrait de désir.

Il voulait davantage.

— Je suis là pour toi si tu as besoin de moi, murmura-t-elle. Si tu ne veux pas être seul ce soir.

Faire l'amour avec elle serait extraordinaire, il le sentait dans chaque cellule de son corps.

Pourtant, ce ne serait pas juste, parce qu'il ne pouvait pas lui offrir ce dont elle avait besoin. Belle North méritait mieux qu'une aventure sans lendemain.

Il se détourna et démarra.

— Je te ramène chez toi. Il faut que je retourne au bureau.

Ce qui lui arrivait était trop intense. Trop fort. Il avait besoin de se réfugier dans l'univers familier, sûr, de son travail.

Pourtant, alors qu'il sortait du parking de l'hôpital, il sentit une douleur familière l'envahir.

Pas seulement pour ce qu'il avait perdu des années plus tôt.

Pour ce qu'elle lui offrait et qu'il n'était pas prêt à accepter.

18

Le baiser de l'avant-veille avait répondu à toutes ses attentes, à tous ses désirs.

Et pourtant, Kyle avait fait marche arrière. En un sens, elle comprenait. Il avait besoin d'espace.

Par conséquent, elle ne s'était pas imposée. Ces deux derniers jours, elle ne l'avait pas contacté hormis pour savoir s'il y avait du nouveau dans l'affaire. Ou si Rosa en avait dit davantage.

Ses réponses avaient été informatives, mais succinctes. Dépourvues d'émotion.

Ce soir-là, après une longue journée au bureau du cabinet de cardiologie, Belle avait hâte de plonger dans la piscine.

Comme elle ouvrait la porte d'entrée, Boo se rua à sa rencontre pour lui faire fête.

— Hé, mon chou, s'écria-t-elle en enfouissant le visage dans sa fourrure soyeuse. Tu m'as manqué.

Quelques instants plus tard, elle faisait des longueurs pendant que Boo grignotait ses croquettes sur la terrasse en bois. Une bouteille de chardonnay était en train de rafraîchir dans la cuisine d'été. Belle se força à nager encore un peu. En dépit de sa fatigue, elle avait besoin d'exercice pour se détendre.

Quand elle sortit de l'eau, une brise fraîche soufflait, venant de l'est. Belle enfila une tunique en coton, sortit le vin du réfrigérateur, le déboucha et se servit un verre.

Elle but une gorgée, puis une autre.

Délicieux.

Un aboiement sonore s'éleva alors qu'elle se dirigeait vers le canapé en osier. La voisine promenait son chien, que Belle avait secrètement surnommé Boule de billard en raison de son poil ras. Boo détala et se rua vers le côté de la maison.

Une bouffée d'angoisse transperça Belle alors qu'elle contournait le coin. La barrière était grande ouverte.

— Boo !

Fronçant les sourcils, elle posa son verre et se hâta de soulever l'animal dans ses bras. C'était curieux. Jamais elle ne laissait cette barrière ouverte.

Un frisson lui parcourut la nuque.

Judy, qui venait nourrir et promener Boo durant la journée, avait sa propre clé. Elle savait que la barrière pouvait se détacher par grand vent. Elle savait aussi que Boo et le chien de la voisine ne s'appréciaient guère et risquaient de s'attaquer s'ils se croisaient sur le trottoir.

Belle poussa la barrière. Celle-ci refusa de se fermer, par conséquent elle garda Boo dans ses bras pour le faire entrer dans la maison. Comme elle atteignait le canapé en osier, un vertige soudain la fit trébucher.

À peine eut-elle déposé le chien qu'une immense lassitude s'empara d'elle, une sensation de torpeur totale.

C'était absurde. Elle n'avait pas déjeuné, certes, et elle avait bu un peu de vin, mais tout juste une gorgée.

Si j'étais dans un bar, je jurerais que quelqu'un a mis quelque chose dans mon verre.

Le picotement à sa nuque s'intensifia. Belle gagna le plan de travail en titubant, ramassa le bouchon et le renifla.

Rien.

Malgré tout, elle avait la certitude que quelque chose clochait. Elle attrapa son téléphone et composa le numéro de Kyle.

— Aide-moi, murmura-t-elle. Je suis chez moi.

Du coin de l'œil, elle aperçut une ombre. Une fraction de seconde plus tard, la douleur explosa dans son crâne.

Elle hurla.

Et puis ce fut le noir.

Il aurait le salopard qui avait fait ça.

Quelqu'un avait attaqué Belle en plein jour. Quelqu'un qui était soit aux abois, soit suprêmement sûr de lui. Ou les deux.

Par chance, elle avait des voisins vigilants.

Étouffant un juron, Kyle empêcha Belle de se redresser.

— Doucement, dit-il d'une voix apaisante. Tu es en sécurité maintenant.

Étendue sur le canapé où elle s'était effondrée, elle tenta de nouveau de se relever. Il mit les mains sur ses épaules pour l'en empêcher.

— Tu as une bosse, mais rien de grave, je crois, dit-il, refoulant sa colère à l'égard du salaud qui l'avait frappée. Ta voisine promenait son chien et t'a entendue crier. Elle s'est précipitée ici avec une bombe lacrymogène et a fait peur à ton agresseur. Il a escaladé la clôture et fui en direction des bois. Par chance, la barrière était ouverte.

Belle émit un geignement et passa une main sur son front.

— Elle était censée être fermée. Elle l'est toujours. Quelqu'un l'a forcée.

— Tu te souviens d'autre chose ?

— Le vin… il y avait quelque chose dedans.

Elle fronça les sourcils.

— Un produit sans odeur. Sans goût. De la kétamine, je crois. Ou du rohypnol. Il m'a donné le vertige alors que j'en avais à peine bu.

Le laboratoire analyserait le verre et le vin. L'équipe de l'identité judiciaire avait d'ores et déjà relevé des empreintes, mais Kyle ne se faisait guère d'illusions.

— Celui qui a fait ça est un pro.

Belle se massa la nuque.

— En tout cas, il voulait se débarrasser de moi. Ou m'empêcher de poser des questions.

— C'était peut-être un tueur à gages.

Kyle déboucha une bouteille d'eau et la lui tendit. Elle en but une gorgée.

— Où trouve-t-on un tueur à gages ? On met une annonce dans le journal ?

Kyle aimait son sens de l'humour, mais la situation n'avait rien de comique. Dire que, par deux fois, il avait été tenté de lui téléphoner. Il avait éprouvé le besoin de la voir.

Depuis leur baiser, il ne faisait que songer à elle.

— Je pourrais peut-être en engager un moi-même pour descendre celui-là, plaisanta-t-elle.

Roarke intervint.

— Il est possible que votre agresseur revienne, déclara-t-il. Vous ne devriez pas rester ici toute seule. Y a-t-il un membre de votre famille qui pourrait vous accueillir quelques jours ?

— Mon frère, mais je ne veux pas aller chez lui. Ni

laisser Boo tout seul. Je vais appeler ma cousine. Elle pourra s'occuper de lui. Quant à moi, je trouverai un motel.

Pas question, songea Kyle. Il n'allait pas la laisser sans protection.

— Non. Je t'emmène chez moi.

19

Pendant le trajet, Kyle la mit au courant des progrès de l'enquête. La police avait questionné des amies de Rosa mais sans résultat.

Alors qu'ils roulaient, son téléphone sonna. Kyle prit la communication, écouta son interlocuteur, puis le remercia.

— Bonne nouvelle, annonça-t-il en raccrochant. Nous avons une piste pour Dugin. C'est lui qui t'a fait ça, ajouta-t-il. On a trouvé ses empreintes sur le réfrigérateur. Ne t'inquiète pas. On va l'attraper.

Belle poussa un soupir de soulagement en entrant dans la villa de Kyle. Même si le décor était impersonnel, elle s'y sentait plus en sécurité que chez elle. Sans doute à cause de l'homme qui verrouillait la porte derrière elle.

— Fais comme chez toi, dit-il en désignant le salon. Je vais mettre ta valise dans la chambre d'amis.

Belle retira ses chaussures, les déposa sur le sol et se pelotonna sur le canapé, repliant les jambes sous elle.

— Tu réussis à te détendre vraiment quand tu es sur une enquête ? lui demanda-t-elle alors qu'il revenait. Tu peux lâcher prise ?

Il ôta veste et cravate et vint s'asseoir à côté d'elle.

— Pas vraiment, avoua-t-il. J'essaie de faire des

pauses, mais l'enquête me colle à la peau. Parfois, je suis au milieu d'une autre activité et une idée me vient, alors je me remets au travail.

Elle le dévisagea, intriguée.

— Et que fais-tu quand tu ne travailles pas ?

Il pointa le doigt vers le piano installé dans le coin de la pièce.

— Je joue.

— C'est le tien ? s'écria-t-elle, surprise.

— Il était ici avant moi, mais j'ai suivi des cours pendant une dizaine d'années.

— Tu veux bien jouer pour moi ? J'adore la musique, mais en grandissant, je préférais mes études, et je soudoyais ma prof pour qu'elle me laisse aller travailler dans ma chambre.

Kyle se mit à rire.

— Tu étais déjà une étudiante assidue.

Il redevint sérieux et lui effleura la tempe.

— Comment te sens-tu ?

— Ça va. Ce n'est qu'une petite bosse.

La main de Kyle s'enroula autour de sa nuque et la massa doucement.

— Ça te fait du bien ?

Incapable d'articuler un son, elle ferma les yeux et acquiesça. Il avait des mains extraordinaires, qui chassaient toute la tension accumulée dans les muscles des épaules de Belle. Quand elle rouvrit les yeux, l'expression de son regard était intense. Brûlante.

Il se leva brusquement et se dirigea vers le piano.

— Du classique, ça te va ?

— Parfait.

À vrai dire, elle aurait préféré qu'il reste près d'elle sur le canapé. En proie à un mélange de déception et de désir, elle ferma les yeux de nouveau, écouta Kyle jouer un prélude de Chopin, et ce fut comme si elle remontait le temps. Elle était de nouveau enfant, et sa mère jouait du piano pour la distraire car elle était malade, recroquevillée sur le canapé.

Une tempête faisait rage au-dehors, la pluie fouettait les vitres et l'intensité du morceau semblait faire écho au hurlement du vent.

Et pourtant, elle ne s'était jamais sentie autant en sécurité, autant aimée, parce que sa mère avait passé une journée entière à s'occuper d'elle.

Quand il termina, elle applaudit.

— Tu es très doué.

Il haussa les épaules.

— Je ne jouerai peut-être jamais au Carnegie Hall, mais à un moment donné, j'avais envisagé de faire carrière dans la musique.

Une surprise de plus de la part de cet homme aux multiples facettes.

— C'est à l'opposé du FBI. Que s'est-il passé ?

Il haussa les épaules de nouveau.

— La musique n'est pas toute ma vie. Elle me donne du plaisir, mais ce n'est pas ma véritable passion.

Elle ne comprenait que trop bien. Pour sa part, la médecine était sa véritable passion, une passion qui, selon certains, était voisine de l'obsession. Jamais elle n'avait envisagé d'exercer un autre métier.

Il la regarda, l'air pensif.

— Je suis entré à l'académie du FBI parce que j'ai un sens de la justice, du bien et du mal. Je ne vois pas les choses en noir et blanc. Ce serait trop simple. Le monde est fou, Belle, tu le sais aussi bien que moi. Mais si je peux faire une petite différence, soit en ramenant un enfant à ses parents, soit en leur donnant les informations qui leur permettent d'entamer le processus de deuil, cela en vaut la peine.

Il pressa une touche, qui émit un petit son aigu.

— Je me considérais comme une sorte de héros en cape rouge, en train de sauver le monde, jusqu'au jour où j'ai compris que mon zèle m'avait fait négliger ce qu'il y avait de plus important.

Belle se leva, le rejoignit sur le tabouret et lui effleura la main.

— L'accident n'était pas ta faute, Kyle.

Et puis, parce que cela avait besoin d'être dit, elle ajouta :

— La mort de Kasey n'était pas la faute des médecins non plus. Les tragédies arrivent parfois, en dépit des efforts qu'on fait pour les empêcher.

Il baissa les yeux sur sa main qui couvrait la sienne.

— Oui. Tu as raison. Il m'a fallu longtemps pour m'en rendre compte.

Elle eut le cœur serré par la tristesse qu'elle lisait sur son visage.

— Et toi ? demanda-t-il. Pourquoi as-tu choisi la médecine ?

— J'ai toujours voulu être médecin, Kyle. Nous ne sommes pas parfaits. Nous faisons de notre mieux. Quand j'étais en faculté de médecine, ma plus grande crainte était de commettre une erreur qui coûterait la vie à quelqu'un. Je ne l'ai jamais dit à personne, mais c'est une des raisons pour lesquelles j'ai décidé de faire une pause d'un an. Pour réfléchir sérieusement à la direction que je veux prendre. Si on travaille dans la finance et qu'on fait une erreur, cela peut coûter de l'argent à quelqu'un. Mais pas la vie.

Elle poursuivit :

— Ton dévouement pour retrouver Anna m'a fait comprendre que j'avais été égoïste, en ne songeant qu'à mes peurs, à moi. Si j'ai un don, comme tu en as un, il faut que je m'en serve. Que j'aie confiance en moi-même et en les collègues qui m'entourent, pour prendre les meilleures décisions possible à partir des informations que nous avons.

Kyle garda le silence.

Belle se sentait un peu gênée de s'être livrée ainsi, mais soudain, il planta ses yeux dans les siens.

— Ma vie n'est pas merveilleuse, Belle. Je n'ai pas pu avoir de relation durable avec une femme depuis l'accident. À vrai dire, je n'en ai pas cherché. Jusqu'à maintenant, des aventures d'un soir me suffisaient.

Le cœur battant, elle soutint son regard.

— Tu essaies de me dire quelque chose, Kyle ?

— Oui. Si tu es prête à prendre un risque, moi aussi.

— Oui, souffla-t-elle. Je suis lasse de ne pas prendre de risques.

Il se pencha et prit possession de ses lèvres. Elle ferma les yeux, noua les bras autour de son cou. C'était un baiser lent et tendre, mais mesuré, comme si Kyle ne voulait pas y mettre trop de passion. Peut-être avait-il autant envie d'elle qu'elle de lui, mais qu'il hésitait à le montrer.

Par conséquent, Belle prit l'initiative. Son baiser se fit plus profond, plus intense. Elle mit tous ses sentiments dans son étreinte. Tous. Elle ressentit jusqu'au tréfonds de son âme la réaction de Kyle alors qu'il la serrait plus fort contre lui, caressait sa langue de la sienne.

Elle pria pour que ce moment ne se termine jamais. Car, pour la première fois de sa vie, tout semblait à sa place.

Parfait.

Ils se séparèrent à regret, hors d'haleine.

— Ouah, murmura-t-il.

— C'était… incroyable, souffla-t-elle en retour.

Il la dévisagea.

— Ça va ?

— Je ne me suis jamais sentie mieux.

Au même moment, l'estomac de Belle se mit à gargouiller.

— Mais je meurs de faim, j'avoue.

Il émit un rire et se leva.

— Tu vas voir, ma sauce bolognaise est une vraie tuerie !

Kyle dénicha des tables pliantes et ils dînèrent sur le pont du bateau amarré à l'arrière de la maison. Le crépuscule avait teinté le ciel de traînées rose et lavande, et il y avait une légère fraîcheur dans l'air.

Une soirée d'hiver parfaite en Floride.

Belle mordit dans une boulette de viande, écoutant Kyle lui parler de son enfance dans l'État de New York. Ses parents vivaient toujours là-bas. Deux de ses frères travaillaient dans la finance.

— Je suis le seul à avoir choisi d'être représentant de l'ordre. Ma famille a pensé que j'étais fou, mais elle a soutenu ma décision.

Il la regarda par-dessus son verre de vin rouge.

— Dis-moi quelque chose, Belle. Tu parais déchirée entre le désir de faire plaisir à tes parents et celui d'exercer le métier que tu veux. Si aujourd'hui devait être ton dernier jour sur la terre, quelle décision prendrais-tu à propos de ta carrière ?

Belle fit tournoyer son propre verre, les sourcils froncés.

— Franchement, je n'en sais rien.

Elle termina son vin.

— Ce que je sais, en revanche, c'est que tu as bon goût en matière de vin.

Il sourit.

— Rien que le meilleur pour toi.

Le repas terminé, elle l'aida à débarrasser et à remplir le lave-vaisselle.

— Si tu n'es pas trop fatiguée, que dirais-tu de regarder un film ? suggéra-t-il. J'ai une vaste collection de classiques. Et je peux préparer du pop-corn.

Belle ne se le fit pas dire deux fois.

— Génial.

Quelques instants plus tard, elle était pelotonnée sur le canapé du salon, un bol de pop-corn devant elle, et regardait Kyle faire le tour de la maison en verrouillant les fenêtres. Pieds nus, en jean et maillot de base-ball, il paraissait totalement détendu.

— Comment te sens-tu ?

— Merveilleusement bien. Merci de m'avoir invitée à venir chez toi.

Il enroula une fois de plus la main autour de sa nuque et la massa légèrement.

— Ne me remercie pas. Tu avais besoin d'un endroit où être en sécurité.

— Parce que je suis mêlée à ton enquête et que tu as besoin de moi.

Une constatation, doublée d'une interrogation.

— Non.

Le regard bleu de Kyle était intense.

— Parce que je commence à avoir des sentiments pour toi, et que je ne veux pas que tu sois en danger.

Belle retint son souffle et s'humecta les lèvres, sentant les yeux de Kyle sur elle.

— C’est réciproque, agent Anderson.

Il détourna la tête.

— Je ne peux rien te promettre, Belle. Mon passé est compliqué et je ne suis pas prêt à aller de l’avant. Cela dit, je ne peux pas m’empêcher de penser constamment à toi. Et je meurs d’envie de te faire l’amour, avoua-t-il dans un murmure.

Elle leva son visage vers le sien.

— Je n’ai pas mal à la tête, mais je me sentirais beaucoup mieux si tu m’embrassais.

— Tu préfères un baiser à un médicament ?

Sa voix était taquine, mais son regard était devenu brûlant.

Sa bouche captura celle de Belle dans le plus tendre des baisers. Rien d’exigeant. Une exploration lente, douce, presque hésitante.

Elle noua les bras autour de son cou, et le baiser de Kyle se fit plus intime. De délicieuses sensations se répandirent dans son corps. Entre les bras de Kyle, elle pouvait tout oublier.

Seul le présent comptait.

Quand ils se détachèrent l’un de l’autre, elle eut un terrible pincement de solitude. Et puis, il se leva et lui tendit la main.

— Tu viens avec moi ? demanda-t-il d’une voix grave.

Belle mit sa main dans la sienne. Une fois dans la chambre, il alluma la lampe de chevet et la reprit dans ses bras.

— Il y a longtemps que je n’ai pas fait ça, avoua-t-elle timidement.

— Moi aussi, dit-il.

Son regard bleu était tendre, et Belle sentit son appréhension se dissiper. Il était temps qu’elle vive dans le présent. Elle avait été trop accaparée par son travail et le désir de se plier au rôle que ses parents, sa mère, surtout, attendaient d'elle.

Désormais, le moment était venu de satisfaire ses propres désirs.

Kyle déposa un baiser sur le bout de son nez.

— Je n'ai pas envie d'être seul ce soir, murmura-t-il. Mais si tu n'es pas prête, tu n'as qu'à dire un mot et sortir de cette chambre. Je ne t'ai pas amenée ici pour te séduire. Je veux que tu te sentes en sécurité et à l'aise.

Belle se dégagea, lut une déception aiguë sur ses traits, aussitôt remplacée par un masque de neutralité. Elle gagna la porte et la ferma, puis retourna à lui.

— Je suis prête maintenant, souffla-t-elle en promenant les mains sur son torse puissant.

Kyle l'embrassa de nouveau, et elle s'abandonna contre lui. Jamais elle n'avait soupçonné qu'un baiser puisse être aussi intense, aussi enivrant, et pourtant empreint de tendresse.

Belle avait l'impression que son corps était tendu au maximum, que ses terminaisons nerveuses bourdonnaient de plaisir. Elle était consumée de désir, mais elle voulait que cette nuit dure le plus longtemps possible.

Car nul ne savait ce que le lendemain pourrait apporter.

20

Le lendemain matin, Kyle reçut un appel l'informant que Jesse Dugin avait été arrêté.

Il embrassa Belle tendrement, le regard grave.

— Sois prudente quand même, Belle, conseilla-t-il. Si tu dois sortir, appelle-moi régulièrement.

Elle lui rendit son baiser.

— Pas de souci. J'ai l'intention de prendre une journée de congé et de me reposer chez toi. Peut-être lire quelque chose de léger.

— Des ouvrages médicaux ? plaisanta-t-il.

Kyle parti, les pensées de Belle se reportèrent sur la mort de Mike Patterson et son rôle dans l'affaire.

Les propos qu'il avait tenus au téléphone continuaient à la tarauder. D'après lui, Anna était en sécurité, mais l'individu qui l'avait enlevée voulait la faire sortir du pays.

Mike avait peut-être eu maints défauts, mais Belle était convaincue qu'il n'aurait jamais fait de mal à un enfant. Et qu'il n'aurait jamais participé à un kidnapping s'il avait su que la fillette en question allait être victime d'abus sexuels.

Et si… s'il était le père d'Anna ? Rosa avait dit que celui-ci était un homme puissant, et que la police était de son côté.

C'était une déduction logique. Mike avait parlé de son désir d'avoir une famille. Avait-il eu une aventure avec Rosa, dont Anna avait été le fruit ? Et quand Rosa était venue au dispensaire… la vérité avait éclaté au grand jour.

Elle se souvint soudain que le plat préféré d'Anna était les médaillons de bœuf à la sauce chipotle. Où aurait-elle pu goûter un plat aussi exotique ?

Si Rosa avait travaillé pour Mike, et qu'il servait ce genre de dîners.

Médaillon de bœuf sauce chipotle. Un déclic se fit soudain dans l'esprit de Belle. Ce plat figurait au menu du dernier gala de charité d'Estancia Pointe, organisé au profit du dispensaire !

Mike y avait assisté, naturellement. Peut-être Rosa était-elle une des serveuses.

Il fallait qu'elle lui parle.

Quand elle entra dans la chambre, Rosa posa sur elle de grands yeux écarquillés.

— Bonjour, Rosa. Je suis contente de voir que vous êtes réveillée. Je suis Belle North, le médecin qui a soigné Anna, dit-elle en espagnol.

— Je sais, répondit Rosa dans la même langue.

— Le Dr Patterson est mort, Rosa. Il ne peut plus vous faire de mal. Vous êtes en sécurité maintenant.

La jeune femme secoua la tête avec vigueur.

— Non. Je ne suis pas en sécurité.

— De quoi avez-vous peur ? Je vous promets que nous pouvons vous protéger.

— Personne ne peut me protéger. Elle a trop d'argent. Vous avez trouvé Jesse ?

— Oui. Il a été arrêté et ne vous fera plus de mal. Pourquoi étiez-vous avec lui, Rosa ?

Elle détourna les yeux.

— Il avait de l'argent. J'avais besoin d'argent pour fuir. Où est ma petite Anna ?

— Le FBI continue à la chercher. Mais vous devez nous dire tout ce que vous savez.

Rosa pinça les lèvres. Son regard allait d'un point à un autre comme si elle s'attendait à voir des fantômes surgir de chaque coin de la pièce.

— Avez-vous travaillé pour le Dr Patterson ?

Rosa garda le silence.

— Le Dr Patterson était un de mes amis, Rosa. Il est mort. Si c'est lui qui vous a menacée, vous n'avez plus rien à craindre.

Des larmes jaillirent des yeux de la jeune femme.

— Je voudrais ne jamais être allée dans ce dispensaire. Mais je n'avais pas d'argent…

Belle lui tendit un mouchoir en papier.

— Vous avez été serveuse lors du gala de charité organisé pour le dispensaire à Estancia Pointe, n'est-ce pas ? Dans la grande salle de bal, sous les chandeliers en cristal ? Et vous avez rapporté à Anna du bœuf en sauce qu'elle a adoré.

Rosa la fixait, bouche bée. À l'évidence, Belle avait deviné juste.

— Qui vous avait engagée, Rosa ?

Elle se pencha davantage vers la jeune femme.

— Rosa est votre vrai nom ?

— Non, avoua celle-ci en tremblant. Je m'appelle Mercedes.

— Mercedes, je suis sûre que votre famille se fait du souci pour vous. Voudriez-vous que je la contacte ?

Les yeux de son interlocutrice s'emplirent de larmes.

— Personne ne s'inquiète de moi. Je suis partie à l'âge de dix-huit ans.

— Pourquoi ?

— Mes parents voulaient me forcer à aller au Chili épouser un homme que je ne connaissais pas.

— Votre famille est au Chili ?

Mercedes acquiesça.

— Je suis née ici. Mes parents vivaient en Floride à l'époque. Ils sont… fortunés.

— Par conséquent, vous parlez parfaitement l'anglais, murmura Belle lentement.

Mercedes hocha la tête.

— Je suis désolée, docteur North. Je ne voulais pas vous mentir. Mais Anna est tout pour moi. Et j'ai tellement peur de la perdre…

— Dans ce cas, aidez-moi à la trouver. Qui est son père ? Était-ce le Dr Mike ?

La bouche de Mercedes trembla.

— Vous ne pouvez pas m'aider. Si vous saviez…

Elle ferma les yeux.

— Allez-vous-en. Je suis fatiguée.

Belle n'insista pas. Elle sortit de la chambre, songeuse. Si Mike n'était pas le père d'Anna, la seule piste qui restait était celle du gala.

Mindy Worthington avait présidé cette soirée. L'amie de sa mère saurait quel traiteur avait été engagé.

Elle sortit de l'hôpital et appela Kyle, qui répondit à la première sonnerie.

— Salut, doc.

La chaleur déferla dans les veines de Belle au son de sa voix sexy. Plus question d'être impartiale. Elle était follement amoureuse de lui.

Non que leur relation ait des chances d'aboutir à quoi

que ce soit. Elle avait sa carrière. Et Kyle ne semblait pas prêt à lâcher son passé.

— Salut, beau gosse, dit-elle doucement. Des progrès ?

Il lui apprit que Dugin avait été interpellé à l'aéroport, alors qu'il s'apprêtait à quitter le pays. La police de Miami l'avait transféré à Estancia Pointe, où il devait arriver d'une minute à l'autre. Ce qui signifiait que Kyle allait être accaparé par son interrogatoire.

Belle lui rapporta ce qu'elle avait appris.

— Elle devait forcément travailler pour le traiteur du gala, conclut-elle. Je vais me renseigner pour savoir de qui il s'agit et le contacter.

Elle entendit Kyle prendre une inspiration.

— Sois prudente, doc. Certaines de ces compagnies paient leurs employés au noir et n'aiment pas qu'on mette le nez dans leurs affaires.

— Je ne cherche pas à fouiner. Je vais dire que Mercedes m'a impressionnée par son travail et que je voudrais l'engager moi-même. Et que cela pourrait m'intéresser de faire appel à cette compagnie pour un déjeuner que j'organise pour mon club de loisirs.

Il émit un petit rire.

— Je parle sérieusement, Belle. Sois prudente. L'étau se resserre autour du coupable, et nous ne voulons pas courir le risque de perdre Anna. Celui qui l'a enlevée doit se rendre compte que nous nous approchons.

— Je ferai attention, promis.

— Téléphone-moi de chaque endroit où tu vas aujourd'hui. Même si c'est le salon de beauté ou l'épicerie. Compris ?

Elle saisit l'inquiétude dans sa voix et accepta.

La communication terminée, elle composa le numéro de Mindy Worthington, qui répondit aussitôt.

— Belle, ma chérie, comment allez-vous ? J'ai été si inquiète d'apprendre que vous aviez eu un accident. Vous auriez dû venir chez nous.

Belle songea à Evan et leva les yeux au ciel.

— Je vais bien, madame Worthington. Mais j'ai besoin de votre aide. Je me demandais si vous vous souveniez du nom du traiteur que vous avez engagé pour le gala de cette année ?

Il y eut un bref silence.

— Oui, bien sûr. Pourquoi ?

— Oh ! Je cherche juste un bon traiteur pour un déjeuner que je souhaite organiser. Qui était-ce ?

— Un instant, ma chère. Je vais vous donner ses coordonnées.

Une minute plus tard, Mindy était de retour.

— La compagnie que j'utilise est assez occupée à cette période de l'année, ma chère, mais je peux vous recommander quelqu'un d'autre. Y a-t-il une raison précise pour laquelle vous désiriez avoir celle-ci ?

— À vrai dire, je cherche une de leurs employées. Elle s'appelle Mercedes.

Un silence se fit.

— Oh ! Je vois, répondit Mindy au bout de quelques secondes. Eh bien, vous pouvez toujours essayer. Il s'agit de All Star Fine Foods. Je vous envoie leur numéro par texto dès que j'aurai raccroché.

— Merci infiniment.

— J'espère que cela vous sera utile. Eh bien, je vais à mon spa. Bonne journée, ma chérie !

Belle se dirigea vers sa voiture, savourant la chaleur du soleil sur son visage. Le mois de février en Floride était superbe, mais en général, elle était trop absorbée par son travail pour en profiter.

Là, par la force des choses, elle avait l'occasion de réfléchir à la vie qu'elle voulait mener, et envisageait l'avenir avec une assurance nouvelle.

Une spécialisation en cardiologie mènerait à une carrière prestigieuse, à la sécurité financière et à l'approbation sans réserve de sa famille.

Si elle optait pour la pédiatrie, elle aurait une carrière qui lui plairait, mais qui serait moins prestigieuse, et elle devrait comme toujours affronter la désapprobation des siens. Leur déception.

Mais c'est ma vie. C'est moi qui suis concernée, pas eux.

Chassant ces réflexions de son esprit, elle composa le numéro que Mindy lui avait envoyé.

Le téléphone sonna plusieurs fois, puis la boîte vocale se déclencha. Elle laissa un message.

Juste au moment où elle démarrait, son téléphone se mit à sonner.

— Ici Ted Clare, de All Star Fine Foods. Vous cherchez un traiteur ?

L'homme avait une voix bourrue et un accent new-yorkais prononcé, qui surprirent Belle. Elle avait imaginé quelqu'un de délicat et de raffiné, pas un individu qui parlait comme un docker.

— Oui. Mindy Worthington m'a dit que vous aviez fourni le repas du gala organisé au profit du dispensaire. Il y avait là une employée appelée Mercedes. J'aimerais savoir si vous la recommanderiez parce que je cherche une serveuse pour un repas que j'organise. C'est vous qui l'aviez engagée ?

— Mercedes ? Je ne suis pas sûr. Elle a un nom de famille ?

— Rodriguez, peut-être. Je ne suis pas sûre. Vous gardez une liste des gens qui travaillent pour vous ?

— Nous n'avons pas d'employés permanents, mais oui, nous avons un carnet d'adresses.

Une bouffée d'espoir envahit Belle.

— Tous les papiers sont dans notre entrepôt, reprit l'homme. Retrouvez-moi là-bas et nous pourrons regarder.

Il lui donna l'adresse et raccrocha.

Kyle ne répondit pas à son appel, si bien qu'elle laissa un message sur sa boîte vocale, puis raccrocha et se rendit sur place. Situé au-delà de la ligne de chemin de fer, c'était un hangar isolé, entouré par une clôture métallique, qui semblait à l'abandon. Aucun panneau n'annonçait le nom de la compagnie. En revanche, une élégante Mercedes était garée devant.

Un malaise envahit Belle. L'endroit ne paraissait guère approprié à une compagnie prospère. Le propriétaire lui avait-il donné une adresse erronée ?

Cependant, une porte avait été laissée ouverte, maintenue en place par une grosse pierre.

Belle descendit de voiture et franchit le seuil.

— Monsieur Clare ?

Pas de réponse.

L'entrepôt était caverneux, mal éclairé, mais des lumières étaient allumées dans un local au fond, sur la gauche. Belle s'en approcha et entra.

Deux bureaux étaient couverts de poussière. Une montagne de classeurs et de papiers penchait dangereusement d'un côté, menaçant de tomber. Si le propriétaire espérait trouver des informations dans ce fouillis…

Enfin, peut-être conservait-il ses dossiers sur ordinateur.

Belle promena un regard sur l'entrepôt. Des caisses étaient empilées du sol au plafond. Des dizaines et des dizaines de cartons étaient rangés sur des étagères métalliques. Curieuse, elle s'approcha et lut une étiquette.

Hill Country Chardonnay.

Un frisson lui parcourut l'échine. Pourquoi un traiteur aurait-il importé du vin en gros ? Mindy avait-elle menti ?

Elle retourna dans le bureau et ouvrit les tiroirs. Dans le deuxième, une facture au nom d'Evan Worthington attira son attention.

Evan, le conseiller financier. Son ami d'enfance.

La couverture d'un magazine d'œnologie attira son regard. On y voyait Evan fixant sobrement l'objectif, une bouteille à la main.

Elle étudia le cliché. Il paraissait si grave. Ses yeux verts, ce menton…

Le magazine lui échappa et tomba sur le sol.

— Oh ! Mon Dieu, chuchota-t-elle.

Les yeux.

La manière dont Anna avait rongé son ongle… exactement comme son père. Qui n'était pas Mike Patterson après tout.

Belle se ruait hors du bureau quand un rire mauvais résonna sur sa droite. Affolée, elle se fraya un chemin à travers les caisses et atteignit la porte. Elle tourna la poignée, en vain. Elle était fermée à clé.

Elle était prisonnière.

On lui avait tendu un piège. Elle avait été si stupide !

Il y eut un mouvement dans la pénombre.

Belle hurla, et détala de nouveau, zigzaguant entre les caisses à la recherche d'une autre sortie, tâtonnant à la recherche de son téléphone pour appeler Kyle.

Son cœur battait à tout rompre. Elle avait un point de côté. Malgré tout, elle accéléra l'allure. Là, devant, une porte ouverte. Quelqu'un devait être en train de charger ou de décharger.

Elle ouvrit la bouche, prête à appeler à l'aide. Et puis elle sentit une piqûre dans le bras et plus rien.

21

Au bout de quatre heures d'interrogatoire, ils n'étaient toujours arrivés à rien avec Jesse Dugin. Ce dernier avait insisté pour avoir un avocat à ses côtés et refusait de dire quoi que ce soit. Chevilles et poignets menottés, il les fusillait du regard.

Finalement, Kyle joua son dernier atout.

— Nous avons trouvé des traces de votre ADN sur les lieux du crime de Michael Patterson, Jesse, dit-il en se penchant vers lui. C'est vous qui l'avez tué. Vous allez passer le reste de vos jours en prison.

— À moins qu'on ne vous envoie à la chaise électrique, intervint Roarke. La peine de mort existe encore en Floride.

Dugin devint livide.

— Je ne voulais pas le faire. Mais le doc a pris peur, il voulait cracher le morceau. Je n'ai pas eu le choix.

— Jesse… avertit l'avocat.

— Non, je ne vais pas payer pour tout. Il faut que vous m'obteniez un marché.

— Oh ! nous sommes prêts à négocier, assura Kyle. À condition que vous nous disiez ce que nous avons besoin de savoir. Où est Anna ?

— Non, coupa l'avocat. En échange de la coopération de M. Dugin, nous voulons une promesse de clémence.

— Nous trouverons un arrangement. Mais pas avant de savoir où diable est Anna ! riposta Kyle.

Jesse abattit sa main sur la table, faisant cliqueter ses menottes.

— Je vous dis que je n'en sais rien !

Non sans mal, Kyle maîtrisa son irritation.

— Quel est son vrai nom ? Nous savons ce qui se passe. Nous savons que Mercedes travaillait pour des gens riches et qu'elle a dû s'enfuir. Et que vous avez été engagé pour la retrouver.

Les épaules maigres de Dugin se tassèrent.

— Annalise. Elle s'appelle Annalise. La vieille femme voulait un nom anglais. Elle a insisté quand Mercedes a accouché. Ça faisait partie du marché. La vieille femme a tout contrôlé.

— La vieille femme, répéta Kyle, alarmé. Une parente de Patterson ?

Jesse ricana.

— Vous ne savez rien du tout. Patterson était comme moi, il a été embauché pour trouver Mercedes et la gamine après leur fuite. Le dispensaire était un point de départ. Mais la photo que la vieille m'avait donnée pour identifier la petite était si floue que j'ai dû enlever d'autres gamines.

— Quel rôle Patterson a-t-il joué dans tout cela ?

— Il a photographié les gamines au dispensaire pour qu'on trouve la bonne. Et ensuite, il a détruit les dossiers médicaux de Mercedes et d'Anna. Je me suis débrouillé pour rencontrer Mercedes et lui faire du charme, je lui ai donné de l'argent, j'ai fait semblant d'être amoureux d'elle. Patterson avait de grosses dettes de jeu et la vieille femme les a payées.

— Qui est cette femme ?

Jesse jeta un coup d'œil vers son avocat, qui acquiesça.

— Mindy Worthington, soupira-t-il. Elle m'a chargé d'enlever Annalise et de tuer Mercedes.

Un frisson d'horreur parcourut l'échine de Kyle.

— Vous n'avez donc rien compris, imbéciles ? cria Jesse. Mercedes travaillait pour la vieille et elle a eu une liaison avec son fils. Mindy Worthington s'en fichait comme de l'an quarante jusqu'au jour où elle a su qu'Evan ne pourrait pas avoir d'autres enfants à cause du cancer.

— La chimiothérapie l'a rendu stérile, murmura Kyle.

— Annalise est sa seule petite-fille, son seul espoir de voir la lignée survivre. Quand Mercedes a voulu emmener Anna au Texas, Mindy Worthington a menacé de lui faire un procès pour obtenir la garde. Mercedes a filé et j'ai été engagé pour la retrouver. C'est la vieille qui est le cerveau de l'affaire, pas le fils.

Dès l'interrogatoire terminé, Kyle appela Belle. Il obtint sa boîte vocale. Puis il découvrit son message. Quelques minutes lui suffirent pour obtenir l'adresse de All Star Fine Foods… et le nom du propriétaire.

Mindy Worthington.

Belle s'était jetée droit dans la gueule du loup.

Désorientée, la tête lourde, Belle ouvrit les yeux lentement, chaque cellule de son corps l'avertissant qu'elle était en danger. Elle voulut bouger les mains, mais découvrit que c'était impossible. Elles étaient liées devant elle à l'aide de rouleau adhésif. Ses jambes aussi. Elle était étendue sur un lit…

Elle se redressa un peu. Les murs de la pièce étaient

peints en blanc. Un ventilateur de la même couleur tournait paresseusement au plafond. En tournant la tête vers la gauche, elle vit une autre pièce, dotée d'une unique fenêtre par où le soleil entrait à flots. L'air sentait légèrement le renfermé, comme si cet endroit n'avait pas été utilisé depuis longtemps.

— Il y a quelqu'un ? appela-t-elle.

Elle avait les lèvres sèches, craquelées. Elle aurait vendu son âme contre un verre d'eau.

La porte s'ouvrit. Belle regarda la nouvelle venue, stupéfaite.

— Anna, murmura-t-elle.

La fillette courut à elle.

— Docteur North !

— Aide-moi, pressa Belle. Tu peux retirer ce rouleau ?

Les doigts minces de l'enfant bataillèrent avec la bande. Au bout de quelques minutes, les mains de Belle étaient libres. Aussitôt, elle s'empressa de retirer les liens de ses chevilles.

Elle gagna la fenêtre et scruta les environs. Un petit bout de terre s'étendait devant elle, bordé d'arbres denses. Entre les troncs, elle aperçut le reflet du soleil sur l'eau.

— Où sommes-nous ?

— Je ne sais pas. Il y a de l'eau tout autour. C'est comme une île.

La fillette se mordit la lèvre.

— J'ai peur la nuit. Ils m'ont dit de ne jamais sortir le soir à cause des moustiques.

De l'eau. Des moustiques. Sans doute étaient-elles dans les Everglades. Belle s'assit sur le lit et se massa la nuque.

— Depuis combien de temps es-tu ici ? Comment vas-tu ?

La fillette semblait en bonne santé. Ses cheveux

avaient été teints en blond, et elle portait un ensemble bleu et blanc, un short et un pull léger, de grande marque. Cependant, la peur se lisait dans ses yeux verts.

— Je vais bien, dit-elle en espagnol. La dame, elle m'a dit de l'appeler Grand-mère, elle n'aime pas que je parle espagnol. Elle dit que je dois oublier ma vie d'avant.

Belle souleva la fenêtre, qui remonta de quelques centimètres sans bruit, puis s'immobilisa. Belle insista, en vain.

Elles ne pourraient pas fuir par là.

Un chœur d'insectes s'entendait au-dehors, accompagné du vagissement lointain d'un alligator et du ronronnement reconnaissable d'un générateur.

— Que t'a dit ta grand-mère, Anna ?

La petite fille mordillait l'ongle de son pouce.

— Que mon vrai papa est son fils et qu'on allait vivre loin de la Floride, dans un endroit où personne ne nous embêterait jamais.

Des larmes brillèrent dans ses yeux.

— Elle dit que maman est morte. C'est vrai, docteur North ?

Belle serra l'enfant contre elle.

— Non. Ce n'est pas vrai. Ta maman va bien. Elle est à l'hôpital et on prend bien soin d'elle. Tu lui manques terriblement.

— Pourquoi est-ce que je suis ici ? gémit Anna.

— Je te promets de tout faire pour que tu retrouves ta maman, mon chou. Écoute-moi. Tu peux me dire quelque chose sur cet endroit ? Qui d'autre est ici ?

— Il y a M. et Mme Clare tout le temps, sauf quand mon papa vient. Ma grand-mère vient aussi, mais elle ne reste pas longtemps. C'est tout, je crois.

Anna fronça les sourcils.

— C'est vraiment mon papa ?

— Oui, je crois. Qui te surveille en ce moment ?

— M. et Mme Clare.

Anna baissa la voix.

— Il y a beaucoup d'alligators. Mme Clare dit que je ne dois pas jouer au bord de l'eau sinon ils vont me manger.

— Anna, sais-tu quand ta grand-mère a l'intention de t'emmener loin d'ici ?

L'enfant secoua la tête.

Belle réfléchit. Avant de succomber à une crise cardiaque, le père d'Evan avait acheté une somptueuse propriété en Suisse. Était-ce dans ce pays qu'Evan et sa mère comptaient s'installer ? Si oui, Anna et elle avaient peut-être un peu de temps devant elles pour s'enfuir.

Mais comment faire si la maison où elles se trouvaient n'était accessible que par bateau ?

Belle se rendit dans la salle de bains attenante et s'aspergea le visage. La glace à dorures qui surmontait le lavabo, légèrement incongrue dans le décor rustique, éveilla en elle un soudain souvenir.

Je suis déjà venue ici.

Elle mit un doigt sur ses lèvres pour qu'Anna reste silencieuse, et gagna la porte de la chambre sur la pointe des pieds. Elle entrouvrit le battant et tendit l'oreille. Des éclats de voix lui parvinrent, venant de l'arrière.

À pas de loup, elle s'avança dans le couloir qui menait au séjour. Deux silhouettes étaient assises sous la véranda, au-delà de la cuisine. Dans le salon, deux canapés étaient disposés l'un en face de l'autre, une petite table entre eux. Sur les murs, des photos de bateaux et de poissons…

La cabane de pêcheur d'Evan. Elle était venue là dix ans plus tôt, avec lui, son frère et Mike Patterson.

Elle avait quinze ans, et voulait accompagner son grand frère à la pêche.

— C'est rustique, avait averti Clint. Primitif pour toi, Belle. L'eau est pompée dans une citerne. Il n'y a pas de télévision. Imagine, si tu te cassais un ongle, que se passerait-il alors ?

Ils n'y avaient passé qu'une nuit, mais le souvenir s'était gravé dans sa mémoire. Les alligators qui entouraient l'îlot étaient énormes et bruyants, mais c'étaient les serpents qui l'avaient effrayée le plus. Et sans bateau, on était prisonnier.

Ignorant la douleur qui lui martelait la tête, Belle se risqua jusque dans la cuisine dans l'espoir d'écouter la conversation. Cependant, un vertige la saisit. Comme elle s'agrippait au plan de travail pour ne pas tomber, son bras heurta un pot qui tomba bruyamment sur le plancher.

Dans la véranda, la conversation s'interrompit brusquement. Une porte claqua et un homme trapu, vêtu d'un jean et d'un T-shirt sale, apparut. Il portait un pistolet à la ceinture.

— Vous devez être Ted Clare, devina-t-elle. Que faites-vous ici ?

— Je suis là pour vous surveiller, rétorqua-t-il.

Belle recula d'un pas.

— Vous croyez vraiment pouvoir me garder captive ?

— Pas moi. Mon employeur. Il a des projets pour vous, ajouta Clare avec un sourire mauvais. Vous allez être une bonne petite femme pour lui. Dommage, parce que vous êtes plutôt jolie. On aurait pu bien s'amuser tous les deux.

Belle le foudroya du regard.

— J'en doute.

Il lui captura le poignet et elle lutta en vain pour se dégager. Une lueur effrayante brillait dans son regard.

— Lâchez-moi ! Et votre femme ?

— Elle s'en fiche.

— Mais pas Mme Worthington !

Une formule magique, car il la lâcha aussitôt.

— Vous n'en valez pas la peine, éructa-t-il. Je vais demander un supplément de dix mille dollars. Et quand tout sera terminé, j'aurai une jolie petite maison de vacances dans les Caraïbes et de quoi vivre jusqu'à la fin de mes jours.

Belle fit volte-face et battit en retraite dans la chambre.

Anna n'était plus seule.

Evan était avec elle.

22

— Belle.

La voix d'Evan était perçante, tendue. Un bras étroitement enroulé autour des épaules d'Anna, il la dévisageait d'un air résigné.

Jamais elle ne l'avait vu si crispé, si fragile. Pas même quand son cancer avait été diagnostiqué.

— Tu ne peux pas me retenir ici, Evan, dit-elle d'une voix aussi douce que possible.

Elle ne voulait pas le pousser à bout. À en juger par l'expression de son regard, et les tics nerveux qui le secouaient, il était à deux doigts de craquer. Et que ferait-il alors ?

— Ma famille va me rechercher.

— Mère a déjà pensé à ça. Elle a envoyé un texto à tes parents sur ton téléphone portable. Elle leur a dit que tu prenais le voilier familial pour réfléchir à ton avenir.

Il jeta un coup d'œil à l'écran de son propre téléphone.

— Deux heures après le coucher du soleil, ce bateau va être détruit dans un terrible accident causé par l'explosion d'une bouteille de gaz. Tu seras officiellement disparue en mer. Peu après, nous serons à bord d'un yacht à destination des Caraïbes et nous serons mariés à l'étranger. Anna est ma fille, tu seras ma femme. Une petite famille heureuse.

Sa voix, loin d'être heureuse, était empreinte de colère et d'amertume.

— Evan, je t'en prie. Nous avons été amis autrefois. Penses-tu vraiment que je puisse accepter cela ?

Un instant, il eut l'air vaincu. Puis son regard redevint fou.

— Peu importe, Belle. C'est ce que veut ma mère. Elle veut un enfant pour perpétrer la lignée. Anna est cette enfant. Ce qu'elle veut, elle l'a. C'est comme ça depuis la mort de mon père. Elle contrôle toute ma vie.

Il ne désirait pas ce mariage plus qu'elle, comprit Belle. Il s'était résigné à être prisonnier.

— Tu as survécu au cancer, argua-t-elle. Tu as une carrière brillante. Tu peux te libérer de ta mère et de ses attentes, Evan.

Un rire cynique jaillit de sa gorge.

— Comme toi, Belle ? Tu fais toujours les quatre volontés de la tienne. Tu cherches une spécialisation en cardiologie parce que tu sais que ça va lui faire plaisir. Pas étonnant que ma mère ait pensé que tu étais malléable. Tu l'es.

Timidement, Belle s'assit au bord du lit.

— Tu as raison, Evan. J'ai été trop docile pour ce qui est de mon avenir. Mais ça s'arrête maintenant. Je suis prête à changer et à assumer ma vie. Tu peux faire la même chose. Et donner à Anna un avenir où elle ne sera pas une fugitive. La Suisse, toute l'année ? Enfin, tu as horreur du froid !

Un instant, l'espoir se lut dans ses yeux verts. Puis il s'éteignit.

— Non. Il est trop tard, Belle. Je dois tout à ma mère. Ma vie, mon argent, tout. C'est la seule solution.

Continue à le faire parler, songea-t-elle. *Obtiens autant de renseignements que possible.*

— Quelle heure est-il ? demanda-t-elle. Je suis complètement perdue.

Le remords se peignit sur les traits d'Evan.

— Je suis désolé. Ted a dû t'assommer.

L'écran de son téléphone indiquait 14 heures.

Evan déposa un baiser sur la tête d'Anna.

— Va dehors et dis à M. et Mme Clare que tu veux faire de la balançoire, ma chérie. Nous partirons au coucher du soleil et puis nous prendrons un grand navire pour traverser l'océan. Ce sera une merveilleuse aventure.

La lèvre inférieure d'Anna tremblait. Belle hocha la tête.

— Vas-y, Anna. Va jouer. Sois prudente.

Evan suivit sa fille des yeux.

— Elle est si mignonne. Je m'inquiète à son sujet. C'est pour ça que j'ai demandé aux Clare de la surveiller constamment quand elle est dehors.

Belle fit une nouvelle tentative pour le raisonner.

— Evan, je suis désolée pour ton cancer. Mais tu peux cesser d'être une victime. Aide-moi et aide Anna. Je sais que tu as de l'affection pour elle.

— Oui, murmura-t-il. J'ai toujours voulu des enfants. Elle est mon seul espoir, Belle.

— Evan, souffla-t-elle, la gorge nouée. Tu as eu une aventure avec Mercedes pendant qu'elle travaillait pour ta mère, c'est ça ?

— Je l'aimais, rectifia-t-il. Enfin, je croyais l'aimer. En fin de compte, ma carrière comptait plus que tout, si bien que je suis retourné à Boston et ç'a été fini. Je ne savais même pas qu'elle était enceinte ! Ma mère ne me l'a jamais dit. Ensuite, j'ai eu ce cancer. Je voulais mourir. Mais quand ma mère m'a parlé d'Anna, j'ai retrouvé une raison de vivre.

Belle recouvrit sa main de la sienne.

— Dans ce cas, laisse-la partir, Evan. Avant que ta mère revienne et qu'il soit trop tard.

— Je ne peux pas. Tu as toujours été la plus forte de nous deux, Belle.

Il l'embrassa sur la joue.

— Je vais aller faire une sieste. Je suggère que tu te reposes, toi aussi.

Il sortit de la chambre, refermant la porte derrière lui. Belle se massa la tempe. Tout dépendait d'elle désormais.

Soudain, elle vit le téléphone qu'il avait laissé sur la courtepointe.

Son téléphone.

La solution.

Une bouffée d'espoir la submergea, mais un coup d'œil à l'écran suffit pour la dépiter : aucun réseau. Cependant, elle se souvenait que, lors de son précédent séjour, Clint l'avait emmenée pêcher à quelques dizaines de mètres de la maison, et qu'elle avait eu du réseau là, sur la rivière.

Elle empocha l'appareil et descendit sans bruit.

Le bateau de pêche d'Evan était la seule embarcation amarrée au ponton. La barque à fond plat ne lui permettrait pas d'aller bien loin, pas sans les clés de contact. Belle chercha des yeux une radio, en vain.

Que faire ? Les moustiques étaient horribles, mais ils ne la tueraient pas. Les alligators, si. Les serpents aussi. Elle ne put réprimer un frisson. Les herbes des marécages étaient truffées de dangers.

Belle regagna le salon et jeta un coup d'œil au-dehors. Une femme corpulente poussait Anna sur une balançoire, pendant que Ted Clare montait la garde. Il ne la soupçonnerait pas d'essayer de s'enfuir.

Elle ressortit, ses tennis foulant l'herbe silencieusement. Le ponton était tout près de la maison. Un sentier bien marqué y menait à travers les broussailles.

Même si Kyle envoyait un hélicoptère, il serait difficile de localiser cet endroit, tant il était bien caché par la végétation.

Elle sauta dans la barque et posa le téléphone sur un banc, remarquant qu'il était presque déchargé. Elle devait faire vite.

Elle retira les amarres et poussa le bateau à l'aide d'une rame. Puis elle pagaya sans bruit à travers les cyprès qui longeaient la rive, en direction du chenal qu'empruntaient les bateaux. Là, au milieu de l'eau, un signal apparut, indiquant un faible réseau.

Aussitôt, elle composa le 911.

— Je m'appelle Belle North et je suis retenue prisonnière dans les Everglades, dans une cabane de pêcheur possédée par Evan Worthington. Au nord de l'autoroute 75. Il y a deux personnes armées. Ils vont nous déplacer au coucher du soleil. Appelez l'agent fédéral Kyle Anderson et dites-lui…

La ligne fut coupée.

Belle pria pour que l'opérateur l'ait entendue. Elle jeta un coup d'œil au téléphone. Il y avait peu de chances pour que le signal GPS soit tracé, mais cela valait la peine d'essayer.

Elle déposa l'appareil sur un banc et regarda autour d'elle. De l'eau. Tant d'eau. Le vagissement d'un alligator au loin lui rappela qu'elle n'était pas seule.

Si elle restait à bord de la barque, et qu'elle se servait des rames pour se diriger vers le sud, elle parviendrait peut-être à alerter quelqu'un. Sauf que ce chenal était peu fréquenté en semaine. Et puis, il y avait Anna.

Je ne peux pas la laisser toute seule.

La barque pouvait rester là, et être repérée. Elle, non.

Prenant une profonde inspiration, elle se laissa glisser dans l'eau boueuse, aussi chaude qu'un bain, et se mit à nager vers la maison. Ses gestes étaient fluides, assurés. Pour garder son sang-froid, elle récitait intérieurement une liste tirée de son cours d'anatomie.

Il y eut un éclaboussement près des arbres. Une forme en S, qui se frayait un chemin vers elle.

Vertèbres cervicales, sept os. Vertèbres thoraciques, douze.

Un mocassin d'eau.

Vertèbres lombaires, cinq os. Vertèbres sacrales, cinq os à la naissance...

Plus près maintenant. Le serpent se dirigeait droit vers elle. Des herbes aussi coupantes que les lames d'un rasoir bloquaient une partie du passage mais elle continua à nager, se mordant la lèvre quand sa main se mit à saigner. Une invitation à tous les prédateurs du secteur.

Belle pressa l'allure et battit des jambes de toutes ses forces. Le ponton était devant elle, une échelle en bois menait à la sécurité.

Les côtes, les côtes ! Oh Mon Dieu, les côtes !

Les muscles douloureux, les poumons en feu, elle fit un ultime effort. L'échelle !

Elle l'attrapa et se hissa sur le ponton, hors d'haleine. Secouée, elle resta étendue là, regardant le serpent qui passait tranquillement.

Trop proche.

Elle se relevait gauchement, les jambes chancelantes, quand on l'attrapa sans ménagement.

— Qu'est-ce que vous fabriquez, bordel ? rugit Ted Clare.

Il mit les mains autour de son cou et serra. Suffocante, Belle ouvrit la bouche en vain. Sa vision se brouilla.

Elle allait mourir là.

23

Kyle aurait été prêt à vendre son âme au diable en échange d'une piste. Par chance, celle-ci se matérialisa sous la forme d'un appel émanant du standard du 911 : on avait reçu un appel de Belle, du fin fond des Everglades.

Envoyer des hélicoptères serait trop risqué, car le bruit alerterait les ravisseurs. En revanche, le terrain se prêtait idéalement au nouveau jouet de Kyle, un drone équipé de caméras et zooms dernier cri.

Celui-ci avait atteint l'endroit qu'ils avaient repéré d'après le signal GPS du téléphone portable. Faible, mais suffisant. À travers l'épaisse végétation, ils distinguaient la cabane où, selon les images relayées par la caméra, se trouvaient cinq personnes.

Belle et Anna, plus Evan, sans doute. La question était de savoir de quelles armes disposaient les deux autres.

Il était hors de question de risquer la vie de Belle ou d'Anna.

À environ six cents mètres de la maison, ils coupèrent les moteurs et continuèrent à la rame. Un alligator vagit non loin, et Kyle aperçut la silhouette fine d'un mocassin d'eau qui glissait à la surface de la rivière.

Ils étaient tous vêtus de noir et munis de gilets pare-balles. Kyle regarda le soleil disparaître à l'horizon, s'efforçant de refouler son angoisse. Les émotions n'avaient pas de place dans une mission.

Soudain, une voix s'éleva dans son écouteur.

— Signal repéré. Il provient d'une barque à la dérive.

Roarke et lui échangèrent un regard alors que les agents entouraient la barque. Vide, hormis un téléphone portable. Un agent le lui tendit. C'était celui d'Evan Worthington. Que diable faisait-il là ?

Leur avait-on tendu un piège ?

D'imposants cyprès flanquaient l'étroit chenal qui menait à la cabane. Il aperçut un toit, de la peinture grise. Le ponton était droit devant.

Pas de bateau. La barque devait venir de là.

Ils accostèrent, et un agent balaya les environs à l'aide d'une caméra de vision nocturne. Personne n'était dehors. Ils enfilèrent en silence le sentier qui serpentait entre les arbres.

L'adrénaline courait dans les veines de Kyle. Bientôt, une clairière apparut, révélant la cabane peinte en gris, sur pilotis, qui se détachait sur le ciel flamboyant.

Il était dangereux de continuer avant la tombée de la nuit, mais le message de Belle indiquait clairement que le temps pressait. Plusieurs agents se déployèrent à l'arrière de la maison tandis qu'il gravissait les marches.

Une planche grinça sous le poids de Roarke.

Tous se figèrent.

Comme personne ne venait, ils reprirent leur progression. Kyle ouvrit la porte sans bruit, et ils se faufilèrent dans le couloir.

Une petite silhouette était assise là, en pleurs. Kyle abaissa son arme et porta un doigt à ses lèvres.

Anna le fixa, bouche bée, les yeux écarquillés.

— Je suis venu te sauver, mon chou, lui souffla-t-il à l'oreille. Tu es Anna ?

Elle acquiesça.

— Où est Belle ?

Anna désigna la pièce au bout du couloir.

Kyle n'hésita qu'un instant. Même si l'enfant était au-dehors, elle risquait d'être atteinte par une balle perdue en cas de fusillade. Il retira son gilet et le fit enfiler à Anna. Il était trop grand pour elle, mais lui offrait une protection malgré tout.

Il n'allait pas perdre cette petite fille.

D'un geste, il indiqua à deux agents de l'emmener.

Dès qu'ils eurent disparu, Kyle passa à l'action. Prenant la tête du groupe, il fit irruption dans le séjour.

— FBI ! Les mains en l'air !

La fusillade éclata aussitôt. Une femme corpulente armée d'un pistolet ouvrit le feu sur eux tandis qu'un homme entraînait Belle dans la cuisine.

Ils s'abritèrent tout en ripostant. Touchée à la jambe, la femme poussa un cri et laissa tomber son arme.

Pistolet au poing, Kyle se rua dans le séjour, et s'arrêta net. Ted Clare tenait Belle devant lui, le canon de son arme pressée sur sa tempe. Elle avait des marques rouges autour du cou.

Quelqu'un avait essayé de l'étrangler. Non sans mal, Kyle s'efforça de maîtriser sa fureur.

— Lâchez-la, sinon je vous fais sauter la cervelle.

Belle paraissait si calme, si maîtresse d'elle-même !

— Je vais filer d'ici et elle vient avec moi, rétorqua Clare. Si vous faites un geste, je la descends.

Ses yeux allaient d'un agent à l'autre.

— Ne tirez pas, ordonna Kyle à ses hommes. Clare, vous êtes encerclé. Vous ne sortirez pas d'ici.

— Je n'irai pas en prison !

Il enfonça davantage le canon du pistolet dans la tempe de Belle.

Loin de paraître paniquée, celle-ci avait l'air absorbée, comme si elle se concentrait sur quelque chose.

— Vous saviez que le corps humain comprend deux cent six os ? demanda-t-elle à Clare d'une voix tranquille.

— La ferme ! grogna l'homme en la tirant vers la porte.

Belle récitait son anatomie. Une bouffée d'admiration envahit Kyle, mêlée à la peur intense qu'il éprouvait. Elle était extraordinaire.

— Et que l'os qui se casse le plus facilement est la clavicule ?

Pas de réponse. Clare continuait à l'entraîner en direction du ponton.

— Bien sûr, quand on se casse un os, n'importe lequel, il est toujours préférable d'avoir une fracture non déplacée, autrement dit que les deux parties de l'os cassé restent alignées…

Clare tourna la tête vers elle.

— Vous allez la boucler…

Belle pivota, baissa la tête et se laissa tomber, une technique d'autodéfense exécutée à la perfection. Maintenant !

Un coup de feu déchira les airs.

Kyle avait tiré.

Clare s'écroula, touché en plein front.

Kyle se précipita vers Belle.

— Espèce de salaud ! Tu essaies de me voler ma femme ?

Kyle pivota vers la voix, vit Evan Worthington qui pointait une arme sur lui. Presque aussitôt, une détonation retentit, en même temps que la douleur explosait dans son corps.

Il porta une main à sa poitrine et, incrédule, regarda ses doigts tachés de sang.

Puis ses genoux cédèrent et il s'effondra.

24

Pendant qu'un policier maîtrisait Evan, Belle se rua vers Kyle. Il était étendu immobile, trop immobile, à même le sol. Elle prit son pouls. Il était faible, filant.

— Donnez-moi quelque chose pour découper sa chemise.

Roarke attrapa un couteau dans un étui à sa ceinture et trancha le tissu, révélant le torse bronzé de Kyle, et un petit trou rond en pleine poitrine.

Il haletait, les yeux rivés sur elle.

Le sang sortait de la plaie à petits bouillons alors qu'il luttait pour respirer. Le cerveau de Belle passa en mode automatique. Elle n'arrivait pas à entendre si la plaie sifflait, un symptôme classique.

Toujours supposer qu'une plaie à la poitrine est aspirante.

Si elle ne scellait pas le trou, le poumon gauche de Kyle risquait de s'affaisser en quelques minutes. Elle devait empêcher l'air de pénétrer dans sa poitrine tout en lui permettant d'être expulsé lorsque les poumons recommenceraient à fonctionner normalement.

— L'hélicoptère est en route, annonça Roarke en se mettant à genoux à côté d'elle. Kyle, mon vieux, tiens bon.

L'hélicoptère n'arriverait pas à temps.

— Il me faut du papier aluminium ou du film alimentaire et du scotch. Vite !

— Du scotch ?

— Oui, du scotch ! Tout le monde en a. Dépêchez-vous !

Kyle pâlissait à vue d'œil, sa respiration devenait plus saccadée.

Un agent de police revint, muni d'un rouleau de film plastique. Belle en arracha un morceau, le plaqua sur le torse de Kyle, puis le fixa à l'aide du scotch sur trois côtés. Ses gestes étaient automatiques, comme si Kyle était un des patients qu'elle avait traités lors d'un de ses passages aux urgences, quand elle était étudiante.

Comme si c'était un inconnu, et non l'homme qu'elle aimait. L'homme qui la faisait rire, et qui l'avait encouragée à regarder sa vie en face.

Kyle saisit sa main.

— Belle, haleta-t-il. Je voulais te dire…

— Chut, Kyle. Tu vas t'en tirer. Respire, juste respire, murmura-t-elle, écoutant la blessure.

Un peu d'air s'échappait, mais pas beaucoup. Elle guettait les signes d'un pneumothorax sous tension, lequel pouvait être fatal. Elle étudia son visage. Ses lèvres n'avaient pas bleui, mais il était pâle. Trop pâle. Et il avait toujours du mal à respirer.

Avec l'aide de Roarke, elle glissa un coussin sous ses pieds et mit une couverture sur lui, puis frotta ses mains entre les siennes.

— Tiens bon, agent cow-boy, chuchota-t-elle. Je ne vais pas te perdre.

Enfin, le vrombissement d'un hélicoptère se fit entendre au-dessus d'eux. Des secouristes accoururent, munis d'un panier-civière. Belle les suivit au-dehors, leur donnant les informations nécessaires sur l'état de Kyle.

Ils décidèrent d'emmener Anna aussi, par précaution.

Belle suivit des yeux l'hélicoptère qui décollait, refoulant ses larmes.

Quelques instants plus tard, elle montait dans un des bateaux amarrés au ponton. Roarke resta à côté d'elle durant tout le trajet.

Lorsqu'ils arrivèrent au port, ils furent accueillis par les gyrophares des voitures de police. Belle aperçut également une Mercedes noire.

Celle de ses parents.

Leurs retrouvailles furent pleines d'émotion. Clint était là aussi et la serra dans ses bras, les larmes roulant sur ses joues.

— Je suis désolé, Belle, dit-il d'une voix rauque. Je ne savais pas qu'Evan avait perdu la tête à ce point.

— Tu ne pouvais pas imaginer une chose pareille, le rassura-t-elle, soulagée d'être entourée des siens.

Shirley effleura son visage d'une main tremblante et l'étreignit de nouveau.

— Nous avons failli te perdre une fois, Belle. Jamais je n'avais pensé que ce cauchemar pourrait se reproduire.

— Maman ? Que veux-tu dire ?

— Tu as été enlevée autrefois, alors que tu étais toute petite. Le FBI t'a sauvée.

Belle la dévisagea, bouche bée.

— Mais… comment est-ce possible ? Pourquoi n'en ai-je jamais rien su ?

— Le dossier a été scellé. Tu n'avais que trois ans, expliqua sa mère en se tordant les mains. Nous vivions à New York à l'époque.

Belle attendit la suite.

— Je t'avais laissée avec un cousin et son amie pendant

que ton père et moi allions au théâtre. Bart, mon cousin, était propriétaire de l'immeuble, et j'avais toute confiance en lui. Mais on est venu nous chercher au beau milieu de la pièce pour nous avertir que tu avais disparu.

Sa mère baissa les yeux.

— La demande de rançon est arrivée deux heures plus tard. On nous réclamait un million de dollars. Avant même que nous ayons pu aller à la banque, le FBI t'avait retrouvée saine et sauve, dans un appartement deux étages plus bas. La petite amie de mon cousin t'avait emmenée chez elle. Le FBI a découvert que Bart était au bord de la ruine, et menait une vie de luxe qu'il ne pouvait se permettre. Dès qu'ils l'ont interrogé, il a tout avoué.

La bouche sèche, Belle hocha la tête.

— C'est pour cette raison que vous avez quitté New York.

Sa mère acquiesça.

— Oui. Bart a écopé de vingt ans de réclusion, et son amie de dix. Mais après cela, je ne me sentais plus en sécurité dans la ville.

Pas étonnant que sa mère aille si rarement à New York. Belle avait toujours pensé que c'était à cause du climat, et du rythme trépidant de la ville.

Elle fit un calcul rapide.

— Il est sorti de prison maintenant.

Son père intervint, un sourire sombre sur les lèvres.

— Sa famille lui a trouvé un emploi dans une compagnie d'assurances au fin fond du Midwest. J'ai entendu dire qu'il s'était marié et qu'il avait fondé une famille. Il a essayé de nous contacter à plusieurs reprises pour nous demander pardon. Chaque année, j'envoie un détective privé sur place pour m'assurer qu'il reste très loin de toi.

Belle comprenait à présent pourquoi sa mère tenait

tant à garder l'œil sur elle. Les années avaient passé, mais elle continuait à vivre dans la terreur qu'il arrive malheur à sa fille.

— Pourquoi ne me l'as-tu jamais dit ? demanda-t-elle doucement.

Les yeux de sa mère s'emplirent de larmes.

— Parce que j'avais peur que tu ne penses que j'étais une mauvaise mère.

La gorge nouée, Belle lui tendit les bras. Elles s'étreignirent longuement. Enfin, Shirley se dégagea, et s'essuya les yeux à l'aide d'un mouchoir. Ses pleurs avaient ruiné son maquillage.

— Je ne pourrais jamais t'en vouloir, maman. Merci de m'avoir dit tout cela.

Shirley la serra contre elle une fois de plus.

— Si ce jeune agent du FBI a besoin de quoi que ce soit, dis-le-nous. Nous avons une dette envers lui.

Quelques minutes plus tard, escortés par deux voitures de patrouille toutes sirènes hurlantes, ils s'arrêtaient devant l'hôpital. Cependant, les médecins refusèrent à Belle l'autorisation d'entrer dans la salle d'opération.

Par conséquent, elle attendit dans le couloir, faisant les cent pas. Quand Roarke arriva à son tour, elle courut à lui.

— Ils n'ont pas voulu que j'entre, expliqua-t-elle, la gorge nouée. Mais il faut qu'il s'en tire. Il le faut.

Murmurant des paroles de réconfort, Roarke la guida vers une banquette. Il salua ses parents et Clint, disparut un instant et revint, une boîte de mouchoirs à la main. Belle se moucha et s'essuya les yeux alors qu'il allait rejoindre les autres policiers et agents venus aux nouvelles.

— Dire que je suis censée être une professionnelle…

— Tu l'es, Belle, affirma son père.

Il jeta un coup d'œil en direction de sa mère.

— Ta mère et moi avons eu une conversation. Nous avons décidé que… si…

Trop ému pour continuer, il se tut. Sa mère lui prit la main et poursuivit à sa place :

— Quand tu étais en danger là-bas, nous avons réfléchi. Ta vie t'appartient, Belle. Quoi que tu décides de faire, nous te soutiendrons. Même si tu ne veux pas être médecin.

Clint hocha la tête.

— Et si tu décides que tu veux rester au dispensaire, le poste est le tien.

Bouleversée, elle se contenta de hocher la tête. Pour le moment, ce n'était pas à elle qu'elle songeait. Elle était trop inquiète pour Kyle.

Enfin, le chirurgien apparut. Avant même qu'elle prenne la parole, Belle devina à son expression que les nouvelles étaient bonnes.

— L'agent Anderson va se rétablir. La convalescence sera longue, mais il est jeune et solide, assura-t-elle.

— Merci, murmura Belle, les yeux pleins de larmes.

— C'est vous qu'il faut remercier, docteur North, dit la femme. Si vous n'aviez pas agi aussi rapidement pour sceller la plaie, il serait mort.

Belle rougit. Comme le chirurgien s'éloignait, Roarke vint l'étreindre.

— Merci de l'avoir sauvé, doc.

Elle ne put que sourire.

L'homme qu'elle aimait allait survivre.

À eux désormais de construire un avenir ensemble.

25

Kyle se laissa aller contre le dossier de son siège et regarda Belle qui démarrait. Ce jour-là, après une longue semaine passée à l'hôpital, il rentrait chez lui. Incapable de parler tant les émotions bouillonnaient en lui, il resta silencieux, infiniment reconnaissant de quitter l'hôpital dans une voiture de luxe plutôt que dans un cercueil.

— Nous avons un arrêt à faire avant d'aller chez toi.

Kyle ferma les yeux et reposa la tête contre la vitre.

— Merci de m'avoir sauvé la vie, doc.

— Merci d'avoir amené la cavalerie pour sauver la mienne, agent cow-boy, plaisanta-t-elle en retour.

Quand il rouvrit les yeux, ils s'engageaient dans une longue allée incurvée. Kyle reconnut la villa du frère de Belle et cilla.

— Une réunion de famille ?

Belle se gara, une lueur espiègle dans le regard.

— En quelque sorte. Il y a quelqu'un que tu dois voir. Deux personnes, en fait.

Clint les accueillit à la porte et serra la main de Kyle avec chaleur.

— Merci d'avoir sauvé ma sœur.

Il les fit entrer, puis s'éclipsa.

Les cheveux coupés court, vêtue d'une robe à fleurs

jaune et verte, Mercedes était assise sur le canapé à côté d'Anna, qui arborait des couettes et un ensemble rose. Toutes deux souriaient, rayonnantes. La peur qui marquait leurs visages quelques jours plus tôt s'était évanouie.

À la vue de Kyle, Anna sauta à bas du canapé et vint lui entourer la taille de ses bras. Il grimaça, sourit et la serra contre lui en retour.

— Nous allons au Chili la semaine prochaine, s'écria l'enfant. Mes grands-parents arrivent demain et ils ont hâte de me voir. Nous allons vivre au Chili avec eux. Vous croyez qu'ils vont m'aimer, Kyle ? Et s'ils ne m'aiment pas ?

— Ils vont t'adorer, affirma-t-il en se baissant pour être à sa hauteur.

Il mit la main dans sa poche, en tira son dollar en argent et le glissa dans la paume d'Anna.

— C'est ma pièce porte-bonheur, Anna. Je te la donne. Garde-la, et quand tu auras peur, ou que tu seras nerveuse, tu n'auras qu'à la toucher pour te rappeler combien tu es forte.

Elle écarquilla les yeux.

— Mais c'est la vôtre. Comment ferez-vous sans votre pièce porte-bonheur ?

La gorge nouée, il regarda Belle.

— J'ai bien mieux qu'une pièce.

Les doigts de Belle s'entremêlèrent aux siens alors qu'il se relevait.

Comme ils repartaient, il regarda Annalise et sa mère qui leur adressaient de grands signes d'adieu et poussa un soupir de soulagement.

— Tout se termine bien.

— Oui. Clint a invité les parents de Mercedes à rester

aussi longtemps qu'ils le souhaitent, mais je pense qu'ils ont hâte de retourner au Chili tous ensemble.

Une fois à la maison, Kyle promena un regard sur le plan de travail, le soleil qui entrait par la fenêtre. La villa était agréable, pourtant il ne s'y était jamais vraiment senti chez lui.

Belle ouvrit le réfrigérateur.

— Tu as besoin de quelque chose ? Je peux aller faire des courses.

Kyle la rejoignit et referma la porte.

— J'ai besoin de réponses. À propos de nous deux, Belle. As-tu réfléchi à ce que tu veux ?

Belle rougit.

— Je n'ai pensé à rien d'autre depuis qu'on t'a transporté à l'hôpital, Kyle, et que j'ai eu si peur de te perdre. J'ai été acceptée pour une spécialisation en pédiatrie à Washington DC.

— Et ?

— Je vais la refuser et rester ici. Avec toi. Si tu veux de moi. Je peux continuer à travailler au dispensaire…

— Non, dit-il, en lui encadrant le visage de ses mains. Ton rêve est de devenir pédiatre et c'est ce que tu vas faire.

— Mais… tu es ici…

— Je vais demander un transfert. Il y a des mois que mes supérieurs me harcèlent pour que j'aille à Quantico. Je peux partager mon temps entre l'enseignement et le travail sur le terrain.

La joie peinte sur les traits de Belle confirma à Kyle qu'il avait pris la bonne décision. Tendrement, il déposa un baiser sur ses lèvres douces.

— Tu feras un prof fantastique, murmura-t-elle. Et je suppose que tu ne détestes plus les médecins ?

— Loin de là, dit-il avec un sourire espiègle. Avoir

un médecin personnel à mes petits soins sera un grand avantage pour ma convalescence.

Elle sourit, et Kyle l'embrassa avec ferveur, mettant dans son baiser tout l'amour et le désir qu'elle lui inspirait. Cette femme extraordinaire avait fait plus que lui sauver la vie.

Elle avait sauvé son âme.

Sa vie n'était pas terminée.

Elle ne faisait que commencer.

Retrouvez prochainement, dans votre collection BLACK ROSE

Sombre machination, de Lena Diaz - N°757

ENQUÊTES À PRESCOTT MOUNTAIN – 2/2

On le surnomme « le Slayer », et nul n'a jamais vu ce tueur recherché pour de multiples assassinats... La découverte d'un corps et la présence du procureur du comté, aperçu non loin de la scène de crime, ouvrent une nouvelle piste aux investigateurs. Mais, pour l'inspectrice Bree Clark et l'agent du FBI Ryland Beck, ce meurtre n'est pas l'œuvre du Slayer, c'est celle d'un *copycat*, destiné à les détourner de leur cible...

La vérité sous le masque, de Juno Rushdan

« Protégez-moi, je vous en supplie »... Bouleversée, Kate laisse entrer Cheryl, la jeune femme enceinte qui vient d'arriver à sa clinique vétérinaire. Pressée par l'urgence, assistée par DJ, un vieux monsieur qui vit près de chez elle, elle aide Cheryl à mettre au monde son petit garçon. Mais des hommes armés surgissent alors, des malfrats que DJ, sous les yeux effarés de Kate, met en fuite avec la vigueur d'un jeune homme...

Cette ombre dans tes yeux, de B.J. Daniels - N°758

« Je vais me marier avec Fitz... » Partagé entre colère et stupéfaction, Tommy Colt sonde le regard de Bella qui, quelques jours plus tôt encore, jurait qu'elle n'aimait que lui. Quel sordide chantage le puissant Fitz a-t-il exercé sur elle pour la contraindre à l'épouser ? Et brusquement la décision de Tommy est prise : il va confondre Fitz et arracher celle qu'il aime aux griffes de ce prédateur sans scrupule...

Un couple dans la tourmente, de Barb Han

Pour l'agent spécial Quint Casey, mener une investigation secrète sur un réseau de trafic d'armes n'est que pure routine. Et enquêter sous couverture n'a rien d'exceptionnel. Mais, tout cela, il a l'habitude de le faire seul... Aussi, quand il apprend que Ree Sheppard, une policière de choc, va collaborer avec lui, il enrage. D'autant plus que les ordres sont clairs : Ree et lui vont devoir se faire passer pour mari et femme...

HARLEQUIN BLACK ROSE

Retrouvez prochainement,
dans votre collection

BLACK ROSE

Une dangereuse collaboration, de Cindy Dees - N°759

Prétentieux, exaspérant… mais tellement sexy ! Chaque fois que son regard croise celui de Reese Carpenter, Yvette Colton sent le feu lui monter aux joues. Un trouble qu'elle a le plus grand mal à cacher depuis qu'ils enquêtent en étroite collaboration pour résoudre un *cold case* vieux de vingt-cinq ans : un double meurtre dont l'auteur est toujours en cavale…

Un protecteur si troublant, d'Elle James

Pour Dallas Jones, revenir à Whiskey Gulch est synonyme d'un nouveau départ, et le poste d'adjointe au shérif lui convient parfaitement. Mais ce qui semblait tranquille au début se transforme bientôt en mission à haut risque. En effet, menacée de mort après la découverte d'un trafic de drogue, elle ne doit la vie qu'à l'intervention d'un homme : Levi Warren, un agent de sécurité qui la rassure et la trouble tout à la fois…

Une épouse à protéger, de Beverly Long - N°760

LE DÉFI DES HOLLISTER – 1/4

En arrivant à Ravesville, Chase Hollister est submergé par une multitude de souvenirs. Mais, très vite, il revient à l'instant présent. Car, s'il est de retour, ce n'est pas seulement pour vendre la ferme familiale, mais surtout pour accomplir la mission qui vient de lui être confiée : protéger Lorraine Taylor, témoin à charge dans le procès d'un dangereux criminel…

La mariée sans mémoire, de Beverly Long

LE DÉFI DES HOLLISTER – 2/4

« Puisque vous avez oublié votre nom, je vais vous conduire aux urgences. » Paniquée, la jeune femme se débat pour tenter d'échapper à l'inconnu qui vient de la secourir. Certes, elle ignore comment elle s'est retrouvée sur cette route enneigée, blessée et vêtue d'une robe de mariée trempée, mais elle sait que si elle va à l'hôpital les hommes qui la recherchent la tueront…

HARLEQUIN BLACK ROSE

Retrouvez prochainement,
dans votre collection

BLACK ROSE

Sous protection particulière, de Lisa Childs - N°761

Victime ou complice ? Blaine fixe en silence Maggie Jenkins, qu'il vient d'arracher aux mains d'une bande de cambrioleurs. Comment se fait-il qu'après avoir été prise en otage une première fois, lors du braquage d'une banque, cette jeune femme, enceinte de plusieurs mois, se retrouve aujourd'hui au cœur d'un nouveau hold-up ?

Double révélation, de Rita Herron

Joe McCullen a été assassiné… Abasourdi, Roan dévisage Megan Lail, la jeune médecin légiste qui vient de lui faire cette révélation. Puis la phrase le percute à nouveau. Ainsi, le patriarche du clan n'est pas décédé de mort naturelle… Mais qui l'a supprimé ? Et quel terrible secret a-t-on voulu taire par ce crime ?

HARLEQUIN BLACK ROSE

SAGAS

SECRETS. HÉRITAGE. PASSION.

Villa luxueuse en Grèce,
palais somptueux en Italie,
manoir mystérieux en Louisiane, chalet
enneigé en Alaska…
Voyagez aux quatre coins du monde et
vivez des histoires d'amour
à rebondissements grâce aux intégrales
de votre collection Sagas.

4 sagas à découvrir tous les deux mois.

DIVERTIR • INSPIRER • ÉMOUVOIR

HARLEQUIN
www.harlequin.fr

RESTEZ CONNECTÉ AVEC HARLEQUIN

Harlequin vous offre un large choix de littérature sentimentale !

Sélectionnez votre style parmi toutes les idées de lecture proposées !

www.harlequin.fr

- **Découvrez** toutes nos actualités, exclusivités, promotions, parutions à venir…
- **Partagez** vos avis sur vos dernières lectures…
- **Lisez** gratuitement en ligne
- **Retrouvez** vos abonnements, vos romans dédicacés, vos livres et vos ebooks en précommande…

L'application Harlequin

- Des **ebooks gratuits** inclus dans l'application
- **50 nouveautés tous les mois** et + de 7 000 ebooks en téléchargement
- Des **petits prix** toute l'année
- Une **facilité de lecture** en un clic hors connexion
- Et plein d'autres avantages…

Téléchargez notre application gratuitement

Télécharger dans l'App Store

DISPONIBLE SUR Google Play

SUIVEZ-NOUS !

facebook.com/HarlequinFrance
twitter.com/harlequinfrance